宫本辉
Miyamoto Teru

1947 年生于日本兵库县神户市。享誉日本的国民小说家，写作生涯长达四十余年，视写小说为毕生志业的文字匠人。

1977 年，凭借作品《泥河》摘得第 13 届太宰治奖。

1978 年，又凭借《萤川》获得第 78 届芥川奖。

后因患肺结核，暂时封笔。病愈后，他便再也没有停下手中的笔，在之后四十多年的写作生涯中，以强大的意志力创作了超过五十部小说（绝大多数为长篇小说）和十余部随笔与对谈集。

1987 年，以小说《优骏》获得第 21 届吉川英治文学奖。

2004 年，以小说《约定之冬》获得第 54 届艺术选奖文部科学大臣奖。

2010 年，以小说《骸骨楼之庭》获得第 13 届司马辽太郎奖。同年，获得紫绶褒章。

2019 年，获得每日艺术赏。

2020 年，获颁旭日小勋章。

宫本辉的代表作还有：《锦绣》《幻之光》《优骏》《道顿堀川》《流转之海》等。

［日］宫本辉 著

刘姿君 译

约定之冬

北京时代华文书局

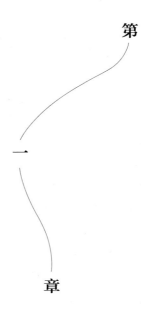

第一章

冰见留美子与母亲泰江回到那个家，是出事后整整十年的那个四月底。

十年前，当时二十二岁的留美子与母亲，以及十九岁的弟弟亮，在那个刚盖好的家仅仅生活了十二天。

刚搬到新家的东西没来得及收拾，大堆的纸箱都还来不及打开，父亲便因临时出差前往德国的杜塞尔多夫，顺利完成当地工厂里的工作，驱车前往邻镇用餐途中，在高速公路上遭大型拖车撞击去世。

才刚满五十岁的父亲贯彻自己对"家"的信念和品位建了这栋房子，而他在这栋心心念念的房子里只住了短短三天。

车祸完全是拖车一方的责任，但无法只靠电话和传真完成与德国保险公司的协商，也不能把一切事宜全部委托给当地工厂的员工，又不敢让大受打击而心灵脆弱的母亲独自前往德国，于是，那年留美子便在杜塞尔多夫和东京之间往返了三趟。为此，她不得不辞掉刚进大型电机制造商公司不满一个月的工作。

尽管做出这个考虑时，因父亲突如其来的死亡，留美子本身的精神状况也不佳，但这是她考虑到对方肇事所应支付的赔偿金对往后自己一家人的影响实在太大而做出的决定。

母亲在得知车祸的消息，与留美子和亮一起飞往杜塞尔多夫带回父亲的遗体后，并没有回到刚盖好的新家。她坚持投奔到大她两岁的姐姐那儿，说要在那里住到心情稳定下来，而单身的姨妈也这样劝她。

弟弟亮则是早已决定秋天就要到纽约的大学留学，为了做好准备，一到六月便只身赴美。

"真不该花一辈子赚来的钱盖房子的。听说有些房子就是会要人命。"

姨妈曾以极其悠哉的语气这么说。倒不是因为听了这句话多想，留美子本来就不想独自住在从涩谷搭东横线十二分钟、从车站步行七八分钟的那个家。因为她觉得新盖好的那个家很不吉利。她会这么觉得，是因为父亲出差的那一天，一名陌生少年做了一件让她感觉不太舒服的事。

母亲吩咐她去涩谷买东西，她搭电车回到 N 站，走在独栋住宅聚集的缓坡上，站在面包店前的一名十五六岁的少年突然朝她伸出一只手。

留美子惊呼一声，立刻向后退。少年的手上拿着一个蓝色的信封。

"请你看一下。"

穿着深蓝色运动衫和棉裤的少年只说了这句话，就从通往车站的那条路跑掉了。

留美子心想一定是什么传单，一点也不想看，在四周找了一下垃圾桶却没找到，便扔进装着浴室清洁用具的百货公司购物袋，回家去了。然后她直接把袋子放在浴室洗脸池附近，吃过晚饭，睡前要洗澡的时候，才把袋子里的东西拿出来。

她完全没把那封信放在心上，本来打算要将那蓝色信封直接扔进洗脸池下的垃圾桶里，却觉得就广告信来说，这信封倒是很有质感，便打开来看。里面是一封用圆珠笔写的信，字迹方正，还有一张手绘的地图。

留美子以几近全裸的模样，站着看完了那封信。

你见过在天上飞的蜘蛛吗？我见过。蜘蛛会在半空中飞。十年后的生日，我就二十六岁了。十二月五日。那天早上，我会在地图标示的地方等你。如果天气好，这里应该可以看到很多小蜘蛛起飞。到时候，我要向你求婚。谢谢你看完这封奇怪的信。

须藤俊国

留美子喃喃说道："什么东西啊……"

本来想喊母亲，但想说等洗完澡再说也不迟，便进了浴室。她试着回想少年的长相，但除了从运动衫领口露出来的那段晒黑的脖子以外，什么也想不起来。

母亲不安地说了好几次是不是最好报警。

"才十五岁呢！这男孩真讨厌。不知道会做出什么事。"

母亲本已进了自己的卧室，又跑到留美子房间来，念叨着窗户要锁好，窗帘要拉紧不能有缝隙，晚归的时候要打电话报平安等等。然后，又嘱咐留美子信暂时不要扔。

要是身边发生了什么可疑的事，那封信应该可以帮忙找出犯人。

"我们搬到这里才三天呢！我想他一定是认错人了。我知道了……八成是我看起来像高中生。"

留美子半开玩笑地笑道，但也依照母亲的吩咐，把那封手写的信和地图暂时留着没扔。

第二天晚上，通知父亲车祸去世的电话就打来了。

所以，比留美子小了足足七岁的十五岁少年亲手交给她的那封无法判断纯粹是恶作剧还是认错人，或者真的就是写给留美子的信，便完全被她抛在脑后。

可是，当父亲的葬礼结束，母亲不愿回位于目黑的新家而坚持要暂住自己姐姐家时，在留美子心中，姨妈先前那句毫无恶意、不经意却分明是针对自己一家的话，竟与少年亲手递给她的那封信相互重叠，令人不适。

父亲再也不会回到他一心期盼的家了。那么自己和母亲两人又怎能在那里生活呢？与其说是和那个家没有缘分，不如说是他们一家不配再住进那栋房子里了……

如此认定之后，她们便打算卖掉这栋房子。从交通、环境因素考虑，应该很快就会有买家——留美子和母亲这么想，房屋中介也这么认为。

然而，房子却一直卖不掉。尽管有泡沫经济崩溃等大环境因素，但即便出现了积极表达购买意愿的人，一旦进入签约阶段，要不是健康亮红灯不再考虑购房，就是发生什么经济上或家庭内部的问题而使交易触礁。

房屋中介说，要是土地大一点就好了。四十五坪[1]想改建为公寓也有困难。

房子的东邻原本是一百五十坪左右、有着大庭院的医生家，西邻是更大的传统宅院，但双双在冰见家完成的半年前改建为二代宅[2]。

如果能连同这两户的土地一并购买，想必任何一家房屋中介都会抢着要，但这种事看来不可能发生。中介也针对留美子一家无论如何都想立刻脱手的状况开了一个价码，但就连当时初入社会的留美子都看得出那是个趁火打劫的价钱，从某种程度来说恶毒又侮辱人。

三年过去了……四年过去了……母女俩决定不卖那栋房子，就搬回去住吧，也许父亲也希望她们这么做……

母亲才提起这件事，姨妈便中风瘫痪了。

姨妈在中坚出版社的会计部上班，终生未婚。父亲死后，她对留美子和母亲付出的关爱，对她们而言实是无可衡量的心灵支柱。

母亲为了照顾自己的姐姐，暂时打消了搬回目黑家的念头。

今年二月，姨妈在历经六年居家卧病的日子后去世了。留美子和母亲卖掉了姨妈留下来的房子，回到了位于目黑的家。

傍晚五点，搬家公司的年轻人将家具搬到指定地点后离开了。

---

[1] 1 坪约合 3.3 平方米。
[2] 二代宅指两代人（如父母与孩子）共住的房子。

"好闷热啊。气象预报说中午过后会下雨，还好没下。"留美子拿着拖把边打扫门口通往厨房和客厅的走廊边说。母亲从纸箱里取出餐具，正在厨房清洗。

"就算没人住，过了十年，房子还是会有过了十年的感觉呢。"

留美子停下拖地的动作这么说。母亲也关上水龙头，说："都是你爸爸弄的，不管是走廊的地板、天花板、墙还是柱子，都说不准刨，不准弄新，要留着原来旧旧的样子……这个家的木头，是拿人家用了五十年、一百年的老木头直接拼凑起来的。"

"十年前也是，没有搬到新家的感觉。"

"装修店的工头都说，这房子很难得，能够盖这样的房子很高兴，感动得很呢……一直到现在我都还记得，那天我抱着跟你爸爸两败俱伤的决心，要求他至少让厨房、客厅和浴室用木头和灰泥以外的建材……"

母亲说完，走到客厅茶几那里，在椅子上坐下。这套桌椅是父亲在金泽出差时，在一家古董铺里找到，为新家买的。姨妈家没地方放，所以十年来就一直搁在目黑这个空无一人的房子里。这是大正初期[1]带着一家人到日本上任的德国外交官向日本师傅订制的六人座山毛榉实木桌椅。

"放弃桧木浴盆那时候，爸爸真的好沮丧。"

在把装有自己的电脑、文具和电话簿等物品的纸箱搬到

---

[1] 大正，日本年号，使用时间为 1912 年—1926 年。

二楼自己的房间之前，留美子想先喝茶稍微休息一下，便一边往茶壶里放茶叶，一边这么说。

"因为桧木浴盆贵得让人怀疑自己的耳朵啊。你爸爸看到估价单那时候的表情啊……人家设计师早就提醒过，要用这么多木头，一定要有预算大超支的心理准备……"

房子的后侧，隔着矮空心砖墙，有一栋瓦片屋顶的老平房。

十年前，那屋里住着一位刚把贸易公司交棒给儿子的六十五岁老人，不知老人现在可好？记得老人名叫佐岛彻藏……

留美子这么想着，将热水壶里的热水倒进茶壶，从厨房的窗户朝那位老人的家望去。

从那里看到的是佐岛老人家的厨房窗户，没有亮灯，但两根晾衣杆上晾着浴巾和脚踏垫，显然是有人住的。

老人的家西侧，是一栋屋顶形状很特别的两层楼房，住着老人的儿子和儿媳妇。他们在十年前便已四十二三岁，好像有两个念高中的女儿，现在女儿们都长大了，也许搬出去了也说不定。

父亲买的这片土地以及东邻的医生家，原本土地都归这位佐岛老人所有。所以，医生家和父亲买的土地合计是一块两百坪左右的住宅用地，但不知基于什么原因，医生只买了近一百六十坪的地盖了房子，所以在四周没有高楼大厦的住宅用地里，像秃了一块般留下了一片四十五坪的空地。

留美子的父亲等于是在全日本的土地不合常理地持续飙涨时，买下了东京都内交通极方便的住宅用地。母亲反对，说买了就少了盖房子的费用，但父亲不管，声称要以低预算盖一栋简朴舒适、静心宜人的房子，要母亲等着看。

父亲服务的公司是一家拥有高新技术的精密仪器制造商，在国外也颇负盛名。公司选了国内空气清新且地震少发的地方建了两座工厂。

其中一座位于栃木县与福岛县交接一带的村子，另一座在冈山县西北部田园山林交界的村子。这两座工厂四周有很多世家旧宅，由于住户世代交替，又正值土地热潮，拆掉老房子改建为采用流行新建材的单薄建筑大为流行。

父亲看准了这一点，将那些拆除之际会被当作废弃物丢弃的地板、天花板的梁木、楼梯板等等，一股脑儿请人家廉价转让，再请设计师将重点放在如何组合这些材料来设计上。所以，新完成的目黑的家，从外表看，可不是略带古风而已，而是富有浓厚的怀旧情趣，小巧别致，至于内部，有的尽是五十年以上的柱子、近百年的栗木地板、粗得与房间大小不成比例的梁木、与崭新灰泥墙格格不入的漆黑天花板、材质与色泽都和扶手的木材大异其趣的楼梯，等等，在留美子和母亲的眼光看来，无不太过单调老旧，毫无装饰性可言。

然而，大概是施工时就近看着这些老木材被送来组合，留美子一家人搬完家前去佐岛老人家打招呼时，老人对新房满口称赞。

"啊，理想的住房终于完成了啊。走廊和二楼房间用的栗木木板光泽多迷人啊。最粗的那根梁是松木吧。柱子是杉木吗？这么多年用下来，很有味道。"佐岛老人那张年轻时想必俊秀非凡的优雅脸庞，露出含蓄的笑容如此说道，"真不好意思。我倒不是时时偷窥冰见家的房子……"随后挺直了背脊，客客气气地行了礼，接过了父亲送上的和果子礼盒。

"我是外行，凭着一股冲动收集了老木材才硬拜托设计师的，所以给施工的师傅造成许多难题。等实际亲眼看过完成的房子，怎么说呢，寒酸又落伍，破坏了四周气派的宅邸和街景的气氛。"

父亲虽然这么说，却对留美子她们投以"如何，有眼光的人就懂得欣赏"的目光，回到家之后，还说："识货的人就是识货。"得意了许久。

留美子喝过茶，把纸箱搬到二楼自己的房间。留美子的房间和父亲的书房相邻，有朝南的大窗户。从窗户看得见佐岛老人家的瓦片屋顶，以及种在房子另一侧大门边的苏铁树顶。

佐岛老人家前方是一条单行道，过了那条路，便是一户被气派的围墙所包围、最近在大城市中难得拥有白墙传统库房的两层楼人家。

那房子看来也是屋龄三十年左右、随处可见的日式房舍，连接室内空调与室外电机的白色管子从窗畔的墙上突出来。

库房右邻，是一户看似最近才盖好的方形建筑，屋顶单薄，是电视广告里常见的那种窗户很多的房子，就位于这一带面积最大的地坪里。

那房子和有库房的房子之间有个空间，五百米之后，有一栋看似某公司宿舍的五层楼水泥建筑。

而其左侧，可望见公园里最高的楠树顶端和四根电线杆。

这便是从留美子的房间和隔壁父亲只有一点五坪大小的书房看出去的风景。

十年都不曾拉开的窗帘已经拆下，昨天换上了新的窗帘，与父亲书房共享的那道灰泥墙墙边，放着刚才搬家公司的四名年轻人搬上来的书架，床则靠着另一侧的墙摆放。

留美子从纸箱里取出装有她与父亲两人合照的相框。

那张照片是留美子大学放榜那天晚上，和父母三人到银座的寿司店庆祝的时候，母亲拍下的。

小时候和父亲两人单独拍的照片很多，但当留美子接近成人后，不知为何，照片要不是弟弟亮臭着一张脸，就是和哪个来家里玩的人一起拍的，再不然就是父亲或留美子中有谁的脸被拍模糊了。

父亲突然死于意外之后，留美子从相簿中选出那张照片放进相框，在书架的一角放到现在，但决定回目黑家时，她想把这张照片放在父亲书房里的定制书架上。

十年前搬家也是匆匆忙忙的，她还记得，东西全数搬进屋里时已是晚上九点，比预计的时间晚了很多。

那天晚上，她们吃了姨妈亲手做好带来给她们的三层大餐盒里的饭菜，各自洗好澡时，已经半夜一点多，几乎没有碰行李就睡了。

第二天，父亲和留美子都去上班，下班回家后挨家挨户拜访附近邻居。母亲一个人收拾整理，但还没整理完就累了，早早便上了床。

所以，父亲终究是没能在自己梦寐以求的书房里坐上一坐。

留美子带着相框走向父亲的书房。

那张宽一米、高六十厘米的书桌——厚实的山毛榉顶板本来不知是做什么用的，桌脚是另一种材质的老木头——就安置在朝南的窗户底下无法拆除，至今仍旧在那里。椅子是父亲的朋友出让的中国明代古董，乍看之下活像在箱子上装了靠背，非常结实，十年来也都和书房的书桌一起留在这里。

与留美子房间相邻的那道墙由灰泥砌成，但这个房间只有那道墙和铝窗不是木头做的，其他诸如地板、天花板和西侧的墙，全都是旧木制成。

木板墙下方有一个高一米二、深一米，几近正方形的挖空空间。这个看上去像是洞穴的空间，究竟是为了收纳什么东西而设，父亲为何刻意要做这个，留美子不知道。

要放花瓶来装饰太大了，如果是为了放电视录像机或音响，又好像太郑重其事。是为了放定制书架放不下的文件吗？还是收纳工作方面的数据和笔记？无论如何，在这个细长冷清的房间里，就有这么个谜一般的洞穴。

"有一个时期，大家都用水泥丛林来形容大城市。大概是我高中的时候吧。在成长时代，东京也好，大阪也好，到处都盖起大楼，施工中的大楼钢筋铁骨都露出来……我走在市中心的路上，心里想着，真的是水泥丛林啊。"

决定要在目黑盖房子的时候，母亲曾一脸受不了的样子不满地追问为何要那么病态地执着于木头时，父亲是这么说的：

"我既不是以'自然派'自居，也不是执迷不悟地被什么信念附身。只是想要有个能让身心舒适的归处。如果有大小适中，既不过亮也不过暗，房子本身是活的、会呼吸的这么一个家，即使在水泥丛林里待到精疲力竭，也能让人觉得回到家就活过来了不是吗？"

父亲说话从来没大声过，更不曾对母亲动手，但其实性子急、脾气暴躁，却在盖自己理想的房子上展现了十足的耐心。

"而盖出来就是这个家啊……"

留美子把相框放在桌上，在那把硬得让人觉得至少该来张薄坐垫的椅子上坐下。

听见了上楼的声响，接着母亲站在敞开的书房门前说："这个，我们带到贵美家，可是十年来从来没打开过。"

母亲双手抱着一个颜色变深、封箱胶带也已经变质的纸箱，连弟弟亮用马克笔在上面标明的"书房"两个字也褪了色。

母亲说，父亲暂时放在这书房的东西都在里面了。

"觉得可能很重要的东西，那时候全都装在别的箱子里了。这里头呀，我记得是三块石头，四五本不知道是什么的简介，还有你爸爸从韩国买回来的一个小文卷匣……应该就这些了。"

母亲将纸箱放在桌旁，并说刚才打电话订了车站附近的寿司店的外卖寿司。

"石头？什么石头？"留美子问。

"不知从哪里捡回来的。分了大中小块，你爸爸说摆起来像一条鲸鱼……"

母亲说，不管父亲如何解释，她就是怎么看都不像鲸鱼，但又不想扔掉，便和小文卷匣一起收在纸箱里了。

"书桌的台灯和这个房间的立灯都装在别的箱子里，不过我忘了是哪个箱子了……"

母亲这一提，留美子才发现父亲书房的天花板没有照明。

十年前搬来时，她顶多进过这书房两三次，而且都只是为了搬东西进来，又急着整理自己的房间，所以没留意过父亲书房是什么样子。

"你爸爸坚持说，照明要比自己的视线低，所以书桌就只有一盏看书用的台灯。至于房间的灯……"

母亲往那个奇妙的洞穴旁一指，"那里也放了一盏大概一米高的立灯。"

说完，便下楼去了。

天色渐渐暗了，没开灯便看不见书房的天花板、墙和地上的木头节眼了。留美子想在寿司送来前，至少把自己的衣服整理好，便走近窗边想关书房的窗户。

从那里，看到佐岛老人家的厨房有移动的人影。但不是佐岛老人。

隔着厨房的毛玻璃移动的，看来是个体型相当富态的女性，刚才晾在衣架上的衣物也收进去了。

自己搬得动的小东西，昨天留美子便已请她上班的税务会计事务所的四个同事帮忙，开了两辆车搬过来。那时候，留美子和母亲又再度去拜访十年前曾经拜访过的人家，但佐岛老人家没有人，隔壁老人的儿子家也空无一人。

冰见家刚搬来随即又成空屋的原因左邻右舍都知道，但大概都认为已经是十年前的事了，几乎没有人提起，只是形式化地回答"谢谢你们特地来拜访，以后也请多多关照"。

"难怪这房子卖不出去……"

留美子关上书房的窗户，本想先回自己房间的，却撕下了在姨妈家储藏室深处一放就是十年的纸箱胶带，取出里面的小文卷匣、三块石头和几本厚厚的简介。

五本简介中的两本，是父亲大学毕业后工作了二十八年的公司的公司简介，其余的是相机、冰箱和照明器具的产品介绍。都不是什么非留不可的东西，留美子只将公司简介放在书架上，其余的东西放回纸箱。

小文卷匣上了锁，穿着红蓝色流苏的钥匙用胶带贴在小文卷匣的盖子上。

留美子将小文卷匣放在书桌上，摆好三块石头。这几块石头的确平平无奇，在河岸边俯拾可见。

其中一块形状像是竖起来的饭团，有小孩子的拳头那么大，另一块是略微扁平的圆柱形，而第三块的形状则像颠倒的银杏叶，有好几处深蓝色的条纹。

"鲸鱼啊……要怎么摆才像鲸鱼？爸爸很可能是个怪人……"

留美子想起不会喝酒、喝半杯啤酒就满脸通红的爸爸，餐桌上、厕所里也必备小记事本，在家穿的休闲长裤口袋里也一定有一本，在上面写下随时想到的数字、x、y，等等，以及一条又一条的曲线。

留美子不知道父亲生前在设计精密机器的现场尽心尽力的究竟是什么样的工作。但是，父亲全心投入这些工作，无论是用餐时、入浴时、看电视、上班通勤中，工作上的数理计算从不曾离开父亲的脑海，如今倒让留美子怀着一股欣羡之情。

"一件很有意思的工作落到我们公司手上了。也许，我终于遇到作为一个男人值得纪念终生的工作了。"

临时出差到德国的那天早上，留美子听到父亲对母亲这么说，但留美子和母亲至今仍不知道那是什么样的工作。

留美子趁着往西边天空落下的夕阳，摆弄三块石头。改变排列顺序，将石头分别或直或横或正或反地放着，忽然便摆成了类似鲸鱼的形状。

虽然只是见仁见智的程度，但若把饭团形的石头当作头部，圆柱形的当作躯体，像银杏叶的当作尾巴，再模拟鲸鱼形体来排列，便活像一条鲸鱼了。

留美子望着石头笑了。

"真的呢，是鲸鱼。抹香鲸吧。"

留美子保持着排列出来的形状，将三块石头放在书桌上微弱的夕阳余晖之下。然后，她撕下胶带，拿起小文卷匣盖子上的钥匙，插进钥匙孔。这个小文卷匣也是父亲前往韩国公干时，在古董店发现买回来的。这把钥匙类似旧时库房的钥匙，很难与钥匙孔密合，但稍微用力一转，便发出细微的金属声，转动了。

打开木盖，里面有一个信封。

虽然觉得父亲的私人信件最好别看，但父亲这样的人竟然也有会收在古董小文卷匣里的信，倒也令人觉得有趣，留美子便拿起那个蓝色的信封。原来是那封十五岁少年亲手递给留美子的信。

留美子不觉皱起眉头，怀着碰到恐怖东西的心情般抽出信纸，一确定就是十年前那封让人不舒服的信，便走出书房，在二楼走廊的大窗户前站定。

本来是想问母亲信怎么会在父亲的小文卷匣里的，但大窗户看出去的正对面那户人家的庭院实在太美，她不禁停下了脚步。

留美子家的门几乎朝正北，门前的路也是单行道，宽度仅能供两辆车勉强会车。隔着这条路，与留美子家相对而立的这户人家挂着"上原"的门牌，在矮石垣上种了扁柏作为围篱，修剪得很工整，树身却很高，远比古老的木门和人都高大，从外面完全看不到里面的屋宅。

这户所谓早期洋房风格的房子并没有特别大，无论是鱼鳞状的墙，独具匠心的厚重窗户，还是装上门扉的石造粗圆柱，都流露出陈年典雅的风味。

但让留美子看得出神的，是庭院里壮观的树木，茂密壮硕得足以遮蔽整条从大门通往玄关的石板路。

杨梅、冬青、龙柏、大花山茱萸……除此之外，还有几棵留美子叫不出名字的树，棵棵都是挺拔的大树。

玄关旁的墙边种了藤蔓玫瑰，爬在鱼鳞形墙上的枝丫结了无数花苞。藤蔓玫瑰的树干也很粗，看来种了也有十年，不，近二十年了吧。

十年前怎么没注意到上原家的庭院竟如此美丽呢……留美子这么想，但后来才察觉，自从负责贝家造园这家公司的税务之后，自己才开始欣赏庭院的。

每个月，她都要到这家总公司与农园都在静冈县的园艺公司监工，至今正好满一年，每次去都增长了关于"庭院"的知识。但不如说，若少了这些知识，便无法正确掌握园艺公司的资金进出。所以留美子在短短一年当中，记住了不少园艺植物的名称。

父亲会不会是在盖这个家的时候，便已考虑到将对面上原家的庭院作为借景呢……

确定自己家二楼的窗户独具匠心的大小以及位置之后，留美子心想，这里恐怕比上原家的人更能欣赏上原家的庭院之美。

"爸爸的小文卷匣里有这个。"

一进客厅，留美子便这么说，把蓝色信封放在母亲面前。

"这是什么？"

母亲问完便找起老花眼镜。

"就是那封很怪的信啊。一个十五岁的男生给我的，说蜘蛛会飞什么的莫名其妙的信。"

"咦？什么时候的事？"

母亲泰江大概是忘了把老花眼镜放在哪里，边往叠在一起的空纸箱里找眼镜边问。

"十年前呀！就是我们刚搬到这里的时候，一个没见过的男生在车站的面包店前给了我这封信啊？"

但母亲还是想不起来。

留美子为了帮母亲想起信的事，便一起找老花眼镜。眼镜在洗脸台的架子上。

看完信，母亲终于想起来了，问留美子："这个东西怎么会在你爸爸的小文卷匣里？"

"我不就是在问这个吗……那时候是妈妈说，只怕将来会出什么事，先把这封信留着，就不知道收到哪里去了。"

母亲老花眼镜也没摘就望着天花板，好像在努力回想当时的事。

"收到这封信的时候，爸爸已经到德国去了吧。"

留美子虽然这么说，但记忆模糊，无法明确想起父亲出事那天前后的事。那期间发生的种种事情次序纷乱地交叠在一起。

"爸爸就是在收到这封信的第二天出事的。"

听留美子这么说，母亲便扳着手指头数，说："这样的话，你爸爸那时就已经离开日本了。"

她这时候终于想起来。

"对啦，是我。是我把这封信收在小文卷匣里的。我想说最好还是给你爸爸看一下，就放在二楼的书房里。没错。我想等你爸爸从德国回来就给他看……要住到贵美家的时候，什么都没想就放进小文卷匣里了。毕竟那时候精神状态不是很好……"

"讨厌，这种东西竟然又跑回我这里来了……真不吉利。"留美子说。

"撕掉扔了吧！"

母亲把空纸箱放在留美子脚边。

对讲机响了，是寿司店的店员来送外卖。留美子把蓝色信封往纸箱里一扔，往门口跑去。

　　第二天晚上，工作不如预期顺利，留美子将近七点才离开她工作的桧山税务会计事务所所在的西新宿 S 大楼，搭山手线先在涩谷下了车，正要前往东横线换车时，撞上了一名双手抱着一个大纸袋的男子。

"对不起。"

双方同时这么说，又同时无言互望。是那个与留美子以结婚为前提交往了三年，在去年秋天分手的男子。

"啊！"

留美子轻呼一声后便说不出话来，正想着是不是该说些什么，却发现男子的妻子牵着一个三四岁的男孩站在他身后。

"好久不见。"

男子这么说，但留美子微微一点头，便匆匆折回山手线的检票口。

折返之后，才为自己竟如此慌张感到窝囊，临时想到如果现在到东京车站，还能赶得上弟弟亮所搭的那班新干线的抵达时间，便逃也似的跳上了进站的电车。

明明直接与男子错身而过也没什么，却在浑身狼狈之下折回到男子与他的妻儿要走的方向，让她好生自己的气。

　　留美子认识这名大她五岁的男子时，男子已经与妻子分居。夫妻已经说好要离婚，但男子在结婚的同时，担任岳父所经营的公司的董事，他向留美子解释，在彻底离开那家公司之前，无法正式离婚。而岳父的健康状况堪忧，实质上公司等于是由他担任社长，所以先将工作交接给妥当的人选再离婚才符合做人之道。

　　请你相信我，我不会让你等上一年的。我已经近两年没有回到妻子所住的家了，今后也无意回去。离婚最后的协商也打算由律师陪同在其他地点进行，不会在两人生活过的家。我把现在一个人住的公寓钥匙先交给你，你随时可以自由进出。那么，你应该能明白我妻子并不会来访，也不会打电话过来……

　　留美子相信他，至今也认为他当时的话并不假。

　　然而，是否应该将男子在认识她、与她关系匪浅之后不久便得知妻子怀孕并一直加以隐瞒这一点，以性质迥异于"谎言"的"没有告知事实"来表达，现在留美子不愿去想。

　　如果是被骗了，那就是被骗的我太傻——留美子是这么认为的。

　　所以，意外撞见他与妻儿走在一起，竟心慌意乱折回来时的路，才让留美子觉得自己好没用，明明有位子却站在靠近车门的地方，从手提包里取出母亲泰江来电时草草写下的便条。

上面写着弟弟亮从名古屋搭乘的新干线列车名称与抵达时间，以及车厢编号。

母亲告诉她抵达时间时，并没有要她去接亮的意思，留美子原本也没有这个打算，只是随手抄在桌上的便签纸上而已。

留美子不愿回想男子与他妻儿的模样，便望着便签纸，决定今晚请亮吃点好吃的东西。要不是有这个机会，只怕也难得和总是阮囊羞涩的弟弟单独用餐……

留美子想去的是银座一家营业到深夜三点的店，名叫"都都一"。这是一家由名厨新开的店，卖的是割烹料理[1]，但也可以只点一两道自己想吃的，加上白饭和汤。留美子工作的事务所所长桧山鹰雄带她去过一次，后来留美子也和朋友去过几次。

"真是一笔意外的支出啊。"

留美子对电车门上玻璃映出来的自己说。

"我是个信守约定的人。"

这男子不知说过多少次的话，仿佛又从车厢各处响起。

亮穿着一件怎么看都显得太大的冬季夹克，带着一个四四方方、足足有半个榻榻米大的厚纸包行李下了新干线，一看到留美子就问："咦？来接我的？"

他一脸惊讶地说。

---

[1] 指就餐时可以看到厨师制作料理的过程。

"对呀。来跟你讨债的……你还欠我五万[1]，还给我。这次你可别想逃了。"

留美子这么说，伸出了一只手。

亮个子虽然不算高，但读中学时是橄榄球社社员，肩膀宽得引人注目，上面顶着一张略嫌太小的脸。并不是因为肩膀宽而显得脸小，而是亮的脸本来就比普通日本男性的脸部小得多。

"咦！等一下啦！我是为了向姐姐借钱才来东京的。"

"别闹了。上次借的五万都还没还，竟然又要借，你在想什么啊！"

"因为，我没钱买回程的机票啊。姐，借我钱吧！好嘛，姐。"

"不要姐姐、姐姐叫这么大声。你不怕丢脸啊。"

留美子走在亮五步之前，下了月台的楼梯。四周的人都因为亮喊"姐姐"的声音看着留美子。

"姐，你现在穿的是高科技的内衣吧。胸部变大了呢。"

亮双手提着那个四方形的大行李，在留美子身后说。

"不要这么大声！还有，也不要再叫姐姐了。"

留美子停下脚步，好逃避那些听到亮讲话而把视线落在被叫姐姐的女子胸部上的中年男子的目光。

"那，留美，拜托，再借我五万。过年前一定还。"

"你那行李不能想办法处理一下吗？拿这么大的行李上电车，不会被司机骂吗？那里面到底是什么啊？"

---

[1] 若无特殊说明，本书提到的货币均指日元。

"朝鲜李朝时代的多宝槅。是我送给留美的礼物。"

亮说，然后喊饿。

"你特地从大分县带来的？"

"我今天在和歌山的熊野买的。我买了直径一点五米宽的杉树根，和五百年榉木的风倒木，还有龙柏，买完一直称赞这架子很棒，制材所的老爹就很好心说等你发达了再付钱就好。我趁他还没改变心意，拿旧毛毯裹了，再包了纸，就扛回来了。全都是为了留美。"

"冰见家的血液里真的有木头啊。也许以前有祖先是柴夫。亮也好，爸爸也好，都得了爱木头的病。"

留美子看亮的行李实在太重，便放弃搭电车到有乐町站的打算，出东京车站便上了出租车。亮的那个李朝时代的多宝槅被勉强塞进了后车厢。

亮在纽约的大学学的专业是信息工程，毕业后回日本的研究所继续进修，后来在指导教授的推荐下进了电脑产业的大企业。

本来电脑程序开发工程师当得好好的，两年后却突然辞职，在朋友父亲开的大分县的制材所工作，还说这一生要奉献给"木工"，也没跟母亲商量一句就跑到大分县，在那里一边工作，一边租了间已经废弃的农舍当自己的住处兼工房，做起实木桌和装饰架。

至今亮所做的东西只卖出过两件。一件是厚厚的杉木原木桌，另一件是龙柏木做的装饰架，所得收入据说都拿去买将来会用到的原木。

亮说，能囤积多少树龄高的原木，左右了他十年后、二十年后、三十年后的工作。

"竟然说冰见家的血液里有木头……好歹也说前世是树精之类的嘛。"

亮说完，从出租车里望着东京的夜景。

留美子知道，这个平日沉默寡言的弟弟会多话、开玩笑的对象，就只有母亲、身为姐姐的自己以及极少数的朋友。

在其他人面前，便无法发表自己的意见和展现独特的机智感，实在很吃亏。

尽管觉得弟弟这么内向，多亏他能耐得住为期四年的美国留学生涯，但她也知道弟弟一旦投入一件事，就算踢到铁板也不轻易放弃，就像他在初高中从来都没有当过橄榄球队的正式队员，教练和学长不知劝过他多少次，说他恐怕不适合，但他终究没有退出橄榄球社。

明明是这样的个性，却丢下了任谁看来都前途无量的职业，一句话都没跟母亲商量，便一头栽进了完全没经验也毫不相关的领域。

位于大分县 U 市的制材所老板劝他，在我这里也学不到什么东西，你去跟有"木工名人"之称的师傅学，我帮你介绍，但他本人则表示在处理"木头"的第一线还有东西要学，白天便在制材所上班。

位于银座的"都都一"要到晚间十二点过后才会热闹，所以当留美子和亮进入只有吧台座位的店内时，只有两组客人。

"这里会不会很贵？老爸还在的时候，带我去过这附近的牛排馆，之后我就没进过这么高级的店了。留美，你常来这家店？"

亮向穿着白色传统烹饪服的年轻板前师傅征求同意，将大行李在入口附近靠墙放好之后，悄声这么问。

"当然啦，这里是银座，虽然是名厨半玩票性质开的店，也不算便宜。不过也不贵啦。一个月来一次的话，我的薪水也还吃得起。"

"半玩票性质，怎么说？"

"晚上看完电影或舞台剧，就算想吃点什么再回家，可是日式料理店也好，寿司店也好，不都是九点或十点就打烊了吗。加班到很晚，想吃点好吃的东西，那个时间也没有什么店可以让人不用担心开销……这里的老板常这么想，后来就决定干脆自己来开一家这样的店。"

留美子点了炖白鱼和丝绢昆布鲜蛤蒸再加上竹笋饭。亮则是拿着菜单犹豫再三，才点了炖合鸭里脊肉和沙梭天妇罗。

"可不可以点一瓶热清酒……"

亮在耳边有所顾虑地问，留美子便笑着说："我也要喝，那就点两瓶好了。"

这时，背后突然发出很大的声响。原来是在店门口打扫的实习板前师傅，大概没想到会有这么大的东西放在那种地方吧，拿着拖把和装了脏水的水桶想从留美子和亮身后进来，却撞上了亮的东西。水桶里的水全都泼在亮的东西上。

店里的人边道歉边拿着毛巾赶过来。

"走路不会看路啊！"

一个原以为是客人、穿着毛衣的中老年男子，一脸不悦地骂年轻的板前师傅，拿毛巾擦拭包裹的纸，但水已经渗进去了。

"这东西不怕湿的。"

亮虽然这么说，还是急着拆下包装的纸。边角的部分垫着毛毯、木纹肌理黝黑而毫无光泽的多宝槅便露出了古色古香的模样。

"混账东西，要先把客人的东西擦干净，用新的纸包起来才对吧！"

"都都一"的老板不耐烦地瞪着在意地板上的水更甚于客人湿掉的东西而拿着拖把准备拖地的板前师傅骂。

"哪里，是我不该带着这么大的东西来。真不好意思，给你们添麻烦了……"亮这么说，拿毛巾擦了顶端的部分，但多宝槅并没有很湿。

"这是什么？"老板问。

"架子。"亮回答。

"是古董吧？"

"朝鲜李朝时代的东西。"

"客人您从事这方面的买卖？"

"呃，这个，也不太算……"

"那么，这是要出售的吗？如果是的话，能不能卖给我？"

"呃！"

"哎呀，这东西好啊！李朝时代吗……那就是十九世纪朝鲜的文物了？"

"是啊。"

"出十万，就是占您便宜了。二十万如何？"

"啊！"

"那，三十万。如果您愿意以三十万出让，我可以当场付现金。"

"呜！"

"不行吗？"

"咿！"

留美子趁老板不注意，轻轻踢了亮的小腿肚一下。

"请您以三十万割爱吧！"

"哦、哦！"

"喂——把我的钱包拿来。"

也不知到底想说什么，亮就只会啊、咿、呜地不断眨眼，留美子朝他的小腿肚又踢了一脚，使眼色要他趁对方还没改变心意，赶快卖掉。

亮也没清点对方交给他的三十张万元钞，就这么握在手里望着留美子。留美子笑着对他点头，他才总算说："我想这应该是栗木做的。是李朝时代的东西没错。请您找懂得的人来评鉴。"

老板笑着说："好，东西已经是我的了。"

然后指着吧台深处的墙，吩咐年轻的板前师傅把东西搬过去。

"墙壁的那个空间啊，我老觉得碍眼，实在很不舒服。挂什么画都没用。摆壶啊、盘子也没用。插了花看上去也不怎么样。可是空在那里，又不是一回事。就是在等这个李朝时代的架子啊！除此之外什么都不配。"

老板指挥板前师傅：再靠右一点，不对，再往左一点。要师傅把这古色古香的李朝多宝槅放在看似收放餐具类的有拉门的台子上。然后，在架上各摆了两个他自己喜爱的酒杯和碟子。

"大概二十年前，我硬买了一个香盒。是桃山时代[1]的。就适合拿来摆在从上面数第二段的右侧那一格。"

"都都一"的老板问能否事后将收据寄来，给了亮一张名片。

他们点的菜上了吧台，两瓶热清酒由老板亲自送来。他为留美子和亮斟了酒，望着多宝槅说："呀，真是说不出的好啊。这个东西因为我们年轻人粗心而出现的时候，我好像被雷击中一样，我想找的就是这个啊！如何，看看这味道……"

老板回到店后之后，留美子啜着热清酒说："你好没用哦。"然后敲了敲亮的头，"啊、咿、呜、欸、哦……亮会说的话就只有 a、i、u、e、o 这五个音吗？就不能把自己的想法说清楚吗？亏你这样还能在那个鼓吹个人主义的美国住上四年。"

"因为，今天卖给我的人说两万就好了啊。所以这家老板问我十万如何，我被吓到了。"

———————

[1] 约 1568 年—1603 年。

说完，亮吃了些炖合鸭里脊肉，喝了杯里的酒。

"真好吃，好吃到脑髓都麻了。"

亮眯起了眼睛。看他一副狗狗让人搔到痒处的神情，留美子便把自己点的炖白鱼的盘子往亮那边推，让他尝尝看。

"才两万？那个李朝时代的多宝槅……"

"别这么大声啦，店里的人会听到的。我都觉得好像犯了罪，坐立难安了。"

"两万就要人家等你发达了才付，你一个二十九岁的男人不会觉得不好意思吗？如果两百万还说得过去。亮的钱包里平常都带多少钱？"

"现在是一千二。"

留美子吃了一片亮的炖合鸭里脊肉。

"干吗！没有经过别人的同意就抢别人的东西。"

留美子一巴掌往亮的后脑勺拍下去。

"你还好意思说。一个二十九岁的大男生钱包里竟然只有一千二……只有一千二，还敢搭新干线在东京车站下车，你拿什么证明你是个社会人啊！人生会发生什么事，难以预料。你是要为了区区一片鸭肉就和上天赐给你的这个可靠的姐姐为敌是吗？那好，这道沙梭天妇罗你也不要吃，酒也不准喝了，这些可全都是我请的。"

亮便说今晚我请客，问起要不要点春季综合生鱼片。

"从天上掉下了三十张万元钞嘛。要吃什么尽量点，我请。"

"真的呢。钱从天上掉下来。两万的垃圾变成了三十万呀。这种钱就叫作不义之财。我要点这道炭烤近江牛，还要再来一瓶酒。"

亮张望了一下四周，把声音压得更低，说："一开始老板问我这个多宝槅卖不卖的时候，我吓了一跳，就'呃'了一下。接着，他问我二十万如何，我本来是要说'啊，那样收太多了'，可是太惊讶，只说得出'啊'，结果老板竟然开价到三十万，我喉咙好像堵住了，就'呜'……他问我'不行吗'的时候，我是要说'实在不能收您三十万'的，也出声了，却只'咿'了一声就接不下去了。"

"那最后的'哦、哦'呢？"

留美子拼命忍住笑问，就怕嘴里的那口鸭肉喷出来。

"当时我几乎没有意识了，就只是出声，没有什么意义吧。"

亮说完，吃了口沙梭天妇罗。

弟弟这么软弱，母亲常常担心他能不能适应社会，留美子也对弟弟人太善良、没有自己的主张、面对别人时总是退让不止一步的个性时而焦躁、时而不耐，但有时也会想，搞不好这孩子是个"大人物"。

眼看着明年就要三十岁了，却还说要收集自己的原木，而且说得稀松平常，把制材所给的微薄薪水存起来，买原木买得毫不手软。

半年前之所以会借五万元给亮，是因为亮不知通过什么渠道知道有一根长三米、直径五十厘米的山毛榉原木，而且是远离树根的部分，就木材而言非常稀有，但亮的钱不够买下这根木材。

但是，由于是还没有干燥的"生木"，所以那根山毛榉原木必须等上好几年才能加工做成"东西"。

留美子认为，与其买这种东西，不能先磨炼身为木工的手艺，再买已经干燥的优质木材，做成桌椅柜架吗？但亮却一味说想接触原木。

既不慌也不忙……不知是个性的关系，还是不知何时何处建立起的信念，亮的这个做法，从某种角度来看甚至可以说非常了不起，留美子只要和亮在一起，就觉得情绪平和，有时会觉得自己汲汲营营的日子很空虚。

然而，无论是突然辞掉大型电脑公司的工作，还是决定靠朋友介绍到大分县U市的制材所工作时，亮都没有说过他想这么做的缘由。

炭烤近江牛上桌后，亮便从口袋里掏出他收下的三十万，抽出五张万元钞，递给留美子。

"借了这么久，今天这顿就算是利息吧。"

"你就是出手这么阔，所以钱才会马上就没了。俗话说，钱和父母不会永远都在身边。知道吗？"

留美子这么说，将酒瓶里的酒倒进亮的酒杯里。

"说得真好……不过，这五万还是先还你。借了这么久，谢谢。"

接着，亮说，和歌山县的熊野市有一位多半是现今日本最厉害的木匠。

"再等个一两年，我可能会去拜他为师。"

留美子明知问这个问题等于是给弟弟的决心和意愿泼冷水，还是问："一两年后去拜师，那等亮能够以木工方面的工作赚钱还要多少年？"

"快的话，十年吧。"

亮一点也没有被泼冷水的样子，以一副事不关己的样子回答。

"过了十年你就快四十了。在那之前你要一直过现在这样的穷日子？"

"嗯……大概吧。"

"你没有喜欢的人吗？"

"本来有，不过被甩了。本来说好要结婚的。"

接着，亮突然改变了话题。他转得太生硬，所以留美子知道亮不是为了摆脱自己不愉快的回忆，而是怕触碰到姐姐心头的伤口。亮知道留美子与那个前男友之间的来龙去脉。和那个人结婚，已等同于既定事实般笃定，所以留美子当然也向母亲介绍过，亮回东京的时候，也曾三人一起吃饭。

"自然发生的山林火灾和森林火灾，是因为空气太过干燥时又不断刮起强风，树与树互相摩擦，通常是因摩擦生热而导致起火……"

亮说："森林火灾火势强，灭火作业又很困难，所以损害也是全球级的，不是吗？可是我啊，现在渐渐相信这背后其实是有大自然伟大的智慧。"

树木密集丛生的山头和森林，树龄超过百年的巨木为数众多。所有的树都会结果，形成种子散落在四周。有些也会由鸟衔着带到远方，或成为松鼠和兔子等小动物的食物，养活许多以果实为主食的生物。

既然是种子，最重要的使命便是繁衍下一代。

而它们几乎不是在巨木下腐烂，便是落入土中，无法达成原本的使命，任凭时光流逝。在巨木底下难以发芽，土壤里的养分又被众多树木吸收，越来越贫瘠，失去孕育新生命的力量……

"我觉得啊，这样的状态持续了几十年，那些年老的树便会在寂静的满月之夜，互相商量讨论起来。"

"商量讨论，你是说那些树公公和树婆婆？"

"嗯。他们会说，你看看时候是不是到了，该腾出点位子来给年轻一辈了吧？"

亮一脸认真地说道，在留美子的酒杯里斟了酒。

"然后，等到气象条件合适的那一天，它们便彼此摩擦对方的肌肤，点燃火苗，把整座山或森林烧光，自己烧焦化为理想的养分重回大地，让那些在土壤中等待这个时期的种子发芽、成长，让一片新的森林诞生。"

亮顿了顿，说道："这样发芽的新树木，要长成顶天立地的大树，让广阔的焦土成为广阔的森林，至少需要五六十年。所以说，我为了当想当的人、做想做的事而决定的路，靠这条路来养活我自己所花的十年，其实很短吧？"

"这真是十分有趣又意味深长的三段论法呀。"

留美子打趣地说，但觉得这好像是头一次接触到总是深不可测又沉默寡言的弟弟的内在那一面，便望着他的侧脸。

留美子把亮刚还她的五万元塞进他胸前的口袋，说："等你发达了再还我。姐姐欣赏弟弟的志气。"

留美子又说，不会让他花掉今晚有如天上掉下来的那三十万中的任何一毛钱。

结果亮向年轻的板前师傅问起老板今天是不是已经回去了。

"这个，我也不清楚……不过我想应该已经回去了……"

留美子问起找老板有什么事，亮便压低声音说："我想把这个李朝时代的多宝橱要回来。"

"咦？要回来？你是说不卖了？"

"嗯。愈看愈觉得是好东西。我是因为老板的气势和三十万的现金昏了头，想也没想就卖掉了，可是，我想留着这个多宝橱。"

"那可不行。东西已经卖掉了，钱也收了。这个多宝橱已经是人家老板的了。这是社会的规矩呀。说什么把钱还你，请把我卖你的东西还给我，世上没有这个道理。"

听留美子这么说，亮把本来从口袋里拿出来的纸钞放回去，低声说："说的也是。留美说得对。"

然后便不发一语，把东西吃完。看他吃东西，感觉很痛快。每一道菜都仔细品尝，在全部吃完之前，筷子的动作和咀嚼的力道都维持一定的节奏，留美子觉得好像今晚才头一次看见。

十年。短短十年。却又好长好长的十年。

留美子在内心悄然低语。

十年前，父亲在国外死于意外。当时不仅哀恸父亲的死，对自己一家人将来的生活沉重的不安也落在肩头，便不顾一切地辞掉了朋友们羡慕的大企业工作。因为她认为，为了母亲往后的人生，以及已决定要到美国留学的弟弟的学费和生活费，不能没有这笔对车祸的赔偿。

至于自己的将来，那个当下，她并没有太担心。

当时她才刚进公司，对于所谓的工作、所谓的社会，其实还一无所知，一进公司很快就明白，能代替自己的人要多少有多少。

换句话说，这是因为自己并没有任何特殊专长。

"对女人而言，最可悲的，便是和无聊的男人结婚，忍耐着因此而衍生的许多无聊。"

从留美子上中学起，父亲便常说这句话，在父亲出事后，又经常在耳边响起，所以当留美子得到意想不到的高额赔偿金时，便决定自己也要重新学习，培养一身专业能力。

从小她便喜欢拿数字加加减减、排列组合，同时好友的父亲又是税理士[1]，在这位伯父的建议下，她二十三岁时开始以当上税理士为奋斗目标。

上了两年专业学校，接着边在税理士事务所打工边准备考试，二十七岁第一次挑战税理士资格考试，但落榜了。好几个税理士都说一次就考上的人是特例，但第二年、第三年接连挑战，也都没有成功。

正当她整理好心情，决定要是第五次挑战还是没有成功便要重新考虑自己的未来时，爱上了一个人。

---

[1] 即税务代理，指专门代理或帮助纳税人依法履行纳税义务的税务专家。

在等他与妻子正式离婚的那三年，留美子不免倾向于认为自己考取税理士执照这件事不怎么重要。

因为她发现，日本社会对女性税理士的偏见太深，很多老板直言：我们公司的税务交给女人妥当吗？但奇怪的是，在有口碑有成绩的税理士事务所上班，以该所一级职员的身份前去服务客户时，反而比男性更受礼遇，也更受信赖。

她与目前工作的桧山税务会计事务所所长桧山鹰雄，是在税务会计业务专用的电脑软件研习会上认识的，对方主动问她愿不愿意到他的公司上班。

桧山鹰雄当时三十五岁，事务所才成立三年。留美子对电脑软件的吸收之快及应用能力似乎令他大为惊叹，但他事后说，其实是看上留美子的口才佳、反应快，以及身为女人的清新感，有预感她将会成为事务所的重要战斗力量。

桧山鹰雄虽然有些恃才傲物，但身为税理士的能力比留美子见过的任何人都优秀，而且始终坚持客户应遵循税法，以光明磊落的税务管理为绝对方针。桧山的做法是在这个方针所允许的范围内，绞尽脑汁为客户追求合法的节税策略，虽有客户斥之为"无能"而改找其他税理士，但目前客户已经增加到五名员工无法负荷的程度了。

留美子在桧山税务会计事务所做了一年半的总秘书，接下来的一年，以桧山助手的身份随同他拜访许多客户，有了实务经验之后，"这是我们公司最厉害的人。"在桧山如此吹嘘下，她目前直接负责五家客户的税务工作。

但在那之前，她不知忍受了桧山多少叱责和毫不留情的痛骂。下班回家后将自己的电脑和事务所的联机，加班到近天亮的日子也不少。而在这所谓的学艺时代中，留美子没有结果的恋情也同时并行。

所以，对留美子而言，从二十二岁起到今天的这十年宛如一瞬，却也有种比同年代的人多活了两三倍的错觉。

留美子和亮一回到目黑的家，只见母亲泰江以疲惫万分的神情坐在客厅的椅子上，泄气地说："唉，我又找不到老花眼镜了。"

母亲不戴老花眼镜，不要说看报了，连电饭锅上的刻度、洗衣粉外盒上标示的用量和用法都看不见，所以从早上到现在什么事都没能好好做。

"留美子，你最后一次看到我的老花眼镜是在什么地方？"

被这样问起，留美子想起会不会是母亲在看那封十年前的信的时候，便说："我看到眼镜放在这张茶几上……再后来我就不知道了。我不想再找妈妈的老花眼镜了。都不知道跟妈妈一起把这个家翻过多少遍了。找东西可是很累人的。不知道为什么，就是很耗体力耗精神。"

对留美子这番故意说得很刻薄的话，母亲一脸泄气地说："想得到的地方我都找了，找得我好累。我在这里看了那封信，后来吃了外送的寿司，然后做了什么呢？睡前又坐在这把椅子上，把要扔的东西丢进纸箱里……"

"那一定就是纸箱啦！眼镜一定不知道怎么搞的掉进那个纸箱里了。"

亮说完，伸手摸摸走廊地板，又仰头看柱子和天花板。亮在这个目黑的家也只住过十天，当时他对"木头"还不感兴趣，一直抱怨："什么烂房子啊，跟鬼屋没两样。"

"对啦！就是纸箱。一定是掉进去，妈妈没注意到就拿去丢了。"

留美子这么说，问起母亲那堆纸箱本来不是约好专门的搬运人员明天要开卡车来载走的吗。

"刚才已经来载走了。"

母亲说："他们说，离我们两站的地方有人搬家，他们来载垃圾，结果垃圾比预估的少，卡车的车斗还有空位。"

"那是几点的事？"

留美子问。母亲回答才三十分钟前的事。

"我打电话拜托他们看看。不过他们可能会嫌麻烦，推三阻四吧。"

留美子看了抄在记事本里的搬运人员的电话。

一打电话过去，接电话的年轻人说要联系司机，语气亲切得令人意外，而且五分钟后就回电话了。

卡车司机来过冰见家之后，开到车程五分钟外的一家便利店的停车场，买了饭团，现在正在车里吃饭团，吃完就会折回冰见家。

留美子连声道谢后挂了电话，说："得送点东西给司机先生才行。"

搬运人员的卡车很快就开来了。冰见家扔的纸箱一共有七个。留美子和亮在门口把里面的东西都翻出来，找到了母亲的老花眼镜。

"找到了吗？那，我可以走了？"

司机一说完，便立刻发动了卡车扬长驶去。只要找到老花眼镜，也就不需要装了垃圾的纸箱，但又不好意思叫住已经开动的卡车要他也把这个纸箱带走，所以留美子和亮便把纸箱带回了客厅。

母亲为折返的司机煮了咖啡，但听到还来不及道谢司机就走了，便喃喃地说："真是不好意思啊。"

母亲拿清洁剂洗了老花眼镜。

"该不会有别的重要东西也掉进这个纸箱里了吧？"

亮这么说，把纸箱里的东西翻出来，里面百分之九十九都是纸类。

"看吧，我就知道……这封信不是很重要吗？"

亮苦笑着把蓝色的信封放在茶几上。

留美子望着那封信，架在茶几上的手托起腮，也没多想，闻着咖啡香便在心里说："这封信又跑回来了……"

由于觉得不太舒服，留美子把那封信丢到了纸箱里，但又莫名好奇，把信拎出来，看了信封里的信。

你看过在空中飞的蜘蛛吗？

十年前十五岁的少年以圆珠笔写下的字句，鲜明依旧。

我看过。蜘蛛会在空中飞。十年后的生日，我就二十六岁了。十二月五日。那天早上，我会在地图标示的地方等你。如果天气好，这里应该可以看到很多小蜘蛛起飞。到时候，我要向你求婚。谢谢你看完这封奇怪的信。

须藤俊国

十年前，留美子对这封信感到不舒服，几乎对少年所绘的地图视而不见，现在看地图画的是冈山县总社市 A 町，山与山之间有田地的图例，一条河从中流过，上面有两座桥。

叉叉便打在桥与山之间的田地之中，有细小的文字注明"从甲斐家前的路向东走十五分钟"。

留美子心想，那名少年今年十二月就要满二十六岁了。

他恐怕已经忘记自己十五岁的时候，曾经亲手把这样一封信交给一名年长他七岁、名叫冰见留美子的女子了吧。

万一还记得，那么这个人想必个性非常怪异。

如果这名少年没有认错人，信的确是要交给名叫冰见留美子的年长女性，那么他到底是在哪里见过我的呢？

当年我在东横线的 N 站出入，只有短短三天，那三天之内来回于家里和车站之间，包括买东西在内，应该也才五六趟才对……

无论如何，少年实际看到我冰见留美子，顶多也才两三次吧。

他到底是在哪里看到我的？

信中所附的地图非常简略，但山是山的形状，稻田也以短短的线条画出整整齐齐刚插秧的稻苗，以圆滑的曲线画出流经山与山之间的河，也有看似青鳞鱼的小鱼悠游其中。

山脚下的村子有六幢瓦片屋顶的人家，有神社，神社里"树龄八百年的杉树"的说明旁，的确也细心画了一棵有模有样的大杉树，仔细一看，还有一只狗睡在树根旁。

十年前看这封信的时候，留美子都没有把这些看进去。只一味地觉得不舒服，一点也不想去看这幅充满童心，而且简明精要的地图。

留美子不知道冈山县总社市位于冈山县何处。既然是"市"，那么想必人口不少，但地图所标示的地方，却有股现今日本日渐稀少的闲静山间小镇的气氛，可以想见距离市中心有一段距离。

留美子把咖啡壶里剩下的咖啡倒进小咖啡杯里，边喝边开始觉得这封信里有些什么让她没有断然认定写信人是变态跟踪狂。因为这幅地图中所蕴含的神秘温柔，触动了她的心。

留美子不曾被病态跟踪狂盯上过，但大学时，朋友曾蒙受其害，因而看过好几封跟踪狂所寄的信。

那些信里一再重复着"跟我在一起""我在某某处等你"之类的话，且字本身棱角尖锐，从一张信纸里便感觉得出狂乱逼人的不正常。

字又小又难辨识，也有错字疏漏，写的人不仅精神状态不稳定，字面上也散发出一股只能说是异常的力量。

相较之下，十五岁少年写的信，却充满了温柔与温暖。

"这个小弟弟，是在哪里对我一见钟情的呢？"

留美子喃喃地说，上了二楼，把蓝色信封放进自己的抽屉。

原因是，手绘地图固然不知为何令她舍不得丢掉这封信，但她也萌生了恶作剧之心，想看看十年前这个十五岁的少年，如果是住在这附近，在十年之后的今天变成了一个什么样的青年。

留美子准备去洗澡而来到客厅时，只见亮不断地活动左手的无名指。

"总算能正常活动了。"

亮看着手指说。他解释，去年十月在桧树的育林山区进行"修枝"作业时，不慎被柴刀砍伤了手指，缝了四针。由于伤到肌腱，手指只能弯曲一半，不过三月的时候，就算弯曲也不会痛了。

"修枝是什么？"留美子问。

"算是要砍下原木之前的一道手续吧。"

种下一棵树苗，过了十年、十五年，就必须进行"修枝"这项作业。留下树顶算起三分之一的树枝，剩下的三分之二用柴刀或锯子修剪掉。

不这么做，树枝会增加、变粗，树就无法长成好木材。

亮这么解释："修枝是很耗体力的粗活。要穿上鞋底有钉子的靴子，爬到还很细的树上，为了五六十年后的树木，而把现在的树枝除掉。现在会修枝的工人越来越少了。年轻人根本不想做这种麻烦又赚不了钱的工作。"

"五六十年后？"留美子拿着咖啡杯这样问。

"对啊。"

"去年十月你修枝过的树要等五六十年才能用？"

"对啊。修枝以后，再来就是等个五六十年，等那棵树长大。不这样做的话，就没有好树可以收成。"

看亮说得稀松平常，留美子知道自己没有听错。

"这样算起来，等你去年十月修过枝的那棵桧树以一块好木材的样貌再次出现在你面前的时候，你不就八九十岁了吗？"

"嗯，对啊。育林就是这么回事。我们现在拿来盖房子的木头啦、用来做桌椅家具的好木头，都是爷爷辈留下来的。然后由孙子辈裁切制材再拿来卖。我也一样，不知道能不能活到八九十岁，就算能，到时候也没有那个体力干利用那些木头的活了。"

"哦……"

留美子指着客厅后方那根多半是杉木的柱子，问亮他认为那根柱子被砍下来制材的时候树龄大概是几年。

"那根应该有八十年吧。然后当别人家的柱子当了有一百年吧。"

老爸盖的这个家，处处都是很了不起的木头——亮说完笑了。

"这个家简直是木头的宝库啊。老爸真的很有看木头的眼光。而且，灰泥墙也是传统的正统灰泥，没有掺加化学黏着剂，所以柱子和灰泥之间多少会有缝隙，墙上也有细微的龟裂，不过因为旁边的木头年代够老，就一点也不碍眼了。"

听到亮的话，准备先去洗澡的母亲说："可是，我还是想把这个客厅弄得亮一点。"

"女人嘛，还是会想用可爱的窗帘啦、百叶窗之类的来装饰房间呀。可是，要是在这个家里挂上花朵图案的窗帘，怎么说啊，就是不合适，很突兀……"

留美子也这么说，然后为了准备明天出差上了二楼。

从走廊的窗户那里可以看得到上原家的庭院。庭院中央有一盏水银灯，但灯没开，在门口附近，修剪得宜的龙柏树下，一盏高五十厘米的圆形庭院灯散发出晕黄的灯光。

门旁的房间挂着蕾丝，凝目细看，隐约可见室内的摆设，但留美子认为这么做很失礼，便望向由庭院底部升起的黄色灯光照亮的树木。

亮来到二楼，探头看父亲的书房。

"哦，真是个好房间。"

亮低声这么说，在书房的椅子上坐下，说："我偶尔回来的时候，这个房间就给我用吧？"然后缩起身子进了那个不知为何打造出来的奇妙洞穴里，竖起膝盖，整个人往板壁靠。

"人一待在这种地方，心就会静下来。在这里看书也好，也可以什么都不想只是发呆。"

"咦？那个洞是用来让人窝着的？"

留美子问。

"我猜应该是，就是为了在这里窝着才特地做出来的。留美你也进来看看，会觉得很安心，好像躲在一个只属于自己的小天地里。"

留美子要亮出来，换她进了那个四方形的洞穴。确实，要是有座小台灯，真的没有比这里更适合阅读的空间了。

"问你哦，树龄好几百年的树，不是不能随便砍吗？育林的山也不会有那么老的树吧……可是，有些酒吧的吧台那种一整片都是来自同一棵树的，或是有些很大的餐桌桌面用了树龄五六百年的一整片木料，那些树是谁从哪里弄来的？"留美子问。

亮说，有专门找这种树的从业者。

"他们眼光雪亮，平时就紧盯全日本的寺庙、神社和有老树的大户人家，像台风过后之类的时候便展开行动。"

等老树被强风吹倒，或是得到消息知道哪家神社树龄五百年的银杏树倒了、终于枯死了，便赶去买下来。

对于不了解树木价值的人而言，倒了枯了的巨树不过就是难以清理的麻烦，所以有人愿意搬走真是感激不尽，不但会说"不用给钱"，有时甚至还会送点小礼。从业者则是将这些贵重的木头直接卖给熟识的制材所或木工，或是在木材产地定期举办的"铭木市"出售……

"在国有林里枯了倒了的树，政府会拿来拍卖。像山毛榉啦、橡树啦、核桃树啦、栗树啦、刺楸这些数量很少的树，大多是依公家单位的判断才到市面流通的。"

亮说他自己喜欢红松，但红松要从西伯利亚进口，然后抚摸亡父书房的书桌。"这就是红松，西伯利亚产的。"

"你怎么知道？我一直以为是山毛榉。"留美子问。

"木纹很密，闻起来很香。这么大的红松板，只有西伯利亚北方，在彻底管理之下才长得出来。树龄三百到五百年之间吧。美国和加拿大进口的北美乔松特性也和红松类似，但西伯利亚产的红松还是与众不同。木质本身就很柔软，时间越久，触感也会更加柔和……"

亮也窝进书房的洞穴，和留美子面对面，竖起膝盖靠墙而坐。

"老爸说，小时候爷爷家附近有个家具师傅，听说是名人级的。"亮说，"每天一放学，他也不和邻居朋友一起玩，就跑到那位师傅工作的窗边看他工作看到天黑。"

父亲自己也想当家具师傅，但身为高中数学老师的祖父坚决反对。据说祖父是这么说的：我这辈子就只能当个高中老师，但我希望你多用功，穷究数学之理……

"所以，当我说我想学电脑的时候，老爸一副很遗憾的样子笑了，一遍又一遍地跟我说：'做东西的工作真的很棒。我们一辈子只能活一次。正因为只有一次，不找个开心的工作来养活自己多不划算啊。'"

母亲从楼下喊着要他们早点儿去洗澡，留美子便钻出了洞穴。

亮说，昨天他从早到晚都在磨刨刀。

"有道是一刨三年，意思是说要真正学会怎么用刨刀得花上三年的工夫，我真的是最近好不容易才明白：啊啊，原来刨刀是这样运作的啊。"

亮也从洞里出来，在走廊上停下脚步，望着上原家的庭院。然后，说他最近对自己的选择和决心是否正确而心生迷惘。

"迷惘？"

留美子也从窗户欣赏着上原家的庭院问。

"其实也不能说是迷惘，可能只是因为对未来感到不安影响了我的决心吧，但我越来越不明白职业和业余的不同……"

以前有许多人在工作之余自己制作书架、椅子作为休闲活动，那时候称之为"周日木匠"。

现在则是有很多人自己选买木材，还备齐了专用的工具，甚至有专用的工作室，平日晚上和假日都埋首于木工。这些人的数量更远远超过了号称"周日木匠"的那个时代。

他们所制作的餐桌、椅子、架子、餐柜，有些乍看之下，不仅令内行人跌破眼镜，甚至标价出售也不足为奇……

亮这么说。

"有些漂亮得我根本没得比。可是，一旦实际开始使用，一两周之后就会明白：啊啊，果然是外行人做的东西。我没办法明确地说出到底哪里不同，可是，同样是专业的而且是有名的木匠，用同样的材质做了同样的东西，用得越久，就越能感受到它的好。到底是哪里不同呢……我现在就是不明白这一点……可是我觉得要是没搞懂，就没办法走下去……"

留美子明白亮解释不出来的意思，但那是个与自己无缘的世界，她不知道该说些什么鼓励他才好。

"可是，能看出这一点，就代表亮有所成长了，不是吗？"留美子说。

她觉得这种说法真是空泛又不负责任，思索着要补充几句话，但亮的眼睛出现了光彩。

"是哦……留美，这也是我有所成长的证明啊……"

亮回到书房，坐在椅子上，背对着留美子说，当父亲车祸过世，在遗体回到日本的翌日所举办的葬礼上，他与棺木里的父亲最后告别的时候，心里只觉得懊悔和空虚。

"可是，我留学回来，才当了两年电脑工程师就搞得身心俱疲，这时我答应了天上的老爸，我要做老爸当初一心向往的工作。"

"你答应爸爸？你怎么答应爸爸的？"

留美感到意外，朝着亮的背影问。电脑工程师可是炙手可热的工作，但年轻的亮才当了两年就身心俱疲这件事，也令她意外。

"电脑工程师的工作啊，不管是设计系统也好，开发软件也好，结果靠的都是个人的能力。而在电脑这方面，所谓的个人能力只分成两种。会的，和不会的，就这两种，没有中间地带可言。

"所以，重要的工作就全都落在会的人身上。集中到超越一个人的肉体所能负荷的程度。

"我那两年放的假，十根手指头数得出来。过年三天加周末和假日，总共十天左右。从早工作到半夜，好不容易睡着了，也会被床头手机的电话铃声吵醒。有人会说把电源关掉再睡不就好了，可是明明负责重要的工作，又不知道什么时候会出什么问题，怎么能这么不负责任？半夜被电话叫起来，穿着睡衣上直接套上西装赶到公司的事，多到都数不清了。

"最先是把胃搞坏了。接着是失眠。一杯牛奶，半片吐司。

光是把这点东西装进胃里，就恶心反胃三四个小时，闹到想吐。上床睡觉，才眯了一个小时便醒来，然后就再也睡不着了……

"当我发现，啊，原来我这个人已经慢慢崩解了，那种恐惧让我快发疯的时候，我看到了某个人做的橡木餐桌和椅子。老爸跟我说过，他要是有钱的话，真想买那个人做的家具，哪怕只是一件也好。"

"在哪里看到的？"

"百货公司办的木匠家具联合展示会，我刚好为了找书去了那家百货公司里的书店。"

那是张仿佛再怎么魁梧的大男人都容得下的大椅子，而餐桌和椅子也没有任何装饰，乍看之下，简直就像小朋友在劳作课上做的，感觉很粗糙。

"我心想，哦，这就是老爸喜欢的木匠做的家具啊，就去试坐。"

那一瞬间，仿佛被一个巨大又温柔的东西包围，全身上下都很安心……

"所以我就决定了。我坐在那张椅子上，答应老爸说，好，我要做这份工作。闪电承诺啊。"

母亲又叫喊要他们赶快洗澡，留美子便下了楼梯。明天她必须当天来回大阪出差。

第

二

章

上原桂二郎戒掉以前每晚必喝的睡前酒已经四年了，但戒了睡前酒，就寝时间就变得更晚了。

　　虽说是睡前酒，也就固定是两杯苏格兰威士忌加水，如果没有遇到特别状况，他不会多喝。

　　然而，在极少数的情况下，当心情极度低落，或是相反的难得雀跃的时候，两杯也会变成三四杯。

　　多亏了这睡前酒，他从前总是睡得很沉，偶尔喝多了点，第二天也不至于宿醉。

　　每年两次体检，至今并没有发现什么异常，但到了五十四岁，被熟识的医生劝告十七岁开始抽的烟最好戒了，于是他三个月前戒掉了一般纸烟，改抽高级雪茄。

　　两个儿子取笑他说纸烟和雪茄还不都是烟，但桂二郎独独针对这番意见提出了反驳，其认真程度连自己都难为情了。

　　纸烟是用喉咙和肺来品尝，而雪茄则是让烟在嘴里打转，享受味道和香气，所以完全不能一概而论。桂二郎如此主张，而且实际上自身也深信不疑。

　　桂二郎五十岁那年，小他两岁的妻子病故了。当时，两个儿子俊国与浩司分别是二十二岁和十八岁，俊国即将大学毕业，而浩司则因没考上第一志愿的大学，犹豫着是否要重考。

换句话说，两个儿子在遭遇人生第一个关卡的时期，母亲以四十八岁正值中壮年的年纪撒手人寰，桂二郎为自律而戒掉睡前酒，最近更进一步将纸烟换成了雪茄。

桂二郎是在三十岁时结的婚。桂二郎是初婚，但妻子幸子当时守寡三年，与已故的前夫有一个名叫俊国的孩子。

桂二郎和幸子结婚时，俊国两岁，户籍上的名字由须藤俊国变成了上原俊国。

桂二郎把客厅的窗户开了一个小缝，从雪茄专用保湿盒里拿出高希巴的长茅雪茄，用雪茄刀剪了雪茄帽顶，将打火机的火力控制在最小，边烤着雪茄的前端，边望着正对面冰见家特别的建筑。

之前原属于佐岛家的土地分割出售，由于医生买了超过原先分割的坪数，使得剩下的土地在这一带略微偏小。

这块地正好就在上原家正对面，从上原桂二郎专属的客厅摇椅上看过去，一直没有买主出现的建筑用地，上方空无一物。这是因为上原家的树篱又高又厚，看不见路也看不见空地。

到了十年前，妻子向他说起好像有人买下了那块地，几天后便有人在施工了。至于谁要搬到自家对面，桂二郎并没有放在心上。只是随着工程的进展，妻子一副打小报告般、多少带着看热闹的表情，让他在几分苦涩之中，天天听着关于这逐渐成形的房子有多奇怪的报告。

这是因为，桂二郎向来认为说三道四之辈可耻，而妻子所具有的几项美德之一，便是不像一般女人那样爱嚼舌根。

尽管听得马耳东风，答得敷衍了事，但将妻子口中的片段汇聚起来，便能够推测出几个月后将成为"对面邻居"的冰见家建筑，不仅是将古时武家豪邸缩小，而且应该是将原已盖在某处的房子解体后，在新的土地上重组。

冰见家一完成，上原家正对面便出现了一栋以武家豪邸来形容实在太小太简朴，但除去全新的屋瓦、墙壁、门扉便活像某座山里年代久远的老旧宅院般的建筑。

在这番所谓的屋主的坚持当中，总有一股挥之不去的炫耀之意，但与四周的人家相较更显得"娇小"的冰见家，其中的况味却也足以使桂二郎早上坐进前来迎接的公司车时，或夜里晚归下车时，在屋前暂时驻足。

会盖这样一栋房子的屋主究竟是个什么样的人？真让人想拜见一下其尊容——桂二郎难得被勾起了好奇心，但冰见家的人才搬来便遇上了大难。

桂二郎在饭店中接到妻子打来的电话，得知冰见家才五十岁的家长因公在德国死于车祸的消息时，人正好也在慕尼黑。

妻子在电话中说：详情我也不清楚，但冰见先生好像跟你是同一天离开日本的，所以说不定你们搭的是同一班飞机。

上原桂二郎十天后自慕尼黑回国，当时冰见家的人已经离开刚落成的家。妻子听到的消息是，虽不明情由，但一家人暂时会寄居在冰见太太的亲戚家。只是，冰见家的人却从此再没回来。

而昨天，冰见家的人回到空置了十年的家。

桂二郎看着出现在庭院的龙柏与杉树之间的冰见家二楼透出的灯光，为了选睡前抽的雪茄，又一次打开了雪茄保湿盒的盖子。

他觉得今晚若要抽刚烤过的高希巴长茅雪茄，抽烟时间太长了。那根雪茄长十二点九厘米，整根抽完大约需要一个小时零十五分钟。

既没有想看的书，也没有想听的音乐。桂二郎不知不觉养成了一个奇怪的习惯，在一天的最后若不抽到事先决定好的长度，就觉得有什么事没做完以至于睡不好，所以他将前端略微烤焦的长茅雪茄放回雪茄保湿盒。

雪茄专用保湿盒是杉木做成的大盒子，将雪茄保存在百分之七十的最适湿度，而桂二郎的盒里常备着十二款雪茄。

古巴产的哈瓦那雪茄有蒙特克里斯托两款、罗密欧－朱丽叶、高希巴三款、玻利瓦尔、拉斐尔、乌普曼，多米尼加产的有大卫杜夫的庆典1号系列、顶级系列1号，以及威利1号。

视当天的心情和身体状况，有时候觉得高希巴的罗伯图很香，有时候却觉得太辣，香味太腻。

有些夜晚，大卫杜夫的庆典1号系列抽到快烧到手指还舍不得放手，有时候抽不到三分之一就想尝尝玻利瓦尔厚重的土味，便又点起玻利瓦尔来。

无论如何，就寝前的四十分钟到一个半钟头那段慢慢品着雪茄，开着一缝窗眺望庭院的时间，对桂二郎而言是绝对必要且不可或缺的。

　　桂二郎坚持不把雪茄的烟吸进肺里，但偶尔也会破例吸进少量。这时候绝大多数都是生哪个员工的气，或是公司运营上出现了与自己的预期相左的状况。

　　若非晚间餐会拖得太久以至于晚归，当桂二郎换上睡衣，独自一人坐在客厅里，打开雪茄保湿盒，将一根根雪茄拿到鼻前闻闻，斟酌着今晚要抽哪一根，时间都固定是晚间十一点左右。

　　若是觉得当天晚上的雪茄味道很好，他会抽到剩四分之一左右便停下来，喝完没有加糖的热可可后刷牙，然后给起居室的窗户上锁，走进卧室——这一连串的步骤完全不被打扰地顺利进行时，当晚会睡得很沉，也不会做不愉快的梦。对桂二郎而言，这"万事太平"之夜的仪式不能没有雪茄。

　　妻子离世四年，身边偶尔也会有人劝他再婚。虽不至于夸张到所谓的人生规划，但在桂二郎的心中，再娶这件事完全不在考虑之中。他并非为死去的妻子守节，更非坚持禁欲主义，只不过是认为所谓的妻子一生只有一人罢了。

　　桂二郎也从身边亲友再婚后的生活上学到，过了某个年纪之后的再婚，失去的比得到的多，他这个教训深深刻在对下半辈子的心理准备中。

　　人一旦年过五十，拖累也相对增加。再婚的对象也一样，好比孩子、手足、侄甥等，自己有，对方一样也有。

　　朋友知交也几乎都是从妻子还健在时便开始往来，他们对桂二郎的妻子同样也有相关的回忆。

这些对于成为新伴侣的人而言，并不是什么可喜之事。

至于近亲，因为临时来了一个外人而被打乱的状况，想必也会多得超乎预期。

若需要女人，大可养个情妇，只要有钱，逢场作戏的女人要多少有多少。

但这乍看之下乳臭未干的信念，却被才二十二岁的次子浩司拿来取笑："要是遇到喜欢的人就再婚嘛。"

他一脸开朗地说。但是，每当极其偶然地提到这方面的话题，今年十二月就要满二十六岁的长子俊国虽然不发表意见，脸色却会顿时沉下来。

俊国是遗腹子，他的亲生父亲在他出生时已死于意外，因此他完全没有关于生父的回忆，一向将母亲的再婚对象上原桂二郎视为父亲。

在桂二郎心中，将俊国与浩司一视同仁是牢不可破的戒律，他根本用不着刻意去意识这条规定，无论是浩司出生前后，他都十分疼爱俊国。

两人年龄虽相差近三十岁，但不知为何就是"合得来"。除了合得来这个说法，他找不到其他形容词。

而向俊国表明自己并非他的亲生父亲，是在俊国小学毕业时。

桂二郎和妻子原本都打算等他再大一点再告诉他，但妻子亡夫的父亲，也就是俊国的祖父须藤润介，实在想念这唯一的孙子，便寄来了一封情意恳切又万分客气的信。

过去的媳妇已再婚离开须藤家，如今身为上原家的人过着平静幸福的生活，深知若自己贸然出现，不但会扰乱两人的心境，恐怕也会造成年纪尚幼的俊国的混乱，因此向来强自忍耐。但念及独子年仅二十五岁零三个月便留下妻小离世，一心只盼能参与这世上唯一继承了他血脉的儿子，也是自己唯一的孙子成长，而今这个愿望已远超过迫切，几乎令人发狂……

当时六十六岁的俊国祖父捎来的长信中，洋溢着这位曾任冈山县总社市某小学校长的真情与礼节，桂二郎因而认为比起难以捉摸的青春期，十一岁的现在或许是更适合告诉俊国真相的时机，便向妻子表达了自己的意见。

须藤家的公公，在自己至今接触过的人当中人品最为优秀的一位——妻子这句话，让桂二郎做出决定。

桂二郎字斟句酌，将真相告诉了十一岁的俊国，并说自己也会同去，问他愿不愿意去见爷爷。于是，俊国说如果爸爸一起去他就去，爽快得令桂二郎意外。

俊国的生父是土木工程师，大学毕业后便在一家总公司位于东京的知名土木工程公司任职，与在同一家公司上班的幸子相识结婚。然而，才刚得知妻子怀孕，便在大雨不断的水坝建设工地，因支撑满载大量材料的小火车的铁缆松动，雨中加固作业时死于意外。

据说因铁缆断裂而启动的小火车，就连十个大男人合力也无法推回原位。

俊国十一岁那年暑假，桂二郎造访了须藤润介位于冈山县总社市 A 町的家。将俊国托付给祖父，自己当即返回东京。

因为须藤润介答应他，若俊国想回家，便立刻亲自送他回东京。

从那年夏天起，俊国每年至少会到冈山县总社市的祖父家一次，有时候也会到一个人住的祖父家过年。

须藤润介在退休离开小学之后，耕作祖先留下来的田地，同时仍继续从事教育工作，但儿子英年早逝，两年后妻子又去世，从此没有倚靠任何人，独居至今，现年八十岁。

桂二郎的父母均已亡故，因此次子浩司从来没有祖父母。

然而，俊国却因为十一岁起每年和突然出现的祖父接触，看到了一个人老去的过程。

这想必不是唯一的原因，但与浩司相比，俊国更擅长倾听。就这方面，桂二郎向来认为浩司较为任性，自我主张太强了点。

俊国在广告代理商工作已满四年，浩司今年也自大学毕业，到汽车厂上班，目前正值研修期间，才刚搬进工厂附近的宿舍。

上原家自曾祖父那一代起便经营制作厨具的公司。说是厨具，其实最初不过是生产炒锅、饭锅、茶壶的地方工厂，但祖父天生具有经营才能，将平凡的地方小工厂拓展为商品进驻全国百货公司和大型商店的厨具制造商。

父亲的大半人生都倾注于稳定上原工业的经营，但桂二郎却不局限于炒锅、饭锅、水壶、热水瓶、平底锅等的制造售卖，而将公司的成长赌在系统化的大型厨具上，致力于开发饭店、餐厅、便当从业者等与烹饪相关公司所需的器具，让公司的市场占有率增长至全国第三。

桂二郎在三十三岁时继承家业，也就是婚后第三年。

尽管心知迟早必须继承上原工业，但桂二郎一出大学校门，便到不为一般人所知却是关西最大的团膳公司上班。这家公司专门承揽大企业、公家单位员工餐厅、大学和专科学校的学生餐厅。

早在二十二岁时，桂二郎便认定只是继承父亲事业并继续生产锅具未免无能，进而确立了为将来布局的坚定信念。

桂二郎在稍加犹豫之后，点燃了高希巴的罗伯图雪茄，再次凝目细看冰见家二楼的窗户，心想应该见见冰见家的长女。因为她是十年前俊国干下他本人形容为"无可挽回的大犯罪"的对象，尽管在桂二郎看来，这件事有着少年的荒唐滑稽。

十年前，还是高中生的俊国一反常态，显得坐立难安而且不愿开口说话，一副心事重重的表情，等那天确定会晚归的父亲等到深夜一点。

然后，趁母亲不在时，向桂二郎坦承自己做了无可挽回之事。

从小便纤细但同时也大方沉着的俊国头一次在桂二郎面前露出畏怯的眼神，令桂二郎感到事情非同小可，便要他老实说出做了什么。

十五岁的少年犯下的滔天大罪？

桂二郎当下在脑海里出现的，是盗窃和伤害事件这两个词。

无论如何，事情做了便已经做了。无论做了什么，自己身为父亲，都必须保护俊国。若犯了法，也只能立刻向警方自首，依法赎罪……

在极短的时间内，桂二郎的脑中闪过这些念头，连公司的特约顾问律师的脸都冒出来了。但是，俊国毅然决然般自白的"无可挽回的大犯罪"，原来是亲手交了一封情书给一名连话都没有说过的、年纪比他大的女子。

"情书？里面写了什么？"

桂二郎边问边飞快动念思索为何这会是"无可挽回的大犯罪"。心想，若是以威胁的语气强迫对方与他交往，那么这确实可能是犯罪行为。

"我写十年后要向她求婚。"

俊国仍低着头，唯有双眼朝向父亲。

又说，也写了他在冈山爷爷家附近看到的"飞天蜘蛛"。

"飞天蜘蛛……那是什么？"

被桂二郎问起，俊国解释得不清不楚。

桂二郎伸手按住俊国的双肩要他冷静下来，问："给别人情书怎么会是犯罪？"

"因为，她完全不知道有我这个人啊。而且，年纪比我大很多……"

"大很多是大概几岁？"

"不知道……我想她大概二十岁吧。"

当时被称为跟踪狂的犯罪行为越来越多，不久前电视台也才播出过专题报道。那是一部纪录片，拍摄的是受害女子报案后直到犯人被捕的过程。那个犯人从高中便一直纠缠着一名女子。

我可能也会被当成这种人遭到警方起诉……

桂二郎与个子几乎与自己同样高的俊国面对面，露出安心的笑容，一屁股在地板上坐下。然后说，这种事还不算犯罪，要他放心。结果俊国问他用了假名也不算犯罪吗？因为他用了须藤俊国这个名字。

这也算不上犯罪，不用担心——说完，桂二郎露出笑容。

然而，第二天起，俊国便不再走正门，而是先小心观察后门的动静才小心翼翼地出入。

看来他是认为对方就住在对面，不能被看到。但是住在正对面的这一家人，却因为突如其来的不幸搬走了。

桂二郎知道俊国不用现在的本名而使用生父的姓"须藤"，并非单单只有那一次。

因为他在俊国上初二时，碰巧知道了俊国在课本背面写"上原俊国"，但翻开之后的内侧却写了"须藤俊国"。

倒不是所有的课本、笔记和其他东西上都写了"须藤俊国"，但桂二郎在了解俊国内心的同时，也觉得难以捉摸，而自己总归是无法回到青春期，若把这事看得太严重，未免孩子气，便装作一概不知。

尽管桂二郎生性不拘小节，但两岁起便当成亲生儿子般养育的俊国，竟有背着所有人用须藤这个姓的时候，仍不免伤心。

然而，他将这些种种感伤牢牢锁在内心深处，继续与俊国当父子。

　　桂二郎认为对俊国的态度，并没有因俊国偶尔使用须藤这个姓而产生丝毫变化。在这方面，他自认是能够控制感情的人。

　　社长好可怕……桂二郎知道这是年轻员工对自己大致的印象。

　　至于这是谁把员工的感想告诉他的，还是在什么机缘之下无意间听到的，桂二郎已经想不起来了。

　　但就桂二郎所知，社长上原桂二郎无论是样貌、声音、动作、谈话的内容，一切的一切都令年轻员工敬畏有加。

　　大学时，只是静静地听听音乐，在餐厅里吃东西，信步走在路上，都会被当时同在一起的朋友问："你在生什么气？"

　　而且这种事不止一次。

　　"没有啊，我一点也没生气啊。"

　　意外之下，略感讶异地这样回答的事也发生过好几次。所以桂二郎当时经常端详自己在镜子里的脸。

　　自己的确不是容貌可人的俊男，但也不是电影里会出现的典型坏人、那种一眼便令人紧张得不敢直视的脸。

　　虽然很难说是"仪表堂堂"，但也不至于讨厌自己的长相。

　　眉毛很粗，鼻子不高但厚实，上下唇也许都偏薄。

　　眼睛既不往上吊，也不往下垂。左眼底下有一颗俗称的"爱哭痣"，有人认为这让长相显得讨喜。

　　身高应该是日本人的平均身高吧。全身的骨架与祖父相似，很结实，但体重并不像骨骼推测的这么重……

桂二郎客观地为自己的容貌下了结论，换句话说，问题应该不在于五官，而是表情。

笑容很少……应该是这么回事吧。

自己也是活生生的人，遇见好笑的事会笑，笑容也并没有特别地扭曲歪斜。在人们一般会笑的场面，自己虽然没有意识过，但可能笑的次数很少吧……也或许是自以为在笑，但表情还不到笑的程度，反而变得像在生气……

因此，有一段时间，桂二郎努力在与人交谈时尽可能面露笑容，但持续不到十天。因为他讨厌明明不好笑却硬要笑的自己。

"自己就是自己。"

桂二郎认为心头闪过的这句话值得奉为准则，便弄来高级和纸和大支毛笔写下来，但由于没练过书法，纸上出现的字难看得连自己都大吃一惊，连忙撕了丢掉。

从此他便不再去想自己的长相，于十多年后得知了年轻员工对上原桂二郎这个人的印象。他半开玩笑地向董事赤仓雄市说起这件事，赤仓却说："员工怕社长才好。"

才二十八岁、当了四年社长秘书的小松圣司则说："我也是年轻员工，老实说，我还是会怕社长。不过这也是社长的优点，所以您还是别放在心上……"

桂二郎想起当时小松圣司那副词穷的表情，不禁笑了笑。

自己这张要说冷漠也算冷漠、太过缺乏亲和力、似乎令人倍感压力的脸，无疑是天生的五官造成的，但桂二郎认为，中学时发生的一件事也对此造成了莫大的影响。

刚上中学的时候，有个人登门拜访。据说是祖父学生时代的好友。

祖父在浴室摔倒，伤了膝盖的骨头，不得不长期住院，但住院期间，祖父坚决拒绝复健训练，因此如医生警告般，双腿衰弱，在形同瘫痪的情况下出院。

"这把年纪了还锻炼自己的腿做什么？我这辈子都在锻炼，我要从锻炼身体毕业了。只能躺着是会给身边的人造成不少麻烦，但只要有人感到任何一丝麻烦，就送我去收容老人的机构。我从年轻起就不断活动，不断工作，维持自律。现在我累了，不想再活动、工作、自律了。"

这些话很有祖父的风格，全家人也都知道祖父是个言出必行的人。

于是，回家之后，祖父便开始卧床生活。正好在这时候，祖父一位旧制高中时期的同龄老友前来探望。

这位老人临走前，看到在门口玩耍的桂二郎。

"你的长相很好。"他说，"只要锻炼你的心，将来还会更好。你要让自己的脸变成一张不是随处可见的气派的脸。"

老人只说了这句话就回去了。就这样。老人看桂二郎的时间，仅有一两分钟。

然而，"只要锻炼你的心，将来还会更好。你要让自己的脸变成一张不是随处可见的气派的脸。"这句话，深深地刻在当时读中学的桂二郎心中。不知为何，他率直地想：好，我要长成一张气派的脸。

话虽如此，他并没有因为这句话而进行任何具体的精神训练，只不过是大略知道人有长得好的脸、长得很气派的脸罢了。

　　"你的长相很好。"

　　明白这短短一句话指的不是美丑而是相貌，桂二郎觉得自己几乎整个人都得到了称赞。

　　而与须藤润介初次相见那一天，他也对桂二郎说了和老人同样的话。

　　"你的长相很好啊。"

　　"我长得很凶，年轻员工都说很可怕。"

　　桂二郎这么回答，心里想着，须藤润介才是有一张"好脸"。

　　须藤润介身材矮小精瘦，头发稀少的程度与年龄相符，眉毛里杂着白毛。鼻子是日本人里难得一见的高挺，但眼睛又小又细。感觉得出那双眼不时含笑，但绝非取笑别人的笑，而是将对方的好坏都看在眼里，并且予以包容的笑。

　　桂二郎心想，此时，须藤润介位于冈山县总社市 A 町河畔那个朴素的家四周，一定美极了。

　　美的，不仅是四周。只有两间四坪房的木造老平房也很美。须藤润介将与门口硬泥地相连的四坪房称为自己的书房，在那里摆了一张小书桌。书桌没有抽屉，而是放了一具乍看像工具箱般，又可说是大储物盒般的箱笼。书架则是在用来当作卧室的后侧四坪房里，上面一本教育类的书都没有。

　　日本古典全集二十六册。伯格森全集九册。大汉和辞典。英和辞典。还有百科全书三十八册和五位画家的画册。

这些书总是在书架的同一个地方，书架上无论哪本书都没有半点尘埃。

两个房间里，一件装饰品也没有。

须藤润介每天早上会用笤帚与畚箕而非吸尘器打扫，再以抹布仔细擦拭榻榻米。睡前若看到任何污渍，会和早上一样清扫一遍。

天花板、墙壁和柱子都旧了，而且一朵鲜花也没有，但这整个屋子就是看上去很美。尽管确实是有些太过冷清，但屋内时常散发一股清冽之气……

许久不见，桂二郎想再见见须藤润介。他们已经两年没见了。

去年，得知他一直以煤油暖炉过冬，便送了薄型电暖器。东西不贵，却是世界知名的意大利品牌，就算忘了关电源，也安全无虞。然而，桂二郎一直对只送了东西就没再问候感到后悔。

尽管再怎么精神矍铄，须藤润介也已经八十岁了。虽然请邻町的主妇每周两天来帮忙打理家务，但并非全天二十四小时都有人关心照顾。必须考虑到万一发生什么不测的情况。

桂二郎交代俊国要常打电话给爷爷，每晚都打可能做不到，但至少三天一次，俊国也把这件事放在心上，但他的工作经常加班，想打电话的时候常常都已经超过晚上十一点了。

须藤润介每晚十点一定上床睡觉。

雪茄的长度只剩下四厘米左右，桂二郎便搁在烟灰缸上，决定这个周末到冈山一趟。目前已排定了哪些事呢？明天必须见两组客人。

后天……

"就是因为这样，才会事事一延再延啊。"

桂二郎喃喃地说，拿杯里的水浇了雪茄的火，刷了牙，进了卧室。

帮佣广濑富子会在早上七点半来到上原家。

富子年长桂二郎三岁，今年五十七岁，在上原家做事已经二十年了。她有两个儿子、一个女儿，二十二年前与丈夫离了婚，离婚五年后，前夫去世了。两个儿子都结了婚，但小女儿仍单身，现在与富子在公寓同住。

在上原家工作了二十年，该如何伺候桂二郎她了如指掌，饭的软硬、菜的咸淡、茶的浓淡……一切都了然于心。

桂二郎正在洗脸台前刮胡子的时候，富子问道："西装要穿前些日子做的那一套咖啡色的吗？"

"嗯。不过没有适合的领带啊。"桂二郎说。

"我事先挑了四五条可能适合的……"

"不行，每一条都不适合。我不太相信领带和西装不搭调的人。所以，我对领带也很挑剔。"

说着，他着一身睡衣便来到厨房旁的大圆桌，看报，然后打电话给秘书小松圣司。虽然大可进公司之后再问本周的行程，但昨晚上床之后依旧莫名挂念须藤润介，而且一直延续到早上。

虽然不喜欢打电话到员工家，但桂二郎还是认为叫富子打不如自己打。

是小松女儿接的电话，记得她应该上小学二年级吧，说爸爸还在睡。

小松圣司的妻子立刻来接电话。

桂二郎说完"不好意思，还在休息就来打扰"准备挂电话，小松圣司的妻子说本来就正准备去叫他起床。

随即便传来小松刚睡醒的声音。

"社长，有什么事？出事了吗？"

"没有，没事。抱歉啊，你还在睡。我是想问明天及之后的行程。"

明天上午是与各分公司和营业所负责人的月例会，晚上要和Ｓ社的社长聚餐。后天没有非要社长出马不可的活动。大后天，傍晚六点起要出席Ｔ社会长的七七大寿寿筵……

小松报出一连串的活动。

"是吗，这么说，我后天早上到大后天傍晚都可以自由行动了。"

桂二郎告诉小松他后天要到冈山县的总社市，请他安排后挂了电话。

"这沙丁鱼干真不错。"

桂二郎边吃早餐边对富子说，又要了一碗豆腐味增汤。

"沙丁鱼干是横田先生送的。说是拿上好的沙丁鱼去风干的。"富子说。

"哦，他送的东西都很好吃。他们搬到他太太娘家附近，已经多少年啦？"

"不清楚了，只记得好像是高知的四万十川附近。"

"何止附近，他信上说就在四万十川河边，在一个相当上游的村子。"

光听到冈山县总社市，富子好像就明白了桂二郎的目的，便问俊国是否也要同行。

"不了，他应该有工作吧。我一个人去。"

"要在那儿过夜吗？"

"这个，要去了才知道。"

富子便说帮他收拾可以过一夜的行李。

吃完早餐时，迎接的车子来了，司机杉本按了三下喇叭。这是杉本的暗号。按三下，然后便在车上等候。

桂二郎找不到适合新西装的领带，便改穿蓝细直纹的灰色西装，走向停在门前的车。

正要上车的时候，冰见家的门开了，走出一名年轻女子。正想着从年纪看来，应该就是俊国十年前写情书的对象时，女子说了声"您早"。

桂二郎也道了声早，在令人不敢相信是四月底的强光和热度中，脱掉了走出门时才刚穿上的西装外套。

"这天气好像初夏呢！"

冰见家的女儿说道，视线朝向上原家敞开的大门。

"好美的庭院呀。"

"会吗……内人乱种了各种树，太杂了。"桂二郎说。然后，为对方搬来时送的京都著名盐渍昆布店的礼物道了谢，边犹豫着不知该不该对十年前的不幸表达悼念之意，边说："十年前，好不容易成了对门邻居，却发生了意外……"

说到这里，之后的话便含糊了。因为他觉得，事到如今，不应旧事重提。

冰见家的女儿为桂二郎的话道谢，笑着说："我们让房子变得像鬼屋似的，就这样在上原先生这么漂亮的家门前一丢就是十年……"

她究竟多少岁呢……外表看来大约二十七八，但实际上也许超过三十了。

听她说起话来干脆利落，以老派点的说法，算得上"俊俏"。是个相当有魅力的女孩啊。

也难怪十年前才十五岁的俊国对她一见钟情，不顾一切地写了情书给她……

桂二郎边这么想着，边说："哪里的话。这十年来，屋里虽然不曾亮过灯，但我下班回到家，一看到冰见家的房子，不知为何，总有放松的感觉。这么好的房子很难得啊。"

"这是先父的精心杰作。"

桂二郎问了女子的名字。她说她叫冰见留美子，也说了是什么汉字。

"我是上原桂二郎。以后也请多多指教。"

由于是早上上班时间，不便耽误她太久，桂二郎便点头致意，上了车。

冰见留美子说："小心慢走。"然后迈步走向通往车站的路。

车子已经开动了，但桂二郎打开车窗本想说话，却从后视镜中发现司机杉本正看着自己，便没说话，直接关上了车窗。

"真是不错。最近很少看到那么清丽的女孩了。"桂二郎对杉本说。

明年就要满六十岁退休的杉本，说了一个女明星的名字，表示刚才那位小姐和那位女明星年轻时长得很像。

桂二郎没听说过这个女明星，便问她演过什么电影。

杉本提到了几部年代久远的电影，说："可是，我想现在没有人记得她了。她只在五六部电影里演过配角，后来就默默消失了。"

"哦……这样你竟然还记得啊。"

"我是她的影迷。有一部电影，她的戏份顶多才五六分钟吧……可是，才一眼，我就成了她的影迷，还去问电影公司她的艺名。"

杉本说，因为电影一开始虽然会打出工作人员和演员的名字，但看不出只有两三句台词的演员是哪一个。

"那是昭和三十年（一九五五年）左右的时候。"

"杉本先生是昭和十六年（一九四一年）生的吧？"

"是的。"

"那么，杉本先生就是在十四岁的时候对那位女明星一见钟情了？"

"是啊，是个满脸青春痘的早熟小鬼。"

"那位女明星当时多大？"

"二十岁。"

"这也是你去问电影公司的？"

杉本说是的，她出现在银幕上的时间实在很短，所以他在电影院坐了整整一天就为了多看她几眼。说完，他伸出一只手频频摸后脑。

"哦……没想到杉本先生也曾经这么青春啊。"

桂二郎笑着，想起自己高中时，也曾经爱上意大利老电影里的少女，同一部片看了三次。那个少女只出现在其中一幕，而且顶多才三十秒。桂二郎连她叫什么名字都不知道……

"那位女明星和刚才那位小姐有那么像吗？"桂二郎问。

"很像。看到她的脸，我吓了一跳。"杉本说。

"四十五年都没看到的女明星，到现在你还把她的长相记得那么清楚，真厉害。这就不是淡淡的爱慕了，你当时一定很为她着迷吧。"

后视镜里出现了杉本羞赧的笑容。杉本的第三个孙子应该就快出生了。

只要是杉本开车，桂二郎都坐得很放心。

开车这件事，无论是在堵车的市中心也好，还是在高速公路上，桂二郎都认为有"流"这个东西。这个流究竟是怎么生成的他不知道，但开车不顺着这个流就会失去平衡，陷入一种莫名的不安之中。

桂二郎认为这不是车速过快或过慢的问题，该如何边保持自己的步调边顺着这个流走是取决于驾驶技术之外的"什么"，而杉本作为司机的这个"什么"是值得信赖的。

杉本休假时，会由总务部的年轻人代他开车，但即使因为社长就坐在后面，年轻人开车小心谨慎得无以复加，还是会与那个流不太协调，而使桂二郎感到异样的疲累。

不是感觉而已，实际上也真的会累，一回到家，身体就因烦躁而感到处处沉重僵硬。

所以桂二郎很希望不顾公司规定，请杉本再继续为自己开两三年的车，但杉本似乎非常渴望退休。

他最近才知道，原来亲自走一遭松尾芭蕉的"奥之细道"是杉本多年来的梦想。而且不是开车、搭电车去，而是用自己的双腿去走。

到了公司，一进社长室，桌上已有堆积如山的报告。联络事项也有十二件。其中也包含哥哥总一郎打电话请秘书室转达的事项。

令兄请问：能否介绍了解越南现状的人

纸上这样写。

上原工业当初决定由弟弟桂二郎继承时，哥哥总一郎在大学钻研物理，但他半路改变研究主题，研究名为"涡虫"的生物，现在在九州岛的大学当教授，拥有自己的研究室。

桂二郎不清楚"涡虫"是种什么样的生物。据说是淡水生物，栖息于河川、池塘、泥沼底部，身长约三点五厘米，宽约四毫米。桂二郎曾听哥哥说过，只知道这涡虫最大的特征便是从身上切取一小部分，那一小部分也能再生为完整的个体。

这个人不爱讲话的程度，令人真心怀疑他是否懂正确的日文，而且他也不擅交际，要是做弟弟的不主动联络，两三年都会不通音讯，只在有事相求的时候，才会寄来一张只写了事情的明信片。

桂二郎不止一次怀疑，如此欠缺社会协调性应该算是一种异常，尽管总一郎是自己的哥哥，却也不想和他来往。

"不必找我，了解越南的人，老哥身边要多少有多少吧。"

桂二郎把写了哥哥留言的纸揉成一团扔进废纸篓，却想起了有朋友在外务省工作，还有一个大学时代的朋友在报社工作，四五年前结束越南外派回国时，曾经在同学会上打过照面。

桂二郎取出记事本，打电话到哥哥的大学研究室。铃声一连响了十次，正想挂掉时，传来一个年轻男子的声音。

对方说请稍等，桂二郎便将听筒抵在耳朵上边等边看其他联络事项，但过了将近五分钟，除了脚步声之外什么都没听到。

正当他不耐烦想挂电话时，刚才的男子说："教授说他现在在忙。"

请转告他，他弟弟来电……桂二郎按捺着怒气这么说完，只想摔电话，大骂："你自己想办法吧！混账！"

接电话的男子多半是哥哥的助手或学生吧。那种人似乎都生活在与社会绝缘的地方。自己有事托别人，竟然以一句"现在在忙"打发，这算什么？

会叫人这样回话的哥哥有问题，让人等了足足五分钟之后，直接复述这句话的年轻人也很有问题……

"书都念到哪里去了！"

桂二郎为了发泄怒气，故意放声大骂，边骂边拍自己的办公桌。

小松圣司敲了社长室的门进来，说已经订好了前往冈山的飞机票。

"需不需要我一道去？"

"不了，不用。我一个人去。"

"考虑到当天来回和住宿一晚的可能，订了两班飞机。随时都可以取消。社长如果要留在那里过夜，是住仓敷市内吗？"

仓敷市距离总社市须藤润介的家约有三十分钟的车程。

"是否也要预约仓敷的饭店？"

小松问。

桂二郎曾一度与俊国一起在高梁川畔的须藤家过夜。

高梁川河面宽阔，水量也很丰沛，是一条水质清澈的河。即使在雨后，河水也几乎不会混浊，处处可见水鸟在水面停留，也有人乘着小木舟撒网捕鱼。

只是，随时拥有丰沛的水量，也代表大雨之际有洪水泛滥的可能，所以两侧河岸均用高高的堤防加以防护。因此从堤防上眺望河岸人家，感觉家家户户的屋顶似乎都在自己脚下。

从民宅多的河岸往上游走，凸肚脐般微微隆起的山丘，堤防也渐渐越来越低。

町的西北部，伯备线、国道一八〇号线与高粱川三者汇聚之处，已经难以判断究竟是否仍在总社市内或是已进入邻市高粱市，从此处再往西北，然后略向西行，便是须藤润介家。

要说群山环绕，那两座山未免也太过娇小，交通虽不至于不便，但此处蜿蜒的高粱川更加清澈，河畔草原水草茂密，虽可望见伯备线的单线铁轨与小小的平交道，但国道在那里转了弯，所以除了大型沙石车或牵引车的车顶，其他的车无法进入视野。

润介家右侧种了许多柿子树和无花果树，是住在润介后侧邻居的。

左邻则是一对在仓敷市水利工程公司上班的中年夫妇，拥有祖先代代相传的田地。那块地位于这三户人家与高粱川之间，一到四月，油菜花便会在连接田与田的农路上同时绽放。

桂二郎在须藤润介家过夜，是四年前俊国大学毕业那一年的四月。

桂二郎原打算见面寒暄之后，便独自由冈山机场回东京，但看着水鸟母子在油菜花围绕的高粱河畔戏水看得忘了时间，无论如何都赶不上飞机，便在润介相劝之下住下来。

在须藤润介家那个安宁之夜，令桂二郎难以忘怀。

伯备线的最后一班车只怕早已驶向遥远的另一个城镇，但宜人的旋律却仍留在桂二郎心头，他感到不可思议，悄悄来到户外，只见月光下，一只水鸟正在水面上滑翔。

那只水鸟不知是受了什么惊吓，还是只是睡昏了头，低低滑翔后惊慌失措地返回水面，然后静静地回到它原先所在的水草丛中。不过就是如此短暂的一小段情景，至今却仍经常因为某些小事而在心头重演。

在那之前两个月左右，妻子走了，办完了七七法事，当时桂二郎的心也逐渐趋于平静。

葬礼当天，没想到须藤润介竟只身前来，桂二郎身为丧主，在回应其他众多吊客的吊唁之辞的同时，想着至少要让俊国送他到羽田机场，但润介不知何时便自葬礼会场消失了。

为了直接见面为此事道谢，桂二郎与俊国一同前往润介家。

在水鸟夜半滑翔高梁川所留下的涟漪，与伯备线回荡于心头的火车声中，桂二郎想起妻子去世前两周微笑着说的话。

"谁叫你都不碰我的胸部呢……"

不知从哪里听说最先发现乳腺癌小肿块的多半都是丈夫或情人等男性而非本人，妻子便开了这个玩笑。

明知是玩笑而非责怪，但这句话仍令桂二郎万分愧疚。

若站在须藤润介家门前，还能看到深夜睡昏头的水鸟滑翔吗……伯备线的最后一班车仍会在心中奔驰，久久不去吗……

月光下的水鸟也好，电车声也好，都勇往直前，奔向不是自己世界的另一个地方——桂二郎这么想。

读了报告，看完里面所记载的详细数字，桂二郎想起前天筵席上一位自始至终均以"为何辛苦为何忙"为话题的实业家那番不全然是酒席戏言的话。

他笑着说"我卖命工作就是为了拥有好女人"。而且他所谓的"好女人"是专指性方面。接着，他开始具体谈论何谓性方面的好女人，遭到熟识的艺伎和女侍反驳，与她们展开愉快的争论。

其实不仅在筵席上，最近与桂二郎同辈的男人，动不动就会谈到自己到底是为了什么如此奋斗。

或许是到了思索这些事情的年纪吧，像是工作开完会，或是在高尔夫球场上从一个洞走到下一个洞的路上，有的人会神情凝重，有些人则是自嘲般说起为了什么奋斗，问起"上原先生，你呢？"寻求回答。

桂二郎总能毫不迟疑地回答这个问题，他有他的理由。

那便是"为了自己的生活"，更是"为了员工们的生活"。除此之外，他想不出任何理由。

既然上天赐予自己生命，就必须尽力去活，而在上原工业服务的员工应该也是如此。想必每位员工都上有年迈的双亲，下有妻儿吧。人人都怀着各自的苦衷烦恼，靠着自上原工业赚取的工资生活。还单身的员工迟早会有建立家庭的一天。每个员工背后，都存在着另一个人，或是两个人，或是五个人，也许还更多。

为此，上原工业必须生产、售卖大大小小的锅具和厨房用具，并赚取利润。

为了赚取利润，社长有社长该做的工作，员工们也有各自的责任、义务与工作。每个人都尽本分做好自己分内的工作。所以，昨天工作了，今天也要工作，明天也必须工作……

对桂二郎而言，这是再理所当然不过的道理。

但是，为了不让这理所当然之事遭遇困难，必须在"经营"上运用智慧与技术。锅具在成品上几乎没有差异，其他同行的产品既不比上原工业的高明，也不逊色。

而这些厨房用具不算要价不菲，而且也不是买了就丢、丢了再买的东西。

正因如此，"经营"本身严格的合理化是公司的命脉。

由于桂二郎有这种想法，在雇用方面慎重得不能再慎重，选择外包工厂时，对于技术与品质的要求严格到了冷酷的地步。

但是，与上原工业的合作关系一旦成立，无论是个人还是外包工厂，上原工业都会负责……这是身为经营者的上原桂二郎从不曾宣之于口的对自己的承诺。

对董事、常务董事和扛起业务重要责任的人，也不曾当面提过。

对哥哥和接电话的年轻人还余怒未消，桂二郎对秘书小松圣司说："当天来回太累了。帮我预约仓敷的饭店。"

须藤润介多半会劝他若是时间许可就住下来。而且，也一定会帮忙安排餐点和寝具。可这样太劳烦一位八十岁的老人家了。

桂二郎这么想，看了看表。十点半。现在拜托京都那家料亭的老板娘，也许愿意赶在后天傍晚之前帮忙做两种棒寿司。

请堂堂料亭的板前师傅做不是在店里吃的棒寿司，确实失礼，但位于八坂神社往东不远的这家料亭"桑田"的老板娘和桂二郎很投缘。

"桑田"的老板娘本田鲇子与桂二郎同岁，据传，她嫁到本田家以小老板娘之姿首次见客时，平日见惯美貌老板娘和艺伎的财界贵客因她过人的美貌，震惊得一时之间谁也说不出话来。

她细心熨帖，聪明伶俐，随口开的玩笑婉转含蓄，桂二郎到大阪分社时一定会带着分社长和客户老板前往"桑田"。

"桑田"的棒寿司是料理与料理间中场休息时，端出来不起眼的一小片寿司。因为是稍事休息，切得并不厚。虽然薄得很不过瘾，但每次吃到，桂二郎不禁都要赞叹："真好吃。"

老板娘鲇子总是开玩笑地质问桂二郎。诸如"好歹偶尔也称赞一下主厨精心做的主菜呀！"或是"社长就只会称赞为了垫档的一小片棒寿司。"

尽管老板娘的工作到很晚，但桂二郎认为那位精力充沛的"桑田"老板娘应该已经起床了，便打电话到本田鲇子家。

光是一声"喂"，鲇子就听出是桂二郎，以含笑的声音说："好的好的，要棒寿司是吧。这次该送到哪里去呢？"

"要天下闻名的'桑田'特别做棒寿司真是过意不去……"

"还说呢，我们店里能博得社长一声好的，明明就只有那一项而已。"鲇子说。

"去年请你们送到……"桂二郎才刚起个头准备说，便被鲇子打断问道："冈山的总社市？"

"嗯。能麻烦你们吗？如果可以的话，后天傍晚送到就再好不过了。"

鲇子说现在有指定配送时间的送餐服务，后天傍晚送到的话，时间上绰绰有余。

"虽然是加了醋的东西，但也绝对不能有什么万一，这方面我会要师傅多费点心思的。"

"不好意思啊。要两条鲭鱼，两条鳗鱼。不，各三条好了。不过就只有我和儿子的爷爷两个人吃就是。"

鲇子也知道桂二郎的家庭状况。

"那么各三条太多了。还是各两条吧？与其剩下，不如意犹未尽。"

"说的也是。那么好吃的东西，剩下就太可惜了。那就各两条好了。"

说完，桂二郎问起鲇子丈夫的近况。

"天晓得他都在忙些什么呢……他那个人呀，什么忙都帮不上，只知道风花雪月。"

鲇子笑了。

除了招待客户，每年十二月中旬，桂二郎也会固定与妻子同去"桑田"。明明每年只见这一次面，妻子却与鲇子十分投缘，不知何时两人竟成了闺密，经常打电话聊上半天，只要鲇子为公事去东京，两人便会单独约出去吃饭。

妻子曾向桂二郎提过，"桑田"第三代的继承人，也就是鲇子的丈夫，把店交给能干的妻子，一头栽进自己的嗜好，却没提到那是什么嗜好。

鲇子似乎把自己夫妇间的烦恼毫不隐瞒地告诉了桂二郎

的妻子。然而，桂二郎不知道这两位女士都聊了些什么，也没想过要向妻子询问鲇子的家庭问题。因为他总觉得这么做于礼不合。

"真好。可以把一切交给能干的美丽妻子，专心在自己的风花雪月里……真让人羡慕啊！"

鲇子只是以笑容回应桂二郎的话，便改变了话题，说滋贺县有一家很好的高尔夫球场，只要拜托那里的理事长，可以拉开与前后组客人的间隔，安排两人单独打球，所以问桂二郎要不要去那里打球。

"来场一个洞一个洞比的逐洞赛。"

"你又想洗我的脸了。要是你肯让我几个，我就打。"

"阿桂就算再怎么差劲也是男人，怎么能让呢。是你要让我这个女生呀！"

"别闹了。要是让你，我岂不是十八个洞全输。那我就太可怜了。"

"谁让阿桂的高尔夫球真的打得不好呢。"

"是小鲇你太厉害了。你的高尔夫球太精准，不会出错，实在不可爱。你要打得更令人怜爱才行啊。"

下次去大阪，我晚上就住京都的饭店，你再带我去那家高尔夫球场——桂二郎说完挂了电话。

桂二郎一和鲇子开始聊，小松圣司便离开社长室回到自己的办公桌，看社长挂了电话，才又进了社长室，报告原定于三天后举办的 T 社会长七七大寿寿筵取消了。

"听说中风病倒了，无心庆祝……"

桂二郎立刻交代送礼过去，心想，这样三天后就和鲇子去打高尔夫球吧。

过了两天，桂二郎自羽田机场来到冈山机场，上了出租车告知地点后，请出租车司机走山阳机动车道转冈山机动车道，再从总社交流道下高速公路。

从机场到总社市，其实不必绕远路走高速公路。有路穿过低矮的山间与国道相连，走这条路也不必付高速公路过路费，但桂二郎喜欢冈山机动车道自仓敷往北的这段景色。而且他喜欢的就是出了隧道之后出现在车窗左侧那一瞬间的风景。

因为是高速公路，不能停车好好欣赏。别说停车了，连减速都不可能。所以桂二郎喜欢的这片风景，就时间而言，短短五秒便结束了。

出租车一从山阳机动车道转入冈山机动车道，桂二郎便摇下了后座左侧的车窗。

那片景色应该就要再度出现了，会和以前一样吗……

桂二郎不由得屏息以待，请司机在穿过隧道时稍微减速，尽可能靠左侧车道慢慢行驶。

司机没问理由，只是照做。桂二郎喜爱的风景出现了。

从地图上看，那里是总社市东侧一角，两座浑圆低矮的山——与其说是山，不如说是众多树木的隆起，远处也有类似的山丘。河就在眼底流淌。这条河自田地中穿流而过，流往矮山。民宅稀稀落落，蛇行的河映照着日光，使两岸朦胧微晕，河的深蓝越靠近山脚越黑也越细，波光闪闪地朝着邻近的山脚下蜿蜒而去。

还没数清河岸有多少民宅，这片风景便被另一座矮山遮蔽，看不见了。

"都没变呢。从这条高速公路上看，真是一幅美丽的田园风景。"

桂二郎对出租车司机说。

"因为这条高速公路盖在地势高的地方。"

司机说："从高处看，什么都很美。"

他的话里带着怒气。

"我头一次来的时候，还没有这条冈山机动车道，从田里往东侧看，开朗宽阔，低低的群山可爱极了。"桂二郎说。

"那条小河畔比高梁川更美。在旁边就可以看到里面的鱼。让人由衷赞叹吉备路真是个美丽的地方。"

现在那条河的河边，到处散乱着烟蒂、塑料袋、饮料空罐，去散步都会憋一肚子火——司机说。

"你住在总社市吗？"

桂二郎一问，司机回答自己来自邻近的贺阳町，但妻子的娘家在总社市，以前放假的时候都会带孩子到那条河捞鱼。

车子下了总社交流道，开上通往伯备线总社站的路。南侧是大片大片的田地。俊国每次来玩，祖父润介一定会陪他到那片田地，放他亲手做的大风筝。俊国和祖父放风筝的时候，还没有建冈山机动车道这条高架高速公路。

通往车站的路上车很多。出租车前后都是载满沙石的牵引车，不断吐出黑烟，桂二郎便关上了车窗。

司机朝南侧和北侧指了指，说高粱川的上下游都盖了沙石场，从早到晚高粱川两岸都有载沙石的牵引车频频来去，河畔的老房子整天晃个不停。

"可是高粱川还是很干净。要是哪天那条河也不清澈了，日本的山河就完了。"

车站附近多了一家大大的柏青哥店，在小镇里显得实在太过突兀。

"这柏青哥店还真是给人天外飞来大殿堂的感觉啊。"

桂二郎低声说，但司机只是苦笑，什么都没说。

经过总社车站，驶过前往高粱川的路，一进通往河岸的路，便如司机所说，牵引车变多了。但水草茂密的高粱川水流丰沛清澈依旧，水鸟母子在水面上列队而行。

载运沙石的牵引车并没有经过须藤润介家门前，而是走新开的道路，来到堤防变矮、高粱川分汊的地方，再向北，高架上的冈山机动车道也被山挡住看不见了，出现了油菜花盛开的宁静山里。

"就是那里。请停在中间那户门前。"

桂二郎一这么说，司机便问："咦？原来您要去须藤老师家？"

看他年纪应该不到四十，也许是须藤润介的学生，桂二郎便这么问，司机回答自己的妻子是须藤老师的最后一届学生，停了车，走到须藤家门前。

"老师，有客人找您！"

司机把门开了一道缝这么说，然后歪着头，绕到屋后。

前天晚上，桂二郎曾打电话通知润介，说要到仓敷市公干，想顺便过去打声招呼。为的是怕若说特地前往，可能会害润介费心耗神猜想他所为何来。

"是不是不在啊。"

司机这么说，要往高粱川河畔走，桂二郎阻止了他，说门没上锁，想必不会走太远，自己也不急，就在这里等，然后付了车钱。

多么灿烂的油菜花啊……能够从润介打扫得干干净净却又并非特别工整的屋前小庭院眺望这片油菜花，是多么奢侈的一段时光啊……因为心里这么想，桂二郎巴不得司机早点离开。

桂二郎在一块坐起来很舒适的圆庭石上坐下，取出木制雪茄盒，里面有两根又粗又长的雪茄。他带了两根不同品牌的雪茄，那么，这只能以春光明媚来形容的正午，适合抽哪一根呢？他从雪茄盒里取出两根雪茄，分别闻了香味。他选了玻利瓦尔的皇家皇冠，用微风扶摇的打火机火苗点着，等前端的灰烧到三厘米长，才将第一口吸入肺里。

平常他原则上是不会吸进肺的，但雪茄顺利点着，燃烧的情形又很理想，忍不住想让肺品尝一下。

远远地传来牵引车行驶的声音，但不至于扰人。

雪茄有着沃土的味道，使得距离二十步之遥的油菜花群释放的香气更加浓郁。

在高速公路上看到的那条河，桂二郎心想，记得是叫足守川。是吗，原来那条河畔散乱着烟蒂、饮料空瓶和塑料袋啊……高梁川的上下游都在开采沙石，可爱的小山遭到挖掘，美丽的河流也要被污染了吗……

地方小镇盖起了巨大柏青哥店那种毫无品位可言的建筑，挂起了名为消费者金融实为高利贷的招牌，自动贷款机林立……

"我好像也有点累了。"桂二郎向死去的妻子说，"我将死的时候，也想死于癌症。你所尝过的苦，得知死期不远的心境，我也要一一体会，我也想和你一样，跨越死亡的那一瞬间。我到底多少岁会死呢？"

桂二郎是第一次像这样和亡妻说话。

但是，一直到那一刻来临之前，我必须努力活着，努力工作。的确觉得累，但对工作的斗志却丝毫不减。

公司的业绩并没有显著的成长，但在当前不景气的时势之下已可谓十分顺遂。万一发生了意想不到的不测，公司面临了危机，他也随时有奋力一搏的准备。像这种时候，自己一定会奋不顾身，使出所有的体力、智力、精神来重建公司吧……

"谁让我只有工作呢。既没有所谓的兴趣，也没有让我心动的女人，更没有不远千里也要一尝的老饕味蕾。酒也是……现在喝了两杯双桶威士忌，就不想再喝了。自从去年五月那次打高尔夫以来，右背那一片区域，也不知是肌肉还是神经或是其他地方出了问题，变得好痛。可能是所谓的肋间神经痛吧……明明打得不好，却想把球打得更远，结果把整个背扭过头了。谁让我平常不练习，连暖身也是徒具形式……自作自受啊。"

桂二郎心想，但愿润介不会在雪茄抽完前回来。他不想中途熄掉味道这么好的雪茄。雪茄一旦熄掉，味道就会逊色很多。而会觉得雪茄味道这么好，多半代表此刻的身体和精神都状况极佳……

抽了将近一个小时，雪茄已经短到再抽就会烫伤嘴唇，而须藤润介仿佛在哪里看准这一幕般现身了。

他从高梁川上游，也就是桂二郎所坐之处北侧远方的田里，迈着令人不敢相信已经有八十岁的脚步走来。

桂二郎将短短的雪茄在携带式烟灰缸里捻熄，站起来，向远处的润介行礼。润介也站定，好似个一板一眼的年轻军人般回礼，但双方的距离甚至都还看不清彼此的表情。

明白润介的健康状况并不像自己一直暗自挂念般需要担心，桂二郎露出笑容，朝油菜花走去。

润介说他去采山菜了。

"看您精神这么好，真是太好了。"

桂二郎和润介同时说了同一句话，又一次深深行礼。润介的塑料袋里，装的是刚摘来的山菜。

"本来打算在你抵达的时间前回来的，可是我找山菜时把眼镜给弄掉了。"润介说。

不戴眼镜，便无法分辨是一般的草，还是可食用的山菜；不戴眼镜，也看不到掉落在山坡上草木丛生之处的眼镜。

润介这么说，然后笑了。

"啊，当下真是不知如何是好啊。你在仓敷的工作已经结束了吗？"

"虽说是工作，也只是跟人见个面，开个小会而已。明天再去就行了。"

桂二郎这么说，润介便开了门，劝他若方便，不如今晚就在这个家过夜。

"虽然寒碜了些，你也知道的。"

润介说，他早就准备好要做山菜天妇罗。

"只差山菜这个主角，所以我就去摘了。"

桂二郎进了屋，在硬泥地上边脱鞋边朝八十岁的润介独居的简朴屋内打量。以纸门相隔的两个四坪的房间，和桂二郎初次造访时一模一样，没有任何变动。

没有抽屉的书桌也好，放置文具的盒子也好，摆放的位置没有一分一毫的移动。老榻榻米一尘不染，门槛、柱子也擦得光可鉴人。唯一的改变，就只有放在墙边那台桂二郎送的薄型电暖器。

"现在还得开暖气吗？"

进了房间，桂二郎边往给他的坐垫上坐，边指着电暖器问。

"夜里气温低得出乎意料。桂二郎你送的这台电暖器，真的非常实用。多亏有这台电暖器，我这个冬天过得很暖。"

润介在厨房烧水，泡了茶。

"您上次非常捧场的鲭鱼和鳗鱼棒寿司，应该傍晚会送到。我已经拜托京都一家料亭的老板娘了。她们的棒寿司配上时令的山菜天妇罗，真是绝佳组合。"

"哦，那真的非常可口啊！还能吃到那么好吃的东西，不枉此生啊。"

不枉此生这句话出自润介之口，不禁令人有赞颂灿烂生命之感，桂二郎决定领受润介的好意，今晚在此打扰，便从手提包里取出了手机。

那是小松圣司几近强制地要他带着的，但他平常不会开机。只有在自己要打电话的时候才打开，打完电话就关掉。

小松说，这样替社长办手机就没有意义了，请社长至少要学会怎么听取留言。他教了好几次，但桂二郎明明按照他教的按了键，屏幕上出现的却全是他无法理解的几个画面，从来没有成功听到他要听的留言。

何必这么麻烦，一通电话打给小松圣司，问他有没有急事快多了。

再说，小松不在桂二郎身边的场合都是不需要秘书的时候，不是下班后、假日，就是像今天这样的私人行程。

"您顺利抵达了吗？"

手机里传来小松的声音。

"飞机有没有晃？"

"有一点。不过，在半空中，而且又用那么快的速度飞，当然会晃。飞机飞得太平静，我反而觉得不对劲。会想到暴风雨前的宁静这句话。"

桂二郎说要在须藤家过夜，要小松取消仓敷的饭店房间预订。

"那么，我也会联络富子女士。"

小松提到上原家的帮佣，然后说目前没有必须向社长报告的事项。

桂二郎挂了电话，也关了手机电源，把手机放回手提包里，心想，其实也不必特别通知富子。

两个儿子都搬出去住了。妻子也不在了。自己一两天不在，非知道自己的行踪不可的，也只有公司里一小部分的人。

这样固然轻松，但多少会感到孤独。说孤独太夸张了。也许应该说，有一种无根之草之类的厌世感悄悄探头……要说孤独，远比自己孤独的老人就在眼前……

桂二郎边这么想，边看着润介的脸。他双手捧着茶碗，正品评自己所泡的茶般喝着茶。

看他两鬓边的老人斑似乎增多了，但气色很好，脸本身也不见松弛。背脊也很挺，双手的动作也很敏捷。

"身体有没有哪里不舒服呢？"

桂二郎边脱外套边问。

"天冷的时候，这里的神经痛会发作，有时候半夜会痛醒，但一到春天就不痛了。"润介摩挲着右膝说。须藤润介说他在就读旧制高中时是剑道选手，在一次比赛中扭伤了右膝。本来都忘了曾经负过这样的伤，但到了五十多岁，旧伤竟成了神经痛的老毛病。

须藤润介于一九二〇年，大正九年生于冈山县。父亲是《论语》研究的知名人物，终生奉献于教育界。润介自京都的旧制高中毕业后，在当时电机专业方面最好的大学进修，毕业后任职于旧财阀旗下的电器制造厂，但经人劝说，改投海军省通信部门。

回国后之所以成为东京某高中的物理老师并非时势所趋，而是出自润介强烈的意愿。然而，战时到战后这段时间的事，润介都不太愿意提起。

昭和四十年（一九六五年），四十五岁时，润介受当时冈山县教育方面身居要职的人物所请，回到出生的故里担任小学老师。

当一介老师未免太埋没人才，润介受到担任各种要职的强烈邀约，但直到他退休为止，都坚持站在讲台上教导当地的小学生。

桂二郎是战后出生的，并不知道身为军人是什么样的。当然，陆军与海军想必大不相同，但猜不出既非一般士兵，也非指挥官，而是服务于通信这个特殊部门的技术将校参与了什么样的工作。

但接触过几本海军相关书籍之后，他似乎能够明白须藤润介那应该不是光凭剑道训练出来的君子之风。

"您戒烟了吗？"

桂二郎记得以前来拜访的时候，润介的确曾抽烟，便这么问。

"有一天突然就不想抽了。"

润介说，以真抱歉没注意到的神情，从后面的四坪房拿了烟灰缸过来。

"不不不，我也戒烟了。改抽这个。"

桂二郎从脱掉的外套的内口袋里取出雪茄盒。

"我戒了纸烟，改抽雪茄。晚上睡前只抽一根。有时候也不抽。刚才在那里等须藤先生回来的时候，边赏油菜花边抽了一根。"

润介朝桂二郎的雪茄上标示品名的标签看了一眼，说："是蒙特克里斯托的皇冠雪茄啊。"

"哦，您知道啊。竟然光看标签就知道……"桂二郎惊讶地说。

"有段时期我抽哈瓦那的雪茄。是海军时代了……我的长官在英国生活了很久，是他喜欢。"

偶尔陪这位长官抽雪茄，抽着抽着，自己也不知不觉上了瘾。战后，在横滨一家烟具行找到了那位长官喜欢的荷兰雪茄公司生产的哈瓦那雪茄，但实在太贵，舍不得买，倒是在神田的旧书店里买了碰巧翻到的一本雪茄的书。

润介这么说，然后笑了。

"当时，那实在不是一个小小高中老师买得起的东西。不过，多亏了那本书，我对雪茄也多少有些了解……蒙特克里斯托这个品牌是什么时候才出来的啊？当时古巴和美国交恶，所以我记得古巴自行生产的品牌并没有进口到日本来。大卫杜夫雪茄和登喜路雪茄用的都是哈瓦那产的烟叶。"

润介说，在神田的旧书店买到的那本书，在搬回冈山时不知道丢到哪里去了。

"须藤先生在东京担任高中老师，为什么回故乡之后却成了小学老师呢？之前我就一直很想请教。"桂二郎说。

"一开始人家是请我当高中老师，我也是这个打算。不过，因为有点想法，所以硬是拜托让我到小学任教了。"

润介只说了这些，却不提"有点想法"是什么样的想法。

桂二郎还有另一件事想问润介。那便是俊国十年前亲手交给比自己年长的留美子的情书里写的"飞天蜘蛛"。

俊国对桂二郎说，他在爷爷家附近的田里玩的时候，有很多蜘蛛从眼前朝空中飞去。

当时，桂二郎以为那是俊国童话般的妄想，听过就算了，但知道冰见家的人搬回来的时候，不知为何，十年来都不曾想起的"飞天蜘蛛"这几个字又在心中复苏。

桂二郎将俊国十五岁时的情书事件告诉了润介，说："他很坚持自己真的看到了，说蜘蛛在天上飞……"

"是啊，蜘蛛会飞，是飞天蜘蛛。欧洲把这个现象叫作gossamer。"

润介拿出纸与铅笔，写下"gossamer"这个词。

"在东北地方，据说是叫作'迎雪'。自古相传一发生这个现象，紧接着雪季便会到来，因此而取名为'迎雪'。"

润介说，虽说是飞，但不是像鸟类那样飞翔，而是靠自己吐出的丝作为浮力飘动。

"蜘蛛在空中飞舞是扩大栖息范围的本能行为，一旦遇到理想的气象条件，蜘蛛便会屁股朝天来吐丝。不是只吐一条，而是一次吐个三四条……长度从四五十厘米到两米不等。这些丝顺着风，再利用与地表有温差的上升暖空气，抓住飘起的丝乘风而行。"

"哦……"

桂二郎的脑海里，蓦地浮现了无数小小蜘蛛在严冬正式来临前短暂回暖的田中一齐登高而飞的模样。

"这是哪一品类的蜘蛛？"

桂二郎怀着肃然起敬的心问。

"几乎大多数的蜘蛛都有这种习性。"

"大多数的蜘蛛吗？"

"像狼蛛这种大型毒蜘蛛就不知道了，但栖息于日本的蜘蛛，像是绿鳞长脚蛛、花蟹蛛、星豹蛛……"

润介说这些蜘蛛只要到山野、田地或湿地用心找找，都不难找到。

"像 kagerou 这个词，现在是用来形容因为太阳的热度而使风景看起来像在蒸汽中摇曳的样子。但有一说认为过去这是用来形容蜘蛛为了飞行而吐出的丝，乘着风不知从何而来，又不知所踪的样子。也被说成是丝游或游丝，公元六世纪左右，有一首中国的诗里提到'落花随燕入，游丝带蝶惊'。直译的话，大概是落花的花瓣跟在燕子身后飞舞，空中飘浮的游丝缠上了蝴蝶让人大吃一惊……这个意思吧。"

"Kagerou……原来指的是在空中飞舞的蜘蛛丝吗？不是有《蜻蛉[1]日记》……据传是藤原道纲的母亲所写……"桂二郎问道。

"是的。有学者断言这里所说的蜻蛉，正是我国称为'迎

---

[1] 蜻蛉发音同 kagerou。

雪'的现象，而《源氏物语》的蜻蛉卷里提到的，其实正是'gossamer'。不过也有很多人持不同意见就是了……"

"蜘蛛利用自己吐出来的丝能飞多远？"

桂二郎问。翻山越岭、跨海渡洋的小蜘蛛大旅行占据了桂二郎的整颗心。

"要是没有顺利攀住风或上升气流，飞个一两米就会掉落在地面或树枝上，也有很多蜘蛛虽然顺利升空了，但一飞上去就被鸟吃掉了吧。不过据国外学者的研究，也有飞行了两千千米的蜘蛛……"

一根蜘蛛丝，细得若有似无，只消风轻轻一吹，马上就缠在一起。树枝、电线杆、电线、屋瓦、鸟……妨碍蜘蛛飞行的障碍物实在太多，若非一连串的侥幸相助，长途飞行应该很难……

润介这么说。

"俊国骑自行车冲回来叫'爷爷，有好几十只蜘蛛在空中飞'的表情，我现在都还记得。"

润介笑着走进隔壁的四坪房，然后说自己曾经买到一本书，作者虽然不是生物学家，但对"迎雪"这个现象深感兴趣而深入研究，但后来好像和大部分的藏书一起捐赠出去了。

"关于飞行蜘蛛，我多少了解一点知识，但从来没看过几十只蜘蛛一起飞的盛大场面。俊国骑自行车载我回到那儿的时候，蜘蛛已经不见踪影了。"

然而，润介说为了想向俊国正确解释蜘蛛为何会飞，好不容易找到了那本名为《飞行蜘蛛》的书，作者叫作锦三郎。

"我也利用这本书，把蜘蛛会飞这件事教给我的学生。这本书不带感伤、私情和幻想，只是翔实记录自己观察到的事实，我认为足以信赖，是很宝贵的一本书。"

润介继续说，看了这本书五六年之后，与住在九州岛天草的学生时代好友重逢之际，偶然提到飞行蜘蛛的话题，朋友说起一次乘船海钓时，有一只小蜘蛛连同细丝缠上了钓竿而使他大为惊讶的往事。

"他说自己当时在距离港口三千米左右的西南外海上钓鱼。四周没有岛。天气很好，风很小，几乎感觉不到，但鱼却迟迟不上钩，他生起闷气，便躺在甲板上抽烟。结果天上竟落下一道一时红一时蓝的奇妙细光，缠上自己的钓竿，他觉得奇怪，便定睛细看，原来是蜘蛛丝。之所以知道是蜘蛛丝，是因为钓竿上有只小蜘蛛。"

"为什么蜘蛛丝会又红又蓝的？"桂二郎问。

不知为何，他很想看看那本《飞行蜘蛛》。而且桂二郎不明白自己心中那些抓着吐出来的丝飞向空中的无数小蜘蛛为何出现之后竟不消失，多少感到不太舒服。

"透明的蜘蛛丝受到太阳光的照射，换句话说……是折射效果吧。"

"哦，原来如此。"

那只蜘蛛降落在距离港口三千米的天草某处的海面上。

万一没有那艘钓船，只能坠海而死吧……

蜘蛛因本能与习性利用自己的丝飞行，但一旦到了空中，便只能将一切交给风，听天由命。

也许会在半空中被鸟吃掉，也许会掉落在某处的河川池沼中淹死。也有些得不到升空的条件，无法离开自己的出生地，不得不在该处落脚吧……

"小小蜘蛛竟然那么勇敢，我一直到五十四岁的这一刻才知道。"桂二郎说。蜘蛛的飞行，只有用勇敢坚毅这个词才能形容。

"'迎雪'也是俳句的季语，有几首很不错的。"润介说。

"俊国十年前看到很多蜘蛛在飞，是在什么地方呢？"桂二郎问。

"在五重塔的东南方不远。十年前农田比现在来得多，也没有什么高速公路。"

润介所说的五重塔位于备中国分寺寺内，在总社车站东南方步行三四十分钟之处。

"而且，农田四周蜘蛛的数量也变少了。可能是农药的关系吧。"

以前的人不知道是蜘蛛的关系，想必觉得一团团圆球般的丝线在空中浮游的样子很不可思议吧……

润介笑着这么说，又说："丝一旦变成那种状态，蜘蛛就抓不住丝而落地，于是只剩下一个奇妙而半透明轻飘飘的小球随着风飞来，在某些人眼中是风雅，相反的也有些人觉得不祥吧。那东西一飞来不久就会下雪。所以东北地方的人称之为'迎雪'，实在形容得非常贴切。"

外送的车来了，装着"桑田"老板娘请主厨做的鲭鱼和鳗鱼棒寿司的箱子送到了。

桂二郎立刻将棒寿司从箱子里取出来，将用纸分别包好的棒寿司放到光照不到的地方。若拆开外头的纸，裹在竹皮里的棒寿司应该已经切成方便食用的大小了。

"幸好改成各两条。我本来想订各三条，'桑田'老板娘劝我各两条就好。"桂二郎说。在他心里，小蜘蛛们还抓着细丝，继续飞向遥远的彼方。

"就连各两条，对我这个老人家可能也太多了，不过我可不会剩下。"

润介难得说这种俏皮话，逗得桂二郎笑了。

听润介说明天可能会变天，桂二郎便想趁春光烂漫时再多欣赏一下油菜花田，于是来到门前的小庭院，再度坐在庭石上。

尽管往来并不频繁，但与须藤润介也相交十多年。若没有俊国这个孩子，也不可能有这段忘年之交。

妻子先夫的父亲与自己在这十足山村味道的冈山县某处共享天伦，仔细想想，也堪称妙事。然而，无论是一通短短的电话，还是一张季节问候的明信片，桂二郎总觉得不断从须藤润介身上学到一些重要的东西。

君子之交淡如水，每当想到与润介的友谊，总不免想到这句话。

自己固然算不上君子，但润介却是个真真确确的君子。德行高气质佳的人称为君子，环顾自己周遭，真能配得上君子之称的人其实并不多。然而，若说将来可能会成为君子的人，倒是能想到好几个。

S社的第二代社长……那将来是个大人物。现年才三十五，虽然有时不免得意失言，但是个君子之才。

秘书小松圣司也算是有那个素质。

营业本部的系长雨田也是个优秀的人才。还有总务部的土井、会计部的江川……

哦，忘了一个要紧的人了。俊国也是……

桂二郎又想抽雪茄了，但为了晚上决定忍耐。

自己与幸子之间所生的浩司又如何呢……做人有些略嫌轻慢的地方。才二十二岁，也难怪他，但他对什么都很散漫……

从中学起，他便将同母异父的哥哥视为竞争对手，经常硬要逞强，现在虽然表面上已经看不见了，但也许那种心态并没有完全消除……

但是，浩司也有很多优点。虽然具有领袖气质，却不会给跟着自己的人压迫感。当老大的人常有的自大和无礼的口吻，似乎与浩司无缘。人们因敬爱而靠近他，然后不知不觉在圈子里被拱成老大。所以他一定是有什么吸引人的地方吧。

无论如何，他才二十二岁。接下来他会进入社会，到处碰壁、遇到挫折，再从中逐渐成长吧。

小松圣司三十六岁。雨田洋一三十七岁。土井精太郎三十岁。江川康夫二十九岁。个个都很年轻，却又懂得如何待人处世，也懂得人人各有苦衷。而必要时又有胆有识，不畏不惧，对自己的专业之外的知识也热心学习，有说不出的可爱……

桂二郎望着油菜花田，在心中一一描绘他们的样貌。

桂二郎做了白菜豆腐味增汤，润介做了山菜天妇罗，将两种棒寿司盛了盘，摆上小小餐桌时，恰是晚间七点。

润介向桂二郎劝酒，说这酒是昨天为了桂二郎张罗的，但他自己却不喝。

"我的学生经营酒造，就在距离这里车程一小时的地方。不过这款酒不是拿来卖的。这么说也不对，是只卖给特别签了约的料理铺和个别客人的限定商品，既不甜也不辣，没有怪味，却有这款酒独有的味道。以前我每晚都一定要小酌的时候，他每年都会送我十瓶一升装的。从前年开始，我说自己不能喝酒了，婉拒了他的好意。不过，我昨天打电话请他送了一些过来。"

润介这么说，为桂二郎将那款酒倒进家中唯一一个备前烧[1]的二合[2]酒瓶。

"我终究是不能再喝酒了。"

"喝了会不舒服吗？"桂二郎问。

"就算只喝几口也会满脸通红，不觉得好喝……前年，突然变成这样。我就想，啊啊，这是上天叫我戒酒吧……我酒量本来就不算好。"

润介在寿司店常用的那种大茶杯里倒了茶，喝得津津有

---

[1] 备前烧：日本独特的不上釉料的陶瓷器物。
[2] 合：日本的容量单位，一合约为 0.18 升。

味。那茶是去年五月桂二郎送的。做这些茶的是一家大家电制造商的社长，他唯一的嗜好便是自己亲手揉制静冈自家茶园里摘的新茶，在茶罐上贴上印有自己名字的标签，分赠亲朋好友。他每年都会送桂二郎两罐。

桂二郎已连续十年都将这两罐茶叶转赠给润介。

那位社长的经营合理化是出了名的冷酷无情，但桂二郎没喝过比他亲手制的新茶更好喝的茶。

润介说，那两罐茶他只有在特别的日子才喝。特别开心的日子。亡妻和儿子的祭日。自己的生日。还有海军时代一位挚友战死的日子。这些便是润介向桂二郎所说的特别的日子。

"啊，这味增汤真好喝。"

润介喝了一口桂二郎做的味增汤，一脸惊讶地说。

"熬高汤的时候，我觉得小鱼干好像放太多了……"

"不不不，这味增汤的奥妙滋味难以言喻。没想到桂二郎还有这门好手艺……"

"我念大学的时候在京都借宿，不过我们那时候的借宿只供宿不供餐。没钱的时候大学生一定都是吃泡面，但我都是煮一大锅味增汤，淋在白饭上吃。汤的做法是宿舍的阿姨教我的。宿舍里昆布、小鱼干、柴鱼片都有，她让我自行使用。"

桂二郎这么说，喝了酒瓶里的酒。

"好喝。口感像水一般，嘴里余味余香却有刚直之感。这是名酒啊。"

"我会转告我学生，说对日本酒很讲究的上原桂二郎对你的酒赞不绝口。"

润介从鳗鱼棒寿司吃起。

"用来做棒寿司的鳗鱼常会因为太软而不成形，或是相反的为了定形而做得太硬，但这鳗鱼怎么能如此松软，却又和下面的米饭紧紧黏在一起呢？虽说是平平无奇的棒寿司，也因为师傅的本事和品位，好坏相差很多啊。"

桂二郎喝着酒，连食量小的润介的份也吃了，但还是无法吃完四条棒寿司。

"不知道隔壁夫妇吃过晚饭没。"

润介喃喃这么说，将剩下的棒寿司另外拿盘子仔细盛好，拿到邻家。

"时候正好，他们还没吃饭。"

这么说着回来之后，润介忽然提起自己英年早逝的儿子。

"芳之念中学的时候，有一段时间差点走偏了。"

润介这么说，打开了薄型电暖器的开关。桂二郎喝了酒不觉得冷，但天黑之后与白天的温暖差距极大的寒气的确浸进了屋内。

桂二郎心想，这搞不好还是润介头一次向他说出"芳之"这个名字，望着润介问："差点走偏是指？"

"学业成绩突然一落千丈，和我这个做父亲的不太喜欢的朋友混在一起，连脸上都有颓废之气了。"

那个年纪就是那样，他经常背着父母深夜偷溜出去，不到深夜两三点不回来——润介说。

"我盘算着该在什么时候、怎么骂他，但我对青春期的儿子是有点太过小心翼翼了。有一天，他被朋友的盗窃案牵连。"

"盗窃……"

"他有个朋友是中国人，家人在横滨中华街专门卖肉包，他和那个孩子一起，偷了同样住在中华街的人的怀表。"

那是名叫百达翡丽的瑞士品牌只生产三十只的限量精密怀表，盖子还是黄金打造的。

"那真是精巧得不得了。不仅有日期、月份和星期，具有万年历的功能，还会显示每晚月亮的形状，盖子上嵌了两颗小红宝石，表盘是珍珠色的贝壳做的。"

后来润介才知道，偷东西的是那个中国孩子，儿子连理由也不知道就替他保管。

"那个朋友说'这个你帮我保管到明天'，把偷来的怀表交给芳之就跑了。怀表被偷的男人追过来，芳之看出事情不对劲，心想拿着这个表会被怀疑是自己偷的，一慌就把表远远丢出去。他一定是吓坏了。结果怀表撞到邮筒，盖子掉了，玻璃和表盘也破了，里面的齿轮散了一地。"

追来的人也看到了偷表少年的长相，但还是抓了芳之，拉回自己家。

我知道不是你偷的。我也听到他说"这个你帮我保管到明天"。那个少年叫什么名字？你说出来就饶了你。不说，我就把你交给警察，说是你偷的，你在逃跑的时候把表丢出去摔坏了……

男子是这么说的。

"但芳之没有说出朋友的名字。他说，我知道但不能说……"

润介微微叹息着说。

这样你就会变成盗窃的共犯，你真的要这样吗？男子说道。

芳之说，我没有和朋友联手偷东西，可是我不能说出朋友的名字。然后就不说话了。

结果一个穿着旗袍的女子从另一个房间出来，以平静的语气问他说，我知道你是常在这附近玩到半夜的那群孩子的其中一个，你为什么不回家？这名女子看起来大约四十岁。

穿旗袍的女子指着盖子掉了、玻璃表面和表盘都破了、齿轮和弹簧松脱解体的怀表说，坏成这个样子，再厉害的钟表匠来修大概都修不好，表坏了还有很多表可以替换，但人就没有这么简单。她的日语不好懂，偶尔还掺杂着中文。

女子再次问起逃走的朋友的名字，又问了不能说的理由。

芳之回答他是好人，也不是会偷别人的东西的人。这样一个朋友，我不能说出他的名字。他边答边哭。

女子与男子用中文交谈了一会儿，不久男子便离开了。芳之以为他是去叫警察，但他没有再回来，也没有警察上门。

女子端出用肉桂做的又香又甜的饮料给芳之，说弄坏了别人的东西就必须赔偿。可是，这只表非常昂贵，我看你现在是赔不起的。所以，等你长大以后，能自己工作赚钱了再赔偿我。把你交给警察，找出偷窃的人很简单。但是，对我来说那并非正确的处理方法。

说完，女子引用一节《论语》来教诲芳之，要他不可以亲手毁了宝贵的青春时代。然后，拿出纸和钢笔，叫他写下誓约书，发誓长大会赚钱了就赔偿。

芳之照她的话写了誓约书，女子拿纸包了两个大大的月饼，连同誓约书一起交给芳之。

芳之问她：这不是应该由你留着吗？结果女子说，给我也只不过是张废纸，然后要芳之连同坏掉的怀表一起带走……

"芳之一直到二十岁，才告诉我这件事。告诉我以后，又给我看了坏掉的怀表和他写的誓约书。"

润介从摆在书桌旁那个有抽屉的木箱中，取出芳之所写的誓约书和坏掉的怀表。怀表用柔软的布包着。

　　我把百达翡丽的怀表弄坏到没办法修，所以将来等我有能力赚钱一定加以赔偿。

纸上用看起来就是一个拿不惯钢笔的人写的字体写了这样的内容，注明了当天的日期，以及"须藤芳之"的签名。誓约书的对象名字是"邓明鸿"。

"应该是念作'toumeikou'吧。"

"应该是吧。我不知道中文怎么发音。"

润介说，双手珍重地捧着坏掉的怀表。

"芳之说，他是在横滨中华街一家叫作'龙鸿阁'的中餐馆见到这位邓明鸿女士的。"

润介说，自己这个父亲对芳之从小就有些太过严格。

"我只有他这么一个儿子，自己又从事教职，所以经常连一点小事也要管，常打骂芳之。大概是到了青春期，他对这样一个父亲的怨恨不满就以扭曲的形式发作出来了吧。但是，自从发生了那件事，芳之就变了。"

当然，自己和妻子都不知道发生过那种事，见他不再与坏朋友来往，也不再逃学，便单纯地以为青春期特有的叛逆期过去了，放下了悬着的一颗心。润介说。

"芳之是在他从东京的大学回总社这里过年的时候，向我坦承这件事的。"

将来一定要赔偿，却不知道怀表的价钱。写誓约书给邓明鸿女士的时候，芳之问过到底多少钱，但得到的答案是她也不知道。

他进大学之后，也曾到银座、青山那一带经销舶来品的高级钟表行看过，寻找类似的表，却没找到。

但他在大学有个来自神户的朋友，家里一直是开钟表行的，芳之便把坏掉的怀表交给他，拜托他有机会向他父亲问问价钱。

那个朋友寒假也回到神户家里，让他父亲看了坏掉的表，帮忙问了大约多少钱，然后给芳之打电话。

那表是一九三四年制造的，确实一共只生产了三十只。日本进口了三只，其中一只就摆在朋友祖父店里的陈列柜中。换算成现在的日币，要价大约三百万。

"听到三百万这个数字，我吓了一跳。芳之本人应该也是吧，我也是。我骂他为什么一直瞒到现在才说，心里一面想着，自己的儿子在还不懂得是非对错时犯的错，当然应该由父母负责。但是我没有三百万这么一大笔钱。我甚至连预支退休金都想到了。但同时，我也多少感到可疑。就算不知道正确的价格，那位邓明鸿女士对芳之的态度也未免太慷慨、太大方了。因为她等于是被一个中学生弄坏了价值三百万的高级怀表，却宽容大量地原谅他，说等你长大了再赔就好……"

桂二郎在听的时候便有同样的想法，因此对润介说："的确是太宽大了。"

"但是，不管对方态度如何，弄坏了别人的东西就必须赔偿。这是做人的规矩。我认为为了芳之着想，最好尽快完成誓约书上所写的事项，便对他说钱爸爸来想办法。"

但芳之却说，我不是想求爸爸代付赔偿金，才坦承这件事的。等我大学毕业进了社会，存到三百万，会自己赔偿。每个月从薪水里存三万，一年就有三十六万。八年多就能存到三百万。我打算这么做。一想到那时候要是她把我交给警察会有什么后果，我就不寒而栗。我觉得从那之后，我整个人生都变了。那位邓明鸿女士凭一张誓约书就原谅了我，我对她的感激无可言喻……

芳之是这么说的。

"我对他说，凭一个大学毕业生的起薪每个月要存三万，比你想象中难得多，但心里也暗自赞许儿子的志气。"

然而，儿子却年纪轻轻便在工作中意外身亡，留下身怀六甲的妻子走了。

"誓约书和坏掉的怀表一直由我保管。但是，十年前，正好也是这个时期，我到横滨的中华街去找'龙鸿阁'这家中餐馆。带着三百万……"

然而，却找不到"龙鸿阁"。问了几个中国人，但他们连是否曾有这家店都不记得。

说完，须藤润介望着桂二郎。

"不赔偿那只表的主人，我的人生便有一个缺憾。想必芳之也很遗憾吧。"

但是，八十岁的自己住在冈山县总社市，不可能再度前往横滨的中华街，去寻找知道曾经存在的"龙鸿阁"以及在那里的二楼出现的"邓明鸿"女士的下落的人……

润介这么说。

"况且就算'邓明鸿'女士还健在，也不知道是否还在日本啊。"

润介没有多说什么，但桂二郎明白润介为何将芳之这段遥远的往事告诉自己。

"我来找吧。"桂二郎说，"在横滨中华街做生意的人，有很多是所谓的华侨。华侨之间的联系很紧密，老一辈的人也许有人知道'龙鸿阁'，说不定也有人知道这位'邓明鸿'女士的现况。"

桂二郎问润介万一"邓明鸿"已经不在世了要如何处理。

"如果邓明鸿女士有孩子，我想把钱交给他。"

"如果没有孩子呢？"

"那就没办法了。那三百万就请你转交给俊国，让他'遇到困难的时候拿来救急'。"

"俊国的爷爷还硬朗得很呢。请您亲自交给俊国。"

桂二郎笑着说，接管了怀表和誓约书。

"拜托您这样一个大忙人这么麻烦的事……"

润介这么说，向桂二郎深深行礼，

"芳之那么年轻就走了，当然不是什么遗憾啊、感慨啊这些话可以形容的，幸子不得不离开须藤家我也非常遗憾。对须藤家而言，她是一个不可多得的媳妇。芳之出事后，幸子坚持说她这辈子都要当须藤家的媳妇，但幸子还那么年轻，我不能让她被须藤家绑住。芳之死后两年，她说一个名叫上原桂二郎的人向她求婚，我劝她不必对我们有任何顾虑，要尽快展开新生活。幸子带着俊国来到这个家找我们商量，我向她问起上原桂二郎先生的为人，直觉就告诉我这个人绝对没有错。"

这么说完，润介便起身去放热水。桂二郎走出须藤家，来到高梁川畔。望着河面近一个小时，却没等到睡昏头的水鸟滑翔。

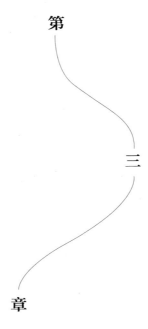

第

三

章

两周之内当天来回出差四次后，工作终于在五月连休的头一天告一段落，冰见留美子婉拒事务所同事的邀约，于晚上八点回到家，第一件事便是泡澡。

大概是昨天的鹿儿岛出差让疲劳攀上极点，留美子今天一早就没食欲，只想久久泡在温温的热水里，把和汗水一起沉淀在自己体内的东西硬逼出来。

"真想去哪个安静的温泉泡大大的露天池……"

在心中念咒般喃喃说着快流汗、快流汗之后，留美子在小小的浴缸里边伸长腿边说。

二十多岁时，无论再怎么累，都不曾想过要靠温泉抚慰自己。

以前事务所的员工旅游带大家去伊豆的温泉，留美子在好奇之下请了人来按摩，却一点都不觉得舒服，只觉得痒，还惹恼了按摩师，但她今晚不仅想泡温泉，还想来个按摩。

"这是在告诉我自己真的超过三十岁了啊。"

留美子低声说着，时而转转脖子，时而揉揉腰际，一直在浴缸里泡到母亲担心，得来浴室探看。

留美子直到出了浴室，穿好睡衣，坐在电视机前，才开始出汗。

"是不是连身体的新陈代谢反应都比二十几岁的时候慢了啊……"

听到留美子这番自言自语，母亲问："找不到喜欢的人？"

留美子后悔自己多话，给相亲的话题开了头，便催母亲去洗澡。

"洗完澡，我们母女来杯啤酒如何？"

母亲说现在养成睡前来一杯的习惯，留美子硬是把她带进浴室，自己从冰箱里取出矿泉水，倒进玻璃杯。

这时候，佐岛家传来摔破东西的声音。

留美子竖起耳朵，然后打开流理台那边的窗户，朝佐岛家厨房的灯光看。后来再也没有任何声响，但留美子有不好的预感，便走出厨房后门，隔着空心砖墙喊："佐岛伯伯，你怎么了？"

留美子等候对方回答。她知道到佐岛家帮忙的阿姨晚上七点便会离开，也知道佐岛老人偶尔晚上外出时，一定会关掉厨房的灯。

她觉得刚才的声音很像玻璃破碎的声音，便提高音量问："佐岛伯伯，出了什么事吗？"

还是没有回答。留美子本来已经要折回厨房了，但想起帮佣的阿姨平常都是从佐岛家厨房的侧门出入，为了保险起见，便在空心砖墙旁踮起脚尖拉长身子，朝那个侧门看。门开着一道缝，可以看见佐岛家的半个厨房和部分走廊。

留美子又喊了一次佐岛老人。走廊上有东西在动。看来是有人在挣扎的样子，留美子当下想到的是喊母亲。但母亲才刚去洗澡。

于是留美子下定决心，着一身睡衣便爬过空心砖墙，来到佐岛家，从侧门问："怎么了？刚才有好大的声音。"

结果便听到分不出是纯粹回答还是呻吟的一声"啊啊……"

留美子的身体自然而然采取行动，跑过佐岛家厨房。

只见光着身子的佐岛老人伴着大片碎玻璃倒在地上，走廊上有一摊面积不小的血。

留美子跑到佐岛老人身边，问："您怎么了？还好吗？"

佐岛老人说，他在浴室里打滑，倒向了玻璃门。

留美子拿浴室里的几条毛巾盖住佐岛老人的下半身，告诉他她马上叫救护车，要他放心，然后到处找电话，却因为紧张激动什么都没看到，便再度翻墙跑进自家客厅，在那里打了电话。

接着，她向母亲说明情况，又回到佐岛家。

考虑到万一佐岛老人身上插着厚玻璃片，留美子劝老人先暂时不要动，拿毛巾为他擦拭头发、胸颈。

"真不好意思啊，让你看到这番丑态。"

佐岛老人这么说。

听他口齿清晰，留美子便问："要我去隔壁叫您的家人吗？"

"我儿子和儿媳妇不在。"

佐岛老人说完，一张脸痛苦地皱起来。走廊上的那摊血面积扩大了。

留美子竖起耳朵，着急着救护车怎么不早点儿来，一边考虑到若佐岛家的人不在，便必须由自己陪同老人到医院，这才发现自己一身睡衣既不雅又难为情。而且等救护车到了，也必须让救护队员从佐岛家大门进来。

"请问门在哪个方向？"

留美子问，佐岛老人指指走廊深处。

留美子跑过比外观看起来更大的佐岛家L字形走廊，打开大门，赤着脚就走到外面。

远远地传来救护车的笛声。留美子犹豫着不知该先换衣服还是先等救护车到，伫立在通往自家大门的十字路口。

一名走在路灯灯光下的青年因逐渐逼近的救护车笛声而频频回头，但当他看到赤着脚穿一身睡衣的留美子便停下脚步，接着小跑过来问："发生了什么事？"

留美子朝救护车挥手之后，简短地向这名看似住在附近的青年说明了情况，说她要回去换衣服，拜托他带救护人员进佐岛家，不等青年回答便朝家里跑。

然而，留美子家的大门上了锁。她摁了门铃，但母亲似乎还在洗澡。

留美子又跑回佐岛家大门，跟在抵达的救护队员身后进了屋。

刚才那名青年站在门口。

查看了伤势之后，救护队员回到救护车，与某处联络。

"肩膀下方有一道斜斜的十二三厘米长的割伤。"

她听到救护队员这么说。

留美子对救护队员说，自己住在佐岛家后面，因为佐岛先生的家人不在，如果需要她陪同到医院，她想先回去换个衣服。

"那么请你尽快。"

听到队员这句话，留美子便横越厨房，从后门出来爬过空心砖墙。

只见母亲拿浴巾裹着湿漉漉的身体，从浴室里探出头来，一脸"到底发生了什么事"的表情望着留美子，问道："伤势严重吗？"

留美子不答，到自己二楼的房间，脱下睡衣，穿上牛仔裤。然后直接套上春季穿的 V 领薄毛衣。

这回她从自家大门出来，跑向佐岛家大门时，佐岛老人正要被送上救护车。

"门窗我来关。"

刚才的青年说，补充说明自己是前面转角"上原"家的人，不必担心。

"您是上原先生的家人？"

"对，我是他儿子。"

"那就麻烦你了。我已经向家母解释过状况了。"

说完，留美子便上了救护车。

救护队员向佐岛老人说伤得不深，无须担心，然后问了留美子的名字，指指她的脚。留美子匆匆穿上的白球鞋鞋带沾了血。

"会不会是踩到玻璃了？"队员说。

留美子脱下右脚的球鞋，脚底果然割伤了。

佐岛老人在医院的急诊室接受治疗期间，留美子也在另一个房间接受了脚底伤口的临时处理。

轮值的急诊医生只有一位，而留美子的伤势看来并不碍事，便等佐岛老人治疗结束之后再医治。

将近一小时后，佐岛老人被送到病房，接着医生就叫留美子。

"看这伤口的位置，还是缝一下比较好。"

看起来四十岁左右的医生这么说，要留美子趴在诊疗台上。

"让老人家自己一个人洗澡是很危险的。家里有老人家，浴室一定要加装扶手。"医生责怪般说，但立刻又露出笑容，以悠闲的语气接着说，"家人都不在，帮佣的人今晚也去旅行……要不是你注意到，可就不得了了。"

医生说佐岛老人缝了十八针，边缝趴着的留美子的脚底边说："要是伤势再重一点，或是再向脊椎靠近三厘米，就会非常危险。"

"帮佣的人也去旅行了吗？"留美子问。

"好像是。儿子夫妇也是去旅行。可是佐岛先生说不知道他们去了哪里……"

"佐岛先生今天无法回家吗？"

"嗯，最好是住院住到拆线。毕竟年纪不小了……回到家又没人，所以不如住院妥当。"

虽然出了不少血，但没有输血的必要——医生说。

"心脏也很健康。"

缝完留美子的伤口，医生将其余的处置交给护士，离开了诊间。

留美子问清了佐岛老人的病房，勉强用右脚脚跟着地的方式进了电梯。

佐岛老人的病房是三楼的六人间。

看到仍闭眼趴着的佐岛老人，留美子摸摸牛仔裤的口袋。

从医院到家这段距离，连鸣笛疾驰的救护车都开了十五分钟，看样子只能搭出租车回家了，但刚才脑袋里完全没有带钱包出门这件事，手机也落在家里。

"哦哦，感谢老天！"

不知为何，口袋里竟捞出一枚百元硬币，留美子不禁低声说。

佐岛老人睁开眼，瞬间以"这是谁？"的表情朝留美子看，然后以略为沙哑的声音说："给你添麻烦了。"

"伤势的详细状况，刚才那位医生说稍后会来为您说明。"留美子说。

"我想说这下糟了，割伤一定不小，想自己叫救护车，身体却动不了。割伤的明明是背，脚却不能动，真是不可思议啊。"

佐岛老人说，他也不明白为什么是往后倒向浴室的玻璃门。

"既没有滑倒，又没有晕眩的印象……结果却往后倒了。"
"痛吗？"
"不，一点也不痛。屁股上挨了一针，可能是止痛药吧。"
留美子在床边的小椅子上坐下来，问起该怎么联络佐岛家的家人。

"儿子说这个黄金假期要打高尔夫打个痛快，开车出门了……"

"他有手机吗？"

"这我就不知道了。也许有，但我不知道号码。"

"那么他曾提过要去哪一带的高尔夫球场吗？比如是箱根还是伊豆？"

留美子心想，只要知道大致的地区，打电话到当地的高尔夫球场一家家问下去，应该能联络得上他们。既然是开车去的，总不至于跑到九州岛或北海道……

佐岛老人的手腕微微左右摇晃，说道："医院都给我治疗了，我人也已经在医院的病床上，没事的。他们夫妇难得去享受最爱的高尔夫球，用不着通知他们。反正回来就会知道了。"

又说："多亏冰见小姐，让我捡回一条老命。真是谢谢你啊。"

留美子走出病房，来到护理站，打公共电话叫了出租车。

回到家时已过晚上十一点，留美子大致向母亲说了听到佐岛家不对劲的声音之后发生的一切，说到一半，脚底的伤口痛起来。

"我自己完全没发现脚底割伤了。难得的黄金周，青春娇嫩的少女竟然没有任何计划，本来还在哀怨，这下哪里都去不了了。幸好没有跟任何人约好出去玩……"

留美子这么说，在电视机前的沙发上躺下。

"你的年纪已经不是青春娇嫩的少女了。三十二岁不叫少女。"

"不然要叫什么？"

"在古代，人家都在背后暗地里叫'嫁不出去的老姑婆'。"

"好过分。'嫁不出去的老姑婆'根本是侵犯人权了。"

听了留美子的话，母亲笑着说："既然有一份正当的工作，有能力养活自己，要是没遇到能让你认定的人，不如不结婚。"

"哦，难得妈妈会说这种话……"

"身为一个女人，最傻的莫过于和一个无趣的男人结了婚，一辈子忍受丈夫。"

"妈妈说的无趣的男人是什么样子？举个例子？"

留美子问，忽然想到佐岛家的门户该怎么办。上原家的儿子在救护车抵达前夕出现，他后来呢……

上次早上出门上班时，碰巧和上原桂二郎聊了两句，那是一周前的事。那次是她第一次见到上原家的人。原以为上原先生年纪更大，但原来是个五十四五岁左右、令人感到有些难以亲近的壮年人。

他没有中年男子令人厌恶的肥腻感，甚至令人感到清新，但隐约可见一个自觉坚毅的男子特有的傲岸不群。

话虽如此，上原桂二郎的体格并非雄壮魁梧。以他的年纪而言，是不高也不胖、平均的日本人身材，五官也没有特别之处。

然而，为什么会散发出一股可以解释为傲岸的坚毅气质呢……

话说回来，上原桂二郎与他儿子真是一点也不像。

留美子无法明确地想起他儿子的长相。他们不是在一个光线充足的地方见面，又是在一阵忙乱之中……然而，她觉得青年身上与上原桂二郎毫无相似之处……

留美子这么想。

"我呀，并不是以经济能力或社会上的头衔还是外表好坏，来评判一个丈夫和父亲。如果只有五百元的收入，就以五百元来规划生活，其中四百五十元用来过日子，剩下的五十元存起来以备不时之需，我觉得这样生活才对。"

母亲说，每次进厨房都要从窗户往佐岛家看。

"我说的无聊的男人呀，是那种明明只有五百元，却妄想着要花一千元的生活，为做不到的自己自卑，结果花了七百元的人。"

"这种人里女生也很多啊。"

留美子说，然后从沙发上爬起来，想去确认佐岛家的门户。

"我最讨厌自卑的男人了。还有会打女人的男人。"

"爸爸打过妈妈吗？"

"只有一次。那次说起来，是我不好……不过，我的脸挨了打没事，你爸爸打我的手掌却肿起来了。就是手掌靠近大拇指根部那一块内出血，黑青好久才消。"

"那是什么时候的事？"

"你爸爸三十九岁那一年的二月二日。"

"妈妈记得好清楚哦，好会记恨……"

"那当然呀！挨打的可是我呢。'一哭二闹三上吊'是女人的专利呀。我这个女人都这么说了，错不了。"

"第二讨厌的呢？"

留美子边问，边小心翼翼不让右脚脚底着地地站起来。

"没酒品的男人。还有，钱全都拿去赌的男人。不过，我自己最不想要来当丈夫和父亲的，是奢望与自己不配的东西的人。"

"妈，你这些话，不就等于叫我这辈子都不要结婚吗？"

"我可没这么说。要是出现了不会这样做的人，我巴不得你赶快结婚。"

留美子很担心佐岛家的门户，便请母亲陪她一起过去。

"妈妈让我扶一下嘛。脚底受伤真的很麻烦，连路都没办法走。"

母亲说，睡前她会去确认，留美子不用去。然后，接着又说起今天早上去扔"可燃垃圾"时和附近太太聊到的事。

"听说上原先生的太太四年前去世了。"

两个儿子都大学毕业，老大搬出去一个人住，老二住公司的宿舍，所以现在家里只住着家长上原桂二郎一个人。

"老二今年才刚大学毕业去上班。所以你在佐岛先生家附近遇到的，一定是老大。"

母亲关掉厨房的灯，拿来了留美子印好的告知搬家的明信片，开始填写亲朋好友的姓名住址。

"我想也是。因为很暗，我没看清楚他的脸，不过感觉起来不像今年才刚大学毕业。我那时候又慌又乱，现在完全想不起上原先生的儿子的长相……"

说着，留美子想到走廊上那摊血该怎么办。

没有人会去擦掉。是住在隔壁的儿子夫妇会先结束旅行返家呢，还是帮忙的阿姨会先来？无论如何，在有人回来之前，佐岛老人的血会一直在走廊上慢慢干掉……

碎玻璃也会这样摊一地。浴缸里的水也直接囤在那里。

尽管是别人家的事，但留美子不愿让这些东西就这样活生生地留在自己附近，便向母亲提起。

"我还是把那些血先擦掉好了。"

"咦！怎么可以，不能随便碰别人的血。"

"不然要一直摆在那里吗？"

"没办法呀。"

"我还是去一趟。"

留美子请母亲陪她一起过去，母亲却一个劲儿说不愿看到那么多血。

"那，你把这个戴上。"

母亲拿来了打扫浴室用的橡胶手套。

"我陪你到门口……"

留美子拿着长达手肘的蓝色橡胶手套，抓住母亲的肩，来到佐岛家门口。门上了锁。

留美子想，一定是上原家的老大从里面锁上，从厨房的门经过她们家后侧再绕到大门的吧。

她们绕到佐岛家后方有晒衣场的那边，推开厨房的出入口。

125

母亲明明坚持绝对不要看到血，却也一起进了佐岛家的厨房，走过 L 字形的走廊，来到浴室前。

留美子到处找走廊的灯的开关，好不容易找到，打开电灯。那摊血不见了。碎玻璃也整理干净，浴缸里的水也放掉了。

"是谁打扫的呢……"

虽然低声喃喃这么说，但除了上原家的长子，留美子也想不到别人。

扶着母亲的肩回到自己家门口，留美子往上原家的大门看。

门灯还亮着，从树篱的缝隙中，也看得到庭院树木的轮廓和屋内的灯光。

留美子想向上原家的长子道谢。

既然身为多年邻居，上原家的长子不仅从小就认识佐岛老人，也许还交情匪浅。即使如此，把大量的血迹擦干净、收拾掉厚重的玻璃碎片这些工作，就算是亲人可能也会退避三舍。

但一个应该才二十五岁左右的青年却在没有人要求之下自动自发去做，可见他体贴善良、不怕辛苦，是个时下难得的青年。

留美子是这么想的。然而，时间已将近半夜十二点，不是能去摁别人家门铃的时刻。

留美子进了自己家门，被母亲扶着上了楼，在房里的椅子上坐下，便对母亲说："我不要再下楼了。明天让我睡到自然醒。"

"我明天早上要去面试一个兼职的工作。"

母亲边走出留美子的房间边说。

"咦？兼职？什么工作？"

"帮车站前的肉店炸可乐饼。昨天我经过的时候，看到他们贴了招兼职人员的单子。早上十点到一点，下午三点到六点，一共六个小时。他们家的可乐饼不是很好吃吗？之前都是老板娘炸的，可是听说她生病了，暂时需要养病。可乐饼啊，他们家的媳妇会做。我只要炸就好。"

"虽然只要炸就好，也没那么简单哦。那家肉店的可乐饼生意很好，常有人排队呢。妈妈要是炸不好，马上就会被开除。你知道一天要炸多少个吗？"

"他们说平均五百个。"

"那跟在家里炸十二三个是完全不同的两回事哦！"

"我知道啦！我好歹也是主妇呀！炸个可乐饼难不倒我的。"

之前必须照顾姐姐，即使想出去工作，也无法抽身。就算延续目前的生活，经济也不会有困难，但整天待在家里无所事事实在浪费时间。

母亲是这么说的。

"搞不好面试不会通过。"

母亲对留美子这句话报以微笑。"因为昨天和今天老板都不在，才没有正式决定的。人家儿子和媳妇都希望我马上就开工呢。"说完，母亲下楼去了。

"每天炸五百个可乐饼……"

留美子苦笑着低声说，打开了电脑电源。

"在客人排队等候时，快手快脚持续炸出好吃的可乐饼绝对是一件耗体力的工作。妈一定干三天就会叫苦了。"

她在心里暗自说，查看是否有人发邮件来。有三封。

留美子在通知搬家的明信片上也一并印了自己的电子邮箱地址，但收到的人不见得个个都会操作电脑。

他们几乎都是留美子的好友，也有多年不见的学生时代的朋友，但其中有人公开宣称一辈子都不碰电脑。

理由绝大多数都是，看起来很难，对机器类不在行的自己一定学不会。

也有人想要电脑，却因为价格高昂而无法下手。

也有明明和留美子同岁，却力持虚构的网络世界会助长人性荒废之论。

至于留美子，在工作上，电脑已是不可或缺的工具，回家后她只会查看信箱，尽可能不用电脑。

但这是因为眼睛疲劳，以及有时在事务所与电脑为伍的时间就超过十小时，所以她决定在家不要做类似工作的事。

方便的东西就要好好利用。不会用就学。用着用着就会习惯了……

留美子倒是完全无意加入电脑方面的议论，大作文章。

前几天谢谢姐姐请客。

第一封是弟弟亮写来的。

不但有三十万从天而降，还有姐姐大人请客，让我充分回味了东京久违的明亮夜晚。我这边一早就下雨。代我向母亲大人问好。

亮是分批购买零件，花了两个月才组装了一部电脑。这对亮而言易如反掌。

第二封是事务所同事十五分钟前发出来的。

所长大烂醉。

标题是这样写的。

桧大喝太多，害死我了。我已经送他回家了。冰见小姐开溜真是明智。我明天就在巴厘岛了。度假去也。

这是丸冈海子发来的。她年纪虽然比留美子小，却是桧山税务会计事务所的创始元老级职员。

包括留美子在内，桧山税务会计事务所的职员都称所长桧山为"桧大"。

桧山平日连晚餐都不会佐酒，顶多只是睡前喝上一两杯威士忌加热水，但偶尔和职员一起去喝酒时，会醉得让身边的人悄悄对望。

丸冈海子以"像拿长矛一直戳似的"来形容他的喝法，

留美子觉得没有比这更贴切的形容了。

话虽如此，桧山如此痛饮，一年也不过三四回，而且仅限于和职员一起喝酒的时候。

"谁叫他空着胃喝……"

留美子喃喃地说，边想着本来是只有同事们自己去喝而已，桧山是在哪里跟大家会合的啊？边打开第三封邮件。

我是芦原小卷。

留美子轻呼一声，望着"芦原小卷"这几个字，看了邮件的内容。

今天收到你寄来的搬家通知了。谢谢你。一个月前，我才好不容易学会一点点电脑知识……我第一个写电子邮件的对象竟然会是留美子，心里只觉得真是太不可思议了，打字的手指一直发抖。

你还记得我，我高兴得都不知道该怎么形容。这十年来，我的日子除了对抗病魔还是对抗病魔，但现在总算康复了。和留美的约定，一直是我那段日子莫大的支柱。你还记得我们的约定吗？

啊啊，光是打这些字就打了四十分钟。我一定要好好练习到两三分钟就打得出来！

我会再写邮件给你的。留美也要偶尔写邮件给我哦。目前，只有教我怎么用电脑的表姐会写邮件给我。她买了新电脑，所以把旧的给了我。不好意思，写了这么多。

小卷

芦原小卷是留美子的中学同学。也是留美子进中学第一个交到的朋友，但小卷却只念了两个月就举家搬到北海道的小樽，之后每年只有过年时会收到她的贺年明信片，而且这在留美子大学毕业时也中断了。

没收到芦原小卷的贺年明信片以后，留美子还是年年都寄，但大约五年前，也将她从寄贺年明信片的名单上删掉了。

本来留美子也犹豫着要不要寄搬家通知，但最后还是寄了。

原来，小卷这十年一直与病魔缠斗啊……她患了什么病呢……

留美子边这么想，边思索支持小卷对抗病魔的约定是什么。自己和芦原小卷在初一的时候，做过什么样的约定？

我是留美子。谢谢你的回信。

打了这一句，留美子的手便离开了键盘。因为她想不起她们的"约定"。

她觉得，要是问起她们做了什么约定，势必会让小卷感到失落。

留美子先为收到邮件道谢，再为自己不知道她十年来都在对抗病魔后来干脆连贺年明信片都懒得寄道歉。

我会再写信给你的。冰见留美子。

然后便把邮件发出去。

留美子能够清晰地回想起初一时芦原小卷的脸蛋。剪得短短的头发是自然鬈，让她有一颗浑圆的头，因此被班上同学戏称为"金针菇"。

又白又小的脸，纤细的脖子、手臂、肩膀，其上那头短却毛蓬蓬的头发……

那时候的小卷的确很像"金针菇"，但留美子觉得她看起来更像颗小蘑菇。

忘了是上哪堂课的时候，老师偏离了主题开始闲谈，说着说着，便问起学生们长大之后想做什么。

这种问题小学时被问得多了，大多数学生都答得不想再答，但老师一一点问来问，只好随便回答。

护士、空姐、演员、模特儿……

学生口中吐出的都是和小学时一模一样的话，但芦原小卷却回答："我想当一个幸福的妻子和幸福的母亲。"

清一色女生的教室里爆出笑声。其中大半是即将进入青春期或者已经进入青春期的中学女生特有的嘲笑。

老师也笑着问："你觉得要怎么样才能当一个幸福的妻子和幸福的母亲？"

小卷或许是感受到自己所受的笑声中的意味，低着头不肯回答。

自己就是在那节课下课后主动和芦原小卷说话，和她成为朋友的……

留美子这么想。

家门前有车子发动引擎的声音,紧接着又传来上原家的车库铁门拉开的声音。留美子轻轻拉开走廊大窗的窗帘,往上原家的门看。

先前那名青年把车子从车库里开出来,打开车盖正在检查什么。后车厢也打开了,有看似钓竿的东西从里面突出来。

留美子犹豫着从二楼讲话会不会太失礼,但又想青年可能是要驱车到哪里玩,便匆匆回房在睡衣外套上毛衣,打开了走廊的窗帘和大窗户。

"刚才真是谢谢你。"

在留美子这么说之前,本在检查引擎那一带的青年因为冰见家二楼开窗的声音,便朝这里转过头来。

"佐岛伯伯情况如何?"青年问。

"伤口没有想象的深,但还是缝了十八针,要在医院住到拆线。"

"没有生命危险吧?"

"没有。说话也很清楚。"

青年表示,父亲非常担心,很想了解佐岛先生的状况,但这么晚了去问冰见小姐又觉得太打扰,不敢上门。

"走廊上的血和碎玻璃都是你整理干净的吧。"

留美子说完,凝目想看清青年的脸,但打开的车盖正好形成阴影,看不见他的表情。

"总不能就那样放着,所以我和家父两个人去清理干净了。"

然后青年向留美子问起佐岛老人被送到哪家医院。留美子告诉了他，又问他是否正要去旅行。

　　"我要到河口湖那边，但刚才电视新闻说路上大堵车……不过我想半夜车应该会比较少，决定还是先出发好了。我和朋友约好在那里碰面。"

　　"要去河口湖钓鱼吗？"

　　"是啊，去钓鳟鱼。"

　　留美子请教青年的名字。青年关上车盖，绕到后车厢后还是没有说自己的名字，一直等他关上后车厢，才说自己叫上原浩司。

　　"我是留美子，冰见留美子。"

　　青年拿毛巾擦着手，问留美子这个黄金周假期是否计划到哪里游玩。

　　"因为很累，想待在家里哪里都不去……像睡一整个节日一样，睡一整个假期。"留美子说。

　　"我从五号起就要上班了。"

　　青年说，然后说了一家著名的零食制造商名字，"得到山里的瀑布去拍他们家的新产品广告。"

　　他说自己在广告代理商公司上班。广告片的拍摄全权交由另一家制作公司负责，但代理商这边也必须有人在场。因为黄金周大家都不想去，工作便落在自己头上。

　　明明只要当红的女偶像装出新零食很好吃的样子就好，为什么偏偏要到那种深山的瀑布去不可，实在是莫名其妙……

　　留美子以笑容回应了这位名叫上原浩司的青年这番略带

几分不平、不全然是开玩笑的话，但青年似乎没看见。

"深山是哪里呢？"

留美子的问题被青年放下车库铁门的声音盖过了。

留美子说："路上小心。"

青年便答："好的。那我先走了。"

只见他打开大门，脚步匆促地从庭院走向玄关，消失在屋里。留美子也关了窗，回自己房间。

佐岛老人的血和碎玻璃，原来是上原家父子打扫干净的啊……那位上原桂二郎先生，貌似冷漠，原来比外表温柔多了……

留美子边想边关掉电脑的电源，要做睡前习惯做的体操，却因为脚底伤口作痛而作罢。

外面传来停在上原家门前的车关上车门、开走的声音。

"好懒得保养啊……"

留美子说完，仰躺在床上。

这一整个礼拜都睡眠不足，本以为闭上眼睛就会睡着，但看样子佐岛家发生的事所造成的亢奋还没有消退，神经很敏感。

约定……初一的自己和芦原小卷做了什么约定呢……

小卷不仅记得，还说那是她长达十年来对抗病魔的支柱。可是自己却完全想不起那个约定……

发誓要结婚的那三年，那个人说过多少次"我是个言出必行的人"呢。而自己一直对他深信不疑……

那三年自己失去了或是得到了什么……自己到头来就只是个受骗上当、人好心软的傻大姐吗……

135

说到这儿，从自己懂事以来，好像常常爽约。

小学的时候，忘了朋友说过生日要做蛋糕为自己庆生，和另一个朋友跑出去玩。那个朋友守约请她母亲帮忙烤了蛋糕，装在盒子里绑上缎带，送到家里来。母亲不知道有这件事，说留美子和某某朋友出去玩了。回到家，看到餐桌上那个小小的蛋糕盒时，自己是多么后悔……

也许那是有生以来头一次自己感到自责的一刻。

留下蛋糕回去的朋友的背影，不知为何在夕阳下拉出长长的影子，一直留在自己心中……

那是小学三年级的时候吧。一想到爽约的记忆，头一个出现的一定是那个生日蛋糕……

第二次是什么呢？第三次……第四次……

想着想着，忽然对连和芦原小卷做了什么约定都想不起的自己感到强烈厌恶，留美子便再次打开电脑的电源。因为她想再写一封邮件给芦原小卷。

她决定老实向小卷承认她想不起来她们的约定，请小卷告诉她。

　　我是冰见留美子，晚安。

写到这里，正想着正文该怎么写，眼前又浮现那个小学三年级的朋友转身离去的背影。

接着浮现的，是那人坦承与本应要离婚、分居中的妻子有了孩子那晚的自己的模样。

明明是夜晚，浮现在脑中的自己的模样却是在夕阳下，在路上拉出了长长的影子。

留美子没有提"约定"，只写了如果方便的话，能不能告诉她十年来是和什么病魔奋战，便发出了给芦原小卷的邮件。

按下"发送／接收"键的那一瞬间，她急着关掉网络，却已经来不及了。

因为她想到发出一封对约定没有任何反应的邮件，可能会伤害到小卷，临时想取消，但邮件已经发出去了。

"谁叫你要跟人家约……"

留美子在内心说。

如果没有约定，就不会因为爽约而伤害对方，自己也不会因为伤害对方而受伤……

留美子这么想。

心情很乱的时候，最好是窝进父亲书房那个奇妙的洞穴，小声听喜欢的音乐……

留美子想起这件事，便进了父亲的书房，打开放在洞穴附近的立灯。

弟弟亮说，窝在这个洞穴里，心就会静下来，所以亮回大分县以后，留美子便在半夜试着一个人进了那个洞穴，发现那里的确是个意想不到的安乐窝，从此那里对留美子而言便成为一个特别的空间。

在一立方米左右的洞穴里，连脚都伸不直。背靠着壁板，竖起膝盖钻进去，头顶几乎要碰到洞顶，却没有憋屈的感觉，狭窄的空间也不会造成压迫感。心境会变得平静安详，好像在玩捉迷藏时忘了鬼正在找自己，打着盹，迷迷糊糊地胡思乱想。

留美子早已把自己房里的小型 CD 音响搬到父亲的书房，这时用留在洞里的遥控器打开开关，用若有似无的音量开始播放。

"我的鸟儿哗哗叫……"

留美子低声轻吟卡萨尔斯用大提琴演奏西班牙加泰罗尼亚民谣《白鸟之歌》时所说的话。

然后心想，我应该已经重新振作起来了。

我只是为自己爱过的男人竟是这般卑劣窝囊的人而生自己的气而已，我并没有受伤。

长久以来，我无法平息对自己太傻的怒气。但是，这份怒气也已逐渐淡薄。年轻的我跌了一大跤。跌这一跤让我生气，让我无法原谅跌了一跤的自己，便寄情工作努力遗忘。现在我必须完全原谅自己跌的这一跤。

留美子这么想，脑海中浮现中学时父亲教她的席勒的名言。

未来姗姗来迟，现在如箭飞逝，过去永恒静立。

留美子改了这句话的最后那部分，低声念出来。

过去如箭飞逝，悄然消失。

留美子认为这样改，才符合自己的活力。

"未来姗姗来迟……"

留美子念出声来。于是，不知为何，她渐渐觉得真的有东西朝自己姗姗而来。

"我也要找一件开心的事来做……"

她心想。

对我而言，开心的事是什么？

吃美食，听舒心的音乐，买新衣服，一个人的小小旅行……顶多就是这样吧。

母亲曾说，与自己的姐姐聊天是最开心的一件事。当姨妈瘫痪、失去语言能力后，母亲也没有停止与姨妈说话。母亲曾说姐姐是在自己认识的人当中，与她最"有默契"的人。

父亲好像看着雄伟的树时最开心，对观光用的所谓"神木"却不感兴趣。

被指定为天然纪念物的"神木"，父亲几乎都亲自去看过，但他所认同的"神木"却只有其中的五分之一。

父亲喜爱欣赏使用大量木材的旧房子，常常被误会是房屋中介，遭人投以怀疑的眼神，但他会随兴跳上电车，在农村、山村下车，寻访老旧却有风格，或是虽简陋却备受居住者珍惜的木造住宅，引以为乐。

找到之后也不能如何。父亲就只是喜欢木造房子，光是伫立在屋前欣赏便心满意足。

留美子试着想起自己工作地点的同事。

桧山鹰雄不是同事是雇主，但年纪才三十多岁，所以留美子不自觉对他产生同伴意识。多半也是源于桧山的人品，而桧山鹰雄前年迷上了高尔夫。

他自己也声称一个月打一次高尔夫是他无上的乐趣。

"打一百球，会有一两球打得非常漂亮。漂亮得会让人忍不住痴痴看着飞出去的球。光是这一两球漂亮得不得了的好球，就会让我觉得'啊啊，活着真好，啊啊，拼命工作，真是幸福啊'。"

桧山这番话，曾让留美子在事务所把正在吃的下午茶饼干给喷出来。

"打了一百球，才有一两球比较好吗？"

留美子一这么说……

"继续练习下去，就会变成三球、四球、十球、二十球……一这么想就会很陶醉啊！"桧山毫不迟疑地如此回答。

所以那天下班之后，留美子便应桧山之邀，跟着到他常去的高尔夫球练习场。

桧山打了一百球。而且正如桧山所说，其中仅仅两球，漂亮得连完全不懂高尔夫球的留美子也为之赞叹。

"嗯？看到了吗？就是刚才那球。刚才那球漂亮吧！"

"真的是一百球里面唯二的两球啊。运气好一点来个五球也不为过……"

留美子回想起当时桧山的表情，在洞穴里笑得花枝乱颤。

不然留美子，你来试试——被桧山这么一说，留美子便借用他的高尔夫球杆试打，在连续五次挥空之后好不容易打到的那一球往正旁边飞，从紧邻打席的人的头旁边擦过，惹得他大骂一通，留美子和桧山不断道歉，逃也似的离开了练习场。

"怎么样？现在你切身体会到打高尔夫球有多难了吧？"

桧山这么说，又笑道，被那种软趴趴的球打到也不会死，那个大叔何必气成那样。

"而且明明是从距离他一米之外的地方有气无力地飞过去的。"

留美子这么说，力证自己多缺乏运动神经。

从此之后，桧山就没有再找留美子去练习高尔夫球了。

"球竟然会往旁边飞，想这样打还打不出来呢！"

留美子又听了一次《白鸟之歌》，边听边让身体沐浴在送进洞里的黄色立灯灯光里，喃喃地这么说。每次听着卡萨尔斯的大提琴演奏的《白鸟之歌》，留美子都会觉得仿佛化身为遨游于自己尚无缘得见的西班牙加泰罗尼亚苍穹的一只巨鹰。

眼底一切都化为小点，麦田、葡萄园、泥土路，宛如一大片色彩缤纷的织锦。

风声猎猎，要吹走化身为鹰的留美子，但她瞬间抓住上升气流微妙的感触，不必策动双翼，便继续翱翔于天际……

她曾经在书上看过，每个人小时候都曾梦想自己变成小鸟在空中飞行，但她却从来不曾对此心生向往……

留美子是这么想的。

卡萨尔斯的《白鸟之歌》至今不知都听过多少次了，但她是从开始在父亲书房的洞穴度过自己专属时光的那一天，听着这首大提琴演奏的曲子时，才突然产生了自己化为一只大鹰的错觉。

"待在这个洞穴里，我就能变成老鹰……"

留美子这样低声说，脑海里出现了飞越天空的蜘蛛那无可形容的坚强与专注的模样。留美子心想，十年前，那个少年交给她的信上写的蜘蛛的事，果然在自己内心深处留下了强烈的印象。

留美子离开洞穴回到自己房间，用电脑搜索了"飞天蜘蛛"。不存在的东西应该找不到，而且"蜘蛛"相关的数据恐怕多达好几万条。她可不愿寻着资料一条条去找。但是，她一下子就找到"飞天蜘蛛"的相关网站。

看到电脑画面上显示的搜索结果条数，数量之多令留美子大为意外。她惊讶的是，原来除了专业的生物学家，还有这么多普通人和团体也研究蜘蛛。

会在网络上开设蜘蛛相关网站的人，在喜爱蜘蛛并积极加以观察研究的人当中应该只占了一小部分，可见，光是在日本，以各种形式对蜘蛛怀有高度兴趣的人便多得超乎想象。

"哦……原来世界上怪人很多呢。"

留美子喃喃地说，点进了有"飞行蜘蛛"关键词与说明文字的网站。

对留美子而言，蜘蛛不过就是一种恶心的八脚虫。不光恶心，她还觉得讨厌。偶尔在厕所里或是晒衣场之类的地方遇到大小三四厘米的小蜘蛛忙忙碌碌地爬来爬去，她就会吓得大声尖叫，连自己都觉得丢脸。

话说回来，蜘蛛怎么会飞呢？一定是品种特殊的稀有蜘蛛……

留美子一边这么想，一边浏览可能会有"飞天蜘蛛"相关数据的网站。

那是个个人网站，出现的全都是那个人每天的感想和短文之类的，看不出到底哪里和"飞行蜘蛛"有关。

但是，点进这个站长的"感兴趣的人"，当中便介绍了持续研究"飞行蜘蛛"的"锦三郎"这号人物。

这位先生住在东北地方，因某事而对"飞行蜘蛛"产生兴趣，持续观察，将其研究成果结集成一本名为《飞行蜘蛛》的书并付梓出版。

网站上也有锦三郎其人的简历，留美子看了他的出生年月日。看样子现在早已年过八旬。

她也看了其他的网站，对"飞行蜘蛛"都只有短短一两行的叙述。

"迎雪啊……"

留美子再次回到介绍锦三郎这个人的页面，仔细阅读那篇文章后，低声说道。

东北地方自古便将会飞的蜘蛛称为"迎雪"。一旦发生蜘蛛群起而飞的现象，雪季便会降临东北地方，所以称之为"迎雪"。

"真不知道是什么蜘蛛……没有翅膀就飞不了吧……"

留美子在记事本上抄下锦三郎这个人名和《飞行蜘蛛》这个书名。

休假期间，留美子睡了很久，甚至有一天整天都穿着睡衣。

一方面也是因为脚底的伤对日常生活中平平无奇的小动作也带来意想不到的制约，让她想动也动不了，所以只能躺在床上听听音乐、看看书。

母亲去肉店面试那天就被当场录取，当场领了围裙，学习如何炸可乐饼，展开一天六小时炸五百个可乐饼的生活。

母亲起劲的样子，让留美子由衷佩服原来母亲这么喜欢工作。早上九点半出门，中午一点多回来。然后吃午餐做家务，两点半又再出门，傍晚六点半左右回家。由于母亲开始了这样的生活，所以留美子只能在别无他人的家里，不断重复睡睡醒醒的生活。

这段期间，母亲曾两度到医院探望佐岛老人，得知儿子媳妇仍不知年迈的父亲受伤，还在享受他们的高尔夫之旅。

芦原小卷后来也没有回信。

也许因为是放假到哪里去玩了，而且就算待在家里，也不一定会经常打开电脑来看邮件。

尽管留美子这么想，但也考虑到或许小卷并不想向别人解释她得了什么样的病。

假期结束后伤口仍未拆线，所以留美子只能穿球鞋上班。

与球鞋搭配也不显得突兀的服装，实在很难说是一个年过三十的女人搭电车上班的打扮，而一身薄毛衣搭牛仔裤也不好去拜访客户。

留美子已事先打电话知会桧山自己受伤的事，留美子必须拜访的客户便由桧山代为前去，好不容易到了拆线那天的早上，留美子在医院看完医生，便到病房探望佐岛老人。

护士帮忙打电话到佐岛家的帮佣家，在录音机里留了言，所以帮佣旅行回到家那天晚上便匆匆赶来医院，但儿子媳妇则还没有回来。

"我完全不知道原来连冰见小姐都割伤了脚底。"

佐岛老人身体左侧朝下躺着，数度道谢，又不断为造成留美子的麻烦道歉。

"我的伤根本没什么。多亏受了伤，假期好好地补了觉。"留美子说。

"昨天早上，医生说我可以左侧躺，我才觉得终于活过来了。唉，没想到只能趴着会那么痛苦，会让人喘不过气来，睡不着啊。"

佐岛老人面带笑容，说能够大口深呼吸之后，才总算觉得自己像个人了。

"上原先生也很照顾我。第二天，他就来探望我了。聊到我们不知道究竟在那里当了几十年的邻居，上原先生也苦笑。上原先生出生的时候，我还是个大学生。所以我头一次见到的上原桂二郎先生，是叫作'桂儿'的小婴儿。"

"您什么时候拆线？"

留美子问。

"医生说后天来拆。上了年纪，恢复能力毕竟也不如年轻的时候了。伤口愈合得很慢啊。"

不过已经随时都能回家了——佐岛老人说。

"今天工人会来修理浴室的玻璃门。帮佣要我等他们弄好了再出院……"

真没想到原来无法深呼吸会这么痛苦……

佐岛老人又这么低声说了之后，露出笑容，对留美子说："冰见小姐是我的救命恩人。"

"您太夸张了。"

留美子虽然这么说，但心想那时候要是没有人发现，真不知道佐岛老人会怎么样。尽管他受的伤并不致命，但若一直无法动弹地倒在浴室和走廊交界处不断出血，老人的肉体和精神一定会变得非常衰弱……

"那时候我也吓坏了，不知道该怎么办才好。幸好上原先生的公子经过……"

留美子尽管觉得或许不应该由自己来说，但还是说明了上原桂二郎与浩司这对父子清理了浴室和走廊，甚至还锁好了门窗。

佐岛老人一脸惊讶，问道："上原父子帮我把碎玻璃和血迹都清理掉了？"

又说："哎呀，上原先生一个字都没提。原来当时在场的，不是俊国是浩司啊……我果然吓坏了，脑筋出了问题啊。一直以为是哥哥俊国。"

留美子从佐岛老人的表情中看出一种微妙的困惑，而这种困惑并不是他对自己身受重伤处于不安与心慌而产生的错觉感到不解，因此想安慰他这不是"老化"，便说："兄弟嘛，想必长得很像，在昏暗的走廊上谁都会认错的。更何况佐岛伯伯当时处于那种状况中。"

佐岛老人略加思索，说："我被送上救护车的时候，上原家的儿子从浴室架上帮我拿出了好几条毛巾，盖住了我的伤和整个上半身。那时候我拜托他说'俊国，能不能帮我把钱包拿来'，然后告诉他钱包所在的位置。"

又说："不对，他绝对是哥哥。虽然平常没有交集，但他们兄弟我从小看到大，不会认错的。俊国找不到钱包，在厨房里打转，我还记得自己说：'俊国，不是那里，那边那边。'因为我这句话，救护车的人就说：'哦，意识很清楚。不会有事的。很快就会到医院，伯伯你放心吧……'"

留美子认为非要认真纠正老人常有的错觉未免太不懂事，便说："那么，那果然是哥哥俊国吧。是我听错了。"

又说："从医院回来之后，我隔着窗户和准备到河口湖去玩的俊国聊了一下。我把名字听成了浩司……是我听错了。"

她安抚老人般这么说，但留美子比谁都清楚，这番解释有点不自然，也太牵强了。

她不希望老人认为她是随便敷衍，便补充说："那时候，他说自己做广告方面的工作。"

"那么，果然是俊国了。浩司在汽车公司上班，今年才刚大学毕业，初入职场，现在正在研修，要在工厂的宿舍住到九月底。"

佐岛老人宛如自行检查脑部状态般，一句一句，慢慢地将自己对上原兄弟所知的事说出来。

留美子不想让佐岛老人太累，便想结束当晚出现的究竟是上原俊国还是上原浩司这个话题。

但留美子与佐岛老人并没有共通的话题。

留美子告辞离开佐岛老人的病房，直接前往事务所。

尽管留美子认为佐岛老人精神矍铄，头脑也很清楚，但上了年纪难免会产生老人惯有的固执，同时也实在不相信那一晚自己隔着窗户和"上原浩司"交谈时会把话听错。

青年的确自称"浩司"，他对留美子说自己在广告代理公司上班，五号起，为了拍零食大厂的新产品广告，必须到某座深山的瀑布去。

多半是佐岛老人把上原家的老大和老二的工作搞混了，再不然就是告诉他的人弄错了……

留美子这么想。

今天可以下午再进事务所，所以留美子在涩谷换了电车，前往为了调查工作方面的资料而经常利用的都立图书馆。

她已经事先查出图书馆里有锦三郎所著的《飞行蜘蛛》，而且目前没有人借阅。

办好了借书手续，留美子将《飞行蜘蛛》这本旧书放进公文包，进了事务所。

税务文件在办公桌上堆积如山，但留美子还是先将《飞行蜘蛛》的内容全部复印出来。

虽然大可把书带回家看，但留美子不想弄脏图书馆借来的书，总是会先复印。

她曾有一次将咖啡泼在贵重的书籍上，从此，凡是图书馆借来的书她都尽可能当天归还，而且也避免边看借来的书边喝咖啡或红茶。书的版权页上注明《飞行蜘蛛》出版于一九七二年四月二十日。

目录的第一行是"迎雪"，还附加了"蜘蛛的空中移动"这几个字。

锦三郎的观察记录始于昭和二十七年（一九五二年）。

留美子正在复印所有的书页时，昨天从巴厘岛旅行回国的丸冈海子吃过午饭回来。"这个，是给留美的纪念品。"说着，从自己的置物柜里拿出一个纸包给留美子。

留美子道了谢，打开纸包。盒子里出现了一只以奇妙的角度弯曲的木雕的手。很像是千手观音的手，但只截下手腕以下的那一段。

"这是什么？"留美子问。

丸冈海子的名字本来用汉字是写成"海子"，却因为常被人取笑念成KAIKO[1]或AMA[2]，现在名片干脆用平假名写成UMIKO[3]。她说，被叫成KAIKO"她没什么可生气的，但她却想"宰了"叫她AMA的人。

"为什么海子会变成AMA？'海女'才念成AMA好不好？我才不要让一个连汉字日文发音都不会念的人拿名字来取笑我。"

当留美子说汉字的"海子"比平假名更好看时，丸冈海子是这么回答的。

以"见义勇为"为座右铭的丸冈海子将手指细长得令人发毛的木雕手托在手心，然后放在办公桌上，说明："喏，这样放就可以当成信架。把信夹在小指和食指之间，可以放

---

[1][2][3]均有"海子"之意。

二十封信或明信片，无名指和食指之间可以用来夹便签纸呀。"

"真的呢。好特别哦。哇，好棒……真的很有巴厘岛民俗工艺的感觉。"

"你喜欢吗？"

"嗯，谢谢。"

"啊啊，太好了。"

丸冈海子压低声音，说这是为了留美特别找的礼物，其他人都是一件五百元的 T 恤。

"不能告诉别人哦。趁大家还没回来，赶快把这个信架收起来。"

"那，我就装作我也是收到 T 恤好了。"

留美子这么说，心想我宁愿要 T 恤，把木雕手收进盒子，放进自己的置物柜。对这只木雕手，留美子只觉得浑身不舒服，总觉得要是放在房间里，这只手半夜就会自己动起来。

将《飞行蜘蛛》整本复印完，留美子便着手处理自己桌上那堆传票和文件。

一直到傍晚，总共接到五个客户的电话，但都不是什么麻烦的事务，几种传票也都没有问题。

机械化地处理传票的时候，留美子脑海里闪过"俊国"这个名字。

十年前写那封信的人也叫俊国。上原家的儿子也叫俊国……

当时十五岁的他是"须藤俊国"……须藤……上原……

名字同样叫"俊国"是巧合吧。可是，同样都是"俊国"

也未免太巧了……

办公室里只有客户决算期都撞在一起的桥诘朝男一个人忙着敲键盘，到北海道出差的所长桧山当天不会进事务所，其他职员做完自己的工作，几乎都准时下班了。

留美子处理的案件中有一件事想请教桧山的指示，所以在等桧山电话的期间，读起《飞行蜘蛛》。如果没有特殊状况，每天傍晚六点，桧山一定会打电话进事务所，确认有无联络事项。

"我来煮咖啡吧？"

留美子对比自己大两岁的桥诘朝男说。桥诘在大学毕业的同时结了婚，所以三十四岁就成了十岁和八岁的男孩以及一个四岁女孩的父亲。

桥诘闭上眼睛，一面按摩眼周一边离开自己的座位，来到留美子的位子，说："你要帮忙煮吗？不好意思啊。"

然后探头看了一下留美子正在看的书。

"飞行蜘蛛……咦，这和留美负责的客户有什么关系吗？"

"我是好奇，想知道蜘蛛真的会在半空中飞吗……所以才从图书馆借来的。和工作没有关系。"

听了留美子的话，"嗯，蜘蛛会飞哦。不是像蟋蟀那样跳，真的是在半空中飞。"桥诘也顺口回答。

"咦！你见过吗？"

"见过啊，小时候。"

"在哪里？"

"我家附近的田里。"

桥诘之前曾在某个喝酒聚餐的场合告诉过留美子，他的老家是秋田县和岩手县交界一个小村庄的酒造，他在那里出生并长大，进了东京的大学之后，除了过年不曾回过家。

　　"看这本书之前，我一直在想，会不会是有哪种长了翅膀的特别品种的蜘蛛……结果不是。原来大多数的蜘蛛都会利用自己吐出来的丝来飞。"留美子说。

　　于是，桥诘双手往留美子的办公桌一顶，低下头，踮起脚尖，撅起屁股。

　　"它们会像这样啊，算好风向啦、风的强度啦，从屁股吐丝。"

　　桥诘模仿蜘蛛，左右摆动自己的屁股。

　　留美子觉得桥诘这样子非常好笑，笑着问："桥诘先生，你真的看过蜘蛛飞？"

　　桥诘仍维持屁股吐丝的蜘蛛的模样，说："看过啊。不过顶多只飞了三四米就是了。"

　　"咦！只能飞这么短啊？"

　　"就算能顺着风势飞起来，蜘蛛丝那么细，会纠结啊，缠在一起变成一团，很快就会掉到地上了。"

　　"蜘蛛吗？"

　　"嗯。它们会飞靠的就只是一坨丝。可是我奶奶说她看过顺利乘着风飞得很远的蜘蛛。"

　　乘着风，顺着上升气流，再加上千分之一、万分之一的幸运，将小蜘蛛送往远方大旅行——桥诘这么说，在椅子上坐下来。

"可是，蜘蛛靠自己的丝飞向空中，机会不止一次。失败了会再挑战。连续个三四次吧。要是都不成功，大概就会在自己拓展的领域内生活吧。"

桥诘说，据说有很多蜘蛛因为顺着上升气流成功起飞，却被鸟吃掉或死掉，然后喝了留美子煮的咖啡。

"在那之后，真的会下雪吗？"

留美子也边喝咖啡边问。

"嗯，冬天真的会紧接着就来。很神奇。风会变大，然后变冷，过个四五天就会下当年的第一场雪。现在不知道怎么样了……毕竟全球气候异常嘛。不过我想，在季节剧烈变化之前，都会有一些异变的。像是春天之前会刮春一番[1]，梅雨结束时会打雷……冬天来之前，会有好几天暖和得像春天一样不是吗？蜘蛛大概就是在那些像春天一样暖和的日子起飞的吧。风不至于太强但还是有风，温差形成上升气流……"

桥诘说，他已经很久没有回过出生地了。

"奶奶过世之后，就没有回去的理由了。"

"父母呢？"

"我爸死了，我妈就把乡下的房子卖掉，前年搬来和我们一起住。她是很想住在乡下，可是我姐也嫁到埼玉去了，弟弟又在关西……"

父亲四十年前买的杉树林山头卖了好价钱，母亲因此而下定决心到东京的长子夫妇家度过余生——桥诘说。

---

[1] 春一番指日本每年立春到春分之间，当年初次吹的强南风。

"我爸不惜借钱去买不知什么时候才卖得出去的杉木林，被他兄弟姐妹和一干亲戚当成废人，骂他傻，谁也没想到四十年后竟然那么值钱。多亏了我爸，不仅我妈的生活有保障，连我们夫妇也连带其惠。不过那座山从买下来到能换钱，四十年的岁月绝对不能少。"

留美子随口回应桥诘这番话："树在修枝之后还要好久才能用嘛。"

桥诘一脸惊讶。

"哦，原来留美对树这么了解啊。修枝这种词，一般人是不知道的。"

留美子解释，因为弟弟在大分县一家小制材所工作，上个月好不容易回到东京的时候，告诉她一棵杉树或桧木要经过多少人力和时光才具有作为木材的价值。

"制材所？你弟弟不是去美国念大学吗？我记得所长说过是电脑方面的专业。"桥诘问。

留美子说的确如此，但他突然改变方向，现在正为了学习"树"这个东西而努力。

"树从树苗开始，要成长十五年才能修枝，然后再过五十年或六十年才能具有木材的价值，听到这件事的时候，我吓了一大跳。因为，这样的话，今年种的树苗，在我弟弟有生之年也不会砍来当木材呀！我才知道原来种树完全超乎我的想象……"

"嗯，是啊。我小时候的朋友有五六个家里从事育林的工作，可是其中三个很快就把父母传下来的山卖掉改行去了。"

"不过，九州岛那边的树长得还算快的。"桥诘又继续说，"像东北啊，冬天很冷，整年日照时间又少，树长得很慢。可是，也因为这样，木材的质量很好。南方的木头在温暖的地方长得很快。换个说法，就是没吃过苦的富二代。而寒带的木头从小就忍受风雪摧残，坚强地长大，所以木纹很密。神木中的神木，几乎都是生长于寒带。"

留美子看到桥诘有几分得意地大谈树木的表情，思索所长桧山之所以经常对桥诘不耐烦的原因。

桥诘个性温和，税务方面知识丰富，也通晓世事，但一旦直接负责客户，他的这些优点几乎都无从发挥。

他只会在自己熟悉的人面前雄辩滔滔，在初识的人、不熟的人之间协调沟通时，简直像换了一个人般沉默寡言，同时变成像桧山说的"连头脑都迟钝了"。

这一点已经被指责多次，桥诘自己也十分烦恼，但他会对桧山以外的人搬出这样的借口："因为我很怕生。可能是在意东北口音吧……"

"小孩子才会怕生。"

从他人口中听到桥诘自我辩护的话，桧山曾这样骂，而从此桥诘一有机会就批评桧山。

这些话都会长翅膀传进桧山耳里，今年以来，他们之间的关系一直很差。

留美子越来越觉得，桥诘的弱点其实并不是因为他异常地想隐瞒的乡音。

留美子认为，关西人说关西腔很自然，来自九州岛和东北的人，无论标准日语说得再怎么好，因为什么机缘而露出自己从小熟悉的口音也是再自然不过的事，不会有人特别介意这一点，也极少有人会因此而感到不快。

所以留美子径自分析，认为"因为口音而怕生"只是借口，并非桥诘的真心话。

虽然多半是天生的个性，但桥诘无论什么事都会"兜圈子"。

一加一等于二这么简单的道理，他却会从为何要一加一开始说明。仿佛不这么做，就无法让对方明白二这个数字似的。

"那件事怎么样了？"

假如客户这么问，在回答"结果是这样"之前，他会没完没了地解释为什么会变成这样。

回答"结果是这样"，在电话里一两分钟就能讲完，对方也能立刻掌握重点，但就连留美子这个局外人在旁边听到桥诘这些不需要的说明都不禁感到不耐烦。

留美子认为，正是因为想展现出不是自己的自己，或是比自己更好的样子，才使得这个分明有能力的人一直停滞不前。

桧山打电话来了，留美子简短地问了非问不可的问题。

"还有谁在事务所吗？"

桧山在用手机打电话，说自己在出租车上。

留美子回答桥诘先生在，桧山说，就算桥诘还在工作，只要你的工作做完了就别客气，下班回家去，然后挂了电话。

"所长现在在哪里？"

桥诘问，拿着咖啡杯回到自己的办公桌去了。

"说他在出租车上。不过没有说出租车在哪里。"

"所长正拼了命想多争取客户嘛。现在五个职员都忙不过来了，客户再增加就只能举白旗了。所长要是太贪，会被同行讨厌的。"

"太贪？"

留美子把咖啡喝完，边收拾杯子边问。要开一家税务事务所，就算仅仅只有五个人，也必须支付职员薪水，所以桧山当然会努力开拓客源，但留美子想归想，却没有说出来，整理好桌子准备回家。

"要硬抢别的税理士的老客户，也该有个分寸。"桥诘说。

"只要合作愉快，客户不会轻易换税理士的，所以会换的都是营业不健全的公司，或是个人公司……所长拼命想帮这些公司重振旗鼓。但税理士去插手管别人的经营重建是致命伤啊。"

"可是，只要负责税务，就不得不介入那家公司或是个人事业的经营方针不是吗？"

留美子后悔自己太多嘴，所以不去看桥诘，拿起公文包，就要离开事务所。

结果桥诘说："因为留美和所长感情好嘛。"

他话里带刺，要是不理他就走，就好像自己肯定了那根刺的本质，所以留美子松开门把手，转身面向桥诘。

"桧山税务会计事务所的职员，和所长桧山先生感情不好的话，彼此都会很困扰吧？我认为感情好是件好事。"

"感情好当然是好事啊。"

桥诘依然背向着留美子，说："可是，所长是男人，留美是女人……"

"我和所长就算感情好，也不是男人和女人的那种感情好。"

啊啊，这个人应该不会在桧山税务会计事务所待多久了。和这种人说什么都是白费唇舌。尽管这么想，留美子还是觉得背对着自己的桥诘自卑得窝囊，忍不住说："这种话，对我、对所长都是侮辱。"

"侮辱？为什么？只是说你们感情好就当作侮辱，未免反应过度了吧。会反应过度，不就表示一定有什么原因？"

桥诘还是背对着留美子，不正视她，这样反唇相讥。

"桥诘先生真不像男人。为什么不看着我说话？"

留美子感觉心跳变快，一边这么说。虽然后悔应该不理他直接回家的，但现在又不能回头，只希望桥诘像他平常对公司外的人那样变得沉默寡言。

然而桥诘却因为留美子这句话转过头来，说："不像男人？哦，我上次说'不像女人'结果骂我性骚扰的人是谁啊。"

"不是我。一定是别人。就算有人说我'不像女人'，我也不会生气骂说这句话是对女人的性骚扰。"

"哦，那就是海子了。"

"再多少次我都会说。桥诘先生不像男人。"

"那又怎么样？"

桥诘的脸都发白了。

啊啊，我真是的，明明胆小，为什么要跟别人吵架呢……

留美子怕她和桥诘的口角继续恶化下去，便不作声。这时候，电话响了。

桥诘接起电话。

"所长打来的。"

这么说，对着留美子笑。

"既然你还在，可见今晚没别的事吧？"

桧山问。

"那晚餐我请客。去'都都一'如何？"

留美子心想要是桥诘也一起去就很讨厌，正考虑着该怎么回答时，"你在'故好'前等我，别让桥诘发现。我再过十分钟就到了。"桧山说。

"好，我知道了。"

留美子挂了电话，不去看再度背向她的桥诘，离开事务所，来到走路约五分钟的和果子店"故好"前。

桧山说十分钟会到，但不到五分钟就有一辆出租车停下来，桧山从后座探头招手。

要是这个情景被别人看到，恐怕真的会怀疑他们的关系——留美子这么想，朝事务所所在的大楼看了一眼，上了出租车。

"有第二个了，第二个！"

出租车开进大马路的时候，桧山这么说。

"刚进入第八周。第八周的话，就是怀孕第三个月吧？"

桧山像拿着接力赛的接力棒般握着手机直挥。

"咦！所长太太怀了第二个孩子吗？恭喜恭喜！"

留美子说，觉得刚刚的不愉快逐渐消失。

"可是，这么值得庆祝的日子，所长请我吃饭好吗？应该回家和太太一起庆祝才对呀。"

"可是她回娘家了。我丈母娘感冒发高烧病倒了，所以她今晚回娘家做晚饭给爸爸和弟弟们吃，顺便去了一趟医院。"

桧山妻子的娘家，距离他们所住的公寓搭电车只要两站，头一个孩子也是在娘家附近的医院生产的。

"我刚打完给事务所的电话，她就打电话给我了。所以我才改变了行程。本来约好要跟人碰面的，我解释了原因请对方延到明天。生第一个孩子的时候，想了三年都没怀上，这次几乎是百发百中啊！一下就有了。"

说完，桧山露出难为情的笑容，喃喃地说跟女生讲这些话太低级了，伸手遮住了自己的嘴。

"没关系。今天不管所长说什么我都不觉得低级。既然已经三个月了，应该知道是男是女了吧？"

"啊，对啊。可是我老婆却一个字都没提。"

然后，桧山收起笑容，说："我找到比桥诘更优秀的人了。"

这个人本来在大阪的税务事务所工作，和桥诘同年，已婚，但因为妻子娘家的缘故不得不搬到东京，所以才会找新东家。

"她太太的娘家是在板桥开电影院的。"

"哦，电影院？"

"是专门播十八禁影片的电影院。听说他岳父十年前就瘫痪了，实际上是岳母在经营，可是岳母也得了乳腺癌……还在初期阶段，手术也很顺利，可是不能再让老人家辛苦，所以才拜托女儿接手电影院。"

桧山说，他要叫桥诘走人。

"这件事，桥诘先生知道吗？"

留美子问。

"今天早上出门前，我打电话到桥诘家，告诉他我的事务所不需要你了。那家伙，一个月前跑到小田切先生那里去请人家介绍工作。听说还跟小田切先生说了一堆有的没的。"

小田切是关东税理士界的权威人士，对桧山鹰雄而言形同师父。桥诘就是在小田切的推荐下来到桧山税务会计事务所任职的。

"小田切老师说，没办法帮一个把自己的东家说得那么坏的人找工作。"

桧山说，打了一个大哈欠。

"我搭最早的一班飞机去千岁，下了机就搭车去札幌。事情办完又回到千岁，刚才才回到羽田……本来觉得好累，心情烦躁，不过一接到老婆的电话，精神都来了。"

"这个消息真是可喜可贺呀。"

留美子决定不提刚才她和桥诘之间的事。结果，桧山问起："桥诘有没有什么不寻常的样子？"

留美子说没什么不寻常的。

"他刚到我们事务所的时候，马上就能上线，不会说别人

161

的坏话，也不怕吃苦，有这么好的一个人来我们这里，我真的很感恩。可是大概是三年前吧，我因为一件事狠狠骂了他一顿，从此他就变了。每每针对什么就背地里批评我的做法，还背着我模仿我。"

"模仿所长？怎么说？"

"他的言行，摆明了就是要让人家觉得实际上运作桧山税务会计事务所的不是所长，而是他。应该是我骂人的方式还不够老练吧，有点太情绪化了。"

但是，那是因为经过一再提醒却完全没改，终于忍无可忍才爆发的，自己完全没有伤害桥诘自尊的意思——桧山说。

"那家伙，以后无论在哪里工作，最后都会因为类似的情形变成不被需要的人。"

桧山看到留美子想在明天上班前绕到图书馆归还而从事务所带出来的《飞行蜘蛛》，便问那是什么书。留美子正想说明的时候，出租车在"都都一"附近停下来。

出租车司机说，开到店门口也可以，但路上很堵，从这里走过去反而比较快。

在"都都一"的吧台坐下来，留美子指着弟弟亮卖给店老板的李朝时代多宝橱，低声向桧山说明成交的经过，不经意地朝正在吧台用餐的客人看。

一个似曾相识的人正看着留美子，但视线一交会，那个人便转移视线，回头与坐在身旁的中年女子谈话。

自己的确在哪里见过那个人……

留美子这么想，视线又悄悄抛过去。男子也又看着留美子。

"啊，是上原先生。"

留美子喃喃地说。与此同时，对方似乎也想起了留美子是谁，露出一丝笑容，若有似无地点了点头。

上原桂二郎有女伴，所以留美子不知该怎么办。因为她心想，是不是装作不认识比较好？

然而，上原桂二郎点头的方式，显然是顾虑到留美子与异性一同来到"都都一"，所以一定是和自己一样怕打扰到对方，留美子便露出开朗的笑容，报以大大的点头。

上原桂二郎站起来，来到留美子坐的地方。

"我还在想，这个人和冰见小姐长得好像啊。"

"您常来这家店吗？"

留美子问。

"今天是头一次，那一位带我来的。"

上原桂二郎朝身穿和服的女性看了一眼，这么说。

留美子介绍了桧山，说自己在他的税务所上班，然后向桧山介绍了上原。

上原向桧山行了一礼，回到自己的座位。

"他是我家对面邻居。上原工业的社长。不是有个厨具品牌叫'Uehara'吗？做汤锅、平底锅的……商标是两只坐着的猎肠狗。"

"哦，是那家公司？我家的锅就是'Uehara'的啊！平底锅也是。"桧山说。咕哝着早知道就跟他交换名片。

"他们在厨具制造方面是老牌中的老牌啊。原来是留美家的对门邻居……"

桧山先点了两瓶热清酒和山椒烤鲣鱼皮。

"这么值得庆祝的日子，要不要吃鲷鱼？"

留美子说，点了鲷鱼生鱼片，然后为桧山倒酒。

"祝肚子里的宝宝健康长大。"

敬了酒。

"都都一"的老板从厨房里出来，向和服女子打了招呼，将自己的名片递给上原桂二郎。

"这位老板娘嘴巴可是刁得很。我们年轻的一看到老板娘来了，都心惊胆战呢。"

"都都一"老板这么说，一发现留美子，便向两人说这个李朝的多宝槅便是向那位小姐的弟弟买的。

"令弟好吗？请转告他，来东京的时候务必再度光临。"

留美子对"都都一"老板的这句话回道："弟弟薪水微薄，却偏爱收集昂贵的树根什么的，所以回到东京时总是口袋空空。他要自己来贵店实在是来不起。所以，您买下李朝的多宝槅，他开心极了，说是钱从天而降。"

"可是令弟找到了这个李朝的多宝槅，眼光实在高明。"

"都都一"的老板这句话，带着"我的眼光也不错吧"的自豪意味，被称为老板娘的五十多岁女性看了看留美子，笑道："阿克，你这样等于是在说你自己眼光更好呀！"

留美子看到她一身品位和剪裁都极佳的和服和端正的侧脸，猜想这位称"都都一"的老板为"阿克"的女性应该是在京都开料亭或茶屋。

"反正只要一进店里，看到这个多宝槅，就觉得我真是买到好东西了，然后就一直看一直看。"

老板说。接着，在上原和女性面前谈起高尔夫。

"这位老板娘事先不肯告诉我原来你这么厉害，害我这么差劲地在第一洞就惊慌失措了。"上原桂二郎说。

"我因为没别的消遣方式，所以四十几岁那时候发狠练习。早上到筑地市场采买了鱼货，回家洗个澡，就到高尔夫练习场。店里公休的日子一定是到高尔夫球场报到。管他下雨还是下刀，都是高尔夫、高尔夫、高尔夫。我四字头那些年全都奉献给高尔夫了。"

"都都一"的老板说。

"到了五十岁，却改变路线，全都献给年轻小姐了。"

和服女子说。

"就是啊，结果差点本来是三的，掉到五去了。所以年过六十，又回过头来全心料理。游戏花丛很伤肝啊。"

"都都一"的老板大言不惭地这么说，然后笑了。

"为什么游戏花丛会伤肝？"

女子一脸认真地问。

"不喝酒就没精神。用高尔夫来比喻的话，就是打了半场就没力了，后九洞根本打不完。"

"哦，喝了酒就有精神了？"

"暂时而已啦。简单地说，就是用酒来骗骗神经。"

听着他们的谈话，留美子听出上原和老板娘、"都都一"的老板今天去打了高尔夫球。

留美子本想等到三人的对话告一段落，问问上原桂二郎

165

佐岛老人出事的那一晚在场的青年是上原家的长子俊国还是次子浩司，但又觉得还是不要挑错时间地方扫别人的兴，回过头来在桧山的建议下点了炭烤近江牛。

"一家旗下有几千、几万名员工的企业，个别员工出缺都是由股长、课长、部长处理的，但像我们这种只有五个人的小公司，人事方面反而麻烦。因为无论如何都会牵涉到个人观感。"桧山说。

"因为五个人就能搞小团体了嘛。"留美子附和道。

"我在大学期间，曾经在一家搬家公司打工。虽然也要看搬家的规模，不过基本上是五个人一组。"

"哦，搬家公司，原来你干过粗活。"桧山笑了。

"女生负责打包衣物、餐具和其他小东西。电器、家具之类重的东西就由男生负责。"

"原来如此。"

"才五个人的团队，就有交情好的、交情不好的、只想着怎么偷懒的、别人不听自己的就马上摆臭脸的人……真的什么人都有，结果人际关系比工作本身还累人……"留美子边回想起学生时代边说。

"所以在我们事务所里，观察有没有不健康的小团体，同事之间有没有无谓的纷争，有的话就负责排解的这个工作，我就托付给了桥诘。可是最关键的桥诘自己却给我变成问题的元凶。我付薪水给事务所里的人，可不是为了要他们一直在意别人对自己的看法。"

后来东扯西扯，话题又回到了出租车上的《飞行蜘蛛》。

留美子已经看了《飞行蜘蛛》的前十页，又听桥诘说了蜘蛛起飞，所以给桧山说了一个大概。

"留美，你怎么会对会飞的蜘蛛产生兴趣？"桧山问。他声音很大，本来大聊今天的高尔夫球的"都都一"老板、和服女子和上原桂二郎都朝留美子他们这边瞄了一眼。

"因为我实在不相信蜘蛛会飞，所以很好奇它们要怎么飞……"留美子说。

真想看看蜘蛛在好几重幸运交会之下高高飞上空中，乘着和煦的微风和上升气流，飞往遥远的未知之地……

留美子对桧山这么说，把锦三郎的《飞行蜘蛛》放在吧台上。

"最近，我都不看工作以外的书了……"

桧山边翻书边说，然后提议接下来自斟自饮。

"为彼此斟酒，容易喝过量。因为会不知道自己到底喝了多少。"

"我去鹿儿岛出差的时候，樱岛制果的社长和会计部那几位就一直帮我倒烧酎，我差点就死在那里。"

留美子想起那晚醉得天旋地转，仿佛要落入万丈深渊般的痛苦，就边把吧台上自己的酒杯移开边说。

"烧酎是彼此互斟来喝的啊？"

"他们会倒在玻璃杯里帮我加热水稀释，可是我不喝，他们就不肯喝。所以我只好喝了，然后我帮他们倒烧酎，这样他们才喝。"

"简直就像大学生的聚会嘛。硬要拼酒，会死人的。急性酒精中毒。"

"他们说，喝鹿儿岛的烧酎不会死人……熊本的烧酎
才会……"

桧山笑了，说："在鹿儿岛说熊本或宫崎的好话就惨了。
不过在熊本或宫崎夸鹿儿岛，熊本人和宫崎人也会不高兴。"

桧山说起有一次他说在宫崎吃到的牛肉很好吃，结果大
分的人就说和丰后牛相比，宫崎的肉连三流都算不上，一副
要打架的架势。

有客人进来，"都都一"的老板对那位高大的男子说："欢
迎光临。不好意思，劳驾您特地跑一趟。"然后请他坐上原桂
二郎旁边的位子，向男子介绍。

"这一位是上原桂二郎先生。"

看到那位高个子骨架硬挺的银发男子，留美子不禁轻声
惊呼。那是她大学好友黄淑龄的父亲，黄忠锦。

黄忠锦与上原桂二郎交换了名片，也殷勤地问候了和服
女子，往椅子上坐下，才注意到留美子。

"咦？这不是留美吗？"

说完，黄忠锦将身子朝吧台探出来，隔着上原与女子向
留美子露出笑容，然后解释："那位是我女儿的朋友。"

今年就要七十岁的黄忠锦将本行金饰店交给长子，自己
在中国台湾经营因本身嗜茶而插手的制茶业。

女儿黄淑龄的日本名字叫作黄淑子，但这么做并非为了
隐瞒自己不是日本人的事实，而是因为淑龄这个名字对日本
人而言太难发音、太难叫了。

话虽如此，淑龄的日本朋友都不叫她"淑子"，而是叫"小龄"，人人都喜欢这个聪慧灵巧、不拘小节、落落大方，又肯定因家教好而对人细心体贴的"小龄"。

"小龄"黄淑龄在父母推荐下与同乡男性相亲结婚，目前住在旧金山。

她的父亲黄忠锦是日本华侨全国联合会的重要干部，不仅与世界各国的华侨关系紧密，与各国政治家及财经界人士间也有稳固的人脉。

"谢谢你寄迁居通知给我。"黄忠锦用洪亮的声音对留美子说。

"冰见小姐是我的对门邻居呢。"上原桂二郎说。

"对门……哦，还真是巧啊。"

"不是斜对门或是附近而已哦，是真真正正的对面。我家的大门和冰见小姐家的大门，不偏不倚就正面相向。"

留美子笑着应上原桂二郎这句话："门的大小差很多就是。"

"淑龄后天会回日本哦，这是她婚后头一次回娘家。她预计在日本待一个月。"

黄忠锦说。

"咦？这样小龄不就要在日本生产了？"留美子问。

"她说，要是在飞机上阵痛怎么办，我说反正有你老公在身边。"

小龄的丈夫是在美国出生并长大的妇产科医生。

"小龄的宝宝出生之后，黄伯伯就有几个孙子了？"

"八个。"

长子有三个，次子也三个，长女一个，老幺淑龄一个，加起来一共八个。黄忠锦说完，又笑说，下个月曾孙也会出生。

因为老幺小龄与大哥相差十五岁。

"真是喜事连连啊。"上原桂二郎说，又苦笑自己两个儿子连风流艳史都没有，不要说孙子了，连媳妇的影子都还没见着。

炭烤近江牛送上来了。

桧山说他今天一整天就只有中午吃了一碗拉面，肚子饿得很，却几乎没碰点的菜，只顾着不停自斟自饮。

这是桧山烂醉时的喝法，所以留美子要他拿起筷子，这酒再怎么喜庆都得吃点东西垫垫胃再喝。然而，桧山只要喝到一个程度，就必须等到酒醒才能吃东西，否则胃无法接纳任何食物。

"这下糟了。所长一开始这样喝，除了所长太太就没有人挡得住……我可不会照顾所长哦。你要闹，我就把你丢在路边自己回家。"

留美子故意凶巴巴地说。事实上，她也真打算这么做。

"好啊，就把我丢着吧。我偶尔也想大醉一场啊！醉了，就拦出租车回家。"

"说得好听，你之前不是还跑到大学时代的朋友家去吗。"

"哦，对啊。我大学有一段期间一天到晚泡在他家。那时候每晚都在他家里赌骰子赌到天亮。所以自然而然就往他家去了。习惯成自然，而且偏偏会在喝醉的时候发作。我毫不迟疑地就跟出租车司机说'到水道桥'。"

"听说所长说声我回来了，就进了人家家里，走到朋友的房间，自己铺了棉被就睡了。"

留美子边回想海子告诉她的这件事边说。

"我朋友的妈妈也以为是儿子回来了，问说如果不洗澡，就要把洗澡水放掉。听说我就应了一句'我不洗了'。结果一个小时之后他本人回来了，抱怨说怎么把洗澡水放掉了……"

桧山口齿有些不清地这么说，然后笑了。

"他一定吓了一大跳吧。进了自己房间，看到桧山鹰雄就睡在那里。"

"他没开灯，所以做梦也没想到我睡在他房里……他一脚就踩在我脸上。听说他大声惨叫，他妈妈还抄了金属球棒冲过来。不过，脸被踩，还有他惨叫到附近邻居都跑来看出了什么事，这些我都不知道，一觉睡到天亮。"

桧山那莫名自豪的语气，让留美子想象起他朋友和母亲惊讶的神情。

"我吃了这些肉，最后再来碗鲷鱼茶泡饭收尾，就要回家了。"留美子说。

"好啊，我吃完这里的土鸡乌龙面就回去。"

"真的一定要吃哦。啊，还有，今天你要回的家不在水道桥哦。"

大概是听到留美子的声音，上原桂二郎边附和黄忠锦的话边朝这边看。

已经相当醉的桧山不知是误会了什么，"那，这笔账，请记到我事务所名下。"

向"都都一"的老板说完便站起来，走了出去。

"咦？所长，你要回去了？你不吃土鸡乌龙面了？"

留美子匆匆站起来，担心要是不让桧山好好搭上出租车、向司机说清楚去处，他恐怕又不知会跑到哪里去，便向"都都一"的老板说了一声，拿起桧山的提包追上去。

"那道炭烤近江牛，留美，你帮我吃掉吧。我都没碰，对'都都一'的老板很失礼。"

明明连路都走不直了，桧山还在担心剩下的炭烤牛肉。

尽管觉得"啊啊，看样子应该不会有事"，但留美子还是跟到了大马路，帮桧山上了出租车。

桧山向司机说了妻子娘家所在地。

"我还担心所长接着还要去哪里喝呢。你是要去太太的娘家吧。"

"嗯，她娘家附近有一家关东煮很好吃。他们的萝卜和烧卖超棒的。"

"那所长要在那里多吃点东西哦。"

听到留美子这句话，"好啰唆啊！跟我老婆一个样。"桧山这样回嘴，然后在出租车里挥挥手。

留美子回到"都都一"，搓搓手准备坐下来好好解决两人份的炭烤近江牛，拿起筷子后，准备为自己倒酒。

看到她这样，"都都一"的老板说："这么年轻的女孩子一个人坐在吧台自斟自饮，多寂寞！"于是笑着来到留美子面前，拿起酒瓶，为她倒了酒。

"桧山先生没醉。才喝了三合，他不可能真的就醉了。"

"可是，他早餐也没吃就去札幌，中午没时间只吃了一碗拉面。桧山先生酒量再好，这样也会醉吧？不过多亏这样，我才能吃到两人份这么好吃的肉，真幸运。"

"都都一"所用的近江牛，是与滋贺县的畜牧业者特别签约饲养的。

大概是电话叫的吧，一辆出租车停在"都都一"门前，和服女子先回去了。

上原桂二郎和"都都一"老板送女子到外面的这个空当，黄忠锦找留美子说话。

"这十年，冰见家也很辛苦吧。俗话说十年一轮，这十年对黄家也是相当辛苦的十年。"

留美子心想冰见家的事多半是女儿黄淑龄向父亲提起的，便说："父亲以那样令人遗憾的方式走了，但他为我们留下了那个家。最后我和母亲还是住下来了。虽然像间小鬼屋，头四五天不要说习惯了，我们还真心希望有哪个疯狂的买家突然出现呢！但最近，我开始明白父亲盖的这间奇妙的房子的好处，非常感谢父亲留了这个家给我们。"

"因为留美你那房子很特别，淑龄一直嚷着说等她回日本，一定要去看看留美在目黑的家。"

然后黄忠锦说这十年自己动了两次手术。

"得了癌症啊，被医生明确宣告已经没救了，大概就在留美你爸爸走了半年之后。是大肠癌，还转移到肺部。可是过了十年，我还是活得好好的。老二锦明离婚了，老大出车祸撞死人……黄家也是不平静。淑龄为家里牺牲很多。还是生

173

女儿好啊。"

留美子完全不知道忠锦生病，也不知道淑龄的两个哥哥出了事。

"黄伯伯，您的癌症完全治愈了？"留美子问。

"没有，就在这里。"

黄忠锦指指自己的肝脏位置一带。

"三厘米左右的肿瘤，都已经六年了，没长大也没缩小。就这么安安静静与我共存，也不会折磨我。医生都觉得不可思议。喝点小酒也不会怎么样。我心里有谱，等哪一天它心情不好闹起来，我大限就到了，但也不知为什么，这个瘤子一直很安分。"

黄忠锦脸上完全找不到一丝凝重的影子，摩挲着肝脏位置笑了，笑声真诚无虚。

上原桂二郎与"都都一"的老板回来了，三人又开始聊起来。

三人的话中，"华侨""中国台湾""中国福建""中国香港""越南"等地名交错着传到留美子耳中。

留美子解决了两人份的炭烤近江牛，也吃了鲷鱼茶泡饭，正犹豫着要不要来个甜点抹茶布丁的时候，上原对留美子说："如果是要回家，就坐我的车吧。"

这是个令人感激的提议。留美子心想，只要能搭便车，就可以好好享用抹茶布丁，不必在意回家的电车时间，但上原可能急着回家。

于是留美子向上原问起有没有吃甜点的时间。

"我好喜欢这家店的抹茶布丁。"

上原桂二郎笑了，说："别客气，请慢慢吃。我不急。"

"都都一"的老板要实习的板前师傅端出抹茶布丁，又说："把那个也端出来，三人份。我们的抹茶布丁是很好吃，但是呢，我们有一道特别的甜点是菜单里没有的。请大家尝尝。"

留美子在吃抹茶布丁的时候，黄忠锦与上原桂二郎面前摆上了那份特别的甜点。是深红茶色的果冻。

"我有糖尿病，不能吃甜的。只能心领。"黄忠锦说。

"不，这是无糖的。因为甜甜的，很像加了砂糖或蜂蜜，其实完全没有。这是用各种植物的叶子和根茎用低温熬的，才会有这么明显的甜味。再加寒天做成果冻。不过，因为成分很多，所以不是零卡，但卡路里也只有一点点。我也是血糖偏高却又爱吃甜食，吃过饭会想来点甜的，所以做了很多研究。把一些中药材里会用到的植物的根啦、叶子啦、果实加以组合，就做出这个来了。"

"都都一"的老板这样说明。

上原桂二郎吃了一口，说："有肉桂的香气呢，"又问，"完全没有糖分？"

"糖分几乎为零。我侄子在大学的药学系当副教授，我请他查了成分。这果冻每一人份是十八卡路里，其中糖分只有百分之三。我也认真考虑过要不要卖给饮食有热量限制的人，但这无法大量生产。所以我自己做了，装在宝特瓶里带去高尔夫球场。那时候是用来代替果汁，所以不加寒天。"

"都都一"的老板这么说。

"用了哪些种类的植物？"

黄忠锦问起，但"都都一"的老板只笑说是秘方，不肯回答。

留美子面前也端上了那红茶色的果冻。

甜得很高雅，肉桂香中带有一丝苦味，但这苦味却让果冻别具风味，因而有别于只有甜味的甜点。

"真好吃……感觉很像奢侈地加了上等蜂蜜。真令人不敢相信糖分只有百分之三。这个如果拿出来卖，保证会大获好评。"留美子说。

"不如将做法申请专利？要是不去申请，一定有哪家零食制造商或制药公司会做出类似商品大量生产。"

上原桂二郎也一脸认真地这么建议。

"可是，这个灵感是来自韩国的家庭料理啊。应该不算料理，是零食吧。以前穷得用不起砂糖的时候，有一户人家的母亲想让孩子吃点甜食，就花了很多心思去做。可是，用十几种药草、木根去熬出来的，虽然完全不加砂糖和蜂蜜，糖分还是很高。这种甜点也一直流传下来，到现在还是韩国的传统零食。我是以此为灵感，想了很久，想做出虽然有甜味但糖分接近于零的版本……结果就这么巧，被我做出来了。"

"帮我做吧！我额外付费。"黄忠锦说，"中药材的话，我多的是。"

"可是，没办法做成商品来卖的。要做一瓶大宝特瓶的分量，就得用上好几种叶子和树根，而且要一个汽油桶这么多。"

"那么，这果冻如果在店里卖，一人份要多少钱？"黄忠锦问。

"都都一"的老板露出淘气的笑容，竖起一根手指。

"一千元吗？"

呜哇，好贵的果冻——留美子边这么想边问。

"小姐，这可不是开玩笑的。一万。卖一万还是赔本啊。"

"都都一"的老板说。

"所以才不能放进店里的菜单。只让特别的客人品尝，而且是免费赠送。"

留美子望着剩下三分之一的果冻。

"我会用心品尝的。"

端正坐好，舔了舔汤匙。

三位男士笑了。

一走出"都都一"，上原桂二郎的车已经候在店门口，曾见过一次面的中年司机打开了后车门。

"在那家店相遇已经很巧了，更巧的是，黄先生的千金竟然是冰见小姐的朋友。"

车子一开动，上原桂二郎便这么说。

"是啊。黄伯伯进来向上原先生与您的朋友打招呼时，我吓了一跳。"

留美子望着整洁无比的车内说，心里对上原的车干净得不能再干净、恐怕无法更进一步清洁的光泽好生佩服。

"你常去那家店吗？我今晚是第一次去。同席的老板娘和

"都都一"的老板很熟，而"都都一"的老板和黄先生又是老朋友。"

对上原这几句话，留美子回答是所长桧山喜欢那家店，所以一个月大概会去一次。

"以我的薪水，一个月去一次也算是相当奢侈了。今天是因为所长的太太怀了第二胎，所长带我来庆祝的。"

然后留美子把话题转移到佐岛老人的意外上。

"我从医院回来，去佐岛先生家想打扫一下，结果已经都整理好了，是上原先生和令公子清理了碎玻璃和走廊上的血迹吧。"

"后来我听佐岛先生说，冰见小姐那时候也伤到了脚。"

"我的伤没什么。只不过因为伤在脚底，拆线前都要穿运动鞋上班。"

"还好你注意到那场意外。就算听到奇怪的声响，也没有几个人会愿意到别人家里去查看。多亏了冰见小姐，佐岛先生才捡回一命。佐岛先生本人也这么说。"

"这次的事让我终于发现，我真是事儿多又厚脸皮。像我妈妈。"

听了留美子的话，上原桂二郎笑了。

"不，一定是冰见小姐的直觉很灵。刹那间就听出那不是一般的声响，一定是发生了什么异常。否则，一个年轻女孩才不会独自闯进别人家里。"

"那时候，家母正在洗澡。所以就算想去佐岛先生家也无能为力……还好上原先生的公子浩司先生刚好回来……"

留美子这几句话，令上原桂二郎那表情很少，也可以说是具有某种威严的脸转向留美子。

"浩司？"

"是的，浩司先生。后来浩司先生把车从车库开出来，准备去玩的时候，我和他隔着窗户聊了一下。那时候，我们做了简单的自我介绍。"

留美子对上原桂二郎稍纵即逝的讶异表情感到奇怪。佐岛老人也坚称当时在场的是老大俊国，而非老二浩司。刚才上原桂二郎的表情不也有这个意味吗……

留美子这么认为。然而，上原桂二郎说："我两个儿子都不住家里，不过那天，他是回来开车的。正巧在路上遇见了当时叫了救护车的冰见小姐。等救护车走了，他跑回家来跟我说佐岛先生流了很多血……好像是被浴室的玻璃门深深割伤了背……"

并没有说那不是浩司而是俊国。然后他说起佐岛老人年轻时是个多么洗练俊逸的绅士。

"夏天戴巴拿马帽，冬天戴软呢帽，好看极了，连家母都说，电影明星也没有这么俊的美男子。我小时候的小小心灵里，也知道与四周的大人相比，佐岛先生的服装品位超群，对他非常崇拜。佐岛先生的千金与父亲长得一模一样，秀丽非凡，高中时，我的朋友们还为了看佐岛先生的千金特地来我家玩。"

上原还说，大学毕业时，家里要帮他做西装作为贺礼，他还到佐岛家请教佐岛先生平常在哪家店做西装，到那家店里做了生平头一套西装。

留美子听着上原桂二郎的话，心中思索着，搞不好，那一晚的青年真的不是老二浩司，而是老大俊国。

佐岛老人在医院里的话，以及刚才上原桂二郎说"浩司？"时瞬间的表情变化，为留美子带来了一种类似忐忑的感觉。

俊国……上原俊国。十年前，给了我一封信的十五岁少年也叫俊国。但他姓须藤。

不，应该是自己想太多了。"俊国"这个名字又不是极为罕见，十年前的那名少年其实就是上原家长子，他不愿意让留美子知道他就是本人，所以冒用了弟弟的名字——这种事未免太异想天开了。

会这么想，一定是自己心里存了一丝想当女主角的念头……

留美子如此重整思绪，然后说："上原先生身上的衣服也非常出色。"

上原笑着说："让年轻小姐夸奖，实在不敢当。"又说，"我继承家父的公司之后，身上的西装、外套、长裤，都是佐岛先生御用的裁缝师做的。他们那里也由新一代接手，不过继承的不是儿子，反而是上一代那时候就在的师傅，对生意更加投入，虽然已经年过七十，还会翻阅所有的年轻男士时尚杂志，每年也会定期去英国和意大利进修。"

"年轻小姐……我已经三十二了，不敢再让人家喊年轻小姐了。"留美子说。

"三十二岁还年轻啊！"

上原桂二郎一副忍俊不禁的样子。

"我可不是因为自己是个五十四岁的中年人才这么说的。我认为，三十到三十五岁，是一个人最美的时候。二十多岁只是年轻而已，没什么见识历练，工作也还是半调子。但到了三十岁，一个人的骨架就确然成型了。筋和肉都是长在骨架上的。而一个人身为人的筋和肉，过了三十岁才显露出来。所以我认为三十多岁是非常重要的年代。"

"四十多岁的话呢？"留美子问。

"四十多岁啊……"

上原桂二郎略加思索。

"从各方面来说，都是迷惑的年龄。"他说。

"毕竟，表面上所谓的年轻会急速凋零，但相反的，各种欲望会膨胀。在这样的落差中，无论是精神上还是肉体上都容易出错。因为一个人在三十多岁和四十多岁所处的立场相差太多了。"

"那么，五十岁呢？"

留美子问。问了之后，觉得自己有点得寸进尺了。

但上原桂二郎显得毫不在意，微笑着望向车后流逝的路灯，暂时陷入沉思。

乍看之下他那可说是令人不敢靠近的面容，一旦出现笑容，留美子便觉得仿佛看到海浪静静打上的沙滩。上原桂二郎润泽满溢的笑容中有坚强，但笑容一消失，便落下极其孤独的阴影。

"五十多岁吗……我本身也还在其中啊。当局者迷。"

说完，上原桂二郎谈起刚在"都都一"同席的和服女子。

"她是京都一家叫作'桑田'的料亭的老板娘。二十二岁就和'桑田'的继承人结婚。第二年起，便以老板娘的身份奉客，据说美得令一干艺伎妒羡不已。她叫鲇子，而我第一次见到鲇子女士，是她三十七岁的时候。那时候她先生在大阪和东京开了分店，却经营不顺，欠了一屁股债。鲇子女士花了十年，才还清了丈夫欠下的债务。这十年，便是她三十七岁到四十七岁的这段时间。她抱定决心，不让人说是她嫁到'桑田'之后，'桑田'便走下坡，这十年她发了疯似的苦干蛮干。这十年的辛劳，在五十多岁时开花结果。料亭的经营至今仍相当不容易，毕竟这一行会受到社会景气的影响。但是，年过五十之后，她身上有了年轻貌美时所没有的风格。而且，并不是会令人敬而远之的风格，而是令人乐于亲近的风格。"

然后上原桂二郎又思索了一会儿。

"五十多岁，也许可以说是一个人所培养的东西渐渐浮出表面的年代。就好比一块饱经风吹日晒雨淋的木头，拿刨刀刨过，露出了令人惊艳的纹理和光泽一样。但这些纹理和光泽都是现在才呈现出来。"

上原桂二郎说到这里，停下来，苦笑着。

"唔——我实在不太会说啊。"

"风吹日晒雨淋之后的木头拿刨刀刨过的结果，会令人惊异于木材的能耐，这我听弟弟说过好几次。"

留美子边说边觉得自己又牛头不对马嘴了。

"令弟从事与木材相关的工作吗？"

"是的，他去美国留学时学的明明是电脑，后来却突然选了处理木材的工作。"

留美子简要地说了亮以木工为职志的心境变化，上原桂二郎说："以令弟的年龄，能下这样的决心真的很不容易啊。"

又说："木头这东西啊，真的很了不起。一位我很尊敬的老先生独自住在冈山仓敷附近的山里，这位先生很珍惜的一张书桌，便是手艺很好的家具师傅做的。一张没有抽屉、什么都没有，平平无奇的书桌。我想材料应该是山毛榉。那张桌子怎么看，都像是把一块长长的木板折弯的样子。事实上是由桌面和桌脚接合起来的，却像是一块又长又厚的木板折出了一个直角……手艺好的专业师傅做出来的东西，就是这么神奇。"

上原桂二郎先声明接下来要说的是不同于木头的世界，说他有个朋友开了一家制造针的公司。

"针……？"

"对，针。缝衣针、注射针、工业用的极细针……凡是有针这个字的东西，他的工厂都生产。"

针是由机械制造出来的。做好的针一批批送上输送带送往负责品管的部门……

"但是，针尖只要有一点点损伤就要当作不良品报废。针尖这种东西，就算眼睛很好的人以肉眼来看也看不清楚。而能够从那看不见的针尖里找出微乎其微的损伤的，就只有一位在他工厂里服务了很久的五十八岁大婶。就算用电脑来检查针尖，也找不出细微的损伤。除了这位五十八岁的大婶的肉眼以外都办不到。

"这位大婶伸出一只手，随意将输送带送过来的针抓成一把，轻轻敲几下，摊平在台上。就算和别人边说话边抓，抓起来的一把针都是两百二十根左右，不多也不少，就算有差异，也不出五六根。

"她只是把针尖朝上，瞄上一眼而已。就这样，那位大婶就知道哪根针是不良品。大婶会拿镊子把不良品挑出来，一一扔进箱子里。二十五年来，她从来没有错漏过一根不良品。"

上原桂二郎说，去那家工厂参观的时候，他们让他透过显微镜来看不良品的针和合格的针。

"是要别人告诉你说，喏，损伤就在这里，才总算看得出来。可是那位大婶不需要什么显微镜，只消朝两百二十根一把的针看上一眼就看得出来……"

但这位大婶的视力并非特别优异。不仅不优异，四十五岁左右便需要老花眼镜，现在没有老花眼镜别说要看报，连员工餐厅的午餐盘里放的是火腿还是香肠都分不出来。

"我问过她，你是怎么看出来的。她就拿镊子从成把的针里夹出一根，教我：'喏，这里不是有损伤吗？和其他的光泽明显不同吧？'但在我看来，有瑕疵的针和正常的针根本一模一样。公司社长也说不知请她教了多少次，但终究还是无法分辨。"

上原桂二郎说，这也只能以超凡入圣的技艺来形容。

"现在那家公司的当务之急，是找一个大婶的继任人选。可是，就是找不到和大婶有同样本事的人。"

日本工艺之优秀，世上无人能出其右。现在大多数人的目光都集中在机器人和电脑这些东西上，但许多先进技术其实都是由无名工匠们神乎其技的能力支撑起来的……

上原桂二郎这么说。

"我的公司也一样，生产各式各样大的、小的、煮的、煎的锅具茶壶，但要打模的时候，没有本事好的师傅终究是不成的。光靠眼耳手指就能做得毫厘不差，这样的技术，不是我自夸，日本的师傅是世界第一。木工的世界也一样。"

当上原桂二郎说到这里的时候，车在留美子的母亲兼职的肉店门前转了弯，驶入通往冰见家和上原家大门的大路。

"今天很快就到了呢。"上原对司机说。

"是。因为路上车不多。"

司机回答，将车靠近冰见家小小的大门停下。

留美子道了谢，本想目送上原桂二郎进屋的，但上原一直站在车旁，非要等到留美子打开大门才肯离开。

　　妈好像感冒了，先睡了。

　　母亲在客厅的茶几上留了一张字条。

留美子上了二楼，从走廊的窗户看上原家。刚才搭回来的车子已经不见了。

留美子心想今天一定会有回信，打开电脑，点击接收邮件的地方。没有芦原小卷的回信。

留美子心想，也许自己和芦原小卷的约定，内容其实孩子气又无关紧要吧。

第四章

五月中，上原桂二郎与"桑田"的老板娘本田鲇子，以及她的朋友"都都一"的老板介绍的黄忠锦三人，前往千叶南部的高尔夫球场。

　　高尔夫球场上人很多，但桂二郎他们这一组开始前的三十分钟落下了大滴的雨滴，雨旋即变成豪雨，好几组人马便取消打球计划，遗憾地在出发站喝起啤酒等饮料。

　　前一天的气象预报也预测部分地区雨量可能会超过四十毫米，桂二郎也打算视雨势中止打球。

　　但黄忠锦却穿起高尔夫球专用雨衣，打起伞，在第一洞附近的小屋前做起暖身操，鲇子也一副完全不把雨当一回事的样子，穿上荧光粉红色的雨衣，对桂二郎说："今天平打，每个洞都打逐洞赛哦。"

　　即使是在小屋屋檐底下，风扫过来的雨滴仍打湿了桂二郎的脸。

　　"要打吗？雨这么大。"桂二郎提不起劲来，边取出高尔夫球包里的雨衣边问。

　　桂二郎他们前一组的人虽一度站上第一洞的发球台，却说："这样实在没办法打。"或说，"看来今天一整天都是这个天气了。"于是便放弃打球，交代球童后回出发站了。

"这也是高尔夫呀！"鲇子面带笑容说。

"要是果岭上积了水，推两杆就结束吧。"

黄忠锦也这么说，拿开球木杆反复空挥几次，催问那个才二十岁左右的球童，既然前一组取消了，他们是不是可以开始了。

"黄先生好起劲啊。"

桂二郎笑着对这个生于中国福建省，其后随祖父与双亲及五个兄弟姐妹移居中国香港，二十五岁时便在日本生活，以在日华侨的身份累积了财富的六十九岁大汉说。

既然如此便只有舍命陪君子了——桂二郎看开了，而这样的心境令他微微一笑。

"雨天也有雨天的乐趣啊。这样告诉自己，就会迷上雨中高尔夫的魅力哦。"

黄忠锦这么说，望着桂二郎明白写着"我倒是很不喜欢"的脸，小声低语道："真是男人也会爱上的笑脸啊。"

"我的高尔夫球实在不值一提，那我就努力十八洞都维持黄先生不嫌弃的这张笑脸好了。"

桂二郎多少有点难为情，说了自己也觉得难得的俏皮话，做了暖身操。雨水从头上帽子的帽檐流到脖子里。

"那么，三位请上场。后面两组也都取消了，三位可以慢慢来。"

年轻的球童这么说，请这回的优先开球者桂二郎开球。

将球在球座上放好、做好瞄球姿势，却因为帽檐上滴下来的雨滴，加上变得更大的雨势，让桂二郎几乎什么都看不见。然而他打出去的球却划开大滴雨滴般笔直地飞出去。

"哦……"

桂二郎忘了整张脸都会被雨打湿，望着自己打出去的球停在果岭的球道上，不禁忘我惊呼。

"被你给骗了。你的球技哪里糟了？"

继桂二郎之后来到发球台的黄忠锦说。

"球飞得那么远，这还是破天荒第一次。空前绝后啊。"

"是不是空前我不敢说，但不会绝后。至少就上原先生刚才的姿势来看不会。"

黄忠锦说完，先空挥一次，才打出今天的第一杆。球速很足，却因为削顶，球飞了五码左右便掉进长草区停住了。

鲇子以一如往常的姿势和一如往常的节奏打球，球也飞出了一如往常的距离，她撑着伞，走向自己的球。步伐也一如往常。

无论是在蝶舞鸟啭、微风徐徐的春日高尔夫球场，还是今天这样风雨大得眼睛都睁不开的高尔夫球场，鲇子的高尔夫球都不变……

原来，这就是本田鲇子这个人的坚强吗……

桂二郎这么想。然后自己也撑起伞，开始走上前九洞的球场。要不是今天这样的雨天，恐怕也看不到本田鲇子的坚强。桂二郎决定实践刚才半开玩笑对黄忠锦说的话。他要十八洞都带着笑容。

"才刚走没几步，袜子就已经湿了。"

黄忠锦拿起三号铁杆这么说，打了第二杆。球有点右旋，但落在三百七十二码中洞的果岭前方一百四十码左右的地方，所以算起来黄忠锦用三号铁杆打的第二杆足足飞了一百八十码。

"好球。我的三号铁杆放是放在包里，却从来没有用过。其实不是没用过，是太难了，我用不来。"

桂二郎这么说，然后望着手握拿手的四号木杆准备击球的鲇子。

"天气这么湿，还是不要用木杆吧？"黄忠锦说。

"不，她不会失手的。我从来没看过她拿四号木杆失误过。"

虽然桂二郎这么说，但鲇子挥出去的四号木杆却激起了大片水花，球只滚了二十码左右。

"真稀奇。"

桂二郎对鲇子说。

"今天不能再用木杆了。球童，把我的木杆球袋收起来，别再拿出来了。"

说完，鲇子低着头迈开脚步。在高尔夫球场上，鲇子总是低着头。那模样看起来很像上了年纪驼背的人边想事情边走路，所以桂二郎有时候会取笑她："有烦恼可以告诉我啊。"

但鲇子却说，自己不那样走，就无法维持一定的节奏走路。

抬头的话，忍不住就会仰头看天，或是看球场上的老树看到出神，再不然就是分心去想今晚 A 氏或 B 氏的餐会，料理中最好多加些蔬菜和肉类等等，走路的速度就会变慢，妨碍到下一组的人。

鲇子才二十多岁时，为她的高尔夫球启蒙的，是当时六十五岁的经团连（日本经济团体联合会）重要人物。

这位先生是位严格的高尔夫球手，绝大多数高尔夫球场都接受的地方规则，他绝不苟同。例如，当球落到很难打的地方，为了防范危险或比赛递延，可移动六英寸，他却板起脸对鲇子说："要是球到了怎么样也打不到的地方，或是掉进草痕里，就宣告不能打，罚一杆来移球就好。不以球实际的状况来打，就不叫高尔夫。"

在果岭上也一样。

为了加速比赛，也为了优待球友，当球很接近洞，估计多半都会进洞时，不用实际推杆就算"OK"。他也怒批这不是高尔夫。

"短短二十厘米的推杆也有不进的时候，这才是高尔夫。"

据说，他是这么说的。

"要是三十厘米 OK，那下次四十厘米也 OK，不久就变成五十厘米、六十厘米，OK 的距离愈来愈长，夸张一点的人，一米以下的推杆竟然也互相放水说'社长，OK'。这才不是高尔夫。我不止一次看到顶尖职业选手三十厘米的推杆没推进。小鲇，推杆没有 OK 的。球也没有可以移六英寸的事。球打出去了，就别拖拖拉拉的，赶快快步走。穿着钉鞋在果岭上不可以拖着脚走。球友一旦准备挥杆，绝对不可以出声。明白了吗？"

这位老先生还不厌其烦地教导鲇子高尔夫球的礼仪，而鲇子也一直坚守这些礼仪。

桂二郎的高尔夫球友除了鲇子，就是鲇子认为值得介绍给他的人，因此桂二郎自然而然也向他们看齐。

桂二郎剩下一百四十码的第二杆，以七号铁杆击出，小白球停在旗杆后五米处。

鲇子拍手赞好，黄忠锦满面笑容地说："果然是扮猪吃老虎啊。"

"哪里哪里，蒙到的。标准杆上果岭这种事，三年才一次吧。"

桂二郎说，朝果岭走去，这才发现把伞忘在击出第二杆的地方，连忙跑回去。

在这么大的雨里竟然会忘了伞，我是怎么了……桂二郎自觉难为情，在心中这么说。

可说是生平仅见的好运气竟然一连两次？凭我的高尔夫水平是不可能有这种好运的。这当中一定有什么。一定是这场大雨给了我专注力，同时又消除了我的好胜心吧……

桂二郎这么想，对第三杆以九号铁杆将球打上果岭深处的黄忠锦说出了自己的想法。

"所以，接下来一定会失误连连。"

结果黄忠锦脸上仍带着笑。

"说这种话，真的会成真哦。很顺的时候就更要拿出气势来才行。千万不能边踩油门边踩刹车。"

然后他看看果岭积水的情况。

排水良好的果岭表面像镜子般发亮，看来积水也只是时间的问题了。

"看这个样子，就算推两杆算进洞，也没办法打下一洞了。"

鲇子才说完，一辆印有高尔夫球场名的小巴车便开过来。

开车的年轻人表示，有雷雨云接近，十一洞和十二洞的果岭都已积水，沙坑呈现沼泽状态，站在高尔夫球场的立场上，希望今天就此关闭球场。

桂二郎看到自己的球在距离洞口两米处，感到万分遗憾。要是这一杆推得稳，就是博蒂[1]了。

"那么，就请上原先生推出博蒂吧。用来当今天这场高尔夫球的结尾。"

黄忠锦这么说，把自己的球杆交给球童，抽出旗杆。

"虽然是由上往下，由左至右，但果岭因为下雨变得很沉，应该朝左边两个洞的位置瞄准比较好。"

球童说，开始收拾球杆。

桂二郎照着打，球虽落入洞中，却发出石头掉进水里的声音。

"没有平常那种清脆爽快的声音呢。明明是这么漂亮的博蒂，却是扑通一声。"

黄忠锦笑着拍手，奔向小巴车。

"只打一洞完美的高尔夫就落幕，也够帅气。"

鲇子也笑了，一上小巴车，便拿自己的毛巾帮桂二郎擦了后颈。

"真罕见啊，这个时期竟然打雷。"

---

[1] 指高尔夫球中的小鸟球，低于标准杆一杆。

桂二郎在小巴车里脱掉雨衣，看了西边天空那片特别黑的云一眼，这么说。

"有个词叫作 May Storm，今天还真是货真价实的五月风暴呢。"鲇子说。

"回到出发站以后，好好泡个澡吧。现在还不到十点呢。我已经三年没有在早上泡澡了。"

黄忠锦笑道。

"本想说无论会淋得多湿，今天都要把十八洞打完的。"

桂二郎由衷地说。他第一次有这种心情。并不是因为他一连挥出两杆奇迹般的好球，而且在一个不好打的距离推杆拿到博蒂。而是他想多接触黄忠锦这号人物的高尔夫风采。

高尔夫球场的大浴场里，只有桂二郎与黄忠锦两人。

这场大雨几乎让所有的客人都取消了打球计划，但其中一定也有人像桂二郎他们一样试着上场，所以过一会儿浴场应该也会热闹起来。

黄忠锦连脖子都浸在热水里，说："横滨的中华街的确曾经有一家叫作'龙鸿阁'的粤菜馆。昭和三十年（一九五五年）五月开张的。老板名叫陈世民。不过，'龙鸿阁'在昭和四十年（一九六五年）易主，改名为'中海园'。'中海园'现在依然还在。"

"可是，老板换了人，就表示名为邓明鸿的女士也已经不在中华街了吧？"桂二郎说。

"那阵子，不管是横滨的中华街，还是在银座和赤坂开店的中国人，都觉得日本的法规很麻烦，难以在日本生根，换句话说，商店频繁转手易主。各路中国人以各种方法来到日本，又因为各种缘由回到台湾和香港。其中，也有很多人不回故乡，而改往旧金山或洛杉矶的中国城。神户也一样。"

然而，有一位战前便定居日本，战后也一直在横滨中华街做生意的老人依然健在——黄忠锦如是说。

"这位老先生名叫丁喜心，应该已经八十岁了。大家都说，在横滨中华街发生的事，没有他不知道的，但今年二月他感冒加剧以来就一直待在热海的别墅。听说现在已经好转了，但上个月动了白内障手术，目前还没有完全康复。"

黄忠锦通过别人向他打听"龙鸿阁"和"邓明鸿"，一开始说完全没有印象，但后来不知说到什么，冒出了"那个无血无泪的婆娘"这样的话。

"想必是有什么过节。但丁先生显然是认识邓明鸿这位女士没错。"

黄忠锦说，我们的世界也急速地改朝换代，现在已经鲜少有人还记得过去了。

"我自认十分了解横滨的中华街，却也完全没听说过邓明鸿这个名字。我也向其他人打听过，但看样子，只能请教丁喜心老先生了。"

"这位丁老先生愿意谈邓明鸿吗？"桂二郎问。

从高尔夫球俱乐部浴场的大玻璃窗里，可以看到变得更大的雨势，以及朝右弯过去的长长的狗腿洞。这个球场在狗腿洞的弯曲处设了一个大池塘。一条看似邻近球洞流过来的小溪注入池塘，但此刻溪水暴涨，使那里宛如发生了一起小规模的洪水。

"丁先生是明理的人。上了年纪之后是顽固了点，但他是吃过苦的人，又热心助人。我会挑他身体和心情都不错的时候，把消息打听出来的。"

桂二郎为黄忠锦这几句话道了谢，从宽敞的浴池里出来，清洗身体。

"我听说华侨和华人是不同的，是怎么个不同法？"

桂二郎向在旁边开始洗起澡的黄忠锦问。

"所谓的侨，是'暂居'的意思。"

"哦……所以？"

"保有中国国籍，在其他国家生活的人就叫作华侨。在日本拿到日本籍，在美国拿到美国籍的，就不是华侨，而是华人。所以我是华侨，不是华人。"

黄忠锦又说，并不是所有从中国移居其他国家的人都叫作华侨。

"是指来自中国南部广东省或福建省的人，这个地区大致有五种方言。"

"五种方言啊……"

"这些人依照他们所说的方言，分为广东、福建、潮州、客家、海南五大族群。"

黄忠锦解释，所以广东人指的并不是来自整个广东省的人，而是来自以广东省的广州为中心的珠江下游地区的人，而福建指的则是福建省南部的漳州、厦门一带。

"好比在日本，同样是东北地方，福岛县和山形县的方言就差异很大不是吗。像日本这么小的国家都这样了，中国幅员辽阔，像广东省和福建省，北部和南部的方言差异之大，根本形同外语。"

"原来如此……"

"当这些人必须在国外讨生活的时候，讲同一种方言的人无论如何关系都会比较紧密。"

黄忠锦说，这便是中国社会之所以不同于其他国家，会形成"地缘社会"的主要原因。

"由于在国外无法获得充分的保护，自然会变得只信任自己人。但是，与自己有血缘关系的人极其有限，所以地缘与血缘就拥有同样的分量了。"

第二次世界大战后，双重国籍在各国均造成种种不便，于是绝大多数的人都转而积极取得所在国家的国籍，华侨人数因而大减，现在几乎都是华人了。但是，这是生存的智慧和手段，本质与过去被称为华侨时并无不同。

黄忠锦如此说道。

"要在国外拥有安定的生活，首先要有工作，再来是取得在该国具有分量的执照，以及最重要的，熟练使用该国语言。无论时代怎么变，这三点都不变。而华侨呢，过去在工作这方面，靠的就是三把刀了。"

"三把刀？"桂二郎问。

"菜刀、剪刀、剃刀。菜刀是烹饪，剪刀是裁缝，剃刀就是理发了。只要会使这三把刀的其中一把，就不愁饿死。"

"原来如此。"

桂二郎觉得自己一直重复"原来如此"这句话。

"其次关于执照，指的是医生、律师这类职业。"

"原来如此。"

"所谓的华侨原本就很重视教育。这样的血统，多半也是华侨和华人在国外能够成功的一大因素吧。还有就是，华侨非常重视信用。在国外和外国人做生意的时候，只要稍稍有一点疑似欺诈的行为，就永远被拒于那家公司门外。所以即使失去一切也要守信。"

"原来如此。"

"只要有一颗老鼠屎，就会使许多华侨的信誉付诸流水，因此各个华侨组织都会彻底抵制这些不学好的人。"

然而，这也随着时代而改变了——黄忠锦说。

"现在满脑子只想着赚钱的人愈来愈多。父亲、祖父们胼手胝足的奋斗已成为往事。凭着一点小聪明就想出来骗吃骗喝的不肖子孙也变多了。"

而过去遭到华侨社会摒弃的害群之马，则发挥他们天生的团结力量组织起来——黄忠锦说。

"只要对华侨世界稍加研究，就会发现其实非常深奥。"

桂二郎与黄忠锦离开大浴场的同时，其他淋成落汤鸡的客人也进来了。

有人以真心松了一口气的表情说幸好高尔夫球场关闭了，匆匆脱下马球衫和长裤，也有人心有不甘地从窗户望着球场，叹着气说再多等一会儿也许雷雨会过去，就能继续打球，何必关闭球场。

在大浴场里听不见，但似乎是只闻雷响，不见闪电。

桂二郎下半身围着浴巾，在宽敞的更衣处摆设的藤椅坐下，望着空无一人的高尔夫球场，心想：真想打完那十八洞啊，就算多少会感冒也愿意。

他深知第一洞的博蒂是运气好。开球是运气好。第二杆也是。至于博蒂推杆，已经不止是运气好了。但是，桂二郎依旧认为，在高尔夫球方面，接连着三次好运，困难得超乎自己的想象。

他从来不曾好好练习，也不曾自己主动想上场打球。球具也是开始打球时买的，从没想过要添购最近升级不少的高尔夫球杆……

也有好几次不知道自己刚才那一洞到底打了多少杆。是九杆？还是十杆？扳着手指头数也数不出来的时候，便想着自己也许在哪里又多打了一杆也不一定，就申报十一杆……

桂二郎坚信，这么散漫的高尔夫球手绝不可能在高尔夫球上连获三次好运。然而，今天竟然就连续三次地做到了。这恐怕已经不能叫作"运气好"了。

瞄球时球的位置，准备时膝盖、腰、肩膀连成的线，从顶点到击球的轨道和力度，从开始到结束的重心移动，想必大致都符合击出漂亮高球的条件。

他不是有意做出来的，如果要重来一次，多半办不到。但是，那一瞬间精神上的触感，体内余韵犹在。

想必全世界的高尔夫球爱好者，都是在这样的忧喜交织下深陷高尔夫世界的吧……

桂二郎如此思索着，心想既然开始打高尔夫球，那么一辈子难道不该有一段忘我练习的时期吗。

是自己太散漫了……这样对高尔夫球太不敬了……

他开始有这种感觉。

黄忠锦同样下半身围着浴巾，在旁边的藤椅上坐下来。

"我觉得，能打高尔夫球，是一件无比幸福的事。"

黄忠锦说，宽绰的眼、鼻、口四周正晕着汗。

桂二郎坐在藤椅上的这段时间，黄忠锦好像进了蒸气室。

"果真是大手术啊。看到这么大的疤痕，不由得令人心惊。"

桂二郎看到黄忠锦的手术疤痕，不禁这么说。

"一开始被医生宣告患癌的时候，我认清了自己只能再活一年，为了身后不拖累别人，我忙着清偿债务，收起不安于室而出手的副业。手术之后过了三年，正当我觉得搞不好捡回一命的时候又复发，那时候我死了心，觉得'啊啊，这次终于来真的了'，又忙着为死做准备。"

黄忠锦这番带着微笑说的话，令桂二郎想起妻子的笑容。

——忙着为死做准备。

妻子也曾有过那段时期。但是，那般心境非当事人无法了解，所以桂二郎默默等着黄忠锦说下去。

"我原本不愿意动第二次手术，是孩子们硬劝我去的。他们说，既然有百分之十的可能性，就该为这百分之十竭尽全力。所以，在住院的前三天，我想去打我这辈子最后一次高尔夫球。"

黄忠锦说，于是他便紧盯着气象预报，预约了他在日本最喜欢的一家高尔夫球场。

"我料想就算气象预报不准，顶多也是下个小雨，便约了一起打起球来很愉快的三位球友。我并没有告诉他们这是我这辈子最后一场高尔夫球……那也是五月的一天。"

当天，气象预报何止不准，一个台风季节还没到便发生的台风在南方海面上游走，突然扑向日本，还挟带了中国东部地区的巨大雨云。

"我想当时的雨势比今天更大。我心想，啊啊，谁叫我过去打球都不用心，这一定是老天爷在惩罚我，便对应邀而来的那三位说今天就取消吧。"

结果那三位竟说"这才是高尔夫啊""雨天的高尔夫别有乐趣""这是人生的考验"，把黄忠锦拉上球场。

"那可不是寸步难行而已。我真的很怕我们四个人会被雨冲走。就算穿着雨衣，还是连内裤都湿透了。不过，打了几个洞之后，我不止一次看到了不可思议的景象。"

"不可思议的景象？"桂二郎问。

"是啊，很不可思议。该怎么形容才好呢？我看到被灿然生光的东西包围住的自己。"

一开始还以为自己脑筋有问题。心存怀疑地凝目细看，那景象就消失了。然而，在雨中边打球边移动的时候，同样的景象又出现在眼前。

"一定是幻觉。连幻觉都出现了，可见我大限已到。我心里这么想，但随着那幻觉一次次出现，我开始觉得自己受到庇佑。"

黄忠锦这么说，视线望向玻璃窗外。

"灿然生光的东西……那是什么样的形状呢？"桂二郎问。

"是人的形状。而且不是只有一个。数量简直是成千上百。而我就站在当中。"

自己停在倾盆大雨的高尔夫球场上，不看球只看着那片景象，三个朋友或讶异或担心地回头。

"怎么啦？要是不舒服，就别打了吧？——其中一个朋友这样问我，也不知是不是因为被他叫得回过神来了，总之不可思议的景象就再也没有出现了。但是，我却因为无上的喜悦而全身发抖。不是因为相信自己或许还不会死。我可能会死，也可能不会死。但这又有什么要紧呢？无论是死是活，自己都是受到庇佑的……是这样的喜悦。"

所以，每当打高尔夫球的时候下起雨来，视线就忍不住在高尔夫球场的各处巡视，希望那不可思议的景象会再出现。但是，从此就不曾再看到同样的景象了……

黄忠锦这么说，又说今天高尔夫球场因为意想不到的豪雨关闭，彼此白天都多出了许多时间，问桂二郎要不要到横滨的中华街吃午饭。

"我知道一家小店，小归小，点心和粥却好吃得不得了。店里只有三张四人座的桌子，又脏，但那里的老板是我幼时的好友。刚才提到我找三个人一起打球，他就是其中之一。"

桂二郎同意了，但又想必须也征求鲇子的意见，便穿上衣服到餐厅去。

"我稍微洗个澡暖暖身子就出来了，已经在这里待了二十分钟了。"

鲇子喝着咖啡说，同意去横滨的中华街。鲇子说她从来没去过横滨的中华街。

在高尔夫球场前往横滨的车上，鲇子一直睡。

桂二郎坐在后座中间的位置，鲇子的头有时候会靠到自己肩上，为了不打断她的好梦，桂二郎努力不动，但不久就累了，便要司机杉本停了车，换到前座。

黄忠锦用自己的手机打了好几通电话，不断说中文。

"今天球打得怎么样？"杉本问。

"只打了一洞，不过很开心。我在想，我也多用点心来练习好了。"桂二郎说，"可是，你可千万别告诉任何人我说过这种话。"

"是。我不会说的。"

"要是我想稍微认真点去打高尔夫的事传出去，到处都会有人来找我，一下要我下周六去陪某某公司的社长打球，一下要我参加某某公司的比赛，我就不得清静了。"

"好的，我明白。"

司机杉本知道桂二郎极端厌恶牵涉上工作的高尔夫球。

"八成也会被拉去打上原杯。"杉本说。

"上原杯"是上原工业喜爱高尔夫球的员工每年春季和秋季举办两次的比赛。

"今年的春季上原杯听说是由小松先生当干事。"

"小松当干事？那家伙什么时候开始打高尔夫了？"桂二

郎问。因为他曾听秘书小松圣司亲口说过好几次"我死也不打高尔夫球"的话。

"听说小松先生现在热爱高尔夫球的程度，就算在手臂上刺'高尔夫球命'都不奇怪。要是他知道社长有心练习高尔夫，一定会高兴得跳起来。"

"小松竟然热爱高尔夫球，这个叛徒。"

桂二郎笑了，心想练习高尔夫球只能限定在假日了。

要是你多喜欢高尔夫一点，等我上了年纪，我们两个就可以一起打球了……

桂二郎想起在妻子去世前两年，曾略带不满地这么说。

在明白死期不远的时候，妻子也曾看到那"不可思议的景象"吗……

要是她看到了，也许能活久一点……

她一定是没有看到……要是没看到，一定是年龄的关系——桂二郎这么想。

每个人觉得自己活够了的年纪，想必各自不同。即使年近九十，一定也还有人觉得活不够，也一定有人五十岁便满足于自己的人生，能够坦然面对死亡。他觉得这不见得是来自充实感。人也可能是因为疲劳而愿意接受死亡。有人是累得不想再工作，或是希望从世上无尽的麻烦事中解脱。

然而他觉得，无论如何，四十多岁就走，那么死的时候人应该还没有得到不可思议的视力。

若妻子没有看到类似黄忠锦看到的景象就去世了，那一定就是年龄的关系……

桂二郎这么想着，望着挡风玻璃上忙忙碌碌地不断拭去雨滴的雨刷。

与妻子来得太早的死亡的相关记忆里，唯有"懊悔"如同一个生物般挡在前方。为什么没有早点儿带她去看医生？知道她生病时，为什么没有多陪陪她？

一开始这么想，无数的为什么、为什么、为什么便占据心头，所以每当遇到这种时候，桂二郎都将心思放在工作上。

桂二郎刚把思绪转移到下周会议中要向各分社长说的内容，挂了手机的黄忠锦便从后座探身过来，小声说："找到了。"

到底找到了什么？桂二郎一时之间没有领会黄忠锦的意思，问："咦？找到什么？"

扭转上半身朝黄忠锦看。

"邓明鸿啊。"黄忠锦笑着说。

"没想到，我的老朋友竟然知道。"

"咦？找到了？"

"找到了邓明鸿的女儿。邓明鸿本人已经死了。"

"她女儿现在在哪里？"

"中国台湾。他说知道对方的住处。"

"邓明鸿女士的女儿现在多大年纪啊？"

"我朋友说多半是五十多岁。"

"五十多岁……"

俊国的父亲见到邓明鸿，是他上初二的时候，算起来是昭和三十八年（一九六三年）。在当时的须藤芳之眼里，穿着旗袍的邓明鸿看起来是四十岁左右。这样的话，如果她还在世，应该是八十岁左右……

桂二郎这样计算。

那位邓明鸿的女儿五十多岁，以年龄而言十分合理……

既然邓明鸿已死，那么依照俊国祖父的意思，只能将怀表的钱赔给她女儿了……

桂二郎心中多少感到松了一口气。虽然不得不跑一趟台湾，但他决心一定要实现须藤润介的愿望。

"这样啊，原来她人在台湾呀……不过，能找到真是太好了。这样我就得去一趟了。"

而且越快越好。看来必须调整自己的行程。

桂二郎这么想。

"找到了？"

本来歪着脖子睡着的本田鲇子睁开充血的眼睛看着桂二郎问。那张脸上露出了桂二郎从未见过的憔悴。

"嗯。她本人已经去世了，不过女儿在中国台湾。"

"台湾……那么，阿桂得到那里去了。"

"嗯，我本来就想去看看。就顺便旅游，去个两三天好了。小鲇，要不要一起去？"

"说得真悠闲……我现在没有本钱去旅行。'桑田'的状况很吃紧。"

这是桂二郎第一次从鲇子的口中听到生意上的窘迫。

当着黄忠锦和司机杉本的面，桂二郎不好问"吃紧"的实情，只微微向鲇子点头，便用自己的手机打电话给秘书小松。

但听到小松的声音时，桂二郎发现自己的台湾行还不到势在必行的程度，便只说了今天的行程有所更改，要到横滨的中华街吃午饭。

"好的。刚才杉本先生已经和我联络过了。用过午饭之后，您有什么打算？"小松问。晚上已经预约了"都都一"。

"等我们到中华街大概下午一点半了，六点的'都都一'要改一下。先看所有人吃不吃得下再决定。"

桂二郎并没有将俊国的父亲中学时发生的事告诉小松，只说有事要找一位名叫邓明鸿的女性。

"找到那位中国女士了。"桂二郎对小松说。

"咦！找到了吗？她人在哪里？"

"女儿在中国台湾。"

"台湾啊……"小松的语气似乎有几分开心。

"你好像很高兴啊。你对那里有什么美好的回忆吗？"

桂二郎向小松开起玩笑，自己也觉得很难得。因为他很少向员工开玩笑，秘书也不例外。

"才没有呢……我又没去过那里。"小松说。

"可是，你听起来很高兴啊。"

"那是因为我一下子想到，搞不好我也能陪同社长一起去。"

然后小松报告了桂二郎五月的行程，

"二十一日起的四天没有安排。要不要先订往返机票？"他说。

"我又还没有确定要去。"

桂二郎苦笑，挂了电话。朝后座一看，这回换黄忠锦睡着了。

"没想到这么顺利就找到了。"

鲇子说，又探过身来悄声说，虽然她没去过横滨的中华街，但她非常喜欢吃其中一家店的小笼包，常请人家寄给她。

"干吗说得一副在讲什么秘密的样子？小笼包的字是这样写吗？"

桂二郎拿右手食指在自己的左手掌心边写"小笼包"边问。

"是志津乃寄给我的。志津乃的夫家，离中华街开车只有十分钟的距离。"

鲇子声音压得更低了，桂二郎一脸受不了地回头。

"你还在怀疑我跟志津乃。我一定要讨回自己的清白。"他笑着这么说。

志津乃是祇园的艺伎，桂二郎在她还是舞伎的时候便认识她了。她当上艺伎八年后结了婚，退出了那个世界。所谓的"老爷"的妻子死了，三年后将志津乃扶正。这样的例子并不罕见，所以桂二郎在志津乃结婚时，送了桐木衣柜作为贺礼。

"因为志津乃说她要把阿桂埋在心底出嫁。"

鲇子往桂二郎肩上一拍，一副"喂，给我从实招来"的架势。

"她竟然说这种令人误会的话……是她恶作剧啦，心眼真坏。"

五年前得知妻子病情的前两三天，桂二郎到神户出差，在新干线车厢内巧遇从新大阪车站上车的志津乃。

由于桂二郎只见过她出堂差[1]的模样，好一会儿才认出这名身穿长裤的长发女子是谁。正好邻座空着，便请她过来坐，于是桂二郎与当时二十二岁的祇园艺伎共度了到东京的这段车程。而从京都上车的和果子铺老板目击了这一幕，事情便传到"桑田"老板娘耳中。

从未传过绯闻的上原桂二郎与志津乃的组合，在祇园成为人们好奇的对象，添油加醋之后，事情被渲染得有鼻子有眼。

桂二郎觉得奇怪，鲇子明知他们是碰巧在新干线里遇见，为何又重提往事？看来是兜个大圈子借题发挥。

"一个男人，闻闻野花不好吗？"鲇子悄声说。

"人家志津乃已经是堂堂贵夫人了。你还说什么傻话啊！真不像你的风格。"

"我倒是觉得，在人家志津乃真心爱上的上原桂二郎被不知哪里来的女人盯上之前，不如由我来帮忙找个登对的好对象……"

"我说过多少次了，我不会再娶。"

"男人这种话谁会信呀！"鲇子笑着说。

"要是有我在一旁看着，却让你和不三不四的女人纠缠不清，让我拿什么脸去见死去的幸子？"

"用不着操这个心。万一我喜欢上哪个女人，一定会向'桑

---

[1] 指舞伎或艺人应召到私人堂会上献艺或表演。

田'的老板娘报备。但是，这种万一不会发生。"

"你怎么敢保证？阿桂单身，才五十四岁，在女人眼中是相当具有魅力的成熟男人呀。"

"承蒙'桑田'的老板娘如此夸奖，不胜荣幸之至，但我又懒又不懂得讨好人，还天生一张臭脸，不会有人看上我的。"

鲇子的话不知道有几分是认真的，但桂二郎倒是认为自己的确有段时间受到那位年轻艺伎志津乃的吸引。

"当志津乃犹豫着要不要和相差近四十岁的老爷结婚时，是我在她背上推了一把，劝她结婚的哦。"

桂二郎虽然对鲇子这么说，但当时劝犹豫不决的志津乃拿出决断的人很多。

明知志津乃不是只有找我上原桂二郎请教是否该结婚，桂二郎仍感觉得出志津乃发出了某种信号，其实他是为了怕自己陷入难以挽回的窘境，才力劝志津乃结婚的。除了与对方的年龄差距略大这一点，并没有其他因素会危及志津乃的婚姻生活。

那位老爷的妻子已死，孩子们也各自独立了。他是银座一家老牌金饰店的社长，具有正面的"纨绔气质"，绝不是个吝啬的人。孩子们虽不是个个举双手赞成，但也没有强烈反对……

"要是我是志津乃，才不会错过这么好的机会。"

桂二郎还记得自己对志津乃说的话。

"人生，以得失来衡量没有什么好惭愧的。这点聪明要有。和他结婚，对自己而言是得是失……"

志津乃便是因为桂二郎这句话而结婚的。

但志津乃并没有告诉桂二郎，男方的孩子对结婚提出了一个条件。那便是不生孩子。桂二郎是在志津乃婚后两年才知道这个唯一的条件，而且是鲇子告诉他的。

桂二郎也曾想过，当时如果知道这个条件，自己还会劝志津乃结婚吗？但后来也渐渐地将志津乃淡忘了。

"……这样啊，原来志津乃住在横滨的中华街附近啊。我一直以为她在元麻布买了豪华大厦作为夫妻的爱巢呢。"

对桂二郎这几句话，鲇子说："他们去年春天就分居了。她先生又有了年轻的情妇……这次是银座俱乐部的公关小姐，二十二岁。"

"真是老当益壮啊。志津乃的先生已经快七十了吧。真想向他看齐。"

桂二郎苦笑着朝鲇子看。结果鲇子问起，等他们到了横滨的中华街，她想去志津乃的住处找她，就不去黄忠锦朋友的店了，不知这样方不方便。

"当然方便啊。这辆车就给你用吧。杉本先生，请你送送鲇子小姐。"桂二郎对杉本说。

来到横滨的中华街附近，黄忠锦醒了。

"我想想，停在哪里好呢？如果没下雨，其实停哪里都可以。"

他这么说，到了红、黄、绿多色纷呈的善邻门前，又喃喃说也许从这里走过去最快。

"这条路叫作长安道，从这里过去不远，有个叫作地久门的门。从地久门笔直通往东南方的路是关帝庙通。中华街里的路都取了名字，其实，也不过就是个五百米见方的街区。但规模还是比神户的南京町大得多。"

"哦，这里的确是很有中国风情的气氛呢。"

鲇子这么说，然后对黄忠锦说，自己想借这辆车去拜访朋友，要就此告辞。

"晚点我再打电话给你，你要记得开机。"

鲇子知道桂二郎的手机平常是关机的，所以这么说。

桂二郎从上衣的内口袋里取出手机，打开电源时，鲇子已经坐在杉本开的车上经过长安道，在地久门前左转了。

"中午来点粥如何？吕水元的粥做得很好。"

"粥吗？好啊。早餐结结实实吃了一顿，现在还不怎么饿。来碗粥配点榨菜正好。"

桂二郎和黄忠锦共撑一把伞，边说边走过善邻门。

卖旗袍的小店和复合式大楼之间有条勉强容一人通过的小巷，后面住家林立，女性内衣直接晾在外面淋雨。

"这条小巷是我两个朋友小时候的游乐场。"黄忠锦说，"这条小巷会经过一家中式食品行的仓库，从那个食库的后门偷溜进去，再从另一边的巷子出来，就是关帝庙的后面了。吕水元和梁兆容，是当年中华街的两大顽童。食品行就是梁兆容的爷爷开的。他说，这条小巷就是他们的少年时代。"

接着黄忠锦又说明，生长于日本的梁兆容是自己的亲戚，而梁兆容的妹妹则是吕水元的妻子。

卖中国饰品杂货的店隔壁是一家喝中国茶的小店，再过去便是吕水元开的中国粥面点心馆"水仙"。一块印有"本日午餐六百日元"的黑板斜靠在店门口，上面以粉笔写着"牛杂粥、小笼包、榨菜"。

正如黄忠锦所说，只有三张四人座桌子的狭小店内，中午最忙的时间已过，只有一个眼神锐利、将长发扎成马尾的男子以三道点心佐啤酒。

墙上只贴着一张写了大大的"喜"字的红纸，将外场与厨房隔开的吧台上摆着《横滨中华华侨传》《中华街读本》《中华街旅游地图》三本书。

质朴已不足以形容这家活像生意清淡即将倒闭的店，因此桂二郎难以想象黄忠锦的好友吕水元这号人物的风貌。

一个瘦小的女子从厨房后面探出头来，一看到黄忠锦便用中文说了几句话。

"她说老板在隔壁自己的店里喝茶。"黄忠锦说，又用中文与女子交谈。女子以缓慢的步伐走出店门，过了一会儿，一个瘦削的老人走进了"水仙"。

老人面带笑容与桂二郎握手。

"幸会幸会。欢迎光临。我是吕水元。"

寒暄后递出了名片。桂二郎也同样寒暄几句，递上自己的名片，说：

"我通过黄先生帮忙找一个难找的人，竟麻烦到您。百忙之中前来打扰，真是不好意思。"

"哪里，我根本没找。刚才黄先生在电话里说了这件事，邓明鸿这个人我很熟啊……这样根本不算找吧。"

吕水元说完，又问："还没吃午饭吧？"

"就给我们外面黑板写的中餐吧。不过我比较想吃药膳粥。小笼包来两笼就好。"

黄忠锦这么说，朝马尾男一瞟，对吕水元低声说了什么。

"这是小思的弟弟。长得活像人贩子，不过他的本行是进口茶叶。"

吕水元这么说，朝马尾男的肩上一拍，进了厨房。

"去年，他得了肠梗阻，一部分的肠子坏死，动了大手术。体重掉了十六公斤，现在只剩四十八公斤。"

黄忠锦说。

"您说吕先生吗？"

桂二郎问，喝了面无表情的女子送来的香片。

"是啊，他差点就没命了。明明肚子痛得要命却不去看医生，跑到箱根打高尔夫……到了高尔夫球场，痛到动不了，被救护车送进医院，严重到医生都叫家属来了。"

黄忠锦说，吕水元个子虽矮，但在手术前可是个大炮级的高尔夫球手。

"他那个年纪开球随时都维持两百五十码的水平，很惊人吧？可是他大病一场，好了之后去打球，只打出一百七十码，就从此封杆了。我就说，一个年近古稀的老先生打出一百七十码已经很好了，毕竟他身高只有一米六啊。"

马尾男喝完了啤酒，用中文对黄忠锦说了什么。黄忠锦回答之后，只见他站起身走过来，逼近黄忠锦用激烈的语气又说了什么。

桂二郎感到情况不对，站起来介入两人之间。

男子笑着向黄忠锦挥挥手，走了出去。

"怎么回事？他生什么气？"

桂二郎问黄忠锦。

"没有啊，他没生气。"

"可是，我看他杀气腾腾的，一副随时会揪住别人领口的样子。"

"他说上周见过黄先生的儿子。不愧是黄先生的儿子，说他在茶的通路方面也有不少人脉，有困难可以随时找他商量，他听了很高兴……说的是广东话。"

"哦，原来如此……怎么我看起来是咄咄逼人，大声找碴的样子。"

"我们之间那样说话是很正常的。在外国人眼里，大概是很像要找人打架的样子，不过刚才那个年轻人是表示亲热。真要打架，气势会更凶猛。"

黄忠锦笑了。

"那是表示亲热啊……"

"是啊。也许是中华民族的特征吧。无论什么事，都会和对方靠得很近。谈生意也好，谈情说爱也好……夫妻吵架激烈的程度，中华民族大概也是世界第一吧。对骂的话倒也没什么了不起，但就是厉害在那个架势、手势啊。"

店门开了，进来了一个年轻女子，与桂二郎视线相对。不知为何，她没有别过视线，桂二郎的视线也一直停留在她身上，无法离开。

对方简直就是把视线砸过来似的注视着自己，自己也被吸住了般无法转移视线，又或者是相反？桂二郎也不知道。

也许桂二郎曾在哪里见过这个近三十岁的年轻女子，所以才莫名惊讶地一直望着她也不一定。

无论如何，桂二郎与女子四目相交就时间而言虽然只有五秒左右，但桂二郎却觉得好长。女子从桂二郎身边走过，出声朝厨房喊。刚才毫无笑容的女人出来，露出一丝微笑，向厨房里的吕水元说了什么。女子如宝冢歌剧里的男角般身材高挑，头发剪得短短的，背着一个看似相当沉重的单肩包。一双又长又大的眼睛有着深深的双眼皮，脸上没有一丝脂粉气，散发出知性的光辉。

吕水元从厨房里探出头来，随口说声："这位是邓明鸿女士的外孙女。"

然后问她吃过饭没。

女子笑着点头，用日文说："我想喝那个茶。"然后将令人好奇到底装了什么的沉重单肩包放在椅子上。

"哦，那个茶啊。那我让人送过来。热茶外送啊。"

吕水元笑着说，吩咐端粥过来的女子去隔壁拿那种茶过来。

"这是谢翠英小姐。邓明鸿女士的外孙女，刚才我接到忠锦的电话，就通知她说，有人想找你外婆，问她要不要过来。"

吕水元这样向黄忠锦与桂二郎介绍了翠英。

桂二郎将名片给了翠英，说突然有人要找你外婆，你一定大吃一惊吧。百忙之中还劳驾你过来，真是抱歉。

翠英说，外婆已经过世，母亲目前因病在台北住院，自己还是学生，住在山下公园附近，接到吕伯伯的电话，不明白是怎么一回事就来了。她的日文流利，几乎没有中国人特有的口音。

"你还在念书？"

桂二郎问。因为实在不像。

翠英回答，目前正在攻读日本古典文学。

"她刚一大学毕业就来日本留学了。我就是她在日本的保证人。"

吕水元说，并劝他们先吃粥，事情不妨等吃完了再说。

桂二郎将加了枸杞、微带姜香味、名为药膳仍风味十足的粥送进嘴里。

粥很糊，麻油味很重，吃起来却很清淡，但大概是用了大量的鸡高汤，味道很有层次。

"真好吃。"

桂二郎由衷地说。吕水元以理所当然的表情微微点头。

隔壁的茶店送来了小茶壶和形似酒杯的小茶杯。茶壶里似乎已经加了茶叶。

"热水就用我们的吧。这可是上等好茶。翠英很清楚这茶有多好。"

吕水元这么说，从厨房里拿来了电热水瓶和中国台湾生产的瓶装矿泉水。

"日本的水很软。以水的软硬而言，日本可能是最软的。泡茶要用硬水。所以，在英国喝的红茶很好喝吧？因为欧洲也是硬水。中亚地区的水更硬，几乎是碱水了。中国的水也硬，中国台湾往南走，水质的硬度也和欧洲不相上下。所以，用台湾的矿泉水泡的茶最好喝。日本人到了国外拉肚子，头号原因就是水。因为日本人是喝软水长大的，硬水不合脾胃。"

桂二郎听着吕水元的说明，心里对于竟如此轻易便找到了邓明鸿的行踪或多或少感到有点诡异。

在五百米见方的横滨中华街里，密密麻麻不知有多少家中餐馆、中式食品行和杂货行。

更何况，也数不清究竟有多少中国人住在这里。

这些人自日本开国以来，应该就是不断地进进出出、来来去去。有人埋骨于此，有人毅然告别日本回乡，有人移居他国……

这些情况，从日本首次有所谓华侨来到的幕末时期起，经过甲午战争和第二次世界大战，直到"二战"结束后五十多年的今天，仍不断剧烈变迁才是。

就算华侨之间的关系再紧密，昭和三十年代曾存在于中华街的"龙鸿阁"看来也在极短的时间内便歇业，邓明鸿这名女子也渐渐远离中华街的中心人物，变成人们口中"好像曾经有过那么一名女子"而被淡忘，极可能除了丁老先生之外谁也不记得她。然而，黄忠锦的好友就这么巧与邓明鸿一家熟识，而此刻邓明鸿的外孙女翠英就坐在邻桌……

自己妻子去世的前夫在中学时，因一件意外而与这个名叫翠英的年轻女子的外婆在中华街一隅的二楼相遇，白纸黑字订下了约定。邓明鸿是出于什么用意要一个素不相识的少年写下那样一个约定，如今已不得而知。

既然那个少年年纪轻轻就死了，照理说，那个约定也就作废了。

然而，少年的父亲并没有忘记约定。不实践那个约定，自己的人生就有缺憾……须藤润介这位老人是真心这么想的……

而现在，自己正在横滨的中华街为数众多的中餐馆中特别小的一家，而且建筑和装潢都毫不讲究、乍看犹如生意萧条的大众食堂般的中国粥品专卖店里，与邓明鸿美丽的外孙女相见……

桂二郎边想着这些边吃粥，感觉全身紧绷到自己都觉得夸张的程度，难得如此紧张。

因为翠英那与她大大的五官形成强烈反差的、文静高雅的举止，不断吸引着桂二郎，令他对这样的自己不知所措。

"请教女性年龄虽然失礼，不过，请问翠英小姐几岁？"桂二郎问。

"二十八。"

翠英说，将热水瓶里沸腾的热水倒进铁灰色小茶壶。

"日本古典文学范围广，数量也多，你主要是从事什么样的研究？"

"本来是研究《源氏物语》的，现在对实朝[1]和西行[2]很

---

[1] 源实朝，日本镰仓幕府第三代征夷大将军。
[2] 日本平安时代末期至镰仓时代初期的武士、伴侣及歌人。

有兴趣。"

"哦……"

自己既没有读过《源氏物语》，实朝的诗歌更是一首都背不出来。西行的倒是知道两首。

　　身是出世人，五蕴皆空应照见，天地入此心。鹬鸟振翅点点飞，寂寞深秋向晚塘。

　　此生一心愿，百花齐放英缤纷，归寂樱树下。释迦入灭涅槃日，正是仲春望月时。

桂二郎吃着小笼包，在心里暗自背诵这两首短歌。

这两首都是高中时为了考试死背的。

"我这个日本人却没读过《源氏物语》。"

桂二郎说。然后，因为吕水元做的小笼包实在太可口，说："竟然有这么好吃的小笼包。一点腥味都没有呢。"

"那就再蒸个三笼吧。"

桂二郎婉谢了吕水元的这句话，对翠英说："日本的男性到了某个年龄，好像就舍源氏转而看平家了。"

"是呀。《平家物语》、《徒然草》、西行、《奥之细道》、山头火[1]……"

翠英说完微微一笑，在把茶倒进酒杯形的茶杯之前，先倒进了一个小小的筒状容器。

---

[1]　指日本著名俳人种田山头火。

"第一泡茶，要先这样闻香。"

翠英品过茶香，将那个瓷制的容器递给桂二郎。

"这个只闻不喝吗？"

"也可以喝。不过第一泡的茶苦味和涩味很重。要品茶，第二泡、第三泡比较适合。"

黄忠锦说，中国茶等级越好的，越不适合在空腹时喝。

"因为会把肠胃里的油脂冲刷得干干净净，如果肚子空空如也，就太伤肠胃了。"

没有笑容的女服务生清理了桌上的碗盘，将外面的黑板收进店内，刚才那个马尾男和一名年轻女子进来，亲热地对翠英说了什么。

和他同行的女子臭着一张脸坐在靠门口的座位，从手提包里取出手机，和人说起中文，视线不时往翠英那里瞟。

她脸上几乎没有带妆，但一身从事特殊行业的服装品位，加上手上斑驳的指甲油，显得特别寒酸。

男子又要对翠英说什么，但受到吕水元驱赶，便和女子一起离开了。

"那种人变多了。台湾和广州也一大堆。"

吕水元说完，把门锁上。

"日本也很多啊，尤其是中年人。开咖啡店什么的，假日就骑哈雷摩托到处跑。把老唱片当命根子，老爱把违反《华盛顿公约》的珍禽异兽穿在身上。像是某某稀有蜥蜴皮做的靴子什么的……"

黄忠锦说完笑了，又说自己餐后也想喝杯茶，问上原先生要不要。

"好啊。"

吕水元到隔壁茶店时，黄忠锦用日语重新对翠英说明了邓明鸿与桂二郎的朋友之间的过往。桂二郎又将黄忠锦的说明补充得更详尽。

翠英听完，表示由于母亲住院，今晚会写邮件和家里联络。

"信是家兄的电脑在收，但家兄看了，一定会立刻去医院告诉家母的。"

然后又说，如果方便的话，能不能请教上原先生电脑的电子信箱。

"电脑啊……我办公桌上有是有，但从来没打开过。也就是说呢，我不会用电脑。"

但桂二郎还是打电话给小松，问他自己的电子信箱账号。

"咦？社长的邮箱账号吗？"

小松大声说，桂二郎问起他身边有没有人。

"有的。因为我在秘书室里。田畑先生在，远藤先生在……"

"那你就别这么大声。我可是公开宣称绝对不碰电脑的。"

"呃，对不起，大家都已经听见了。那个，社长的邮箱是小写的英文字母 uehara，然后小老鼠……"

"什么小老鼠？"

"就是一个被圈起来的小写的 a。小老鼠之后是 dachshund-uehara，接着是点。"

"什么叫接着是点？你就不能说人话吗？"

"可是……那就叫作'点'啊。就是英文的句点，一个黑点。"

在一旁听桂二郎讲电话的翠英笑着问:"要不要由我来?"

当下桂二郎还真想让翠英来和小松沟通,但平常他常对中年干部说以后不会用电脑的人在企业里无用武之地,现在总不好请一个年轻中国女孩救火,所以要小松重复说了好几次电子信箱账号,总算抄在记事本里了。

公司里的各项公告通知,均传送到各个员工的电脑,各分店和营业所的报告也是发送到桂二郎的电脑,但平常都是小松圣司帮他开电脑的。

桂二郎早上一到公司,只会朝办公桌上的电脑扬扬下巴,说声:"喂,那个。"

自己连电脑电源都不开。

收到的邮件谈的全都是公事,没有任何私人邮件,所以内容不管是让小松看到还是秘书室的年轻女员工看到,都无伤大雅。

"与邓明鸿女士有关的事项会以邮件的方式发送过来吗?"小松问。

"对,没错。"

"社长,您不如趁这个机会,至少学会如何收发邮件吧?只要有心,一下就学会了。"

"我就是没那个心。重要的事要以信件联络,这是最基本的。如果是单纯的通知,根本不必用电脑,直接听各部门的负责人说明就好。"

桂二郎自认为是个相当能接受新事物的人,唯独对电脑强烈排斥。

倒不是尽信了一脸"本人深谙此道"的名嘴或媒体动不动就针对网络世界发生的问题大肆针砭，斥之为"虚拟世界的陷阱"、孩子宅化现象的元凶等等言论。

桂二郎对于公司电脑化，全体员工都使用电脑不仅不排斥，甚至认为这是必然的趋势，所以公司每个人都配备了电脑，还请来了电脑专家，让包括干部在内的所有员工学习如何使用。

然而，自己在小松圣司的帮助下，看名古屋分店店长用邮件发来的报告时，却感到少了某种紧张感。邮件的文句和传真或实体信件传送来的，还是有所不同。

那是头一次写邮件给社长，名古屋分店长应该也相当紧张，对文句应该比平常更用心琢磨才是。然而，还是有股说不出的亲昵不恭。

当时桂二郎的想法是：原来如此，这就是邮件所创造出来的独特世界啊，与发件人的意愿无关。

既不是以电话直接交谈，也不是执笔与信纸对峙……看来电脑这个东西，会让人自然而然地采取这种既非口语也非书信，处于中间位置的语法，或说是面对对方的方式……

桂二郎这么认为，顿时就对电脑产生了排斥。

信息的传达当然越快越好，传达的内容要点则以简明为上。然而如果电脑通信在信息传达中摆脱不了那种不必要的亲昵，那么自己宁愿与电脑划清界限……桂二郎是这么想的。

"为什么我的公司是 dachshund-uehara。腊肠狗是我们的商标啊！为什么不用 ueharakogyo？"

对于桂二郎这几句不满，小松解释："因为 domain 和上原工业一样的太多了。日本名为上原某某工业的公司就有两百家以上，所以必须以上原以外的名称作为 domain，我才会想到我们商标上的那两只腊肠狗。"

"domain？ domain 是什么？"

"domain 就是小老鼠之后的那一串字。"

"那你就直接这样说啊！讲日文，日文。什么 modem、blouser、install 的……这些术语我又不懂。"

桂二郎的话，让翠英笑了。

挂了电话，桂二郎把抄在纸上的邮箱账号交给翠英，说："我想应该没错。"

正要把手机放回上衣内口袋时，电话响了。

是本田鲇子打来的。

"我和志津乃好久不见了，想一起吃晚饭。我刚已经打电话给'都都一'的老板了。"

"是吗，好啊，我也满肚子好吃的药膳粥和小笼包。六点要在'都都一'吃饭实在吃不下。"

桂二郎边说边看黄忠锦。黄忠锦边把刚起锅的第二笼小笼包送进嘴里，边摇着另一只手。看他的意思是要取消今晚"都都一"的晚餐。

志津乃现在去买东西张罗晚餐了，要我代为问候阿桂。

鲇子说完便挂了电话。

"既然取消了'都都一'，就在这里多吃点好吃的点心吧。"

桂二郎这么说，看了菜单，点了"鱼翅饺"、"鲜虾烧卖"和"腐皮卷"。

"网络，其实就是人们向自己以外的人发表各种事情的小报。"翠英说，"喏喏，你看你看，我现在正在想这些，或是，这种嗜好是我人生的价值所在。每个人以自己的想法制作了自己的小报，贴在大街小巷，让有兴趣的人来看……和江户时代小报的不同，就是可以自由使用各式照片和颜色，要制作也很快……我想只是这样而已。"

"原来如此，电子小报吗。"

说到这，桂二郎想起自己儿时的少年杂志上，也是有一些读者投稿，诸如"喜欢收集昆虫的人，请当我的笔友""我是女明星B.K的头号影迷。有意和我一起成立影迷俱乐部者，欢迎来信"等等。

其中想必也有人冒充儿童，怀着不良居心来找笔友吧……

因特网，说穿了，也可以说是复杂精密的机器版投稿栏吧……

桂二郎对翠英的"小报"比喻深有同感，便对她微笑。与翠英令人退缩的视线相遇，桂二郎想起这女孩进店的时候，也是以这种眼光注视着自己。

那一瞬间，一种堪称狰狞的感觉贯穿了桂二郎全身。身遭雷击……就是那种冲击。

到底是什么如雷击般打到自己身上……

这个名叫谢翠英的年轻女子，并没有光彩夺目的美貌。那双长长的会说话的眼睛也好，比一般日本人粗的鼻梁也好，圆润没有棱角的唇形也好，若说平凡也算平凡。但她光润的脸上却笼罩着一股卓越之气。

话虽如此，却又不是咄咄逼人地彰显于外。不仅是脸，肩部和胸部的线条、全身的体形，处处都很平凡，而且身为年轻女性的弹性也和一般年近三十岁的女人差不多，但桂二郎的视线就是无法离开这个名叫翠英的女人。

"翠英有男朋友吗？"黄忠锦问。

桂二郎觉得黄忠锦是帮他问了他想问的事，便装作对这个话题不感兴趣，吃了小笼包。

"没有。如果有好对象，请黄伯伯帮我介绍。"翠英说。

"该不会有男朋友在中国台湾等你吧？"

翠英笑着回了黄忠锦这句不带刺的取笑："要是有，我早就回去了。"

然后品了茶香。

"日本的古文好难。全都是些看不懂的字。读《源氏物语》原文，才两行我就觉得头好痛。我想，要是我是英语系或拉丁语系国家的人，也许比较容易了解。因为，日文的汉字和中文明明几乎都是相通的，可是才多加一个平假名或片假名，句子就有好几种解释，真叫人无所适从。"

然后翠英对桂二郎微笑，说："不过，电脑的话，我大致都懂。"

这种说法，有股长辈取笑孩子的意味，但或许这正是翠英天生的魅力，完全不会令人感到失礼逾越。

"大致都懂吗……真厉害。我的秘书平常也用电脑，但他说假如一台电脑有一千种用法，他自己顶多只会十到十五种。"

听桂二郎这么说，翠英说："我搞不好能用到一半哦。"

桂二郎觉得必须进入正题，便想提须藤芳之与邓明鸿之间签下的誓约书。结果翠英说："我们去买上原先生的电脑吧。"

"咦？"

桂二郎当下无法响应，望着翠英的脸。

他无法判断她是开玩笑还是在逗他，便说："我在公司有电脑了。"

"可那是用来工作的吧？而且您自己也不会用。"

"秘书会帮我，所以也不会不方便……"

"您不考虑在家里也摆一台自己的电脑吗？这么一来，就能清楚了解到，啊啊，原来网络世界是这样，而且和朋友互通邮件也很好玩呢。"

"我没有会和我互通邮件的朋友啊。顶多就是我那两个儿子吧。我身边会电脑的，除了公司的人，就只有两个儿子了。"

听了桂二郎坚定拒绝的语气，翠英流露出的表情，好似因父母的缘故不得不放弃期待已久的野餐的小女孩，桂二郎在感到过意不去的同时，也对翠英这名女子意外的多重面貌产生了兴趣。

他觉得，她在明理知性的外表之下，有着天衣无缝的爽朗，而爽朗之中却又富含了令人不得不投降的稚气。

"我如果在家里摆了电脑，要用来做什么呢？"

桂二郎微笑着问。

"我会向您推荐几个网站。"

"邮件呢？没有人发信来，未免令人伤感。至少要有一个常常来信的朋友，可是我这个人本来就没什么朋友。"

"那，我来当您的邮件笔友。这在日本叫作'MERUTOMO'。"

"走吧。"

桂二郎把香气怡人的高级乌龙茶喝完，站起来。

"走？去哪里？"翠英问。

"去买电脑啊。我在家里用的。"

"咦？现在吗？"

"趁还没有改变心意之前。不光是我，还有翠英小姐也是……"

黄忠锦一脸好笑地看着他们两人对话。

"电脑这东西，用习惯了是很简单，但要习惯可不简单。会一直出问题，让人火大，搞不好就把电脑摔坏。"

翠英虽然这么说，却也一边从椅子上站起来。

"谁会火大摔坏电脑？我吗？"

桂二郎边问，边用手机找司机杉本。

"因为，我觉得上原先生好像会把电脑摔坏……"

"我这个人虽然不算有耐性，但脾气也没像外表看起来这么火暴。再说，是翠英小姐劝我买电脑的啊。"

杉本接了电话，桂二郎问他人在哪里。杉本说，他送过鲇子之后回到中华街，正在中华街大马路上的拉面专卖店吃午饭。

"已经快吃完了……"

"那么，十分钟之后，我会到刚才下车的地方。"

桂二郎挂了电话，对黄忠锦说："买好电脑，我再回来这里。"

黄忠锦说，既然行程有变，他想去找一个平日难得见面的朋友。

"我朋友就在附近的华侨会馆。赔偿邓明鸿怀表的事，你就直接和翠英小姐谈吧。接下来就没有我和吕水元的事了。"

桂二郎本来是计划好，打完高尔夫要用自己的车到"都都一"吃饭，然后送黄忠锦回家。身为东道主，不能把黄忠锦留在"水仙"这家中华粥品专卖店。

"那么，等我们回来之后，如果黄先生不在这里，我就到您说的华侨会馆去接您。"

"不了，别这么客气。这一带也算是我的老巢啊，朋友很多。有的也好几年没见了，我就趁这个机会去打个招呼，再搭电车回去。"

"华侨会馆在哪里？"

"在关帝庙后面那边。关帝庙通东边那条路向左转就到了。"

桂二郎和翠英来到店外。雨没有要停的样子，或许正因如此，整个中华街很安静，几乎没有行人。

"要到一般的电器行买吗？还是电器用品的零售店？"翠英边打伞边问。

"都可以，到距离这里最近的地方买吧。零售店或许比较便宜，但故障的时候电器行的服务应该比较周到。"

翠英说，新横滨站附近有一家店，虽然不是零售店，但专售各个品牌的电脑。

走在大马路上，一个撑着伞骑自行车的少年驶过一汪积水，停在一家小小中餐馆前，朝二楼大声喊。他年纪大约十岁，戴着圆框眼镜，理得短短的头发被雨打湿了。

听他语尾拉得长长的，用中文一直朝二楼喊，桂二郎从他身旁经过，问翠英："如果用日文来说，他是不是在朝那户人家的二楼喊他的朋友：'某某某，出来玩'？"

翠英微微一笑，说："嗯，是啊。他喊的是一个男孩子的名字。用日文来说的话，应该就是那种感觉吧。"

一位没打伞的女子边讲手机边走过来，语气很像在与对方激烈争论。

"刚才那个人，是不是在吵架？"桂二郎问。

"这个吗，不知道是不是吵架……她在生气，说'就不是我的错，你还要我说几遍。你烦不烦，真是够了'。"

"那么，还是很接近吵架了。算是争执吧。"

原以为从巷子里走出来的两个人是日本人，但叽叽呱呱地边说边走的十八九岁女孩说的仍是中文。

"她们说的是广东话吗？"桂二郎问。

"嗯，是啊。这一带几乎都是广东人。"翠英说。

"她们在说什么？"

翠英说她没仔细听，不过好像是在说如果明天也是这么大的雨，活动就中止，然后问："中华街好玩吗？"

"很有意思啊。让人觉得不愧是中华街……才小小五百米见方的地方，却让人深深感觉到这里不是日本，而是中国社会啊。"

桂二郎到处寻找车子，与翠英的距离因而拉开。翠英身上的衣服绝不粗陋，但桂二郎这样重新观察她的姿容，不禁想象起她穿那样的衣服或许会更美，穿这样的衣服会更加强调她的知性气质。

他对年轻女孩的时尚从不感兴趣，妻子还在世的时候，也不记得曾经做过如此想象。

"啊啊，就是那辆车。"

桂二郎说话的同时，司机杉本也看到了桂二郎，将车缓缓驶来。

"抱歉啊，让你午饭吃得那么赶。"

桂二郎说，向下了车在雨中帮忙打开车门的杉本介绍翠英。

"这位是我要找的人的外孙女。"

杉本向坐进后座的翠英打过招呼。

"没想到会看到社长和一位漂亮的小姐并肩从横滨的中华街走来……"杉本说完微笑着问，"要上哪里去呢？"

"我们要去买电脑。听说在新横滨车站附近。"

那么，我就先开到新横滨车站——杉本这么说，让车子向右转。

"杉本先生在芭蕉[1]方面的研究，有'在野遗贤'之称哦。"

---

[1] 指日本江户时代著名俳人松尾芭蕉。

233

桂二郎对翠英说。

"您从事芭蕉方面的研究？"

"哪里，不敢当。'在野遗贤'是社长太夸大了。"杉本轻轻拍着自己的后颈说。

"您对西行有兴趣吗？"翠英问。

"芭蕉无疑受到西行相当大的影响，所以我也读过西行的短歌，但只是略懂皮毛而已。"杉本说。

"您去拜访过西行相关的遗迹吗？"翠英探身向前问。

"只去过奈良的吉野。不过是很久以前的事了。"

翠英表示，自己也探访西行游踪，但才刚交完一篇报告，指导教授就要求提出另一篇报告，实在没有时间。

"而且这个暑假我又必须回台湾……"

"暑假要回去省亲吗？"

桂二郎这一问，翠英停顿了一会儿才说："医生说，那时候多半是要与家母告别了……"

是吗，原来邓明鸿的女儿来日无多了啊……既然如此，自己的中国台湾行势必就得尽快进行了……桂二郎这么想。

在靠近新横滨车站不远处开始车多拥挤，翠英指着大大的招牌说那就是我们要去的电器行，但车子却停滞不前。

虽然看得到招牌，但若要步行到那家店，看来也必须花上二三十分钟。据说大型商场的一楼与二楼都是那家店。

"我撒了一个小谎。"翠英说。

"撒谎？什么谎？"

"我说我对电脑很在行，其实是骗您的。"

桂二郎微偏着头，身子靠向椅背，望着翠英。遭雷击的那种感觉依然没有消失。

　　"一直到最近，我才学会怎么成功收发信件。我说电脑的功能假如有一千项，我会五百项，那是骗人的。不止是骗人，根本是大吹法螺。"

　　翠英这几句话，让桂二郎的笑意油然而生，止也止不住。

　　"大吹法螺吗……那你为什么要大吹法螺？"

　　"我也不知道为什么，但我就是希望上原先生有自己专用的电脑……"

　　"那，要是我用电脑出了什么错，你目前也没有能力帮我了？"

　　"没有。我最拿手的就是强制关机。"

　　桂二郎笑了。

　　"既然决定要买就买吧。买了电脑，只有翠英小姐会写邮件给我，那我就天天在电脑前等着你的信。"

　　桂二郎笑着这么说，翠英听了便双手在胸前交握，说："啊啊，还好您不介意。"

　　然后问杉本他最喜欢芭蕉的哪一首俳句。

　　"むざんやな甲の下のきりぎりす（呜呼怜哉，盔下蟋蟀，悲鸣不停）。"

　　杉本当即如此回答。

　　翠英将这首俳句低声吟了好几次，说："上句中むざんやな的'やな'的用法，正是日本文学的深奥之处啊。"

　　"上原先生呢？"

这回翠英问起了桂二郎。

"芭蕉的俳句吗？"

尽管觉得一个日本男人都五十四岁了还说不出一首芭蕉的俳句实在有失体面，但他还是老实说："我对短歌和俳句之类的一无所知。因为无知，所以也没有特别喜欢哪一首。"

"那么，日本的小说呢？"

"这个也没有特别喜欢的。"

"日本的画呢？"

"没有。"

"陶瓷器呢？"

"也没有。"

桂二郎觉得自己的话越来越冷漠，但这不是对翠英的发问生气，而是为自己过去从未对文学、绘画等艺术感兴趣而惭愧。

但翠英似乎误会了，道歉说："对不起，问这些无谓的事。"

"哪里，一点也不会。我只是为自己的文化素养缺失感到惭愧而已。"

"可是，您在自己的工作上发光发热不是吗？男人还是工作至上的。"

"没这回事。我只是把我祖父开创、我父亲发展的公司勉强维持着不倒而已，说不上发光发热。上原工业也不过就是做锅的。"

桂二郎说着，发现翠英的日语比这年头的日本人还要优美许多。

敬语也好，中国人最怕的"てにをは"等助词的用法也几近完美。

他一说，翠英便说："听说我外婆的日文非常好。"

但是，本来一直天真烂漫的翠英脸上却出现了一丝阴影。

那家电器行虽然不是零售店，但商品有七成是电脑用品，店内有各式各样的电脑。

"客制部门"里，十几台老板自己组装的电脑一字排开。

翠英在卖场里边走边找，指着一台电脑说，这和上个月她买的是同一个型号。

"那就这个吧。"

一说完，桂二郎便指着电脑对店员说要这个，从钱包里取出信用卡。

"必要的周边用品，也买翠英小姐用的一样的。"

"有台打印机会很方便。"

"那打印机也一起买。"

"还有更小型的携带式的电脑。"

"携带式？"

"就是方便带出门，去旅行的时候也能用。喏，也有体积这么小的。"

"小型的机器，尤其是电器，和容量大的比起来，在各方面都比较敏感，所以容易发生问题，电脑也一样。"

这样说完，桂二郎便指着电脑对店员说，还是买这个。无论是说法还是表情，连自己都觉得冷漠，甚至会被人当作生气了。

他想找回早上那场大雨中在高尔夫球场上的笑容，却好像连怎么笑都忘了，反而更让自己变成所谓的"可怕的脸"。

抱着两个大纸箱走出店门，杉本赶紧跑过来，一脸惊讶地说："原来电脑这么大啊。"并将纸箱接过去。

"是箱子大。"

这话听起来还是像在生气，桂二郎心想，也许自己真的在生气，只是连自己都不明白为什么。如果是这样的话，心情变差的原因只可能有一个。便是都已经五十四岁的大男人了，在俳句、短歌、绘画、陶瓷里竟然没有一样喜欢的……

桂二郎这么想，便对杉本说："绕到哪个大一点的书店去，然后就回家吧。翠英小姐，你会设定电脑吧。"

"我应该没问题。请问，我可以到上原先生府上打扰吗？"翠英问。

"啊啊，真是不好意思，也没先问过翠英小姐的意思……如果可以的话，能不能现在就到我家去，帮我设定好这台电脑呢？"

桂二郎终于在无意识之中露出笑容了。他用手机联络了家里，确认帮佣的富子在不在。要是到家的时候富子出门去买晚餐要用的材料，那就有点尴尬了——他心头闪过这个想法。

自己今晚本来是准备外食的，所以富子应该不会出门买东西，但也可能有其他的事要办。

在空无一人的家里，自己和翠英两人独处有些不方便……

虽然不明白具体上有什么不方便，但总之就是不方便……

238

桂二郎是这么想的。

但是，富子接了电话。

"哎呀，您现在要回来吗？那么，我这就去买材料准备晚餐。您想吃什么？"富子问。

"我带着客人一起。帮我买点好吃的蛋糕吧。"

"蛋糕吗？蛋糕就可以了吗？"

桂二郎曾听小松说对电脑还不熟悉的人要设定电脑，其实会很花时间，便问翠英："晚餐想吃什么？"

"顺利设定好之后，我就会告辞，请不用费心。"

翠英说，看看自己的手表。

"大概几点会到家？"

桂二郎也看着自己的手表问杉本。

"路上开始堵车了，很可能会超过五点。"

设定电脑固然重要，但自己还有更重要的事没有办完——桂二郎心想。

他必须详细说明在翠英出生之前，发生在横滨中华街的一起小小事件，以及因这个事件而订下的约定。也必须让她看俊国的父亲写给翠英外祖母的誓约书和坏掉的怀表……

"你喜欢寿司吗？"

桂二郎问翠英。

"我不敢吃生的鱼。"

"那，鳗鱼呢？"

车站附近有一家三代相传的鳗鱼料理。

"我喜欢鳗鱼。台湾人也吃鳗鱼。不过不像日本的鳗鱼煮得带甜味，而是用各种香辛料来蒸。鳗鱼也比日本的大……"

翠英这么说，然后专心看起从电器行要来的电脑设定说明书。

"那么，我先预约我家附近的鳗鱼料理好了。"

桂二郎又打了一次电话回家，告诉富子晚餐的安排。然后，把今天与黄忠锦打的高尔夫球多么令他印象深刻说给翠英听。

"虽然仅仅打了一洞，对我而言也是美好的回忆。而且，你看这雨……高尔夫球场的雨下得更大。"

翠英对高尔夫球似乎不感兴趣，说这么大的雨也打球吗，如果是定住不动的球自己应该也打得到，一双眼睛都没有离开说明书。

"我是个没有文化素养的人。虽然大学毕业，但也不曾发奋向学过。我很早就考虑到将来迟早要继承家业，心思都用在研究经济方面，而且专门着重于市场营销的研究。不过，其实也说不上研究……所以，不但没有文化素养，也没有学问。偶尔看看工作以外的读物，也几乎都是历史方面的书。"

"您对哪个时代的历史书有兴趣？"

被翠英这么问……

"也不是特别有兴趣才看的。因为没有别的想看的，就随便走进一家书店，走到历史书那里，买最靠左那一柜上方数来第二层书架的最左边那本书。"

翠英微微一笑，说："不管那是什么书吗？那家书店的历史书陈列架左边从上数来第二层书架上的书，而且只挑最靠左的那一本，好有趣的选书方式。"

"两年前，摆在那个位置的书，是深入研究中国清朝宦官的书。我花了一年看完那本书之后，又到同一家书店以同样的方式买了书，这次的书好厚一本，说的是'当铺'的历史。多亏这本书，我也了解了当铺。原来世界上有各式各样的当铺。公元前就已经有当铺的存在，人们把自己的宝贝拿去那里抵押，以应付眼前的生活……"

去年底买的书，是希特勒的传记，但不好看便丢下了……

说着说着，桂二郎觉得所谓的没有文化素养、没有学问这两句略嫌夸大的自谦之辞，既不夸大也不谦虚，而是真真切切的事实。

不，也许没有文化素养和没有学问的说法并不正确……

而是自己少了什么……

而这个什么，并非一项两项……

身为丧妻的鳏夫、工作外不愿动脑、不具备任何艺术知识、没有任何嗜好兴趣……与这些的性质有所不同的欠缺，使自己这个人变得冷漠干涩……

桂二郎这么想。

他曾在不知什么书里看到，江户时代之前曾经有个时代是不让没有文化素养的人当军人的，而自己正是最没有资格当军人的人。

话虽如此，这把年纪也不想再去学俳句、短歌，也不愿上陶艺课捏陶土。

自己欠缺的，不是浅尝这些便能填补的……

"滋味……"桂二郎心想，若是要找一个词来表示，应该就是它了。

"作为一个人的滋味……"自己就是不够味。不仅不够，根本是没有……

虽然不至于到自我厌恶的地步，但从车窗看出去，在堵车的大雨中，莫名不耐烦地望着整片灰暗的风景，桂二郎渐渐越来越讨厌自己。

这种感觉也是头一次，也许是这个名叫谢翠英的二十八岁女子所具有的某些特质，无意中引发了自己内在的什么东西。

"那家书店，看起来像是藏书不少……"杉本说。

大楼的一楼是书店，沉静的气氛是一般架上全是周刊、漫画和偶像性感写真集的书店所没有的。

"等我一下。"

桂二郎说，撑着伞在雨中小跑着进了那家书店。

书店里虽然也有漫画区，但看来是一家近来罕见以专业书籍为主的书店，大学时代教授指定作为教材的《日本经济史》首先映入桂二郎的眼帘。

桂二郎买了附白话翻译的《源氏物语》上中下共三卷。请店员放进袋子里，然后又到日本古典文学区，拿了《谣曲集》和《新古今和歌集》到结账柜台。

桂二郎没有说他买了什么书，翠英也没有问。

抵达目黑区自家时，雨势终于转小，车子在门前停住的同时，雨停了，淡淡的阳光露了脸。

起居室旁就是难得使用的客厅，但桂二郎向来就不太喜欢那个房间。那里有种无人的房间独有的寂静，墙上挂着父亲收集的三幅油画，宽敞舒适的意大利进口昂贵组合沙发，从窗户可以看到连接大门与玄关的路以及四周的树木，但只要一进这个客厅，桂二郎就莫名心绪不宁。

父亲收集的那三幅油画，是昭和初期三十多岁便谢世的日本画家所绘，但桂二郎不知道画家的名字。其实不是不知道，是不记得。

画的笔触细腻，三幅都是暴风雨前的农村风景，感觉得出画家紧绷的神经。父亲似乎就是喜欢这一点，但桂二郎总觉得三面墙上都挂着不幸的预兆，非常扫兴。

所以，偶尔有人来访，桂二郎只会将想赶快送出门的客人带进客厅。

"我请她来帮我设定电脑。俊国的房间拉了专门给电脑用的电话吧？那条电话线应该还没退掉。我要用那条电话线。"

桂二郎对富子说，问起俊国的房间有没有整理。

俊国留下了很多书和CD，但都堆在房间的角落，看起来并不乱——富子说。

"我这就去泡咖啡。要带客人到客厅吗？"

富子知道桂二郎不喜欢客厅，小声这么问。

"到起居室吧。"

桂二郎也小声说，也要抱着大纸箱的杉本到起居室。

桂二郎请翠英坐在他平常抽雪茄的那张椅子上，说儿子房间里有不同的电话线。

"先吃蛋糕再设定电脑吧！咖啡很快就来了。"

翠英先在椅子上坐下，朝隔着玻璃门可以望见的厨房看，边问："夫人出门了吗？"

"内人四年前就去世了。"

桂二郎说，心想，对了，论兴趣，自己也有一个兴趣啊，便把雪茄盒放在翠英面前。

但是，正要打开盒盖的时候，桂二郎又不确定抽雪茄能不能算是兴趣。

"每天晚上准备就寝前，我都会抽一根雪茄。这算是我唯一的兴趣，或说是嗜好……"

说着，打开了雪茄盒。

"哇啊，这些全都是雪茄？"

翠英出神地看着大木盒里摆放得整整齐齐的好几款雪茄。

"有好多形状哦。"

"是啊，雪茄的烟叶也有分哈瓦那产、多米尼加产、洪都拉斯产……还有很多各地产的。"

桂二郎取出最长最粗的雪茄，

"这叫作蒙特克里斯托 A。上次我没多想就随手拿起来慢慢抽，结果从点着到抽完，一共花了两小时零二十分钟。"说完，微微一笑，"这个是大卫杜夫的庆典系列。比蒙特克里斯托 A 短一点，但一样是最高级的雪茄。这是高希巴的导师系列。这根短的是高希巴的罗伯图。这个是哈瓦那的尊贵卷烟厂出产的金字塔系列。这是玻利瓦尔的比利高系列。呃，这根短的是季诺的木桐嘉棣系列 7 号……这是高希巴的世纪二号。大卫杜夫的庆典2号和庆典3号，女性也喜欢抽。要不要来一根？"

桂二郎取出大卫杜夫的庆典2号，拿到翠英面前。

"还是你要试试地道的雪茄？这是好友逍遥贵族系列的丘吉尔雪茄，味道很重。"

桂二郎并不是真的向翠英劝烟。这么做多少有些是在逗她，也是掩饰自己的难为情。在看到翠英的那一瞬间，突然身遭雷击的感觉仍滞留在桂二郎心中，他不希望被任何人察觉。

"我这辈子从来没抽过烟。"

说着，翠英拿起雪茄盒里的一个圆形的小工具，问这是什么。

"雪茄剪。"

"像这样把里面的东西转出来，就会看到打开大、中、小三个孔，用来裁雪茄的……"

桂二郎这样解释，教翠英如何使用。

"哦，好像很好玩呢……"

翠英把雪茄剪拖在掌心，问这里面最贵的雪茄是哪一个。

"大卫杜夫的庆典系列和蒙特克里斯托A吧。"

"那，我要这个。"

翠英指着长二十二厘米、直径一点九厘米的大卫杜夫庆典系列。

哦，看样子她是真的想抽抽看……

桂二郎觉得有趣，便教翠英如何点火，如何用手指夹住大卫杜夫的庆典系列雪茄。

"哇啊，光是这样夹着，就觉得好像变身为成熟的贵夫人了呢。"

翠英不太会用雪茄剪，桂二郎便帮她裁出吸口，划着雪茄专用的长火柴，教她："火柴点上两三根都没关系，要让前端全部都点着……"

"这根雪茄，比我的脸还长了吧？"

翠英笑着，笨拙地点着了雪茄。虽然无法均匀地点火，但用了五根火柴，总算全部都点着了。

"要慢慢抽。不要把烟吸进肺里，要停留在舌头和嘴里。让烟灰自己掉落。雪茄头形成的烟灰有散热器的用处，避免雪茄燃烧过度，或是轻易熄灭。"

如果不是逼不得已，不能熄掉雪茄。因为不一次抽完，味道会变差。

桂二郎边说，边将雪茄专用的烟灰缸放在翠英面前。只见她双眼朝向天花板，叼着雪茄，看着袅袅升起的烟。

那样子好像孩子舔着长长的棒棒糖，桂二郎不禁被这样的场面逗笑了。

杉本打开纸箱，取出里面的电脑和附带的相关物品，富子端来了咖啡和蛋糕。

"不要抽得这么猛。先慢慢抽一口，看火快熄了再抽。"

桂二郎说我来示范吧，点着了高希巴的罗伯图雪茄，示范了抽法。

"雪茄的味道如何？"桂二郎问。

"我还以为会更辣更苦。有泥土的味道，或是说，肥沃的大地的味道。"

"哦，大地的味道吗……的确，有时候会有这种味道和香气。不过，味道会慢慢改变。有时候会变成不甜的蜂蜜味，有时候会再加上一点酸味……"

当前端的烟灰大约三厘米长时，桂二郎建议翠英先把雪茄放在烟灰缸上。

"烟灰差不多该自然掉落了。等烟灰一掉下来，就再抽个两三口让火不至于熄掉，就可以放回烟灰缸了。"

"很好抽呢！有忧郁熟女的感觉……很棒。"

翠英的话，听起来并不像客气话。

有生以来连一般纸烟都没抽过的二十八岁女子，现在点着了第一根雪茄，虽然动作生硬，仍摸索着味道、香气，抽得津津有味……

桂二郎很高兴，看这样的翠英看得出神。

杉本也兴致勃勃地看着翠英，喝着富子端来的咖啡。

"头好像有点飘飘的。"

翠英说，把大卫杜夫的庆典系列雪茄放在烟灰缸上。三厘米左右的烟灰自然掉落。

"虽然没有吸进肺里，尼古丁还是会从口中的黏膜和舌头被吸收进去。这毕竟是你有生以来第一次抽嘛。"

桂二郎笑着说，然后请富子预约了车站附近的鳗鱼餐厅。

"我明明是来设定电脑的，却迷上了高级雪茄。"

翠英这么说，抽了两口好让雪茄不至于熄灭，然后吃了蛋糕。那是块分量不小的香橙蛋糕，但翠英一分钟就吃完了。

她吃的样子，让杉本和富子偷偷对望。翠英的吃相一点也不会令人感到粗俗，既精彩又痛快。

翠英拿着雪茄站起来，问了电脑的所在，又问桂二郎："这雪茄可以一直抽吗？"

"尽管抽，别客气。我帮你拿烟灰缸，请边抽边设定电脑。"

桂二郎说，拿着烟灰缸，带翠英到自己卧室旁的俊国的房间。杉本也带着电脑和其他周边产品过来，放在俊国高中时用的书桌上，便又回到起居室。

翠英在电脑上插了几条电线，又连上插座和电话线，慢慢品味雪茄之后，低声说："好，绝对不能出错。"便将雪茄放进桂二郎端在手上的烟灰缸。桂二郎叼在嘴里的罗伯图雪茄的烟灰，刚好落进烟灰缸。

中途遇到"咦？""这是什么意思？"的时候，翠英都会看说明书，每看一次就抽一口雪茄，面向电脑的时候，雪茄就搁在桂二郎站着端在手上的烟灰缸里。

"要和网络公司签约。上原先生，请输入信用卡号和数据。"

听翠英这么说，桂二郎才终于把烟灰缸放在书桌上，从钱包里取出信用卡。

翠英要桂二郎亲自用键盘输入必填事项，所以从椅子上站起来，把位子让给他。

"咦！要我自己来？"

桂二郎将雪茄放在烟灰缸，边在电脑前坐下边问。

"要我用键盘打字，实在是不可能的任务。我没碰过打字

机。儿子还小的时候，我是买过电动打字机给他们，可是我
自己也没碰过。我连文字处理机都不会用……我不行啊。"

但是，若是一直说不会不行，永远都学不了新东西……

即使心里这么想，桂二郎望着电脑屏幕上显示的姓名、
住址、信用卡号的填写栏，求救般抽起高希巴的罗伯图雪茄。

"文字处理机您也没用过吗？"

"没有。我都是用钢笔。"

"那么，我来输入。以后要练习。"

她的口气，宛如老师对一个跟不上上课进度而被留下来
辅导的学生下令，桂二郎不禁后悔买了电脑。

翠英中途用自己的手机打了两次电话，问别人如何设定。
她说的是广东话。电话那头的人似乎对电脑非常熟悉，翠英
的广东话里不时夹杂着日文，低声说："哦，这里啊。要点进
这里。"或歪着头说，"咦？做法不同……"然后照朋友所教
的移动光标。

当网络连接、邮箱可以收发信的时候，翠英抽的大卫杜
夫庆典系列只剩下一半。

"好了。这是上原桂二郎先生的电子信箱。我的已经输入
到电脑通讯录里了，像这样点一下……"

桂二郎看着自己的电子信箱，说："我是 keuehara……翠英
小姐为什么是 sabasaba？因为个性爽朗[1]吗？"

---

[1] 音同 sabasaba。

"是鱼，鲭鱼[1]。"

"鲭鱼……"

"是的。所以才取 sabasaba。"

她说，虽然所有生的鱼她都不敢吃，但来到日本第一次才吃到鲭鱼寿司，唯独特别喜欢这个。

"泡过醋再用薄薄的昆布卷起来，非常好吃，所以才取名为 sabasaba。"

"原来你喜欢鲭鱼寿司啊……"

桂二郎看着翠英帮他输入的 sabasaba@……这串小写的英文字母笑了。

俊国的房间有三坪大，俊国还住这里的时候，除了书架和床之外，还有一个笔记本电脑和台式电脑，以及 CD 架，所以实际上的空间只有一坪半左右，但现在是空房，所以三坪的空间都空着。这房间里弥漫着桂二郎和翠英抽的雪茄的烟，充满了类似巧克力的香气。

"好，现在请写邮件给我。"

翠英这么说，然后看着桂二郎说输入法有假名输入法和罗马拼音输入法，自己只会罗马拼音输入法，所以要教这个。但她说话的样子有些无力。

"怎么了？抽了烟不舒服？要是不舒服，最好别抽了。我把窗户打开好了。"

"不会，轻飘飘的，很舒服。我很喜欢这个味道。"

---

[1] 音为 saba。

翠英用令人不敢相信是头一次抽雪茄的熟练手法将粗粗的雪茄拿到嘴边，双颊微微内凹吸了一口，再缓缓地吐出来。

　　"'う'是'u'，'え'是'e'，'は'是'ha'，'ら'是'ra'。打了 uehara 之后，再转换成汉字。"

　　"这是我的第一封邮件。不知道能不能真的发送到翠英小姐的电脑里。"

　　"应该可以。如果收不到，就是我哪里设定错了。"

　　"我是上原。谢谢你今天帮我设定电脑。听说你喜欢鲭鱼寿司。下次让我请你吃好吃的鲭鱼寿司。我想打这些。"

　　但是，只是短短的这几句话，有翠英在旁边一个字一个字教如何打字，桂二郎还是花了将近一个钟头。

　　"然后，点一下发送的地方。"

　　翠英的雪茄剩下四厘米左右。

　　桂二郎照翠英所说的点了之后，出现了"邮件已发送"的字样。

　　桂二郎觉得眼睛好痛，肩、背也非常僵硬，但仍盯着电脑屏幕。

　　"好累人啊。"

　　桂二郎喃喃地说，脖子转动了两三次，揉揉自己的肩。桂二郎的罗伯图雪茄抽到一半就自然熄了。

　　"啊，变成好浓的可可味。"翠英说。

　　"你真不像第一次抽雪茄呢。雪茄抽到这么短的时候，味道会一下子变得非常好。"

　　说完，桂二郎打开了窗户。

"ちゃ、ちゅ、ちょ要怎么打？ティ呢？"

桂二郎这一问，翠英把说明书翻到罗马拼音输入法那一页，说："可以看着这个练习。像是用来写日记啦，或是用打字来代替工作的笔记……慢慢地就会越打越快了。也有练习盲打的软件。那个很好玩。"

"什么是盲打？"

"就是不看键盘，用十根手指头来打字。"

"那对我实在太难了。如果不是真的很有心练习的话。我现在用一根手指就很勉强了。刚才右手食指就好像快抽筋了……"

桂二郎揉着自己的手指笑了。

"我刚才寄出去的邮件，不知道是不是已经发到翠英小姐的电脑里了。"

"应该已经收到了吧。"

说完，抽了最后一口，翠英才终于把雪茄扔进烟灰缸里。

"脑袋、嘴唇和指尖都麻了。"

虽然面带微笑，翠英的脸色却不好。

"也难怪啊。你把二十厘米的大卫杜夫庆典系列抽到只剩三厘米啊。你最好先躺一下。喝点水，在起居室的沙发上躺一躺吧。"

桂二郎与翠英一起回到起居室，要富子端水来。不见杉本的人影。富子说他在大门口洗车。

桂二郎悄声要富子离开一下，等翠英的状态恢复，便再次详述俊国的父亲与翠英的外婆之间的往事。

说完，桂二郎将誓约书和坏掉的怀表拿来给翠英看。

"舒服点了吗？要还是觉得不舒服，要不要打开窗户，做几次深呼吸？"

"还是觉得有点晕晕的。"

翠英说，也有点反胃，然后一脸过意不去地低声说，看样子吃不下鳗鱼了。

"是我不好，不该劝你抽雪茄的。鳗鱼就别吃了。我会取消预约的。"

"是我自己要抽的。我想以后我一定会想再抽的。虽然现在连看都不想看到……"

"等你想抽的时候，我再送你一盒大卫杜夫的庆典系列雪茄吧。"

"一盒有几根？"

"这个牌子是十根。"

过了三十分钟左右，由杉本开车送翠英回去了。

桂二郎请店家外送鳗鱼盒饭，与富子一起吃，边吃边想翠英不管是对须藤芳之与邓明鸿数十年前发生的事，还是对须藤润介无论如何都要赔偿三百万的心意，完全没有发表自己的感想，非常有好感。

只倾听事实的陈述，不加入自己的想法或疑问，转达给住在中国台湾的母亲……母亲会下判断的……自己只是把上原桂二郎所说的话正确地转达给母亲而已……

虽然没有说出口，但谢翠英多半是这么想的吧——桂二郎这么认为。

桂二郎也欣赏她吃蛋糕的样子。头一次抽雪茄的抽法也令人激赏。而最重要的是她的清新，外表明明并不特别出色，却楚楚动人。

她说自己没有男朋友，这一点倒是很可疑。这样一个女人，怎么可能没有人追求……

桂二郎吃着鳗鱼盒饭想着这些时，杉本来电报告，刚才已经将谢翠英小姐送到她住的公寓前了。

"到公寓的时候，谢小姐的精神已经恢复了。"杉本说，"谢小姐说，那是仅限女性租用的套房式公寓，房租其实是十万元，但房东算她八万。还要我代她向社长道谢。"

说完，杉本挂了电话。

平常吃过晚饭，喝了咖啡，桂二郎会在起居室的沙发上看晚报，但现在一心只想到刚买的电脑前。

他想打开电脑的开关，依照翠英所教的顺序操作，试着收邮件。翠英一回自己的公寓，应该就会确认上原桂二郎发送的邮件是否寄到，然后立刻回信……

但是，桂二郎不愿意被富子发现自己人在心不在，便对她说："这家鳗鱼料理店的老板还好吗？"

"现在店已经交给下一代打理了，不过听说他很好。"

富子从厨房探头出来说。

"他们那里是女婿接棒吧？"

"是的。三个孩子都是女儿，之前听说是二女婿继承的。"

"当那个顽固老爹的女婿也不容易啊。我真是同情他。他们卖的明明是滑溜溜的鳗鱼，老板却是宁折不弯，比铁棍还硬。"

"听说大女儿离婚了。"

富子拿围裙擦着手说。

富子说，鳗鱼料理店的大女儿与某大学工学院的教授结了婚，小女儿在高中教书，目前仍独处。

"你好清楚啊。"

桂二郎以笑容如此响应，在心里对自己说："要面带笑容、面带笑容。"

要改改这张可怕的臭脸。不是说相由心生吗。自己既不贪婪，也不算坏心眼，更不是可怕的人。

的确，说脸臭是臭了点，但并没有特别愤世嫉俗，对生活也没有什么不满。但是，自己的脸却给人可怕的印象，可能是少了作为一个人的从容吧……

"没学问，没文化素养……就是这个吧。就是这些出现在我脸上。"

桂二郎的视线落在晚报上，心里这么想，看了看钟表。杉本来电之后，才只过了十分钟。

进公寓才十分钟，翠英也来不及发邮件吧……

尽管心里这么想，桂二郎还是想：不如先到俊国的房间，把电脑的电源先打开好了。

桂二郎坐在电脑前。

"电源是……这里吧。"

自言自语地打开了电源。

画面上种种东西出现了又消失。

"在沙漏消失之前，什么都不要碰。"

小声念出翠英教的、自己抄下来的笔记，桂二郎紧盯着电脑。光是这样，肩头好像就僵了。

"呃，要点这个是吧。"

忍不住怀着"嘿！"的想法点下去，画面却没有任何变化。

"怪了？啊，对哦，要点两下。"

再次点了两下，结果还是一样。

"我不是照做了吗！"

桂二郎忍不住大骂，又重复点了两下。

结果，画面上出现了看不懂的英文，要使用者选择"取消"或"结束"。

"什么结束，根本就还没开始。"

桂二郎盯了电脑画面好久，大声喊富子。然后请她打电话给俊国。

虽然也可以打电话向秘书小松求救，但既然在家放了一台自己专用的电脑，公司里的邮件就有可能发到家里来，而且他都断然宣称"我死也不碰电脑这东西"了，怎么拉得下这个脸。

再说，小松一定会很想知道社长为什么会在家里多放一台个人用的电脑吧。

虽然他不是个不识相多问的人，但一定也会好奇原因究竟是什么……

桂二郎考虑到这些，才决定向俊国求援。

富子拿着话筒进了房间。俊国已经接起电话了。

"抱歉啊，工作时来吵你。方便说话吗？"桂二郎问。

"嗯，可以啊。我正在资料室查东西，旁边没人。"

听他说得好像担心到底是怎么回事，桂二郎这才想起自己是头一次打电话给工作中的俊国。

"出了什么事吗？"

"不是啦，就是，电脑不动了……我不知道该怎么弄，想请你帮忙……真抱歉，打扰你工作。"

"电脑？"俊国大声问，"爸现在在哪儿？电话是富子阿姨打的，我还以为是从家里打来的。"

"我是在家啊。从你的房间打的。我刚买了自己要用的电脑，设定好了，想收电子邮件，电脑却不动了。"

"咦！爸买了个人电脑？"

俊国惊讶地说，然后笑了。

"现在画面是什么样子？"

被俊国问起，桂二郎把画面显示的文字念给他听。

"哦，那就点一下最右边的地方，等一下就好了。"

"就连那个什么点一下，我都控制不好。想把箭头向右移，结果给我跑到左边去。想往上它就往下。"

"箭头啊，那个叫光标。"

桂二郎照俊国所说的，盯着画面。

"完全没反应。"

"好，那就先结束。"

俊国依序教了步骤。

桂二郎照着俊国所教的移动光标，点了他说的地方，邮件的画面就出现了。

"然后，点一下传送接收那里看看？"

桂二郎移动光标，点了那个地方。画面显示收到一封信。

"啊啊，出来了出来了。收到邮件了。"

俊国又教了接下来如何处理，以及中断电话播接的方法。然后笑着说："爸，你就耐着性子加油吧！要是再出什么问题，束手无策的话，尽管打电话给我。"

"嗯，谢啦。我有点事想当面跟你说。你下次什么时候回来？"

"明天我要出差到富山和长野交界那里。要是一切顺利能当天来回，明天晚上就过去。"

桂二郎挂了电话，看了翠英发给自己的邮件。

上原先生您好：

　　上原先生的邮件确实发送到了。啊啊，太好了，可见得我的设定没有装错。所以，我的这封邮件应该也会送到。

　　我外婆与上原夫人的亡夫的事，我这就写邮件告诉在中国台湾的家兄。家兄会打印出来给住院的家母看的。

　　待家兄回信，我会转发到上原先生的电脑。

　　今天非常感谢您招待可口的蛋糕和雪茄。上原先生说，雪茄基本上不吸进肺里，对健康的危害比纸烟少，让我能安心享受那苦中带甜的味道和香气。可是，雪茄应该是在心灵和时间充裕的时候，悠然品味的吧。否则，难得的高级雪茄也只不过是阵阵飞烟，这一点，连我这个初学者中的初学者都懂。

　　您若看了这封邮件，恳请回信。任何事都是需要一再练习的。

谢翠英上

　　桂二郎没察觉自己脸上挂着微笑，将翠英的来信看了一遍又一遍。

　　"要我马上回信，我也没办法啊……"

　　桂二郎准备写信，想在主题栏打"邮件已收到"。

　　但他已经忘了如何将平假名变换成片假名，便翻开自己写的笔记。

　　"哦，是这个啊。"

　　桂二郎足足花了将近一小时，才寄出给翠英的回信，然后在起居室写信给须藤润介。

　　写到一半，他劝富子回家，然后又花时间写信，所以当他在信封上写好收件人姓名时，已经超过晚上十点了。

　　给须藤润介的信，明天用限时投递即可……

　　桂二郎这么想，写好寄件人的住址和姓名后，感觉犹如完成一件耗时费事的大工作般疲累。

　　今天一整天完全没有碰工作，却累得好像一连四五天都专心致志投入工作一样，到底是怎么回事……

　　所谓的疲劳困顿，指的就是这种状态吧……

　　"高尔夫球也只打了一洞就收场了啊……"

　　桂二郎喃喃地这么说，打开雪茄保湿盒的盖子准备抽烟，但早就定好一天一根的，而今天的份已经在翠英教授电脑的时候抽完了，总觉得精神很亢奋睡不着，桂二郎便去了放电脑的那个房间。结果电话响了，是俊国打来的。

"顺利收到邮件了吗？"俊国问。

"嗯，收到了。谢啦。我想回信也顺利发出去了。没有说有问题就是送出去了吧？"

"嗯，没错。"

桂二郎把已经到嘴边的话咽了下去。那句话是：为什么你不告诉冰见留美子你的真名？

多半是十年前那封信的事还留在俊国心里，担心如果说自己叫"俊国"，对方就会认出写信的人就是他，可是又何必用弟弟的名字呢？

要是冰见留美子因为什么机会与浩司交谈，不仅谎话会立马拆穿，她还会因为这则谎话，知道十年前写情书的人就是上原俊国。

虽然是临时脱口而出的谎话，但这个做法实在不聪明……

但桂二郎判断最好不要说出自己的想法，所以直到今天都没有提这件事。他决定继续不碰这个话题。

"爸，跟我说一下你的电子信箱吧。"

俊国说。

"呃——keuehara@……"

桂二郎说完，俊国便说他这就发邮件，然后挂了电话。

桂二郎望着电脑画面托起腮，心想，如果要去中国台湾的话，想带须藤润介一起去。

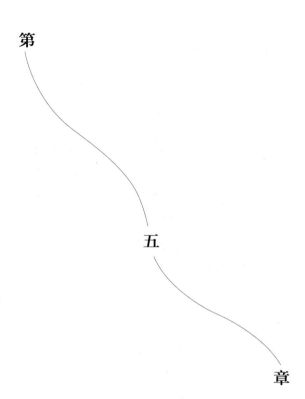

第五章

留美子负责的公司税务申报期时间冲突，所以假期也要到西新宿的桧山税务会计事务所加班，有时回到家又在父亲的书房工作，整个五月就是这样过的。累积的疲倦让她一进入六月就得了重感冒，连续四天高烧不退，下不了床。

　　等到感冒好得差不多，觉得次日应该可以开始工作了，留美子便前往涩谷，到固定去的美容院剪了头发，傍晚五点前回到家。

　　家门前停了一辆车身全是泥、连车牌号码都看不见的倾卸车。倾卸车的车斗上，堆着好似巨大岩石的粗大树根。

　　玄关的硬泥地上摆着同样沾满泥的男式运动鞋，起居室里传出弟弟亮的笑声。

　　"那辆倾卸车，是亮开来的？"

　　来到起居室，一看到好久不见的亮，留美子便这么问。亮身旁坐着一个眉毛粗、肤色黑的青年，母亲正吃着在兼职的肉店炸的可乐饼配啤酒。

　　"我明天就要去熊野了。他会帮忙把我的'财产'送到熊野。我可不会开那么大的倾卸车。"亮介绍了名为寺内京兵的青年后，这么说。

　　"整张脸只看得到那两道眉毛……"

留美子心里这么想，边向名叫寺内京兵的青年打过招呼，然后问亮是不是辞掉了大分的制材所的工作。

"嗯。师傅说：我这里已经没什么能教你的了，趁名人还没改变心意，赶快到熊野去学木工……前天，他们全家为我举办了盛大的欢送会……"亮说。

"那些树根就是亮用尽所有的财产到处搜罗来的？"

"对啊。那样也才三分之一而已。其他的，大分的制材所的师傅买下来了。因为我现在要去拜师的熊野的木工所没地方给我放。师傅肯买是帮了我大忙，可是我真的心如刀割。不过多亏师傅买下来，我也才付得起倾卸车这一路经过东京再到熊野的运费……"

"你事先什么都没说，就坐那么大一台倾卸车回来，吓了我一跳。"

母亲边说边炸亮爱吃的炸牛排。

"为什么不直接从大分到熊野？"

留美子边帮忙准备亮和寺内京兵的餐点边这么问。

"因为京兵哥说无论如何都想看看我们家。京兵哥做的虽然是处理沙砾和石头的工作，但比我还了解木材。"

寺内京兵老家一直到父亲那一代都从事制材业。

"在大分吗？"留美子问。

"在熊本一个叫小国町的地方。离大分的宇佐市不算远。"寺内说。他的声音又尖又细，留美子吃了一惊，差点露出惊讶的表情。留美子心想，所谓的男童高音是不是就是这种声音。他那与"粗犷"的长相和身躯完全相反的少年般的声音，

263

以及喝起啤酒的豪爽，一再令留美子惊讶。

"我们家，你都看过了？"

留美子问，将刚出锅的炸牛排盛在盘内，端到寺内面前。

"真是好木头。很有灵魂。亮的爸爸看木材的眼光是一等一的。"

"他的声音很神奇吧？"

亮笑着说，然后拍拍寺内的肩，说两小时后就要出发去熊野了，啤酒就到此为止吧。

"很像维也纳少年合唱团吧？"

听到亮这句话，留美子无言地瞪着他，怪他怎么可以当着人家的面说这么失礼的话。

"京兵哥唱美空云雀的歌可是九州岛第一呢！"

"我这声音，真不知道是吃亏还是占便宜。"

寺内说，先将大块的炸牛排用餐刀切成五块，才开始就饭吃。

才三口就吃完一碗饭，然后以"能不能再来一碗"的表情朝留美子看。

"这吃相……"

留美子边盛第二碗饭，边在母亲耳边悄声说。

"刚才就先吞了五个可乐饼和三个肉包呢。"

母亲故意睁大了眼，微笑着小声说。

又说，亮和寺内两点左右到家，花了将近三小时把房子仔细看了个遍。

留美子上了二楼，在自己房间里换上居家服，打开电脑。

里面应该有桧山发的工作上的邮件。

但"我是芦原小卷"这行标题却让留美子低声惊呼。

"……小卷回信了。"

上次收到小卷的邮件是黄金周期间，所以都已经超过一个月了。当时留美子回信问她这十年来与什么样的病搏斗，一直没有收到回信。

收到留美回信的时候，我高兴得心一直狂跳。我立刻回了信，却出现错误，紧接着，表姐的旧电脑就故障了。虽然是台小电脑，屏幕看起来很吃力，又运行得很慢，可是终究是我的头一台电脑，所以我拿去请厂家修，结果对方劝我不如买新的比较划算。

也不知是不是表姐把电脑用得太勤太猛，电脑几乎不能修。

我好不容易找到打工的工作，才刚开始上班，实在没有能力买新电脑，心里虽然想着一定要早点儿写信给留美，但家里又陆续发生棘手的问题，没有写信的心情。

今天，我发狠买了新电脑。电脑是早上送到的，但我没有设定好，一直到刚刚才终于能收发邮件。一个多月都没回信，我想你一定很生气，觉得我这个人很没礼貌吧。

这个星期五，我会去东京办一点事。我预定搭星期一早上的飞机回小樽，所以要是留美有空，能不能见个面？星期六或星期天都可以，时间和地点就看留美方便。

芦原小卷发来的邮件的内容大致如此。

"太好了……这个周末……"

留美子喃喃地说，立刻回复。

　　一直没收到你的回复，我好担心，不知道是怎么了。我周六、周日都没有计划。碰面的地点和时间，我想由小卷决定会比较好。你应该好久没来东京了，就选一个你知道，而且不会迷路的地方吧。非常期待这次碰面。

留美子立刻发送了这样一封邮件，下了楼。

亮和寺内都吃完饭，正在喝咖啡。再过一会儿就要出发前往和歌山的熊野了。亮要拜师的那位木工师傅的工房开在距离新宫市车程约二十分钟的地方。

寺内京兵送亮到熊野，卸了行李，就要直接回大分。

"熊野从这里开车过去大概要多久？"

留美子问，想要包一点饯别礼给即将在新天地拜新师傅、正式学习木工的弟弟，便再次来到二楼自己的房间，从钱包里抽出纸钞，放进信封里。

"我也不知道。不过听说从名古屋到新宫开了一条新的路。半路上请京兵哥小睡片刻慢慢开，我想明天中午之前应该会到吧。"亮说。

亮要拜师的木工师傅名叫宇和三郎，五十岁，家族代代都是宫庙木匠，他排行老三。

"宫庙木匠是专门修复重要文化财产的。他的爷爷和爸爸经手的也几乎都是文化财产等级的木造建筑，他爸爸现在正在京都盖某座名刹的经堂。要把三年前烧毁的经堂复原。宇和三郎先生也是十七岁就进了这一行，不过后来就把家里世代相传的工作交给他哥哥一个人做，他自己则进入制作桌椅柜子的木工世界。提到熊野的'宇和工房'，在我们这一行可是鼎鼎大名，无人不知无人不晓。他有三个徒弟，我是第四个。我要和那三个师兄一起住。"

亮闻闻寺内京兵呼出来的气，确认没有酒味，便说："走吧。"

留美子和母亲一起送他们到门外，悄悄将装了饯别礼的信封递给亮。

"我就快领年中奖金了，分你一点。要小心保重身体。"

"咦！真的可以吗？刚刚妈已经给我一笔生活费了……"

"妈妈的归妈妈的，我的归我的。"

"卖掉李朝多宝橱的那三十万我几乎都没动，大分制材所的师傅又买下我收集的三分之二的原木，我现在好有钱哦。"

亮说，到了熊野，别的先不管，会赶快把电脑装好写邮件。然后便坐上倾卸车的副驾驶座。

"这是什么？"留美子指着直径约有二米、树皮还没干透的树根问。

"杉树啊。树龄差不多有四百年吧。"

"这边这个扁扁的呢？"

"龙柏。这么好的龙柏原木可是可遇而不可求的呢。"

沾满了泥的倾卸车朝熊野开走了。

倾卸车在十字路口转了弯之后，母亲仍站在门口，说："熊野可是很远的。"

又说，二十年前表姐的儿子结婚，和爸爸一起到大阪去时，顺便到和歌山的胜浦温泉玩了两天，记得从大阪到胜浦的电车之旅好远好远。

"新宫比胜浦还远呢。那时候正好遇上熊野的火祭，你爸爸说想去看，问我要不要再稍微走远一点到熊野去，可是我身体不舒服，结果没去。"

"那下次我们母女俩一起到熊野去吧！去侦察一下亮在什么样的地方学艺。"留美子说，催一直望着倾卸车转了弯的十字路口的母亲进屋。

"到美国留学四年究竟所为何来……现在电脑业界是抢手得不能再抢手了……我听到获野家儿子的年薪吓了一大跳。获野家儿子的公司，规模才只有亮之前那家公司的五分之一。"

"亮找到自己喜欢的工作，这样不就好了吗。"

回到起居室，留美子边收拾桌上的东西边说。

"亮辞掉的那家公司，现在要进去可难了……报纸上说，今年要招五个大学毕业生，结果有四千个人来应征。要是还在那家公司上班，亮就可以跟我们一起住这里，而且搞不好连媳妇都有了……"

"当妈的人才会发这种牢骚。"

留美子一边小心着别泼母亲冷水，边面带笑容这么说，闻到后院传来花香，便打开了窗户。

一盆盆的石斛兰、蝴蝶兰、蕙兰几乎占据了整个狭小的后院。

"这些是怎么回事？好像兰花园一样。"

"是佐岛先生送的。"

"什么时候？"

"我一回到家就马上送来了。"

佐岛家在从这里步行二十分钟左右的地方还有一块地，已经标售五年，但因为地价高找不到买家。

佐岛老人在那块地上盖了专门用来栽培兰花的大温室，在里面养了三种兰花。

"为了替亮和寺内先生准备吃的，没时间整理，就先放在后院。"

"这些，我们家摆得下吗？"

留美子咕哝着，然后数了数花盆的数量。一共十二盆。

佐岛老人的儿子媳妇从高尔夫与温泉的伊豆之旅回来之后，留美子家就频繁地收到不太寻常的礼物。

就儿子媳妇的立场，或许是因为自己去旅游期间老父亲受了重伤，直到返抵家门都不知情而心生内疚，尽管留美子一再辞谢，种种礼物还是一直送来。

法国名牌包、纯蚕丝丝巾、饰品、最高级的牛肉、大块冷冻黑鲔鱼、英国制的咖啡对杯……

食品类的，一家就母女两人实在吃不完，能冷冻保存的全都进了冷藏室，但冰见家那台不算大的冰箱已经到了再怎么东挪西腾都塞不下任何东西的状态了。

即使如此，谢礼还是不断送来，儿子媳妇当面向留美子道谢却只有一次，之后完全没碰面。

想来他们是那种认为只要送上昂贵的谢礼就算有了交代的人，但随着东西不断送来，留美子渐渐觉得这样好像在作弄人，心里非常不舒服。

但是，那些与自己身份不相衬的包包和饰品，她决定当作意外之财，心存感激地收下，不过全都还原封不动地收在房间里。

"这个呀，是佐岛先生亲自送来的呢。"

母亲走到十二盆兰花那里，端起其中一盆说。

"他说，养兰花是他唯一的乐趣……"然后将这盆蝴蝶兰放在玄关。

母亲这样低声说着，在家中和后院之间来来回回地走动。

"我想，上原先生家一定也收到很多东西。"

留美子说，心想要把那盆白色蝴蝶兰摆在自己房间。

捧着花盆，不经意地从二楼走廊的窗户向外看，上原家的门开了，上原桂二郎背着装了几根高尔夫球杆的长筒形包包走出来。

上原桂二郎注意到留美子在窗边，点头致意。留美子打开窗户，问："您要去练习打高尔夫球吗？"

步行二十分钟处有一家高尔夫球练习场。

"是啊。我决定洗心革面，来练习一下高尔夫……"

上原桂二郎这么说，然后看了留美子手中的蝴蝶兰盆栽。

"这个，佐岛先生送了我们很多。十二盆。"留美子说。

"我也收到了，十五盆。"

门灯照亮了上原桂二郎的笑容，留美子觉得他整张脸似乎瞬间充满了大无畏的精神。

留美子觉得从二楼窗户俯视交谈太失礼，而且也必须为桂二郎上次从"都都一"驱车送她回家道谢，便匆匆下了楼，来到上原家门前。

"那也没什么，用不着特地跑出来道谢的。"

说完，上原桂二郎轻轻一点头，转身要走，但却又立即停步，问留美子会不会用电脑。

"嗯，大致都会。"

"我也在家里弄了一台电脑，上了别人建议的网站，结果整个就不会动了。就是所谓的'死机'吧。我试过别人告诉我的方法，都没有用……打电话给儿子求救，却没找到人。"

"死机经常无缘无故就发生了。毕竟电脑也是机器嘛。"

留美子说，又问，如果方便的话，我来帮忙处理吧？

"等您练习完高尔夫回来，请别客气叫我一声。我今晚有书要看，会很晚才睡。"

"高尔夫球随时都可以练。"

说完，上原桂二郎打开关上的门，但又立刻把门关上。

"我忘了。今晚我请了练习场的教练教我打球，时间还是我指定的。要是请冰见小姐帮我看电脑，就会迟到了。"

上原桂二郎露出窘笑的表情，为明明是自己说电脑死机却又没时间道歉，行了一礼后，快步走过宁静的住宅区街道。

走二十分钟的路去高尔夫球练习场，练习之后，再走二十分钟回来，算起来运动量不小，留美子考虑着自己是否应该仿效上原桂二郎的方式开始练习高尔夫球。

新负责的微型事业女老板很喜欢打高尔夫球，频频劝留美子打球。

她是个还很年轻的美容师，但已在横滨开店，最近又要开一家分店，想成立有限公司，所以这方面的手续也一并交给留美子办理。

"减肥效果一定很好……"

来回走路四十分钟，再加上打高尔夫球……

"可是，高尔夫球很难吧……"

就这样自言自语着准备转身进自家家门的时候，看到上原家的儿子自上原桂二郎离开的反方向，从车站那边的路走来。

"令尊刚刚出门了。"

留美子对上原浩司说。

"咦？真难得。这个时间还出门。"上原家的儿子说。

"去练习高尔夫球了。"

"高尔夫球？"

"是啊，走路去。"

上原浩司表示手机里有好几通父亲打来的电话，让他有点担心，下了班回到好久不曾回来的家，人却不在，说完苦笑。

"既然还有心情去打高尔夫球，看来是没出什么大事。"

"听说是电脑死机了。"

"又死机了啊。"

上原浩司说自己有钥匙，便打开了门，这时候，在上原家帮佣的阿姨骑着自行车过来，说："哎呀，俊国，你回来了。"

又说，"我忘了东西……"

然后向留美子打了招呼。

留美子应了一声，看着两人朝门口走去，自己也进了家门，上了二楼。

"'俊国'……他果然是'俊国'。"

为什么要谎称自己叫浩司呢……

虽然叫"俊国"，但同样的发音也有各种不同的汉字组合。字是怎么写呢……

留美子边想边将她搁在走廊的蝴蝶兰搬到自己房间的窗口。本来也想拿一盆装饰隔壁父亲的书房的，但母亲已经把一盆石斛兰放进去了。

上原家有两个儿子。老大叫"俊国"，老二叫"浩司"。而佐岛老人受伤那晚在路上巧遇的是上原家的老大没错。

刚才见到的是同一名青年，帮佣的阿姨清清楚楚地喊他"俊国"。

应该不是双胞胎。因为年龄相差了三四岁……

上原家的老大不知几岁？可能有二十五六，但目前为止只见过两次面，而且都是在晚上，所以也许比自己推测的再相差个两三岁。

无论如何，都比我年轻……

为什么他要谎报弟弟的名字呢……

留美子进了亡父在书房墙上打造的那个舒适的洞穴，播放 CD 听起莫扎特的《安魂曲》。听了头两个小节……

"也许他就是俊国。"

留美子脱口而出，连自己都觉得声音太大。

十年前在车站附近把那封信交给我就跑的十五岁少年，会不会就是上原家的老大……他不想让我发现，所以才谎报了弟弟的名字……

"可是，那封信上的署名写的是须藤俊国啊。"

虽然同名，却不同姓。可是，十五岁的少年过了十年，年纪应该和隔壁的"俊国"差不多。

假如，须藤俊国和隔壁的"俊国"是同一人，就能解释为什么他不愿表明本名了……

留美子有些激动地这么想，却又觉得这番推测也太巧。十年前姓须藤的俊国，是在何时又是基于什么理由变成"上原俊国"的？他总不会是在这十年之内，从须藤家到上原家当养子……

《安魂曲》播放到据说是莫扎特死后由学生苏斯麦尔完成的部分，留美子便关掉 CD。

她将头靠着洞穴的墙，试着回想十年前少年的长相。

楼下一直传来母亲在后院与家中来来回回的脚步声。

若是将多达十二盆的兰花全数摆设在家里，这个小小的家会被兰花挤满……

留美子只记得以全身的比例而言，少年的脖子显得特别长，除此之外完全想不起与十年前那名少年的外表相关的任何线索，便去想剩下八盆的兰花该放哪里。

"我房间来一盆。爸爸的书房也来一盆。玄关来一盆。妈的房间来两盆。二楼走廊两盆……"

这样几盆了呢……

想着想着，留美子发现也可以倒过来想：也许十年前，那名少年写在信上的姓名才是假的。其实名叫上原俊国，因为上原家就在新搬过来的冰见家正对面，马上就会被发现自己是这户人家的孩子……所以少年才故意谎称姓须藤……

这样想，是目前可以为留美子释疑的推测中最不牵强的。

但这也只建立在上原家的老大就是十年前那个少年的推测上，如果不是的话，这么想就等于是自己臭美的可笑妄想……

留美子这么想，从 CD 架上取出约翰·柯川的纪念 CD，拿来换掉莫扎特的《安魂曲》。

柯川的《我喜爱的事》开始在小小的洞穴里低低流窜。

"俊国"这个名字，一般都会用什么汉字呢……

留美子用指尖把所有她想得到的与"俊国"发音相同的字写在竖起来的膝盖上。

敏国、敏邦、敏久仁、俊邦……

有个朋友的哥哥叫斗士男。所以也可能是斗士国。

"这样好像相扑力士的艺名哦。"

对了，还有一个关键词——留美子心想。不，不止一个，有两个。

一个是"会飞的蜘蛛"，另一个是"冈山县总社市"。

少年画的那张标示了他看到蜘蛛在空中飞的地点的地图，上面注明了"冈山县总社市"。

可是，与其苦苦思索要如何以这两个关键词查出上原家的老大是否就是须藤俊国，不如单刀直入地开口问最快。

问上原家的老大："你十年前是不是以须藤俊国之名写了一封信给我？"

可是，要是猜错，未免太丢脸，而且对上原家的老大也很失礼。

别的不说，既然他谎报弟弟的名字，可见就是不想让人知道他是写信人，就算问了也不可能会老实回答"对，就是我"……

留美子虽然这样转了念，但还是越想越觉得十年前的少年的模样，与上原家的老大有相似之处。体型、眼神、下巴到脖子的线条……

明明几乎想不起来，却觉得若上原家的老大重返十五岁，在脑海中让他站在车站附近的路上，就会化身为那名少年。

"我一定要查出来。"

留美子低声这么说，听到母亲从楼下喊人，便关掉 CD，从洞里出来，下楼来到起居室。

"还剩两盆，实在没地方放啊。"

母亲在茶几上铺了报纸，将剩下的两盆兰花放在上面，坐在椅子上喝茶。

"听说上原先生收到十五盆。"

留美子说。

"这是遗传吗……"

"遗传？"

"送礼的时候，就是想送一大堆的遗传……"

留美子笑了，问母亲佐岛老人是怎么将十二盆兰花搬过来的。

"佐岛先生自己搬了一盆过来。后来帮忙的太太就搭着园丁的车，把剩下的十一盆送来了。"

"会不会第一盆是佐岛先生的心意，剩下的十一盆是佐岛先生的儿子或媳妇要送的？再怎么想，我都不相信佐岛先生是那种没常识到送我们十二盆、送上原先生十五盆兰花的人。"

听了留美子的话，母亲沉思片刻，说："佐岛先生受了那么重的伤，会不会是老年痴……"说了一半又打住了。

"绝对不会。之前我和佐岛先生在附近遇到聊了一下，他头脑清楚，双眼炯炯有神……我还暗自佩服，觉得佐岛先生的眼睛好知性好漂亮。"留美子说。

"羽岛婆婆的眼神也一直很知性很美呀。"

母亲提起以前住家附近一位老太太。那位八十四岁的老太太深信自己家在千叶，每个月有两三次都会搭电车往那里去。而她深信自己目前所住的家，其实是她出生长大的老家。

"佐岛先生本来不知道他儿子媳妇送了那么多礼物给我们。"母亲说。

今天，佐岛老人带着一盆兰花来访的时候，母亲为那些礼物道了谢，佐岛老人一脸吃惊地看着母亲问："五公斤鲔鱼？"

"我可没有抱怨的意思。虽然量已经超越一般善意的麻烦，很想叫他们别闹了，但心意毕竟是值得珍惜的，所以道谢纯粹是谢谢他们的心意。不过，或多或少是有点反讽的意思啦……"

"佐岛先生很吃惊吗？"留美子问。

"他说，送一户家里只有妈妈和女儿的人家五公斤鲔鱼，到底是在想什么。别说吃不完了，连保存都是难题，他们难道不懂吗。然后道了歉……"

"松阪牛寿喜锅片也是五公斤……"

留美子苦笑着说。

这时候，佐岛家传来有东西倒地的声音，留美子和母亲惊慌地从椅子上站起来，趿着凉鞋来到后院。怕的是会不会佐岛老人又在哪里跌倒了。

但马上就听到佐岛老人的声音。声音很洪亮，一反往常地快速，带着怒气。

"给我滚！"

骂完之后，响起东西摔破的声音。

"是不是和儿子还是媳妇吵架啊……"

母亲这么说，回到起居室。留美子也跟在母亲身后进了起居室，心想先把剩下的两盆兰花放在现在暂作储藏室的亮的房间好了，但渐渐就担心起佐岛老人。

如果是和儿子媳妇吵架，外人最好不要介入，但如果不是，就不能不去关心一下……

"我去看看。"

留美子说完，从玄关走出去，来到佐岛老人家门前，站在关上的大门门口，拉长了身子想往里头看，结果佐岛家玄关的门传出开门声，有人出来了。

留美子小跑回到十字路口，看佐岛老人的儿子返回自己家里，才放了心，转身要回家。

带着高尔夫球包的上原桂二郎一手抚着右侧腹部回来了。

　　"啊，练完了吗？"留美子问。

　　"我没做伸展操就用力挥杆，结果肋骨这边发出一个怪声。"上原桂二郎说。

　　实在痛得不得了，不但无法练习，教练还要他去看医生，但这个时间没有人看诊，所以就直接回来了——上原桂二郎解释说。

　　"我的客户也有人练习高尔夫球练习到肋骨骨折的。"

　　"啊，您回来了。"帮佣的阿姨对上原桂二郎说。

　　"怎么，你只带一盆回去啊？至少也带个三四盆啊。"

　　"可是，这辆自行车就只能载一盆。万一掉了砸坏就不好了。俊国说晚点要开车帮我送五盆回去。"

　　"俊国回来了？"

　　"说回来帮爸爸修电脑。"

　　他果然叫"俊国"……

　　留美子这么想，但只对上原桂二郎说："请多保重。"便回家了。

　　上原家的老大叫"俊国"这件事，已经毋庸置疑了。但他为什么要谎称自己叫"浩司"呢……

　　留美子将门开了一个缝，看上原桂二郎进屋之后，便又走出来，叫住准备跨上自行车的阿姨。

　　"我们家也收到佐岛先生送的十二盆兰花。我和妈妈正为没有地方放头痛呢。刚才和上原先生提起，上原先生说他也收到十五盆。"

"还不止兰花呢。"

阿姨压低声音说。

"还有最高级的火锅肉片五公斤，蒲烧大鳗鱼十只，再加上……"

东西多到想不起来，说得不厚道一点，简直是找人麻烦……

在上原家帮佣的阿姨一脸受不了地苦笑。

"俊国先生的名字怎么写呀？"

留美子就是为了问这个，才提出兰花盆栽这个话题的。

"俊，加上国。"

人字旁的俊，国家的国——阿姨告诉留美子。然后以"为什么要问这个"的表情看着留美子。

"佐岛先生受伤那晚，要不是有俊国先生在，只有我和我妈妈的话大概会不知所措。我必须和救护车一起去医院，我妈妈那时候又正好在洗澡……所以我想写个感谢卡。"

留美子边说边暗骂自己借口拙劣。

"俊国那天晚上回来真的是很巧啊。他两个月都不见得会回来一次的……"

上原家的阿姨笑着说，骑着自行车回去了。

留美子在洗澡的时候，与母亲闲聊的时候，母亲回屋休息之后，满脑子都是十年前那名少年。

十年……过了之后回想起来犹如过眼烟云，但十年毕竟是段漫长的岁月。

这段时间，即使平凡如自己，依旧经历了不少事。

十年前的那名少年给我那样一封信又逃也似的跑掉，是基于少年常有的恶作剧心态，想作弄我吗？

或者，那时候他是真心的，对比他年长的我一见钟情，决心十年后向我求婚呢……

"年纪相近，名字同样写成'俊国'的人，这附近不可能有第二个了。"

留美子穿着睡衣，坐在床上靠着墙，将不能不看的税务书籍摊开来放在膝头，心中如此低语。如果，上原俊国与须藤俊国是同一个人，他谎报名字就是想要抹灭十年前那次恶作剧或一时的鬼迷心窍吧……

留美子这么想。

"可是，我连'飞行蜘蛛'都查了，书也从头到尾都看完了……"

会飞的蜘蛛。迎雪。寒冬来临前，蜘蛛不怕艰难的习性。为此，它们将吐出来的丝交织成一个半透明的小球。

不光是在日本，凡是有蜘蛛生存的地方，自古以来都被各地的人们视为神奇的现象。

有些国家的人视为灾难的前兆，有些国家的人则认为是人类智慧无法解释的超自然现象。其中，也有人将自己的爱情与人生寄情于这缥缈虚幻的浮游物，吟诗作词，甚至有音乐因而诞生。

如果，那名少年就是上原家的长子……

"今年的十二月，他会等我吗？"

留美子心想。

"即使还记得那封信，也早就没有那份心了吧。"

留美子进了父亲的书房，从保险箱里拿出那封信，又看了一遍。

> 你见过在天上飞的蜘蛛吗？我见过。蜘蛛会在半空中飞。十年后的生日，我就二十六岁了。十二月五日。那天早上，我会在地图标示的地方等你。如果天气好，这里应该可以看到很多小蜘蛛起飞。到时候，我要向你求婚。谢谢你看完这封奇怪的信。
>
> 须藤俊国

重读之后，只觉信中充满之前从未感觉到的真诚。

她相信里面的心意与恶作剧和捉弄相距甚远。

"十二月五日啊……"

留美子翻了翻日历。今年的十二月五日是星期二。

留美子打开电脑，搜索是否有冈山县总社市的网站，马上就找到了市政府制作的网站。

总社市紧邻仓敷市，并没有名特产，也没有具有竞争力的当地产业。地处古称吉备路之地，自冈山车站搭乘伯备线用时约三十分钟，自仓敷车站约十分钟。市内的高梁川流域宽广，水量丰沛，是一条清澈美丽的河川。

人口约五万七千人。户数约一万九千户。过去居民多务农，但由于工厂积极招募人力，在工厂上班的人也增加了。本市气候温暖，自然灾害少，安全且适宜居住……

画面上有这样一番介绍。

看着地图，留美子思索着须藤俊国是在哪一带看到了会飞的蜘蛛。

由东西贯穿山阴、山阳地方交界北侧的中国[1]机动车道所分出来的冈山机动车道，与自东而西通往总社市的山阳机动车道交会处，有一条名叫足守川的河。

留美子拿十五岁少年所绘的地图来对照，推断出应该是在足守川，与西边一座名叫备中国分寺的寺庙之间。

这一带似乎有低矮的山丘，但四周看来都是田地。

地图一般都是北方在上，但少年画的地图却是西方在上。

看到会飞的蜘蛛的地点。少年在今年十二月五日等候留美子的地点打了 × 的符号，那个地方看起来应该是总社宫再稍微往东一些。

"他当然不会等我。他连本名都不肯说……"

留美子边打印总社市的网页边这么想。

对于须藤俊国与上原俊国是同一人，留美子已深信不疑。

"他一定很为难吧……"

留美子努力在脑海中回想不曾在大白天看过的上原俊国的长相。

"我们家一直都在待售中，他一定做梦也没有想到我会搬回来吧……"

留美子正准备要关掉电脑，为了保险起见又刷新了一下

---

[1] 即日本国土的中部地区。

收件箱。

　　你好，我是小卷。

她看到了这样一个标题。

　　谢谢你的回信。预定行程临时更改，我后天就要去
东京了。我会在东京停留两晚，住我弟弟在足立区的公
寓。后天晚上，留美有没有空？不过，请千万不要勉强。

留美子立刻回信表示后天晚上没事。

　　芦原小卷指定的碰面地点是东京车站八重洲出口附近一
家大书店前面。
　　如果小卷方便的话，留美子想请她到银座的"都都一"
吃饭。她在东京车站站内的百货公司买了要送小卷的礼物，
比约好的七点提早了二十分钟便来到书店前。
　　本来打算在小卷来之前翻翻书，但小卷已经先来了，站
在大批在那里等人的人群之中。
　　找到与小学时几乎一模一样的芦原小卷的那一瞬间，留
美子不禁大声这么说："哇啊！小卷，你还是留着蘑菇头！"
并伸出双手抱住娇小的小卷。
　　"留美，你好漂亮。"小卷说，"我还在想那边走过来的女
生好漂亮，看着看着，开始想她会不会就是留美啊……然后

心脏就开始怦怦跳……"

"嘴巴这么甜……今天晚上，我请你吃好吃的。"

问起小卷肚子饿不饿，小卷说中午只吃了一小片吐司比萨。

"昨天九点起就不能吃东西，连水都不能喝。"

今天是半年一度的检查，还要做胃部检查，所以昨晚就开始断食，搭一大早的飞机，在医院检查完之后，口渴得不得了，看到咖啡店就进去了。

"既然你喝了显影剂，那后来也吃了泻药吧？现在方便吃东西吗？"

留美子这一问，小卷说医生没有拍胃透视的 X 光，而是照了胃镜。

留美子拦了出租车，前往"都都一"。

"你还是一样白，眼睛好圆。"

留美子在"都都一"的吧台坐定，看着小卷这么说道。

"看起来一点都不像三十二岁的人。"

"所以我才烦恼啊。这张娃娃脸。每次和小学的照片比，整个人都好无力……真希望能多一点女人味。"说完，小卷笑了。

"你平常都是到东京的医院做检查吗？"留美子问。

"嗯，半年一次。医生说要是今天的检查没有发现任何异常，以后就不用来了。我是癌症。二十二岁的时候得了肝癌。"小卷说。

"什么！"

留美子小声惊呼之后，望着小卷那张说不到二十五岁也没有人会怀疑的脸。

　　"肝癌？小卷你得的是肝癌？"

　　留美子心想二十二岁就得肝癌，过了十年还能够健康存活的例子少之又少，便说："今天的检查没有异常的话，就算痊愈了对吧？"

　　小卷说，即将大学毕业时，去找念医学系的学姐，到学姐的研究室去玩，学姐用当时还在最后实验阶段、尚未正式推出的内脏检测仪器检测了她的身体。

　　"我就半好玩地当了小白鼠。学姐当时也才念医学系五年级，再念一年才会去实习，所以我们两个真的是为了好玩。"

　　然而，那个仪器照出了小卷肝脏内有个零点七厘米的东西，学姐眼尖没有看漏。学姐觉得奇怪，但当场没说什么，事后把拍下来的照片给自己的指导教授看。教授当下就通过那位学姐建议小卷接受精密检查。就这样发现了仅仅零点七厘米的初期肝癌。

　　"真的很幸运。可是，我那时候才二十二岁，而且是肝癌啊，马上就动手术切除了三分之一的肝脏……"

　　"切掉这么多？"

　　"肝脏的再生能力很强，切除三分之一还是会长回原来的大小。"

　　癌细胞没有扩散到其他器官和肝脏四周的淋巴结，但二十二岁这么年轻的年纪，当然不是只动完手术就没事了。

　　"吃抗癌药好痛苦啊。"小卷面带笑容说。

吃好几种抗癌药吃了两年，手术后剩下三分之二的肝脏却又得了新的癌症。

"我觉得没救了，对医生说，我不要动手术，也不再吃抗癌药了。也就是说，我放弃了。"

然而，主治医生却诚恳地说服她，应该再一次与癌症展开攻防战。因为人类的生命，并不会照医学理论和公式走。

"这次的癌也是零点七厘米。第一次发现的时候，很巧也是零点七厘米。肝癌在这么小的阶段就发现，是非常罕见的。小卷很幸运哦。"医生这么说。

"然后又切除了三分之一的肝脏。"

第二次手术后过了半年，头发全部掉光，体重掉到三十八公斤。

"我日日夜夜都梦想着奇迹发生……"

小卷这句话也是面带笑容说得轻描淡写。

"动完第二次手术的第三年，想说应该不会再复发了吧。我应该都好了吧，正当我开始这么想的时候……"

小卷还没说完，留美子便问："又得了癌症？"

她以为自己已经尽量把声音放低了，但吧台里的年轻板前师傅还是朝留美子和小卷看了一眼。

留美子这才注意到她们什么都还没点，便问小卷："你可以喝酒吗？"

"我最爱啤酒了。可是，如果是罐装啤酒的话，顶多只能喝三百五十毫升。明明很爱却没酒量。没超过三百五十毫升的话，会喝得非常舒服。"

留美子点了啤酒，和小卷一起看菜单。

"先为您送上啤酒。其他的等谈完重要的事再点就可以了。"

年轻的板前师傅说，端出了用小小的瓷器盛装的山椒花开胃菜。

"想说也许我完全好了，也许奇迹真的发生了的时候，我得了抑郁症。"小卷说，"很妙吧？癌症痊愈的喜悦，竟然变成抑郁症……长久以来我对死亡的恐惧，让我的心累了。"

这"抑郁症"的痛苦，也非言语所能形容……

小卷这么说。

"可是，还好我马上就去看了精神科医生。我二十二岁就生大病，习惯就医也习惯服药，所以照医生指示吃抗抑郁症的药，一点都不觉得排斥。"

这"抑郁症"也终于治好了。花了五年的时间。说治好以医学的角度而言可能不太正确。这多半和个性有关，偶尔还是会出现"抑郁"的症状，但这时候就马上去看精神科医生。就这样顺利抵抗疾病，现在非常健康……

"癌症呢？"留美子问。

"好了。动完第二次手术已经八年了，每年追踪检查两次，都没有异常。"

大声说完"没有异常"这四个字，小卷望着装在薄薄的圆筒形陶器的啤酒的泡泡。

"奇迹真的发生了呢。"

留美子说，与小卷碰杯。

"好棒。"

除了这句话，留美子对小卷这十年别无其他方式足以表达。

　　"说得夸张一点，我这十年就像在生与死的吊桥上晃荡，在生与死的拔河中被拉过来拉过去，在生与死的漩涡里上下翻滚……"

　　芦原小卷说到这里沉思片刻。

　　"本来一直想着死，渐渐就明白活着是怎么一回事，然后，就不再害怕死了。"她说，"这十年，我哥哥出了车祸，对方车上的人不幸死了……弟弟上班的公司倒闭，爸爸的生意失败……唯一没出事的，就只有我妈。"

　　留美子一直以为小卷搬到小樽是她父亲工作调动的关系，所以问："你爸爸自己做生意啊？"

　　小卷回答，搬到小樽的第五年辞掉了工作，开始自己做生意。

　　"做的是水产加工。赚了很多钱，在可以俯瞰小樽市的地方盖了好大的房子。可是，我们在那个房子只住了五年。"

　　对不起，说来说去都是这种灰暗的话题——小卷说，看着菜单，问："我没吃过甲鱼。丸锅就是甲鱼锅吧？"

　　"听说丸锅是京都那边的说法。要吃吗？我也没吃过。"

　　留美子问板前师傅这丸锅一人份的量大约多少。

　　板前师傅说明他们用来煮丸锅的砂锅，大小介于一般茶碗蒸和碗公之间。

　　"若是第一次吃，我会帮忙把量减少一点。这很补的。明天早上，全身肌肤都会滑溜溜的。"

板前说得有趣，留美子和小卷都点了甲鱼锅。

"在锅煮好之前，我要来个嫩煮章鱼。"留美子说。

"我要炸豆腐。"

小卷点了菜，语气显得有所顾虑。留美子猜想她应该不常来这种店，便在她耳边悄声说，这家店气氛很高级，但价钱其实没有那么贵，也从来不讲什么生硬的规矩。

"留美子这十年是怎么过的？"

被小卷问起，留美子便将父亲死于意外、搬出刚盖好的房子、然后与一个本应与妻子分手的男人谈恋爱的事告诉了她。

"真是个没用又没担当的男人……"

小卷说道，没和那种人结婚是留美的运气。

"和他分手之后，自己走到车站的背影，到现在还深深烙在我心头。明明就没有看过的。"

留美子这么说，喝了啤酒。

小卷说她现在在一家大型物流公司的配送中心当约聘人员，做的是总务。一年后，如果公司认为她表现不错，便能转为正职，不过前几天人事部的负责人对她说，要改聘她为正职。这家公司几乎没有才来几个月就从约聘转正职的例子，所以现在她很高兴，心情非常雀跃。

说完，小卷也喝了啤酒。

留美子想着，原来这就是十年来一直站在生死边缘的人的眼睛啊，望着小卷眼底除了美之外无以名之的光芒，决定不要再制造自己的虚伪、平庸，问道："小卷，你说的'约定'

290

是什么啊……我忘了中学的时候和小卷约定什么了……"

"那么久以前，而且是十三岁小孩的约定我却还记得，是我比较奇怪！"

小卷笑了，告诉留美子，冰见留美子与芦原小卷约好两人要合力出钱，在尼泊尔的 T 村盖学校。

"在尼泊尔盖学校？"

小卷说了之后，留美子还是想不起她曾做过这样的约定。

当时的年级主任是位中年女子，她的丈夫也是老师，但在登山界则是小有名气的登山家。

有一天，留美子和小卷到年级主任家玩，才刚征服尼泊尔一座名山、于前两天平安回到日本的师公也在家。师公是高中老师，但一张脸只有戴了护目镜的眼周没有被晒黑，爬了近八千米的高山时长出来的胡子还没剃，所以在孩子眼里看起来简直像从漫画里跳出来的妖魔。

"恶魔！"

留美子和小卷背着老师、师公这样叫他。

师公让留美子和小卷看了刚刚显影、冲洗出来的照片，是他亲自拍摄的。然后说，这个村子没有学校。不止这个村子，距离该村一百公里之远的邻村也没有学校。知道这件事的日本有志之士便花了五年募款，捐赠了一所学校。他自己也是其中一员，所以在挑战攻顶之前，先出席了刚落成的学校的开学典礼。

师公这样说明，然后说这里是 M 村，位于地势比 M 村高两千米的高地上有个 T 村，又给她们看了几十张照片。

村子位于一个叫作南崎巴札的聚落再往西的地方，在那里，喜马拉雅群山仿佛伸手可及。

照片中，有一张拍的是一名牵着小牦牛的少年，他在小牦牛脖子上系了绳子，像溜着心爱的狗狗般走在梯田的小径上。

师公对留美子和小卷说，这个少年的三个哥哥、两个姐姐、爸爸妈妈，还有爷爷奶奶外公外婆，都没有上过学。

"这个啊，是他们家。房子很大吧？"

师公从 T 村的照片里拿出另一张照片。

那是一幢老房子，由木材、石头和土墙砌成，一楼养家畜，他们一家人在二楼居住。

"他们是大家庭。有爷爷奶奶，姑婆，爸爸妈妈，六个孩子。还有他们嫁娶的丈夫和妻子，三个孙子。楼下有十五头牦牛，二十头山羊。"

一家人个个都有礼又勤快，非常聪明。孩子们立刻就学会他随口教的日语。

"好了好了，不可以吵架。"

"说谎是变坏的开始。"

师公说的话，他们只听过两三次就记起来。

排行老五的女孩尤其聪明。三天就学会以日语从"一"数到"一百"，师公教的加法和减法也马上就学会了。那个少女当时七岁，但恐怕一辈子都无法上学。因为那里没有学校……

"以日本的国家预算来看，在尼泊尔的村子里盖一所学校的费用，比一个国会议员的公务车还低。可是，日本却从来没考虑过要帮这个忙。"

发起为尼泊尔贫村建校活动的植物学家主要是从事药草的研究，当初是为了采集当地的药草而前往，因而得知了尼泊尔孩童教育设施的现况。

"只要有一百五十万日元就能建一所学校。也能采购课本，付薪水给老师。尼泊尔物价低，而且村里的人们也会帮忙找木材、搬石头、粉刷墙壁，来帮忙建学校。"

留美子渐渐忆起师公告诉她们的那些话，两人在回家路上，约好长大以后要存钱、一起在尼泊尔的 T 村盖学校的事的记忆，也鲜明地复苏了。

"我都忘了……对不起。小卷却一直都没有忘记……"留美子说。

小卷笑着摇摇头，说自己在二十二岁的某一刻之前，也是一直将这件事抛在脑后。

"和我同房的，有一位六十岁的女士。"

小卷这么说，然后吃了一口炸豆腐。

"她在女子大学教书，专门教日本古典文学。她被宣告只剩下一年寿命……和我一样患有肝癌。我就想，六十岁的人只剩一年，大概就像二十二岁的我只剩下一个月吧。"

那位女士因为十分复杂的家庭因素，父母明明健在，却从小由叔叔婶婶抚养。一直到成年，与父母只见过三次面。

她向小卷诉说自己一直以来多么痛恨自己的父母。

"可是唯一感谢他们的是，他们对我的教育毫不吝啬。"她说。

"再好的宝石原石，如果不加以雕琢，也只是一块石头。我认为全世界充满了美丽的宝石原石，只是因为各种原因，没有就学的机会而已。真的很可惜。"

听了这位女士的这番话，小卷突然想起师公让她们看的照片，以及师公对她们说过的话。

"然后我就想起，曾经和留美这样约定……"

自己是为了什么出生在世上？自己为何正值二十二岁的青春年华，便必须告别人世……

"想着想着，我就决定要活下去，活着，实现那个约定。因为，除了这个，我没有别的活下去的目标。"

小卷说，她将那位女士推荐的古典文学作品抄在记事本上，这十年来全部都读完了。

"最先看的是《源氏物语》。古文好难，我是先看了白话文译本，才又回去看原文的。"

第二本是《今昔物语》。第三本是《古今和歌集》……

小卷扳着手指数着，逐一列举作品。《古事记》《枕草子》《和泉式部日记》《日本书纪》《雨月物语》《徒然草》《方丈记》《竹取物语》《平家物语》《谣曲集》。

那位女士建议她看的，不仅仅是日本古典文学。

陀思妥耶夫斯基的《罪与罚》《群魔》，司汤达的《红与黑》，福楼拜的《包法利夫人》，艾米莉·勃朗特的《呼啸山庄》……

"樋口一叶的所有作品。不止小说，还有小林秀雄的文评。《莫扎特》《各式各样的图案》《乱暴》《陀思妥耶夫斯基的生活》

《凡·高的信》《读书与人生》，然后……"

小卷有点害臊地抓抓鼻尖，说："偶尔也看一些情色书刊。"

"情色书刊？好比说？"

留美子笑着问，小卷说，绝对不能告诉别人。

"就是自己绝对不敢拿去书店柜台结账的书。"然后压低声音补充，"因为我想增长一下见闻……"

"看情色书刊吗？"

"因为，我没有异性经验啊。都三十二岁了……"

"你生病之前也没有吗？二十二岁之前都没有？"

留美子觉得她们悄声说话的样子，在"都都一"反而引人侧目，便低声提醒肌肤白肤润泽的小卷。

"年过三十的女人还窸窸窣窣地说话，好像很不得体哦。"

小卷这么说，恢复平常说话的样子。

"都是我妈啦，我小学的时候，她跟我说，除了真心相爱的男人，否则绝对不可以让人看到脖子以下的部分，而且是一直千叮咛万嘱咐。就念咒催眠那样。而且还真的就生效了。我说，脖子以下都不能让人看到，就不能上街了啊，我妈说穿着衣服就好了……何必兜这么大的圈子，明明单刀直入地说不就得了。结果害我真的以为不可以穿泳衣在游泳池里游泳。"

"你什么时候才发现不对劲的？"

"一直到小学毕业。"

为她们上甲鱼锅的板前师傅一直忍着笑。

"上了中学，去游泳池的时候，我想说要尽可能不让别人看到脖子以下的部分，一直泡在水里，结果身体发冷，我嘴唇都发青了。我向我妈抗议说，为什么要说'脖子以下的部分不能让别人看到'？应该有别的说法吧，我妈就说，外婆就是这样跟她说的，外婆的妈妈也是这样说的……我妈妈娘家的姓是峰尾，她说'脖子以下'什么的是峰尾家的家训……等我生病住了院，不要说脖子以下了，连肚脐以下都被好多医生看光光了。"

"这家训好啊！"

被这句话吓了一跳回头一看，"都都一"的老板就站在那里。

"以后我也要跟我孙女这么说。虽然她现在才五岁。"

老板这么说，又说很抱歉打断了她们的谈话，然后解开提在手上的一个小小包巾。

"有人送我一个很棒的东西。"

他把一个桐木盒放在吧台上，从里面取出了一只茶碗。

"都都一"本店有位常客是著名的作家，前些日子过世了，在过世前几天交代要把这个茶碗送给"都都一"的老板。

"他三十年前得到这个茶碗，非常钟爱，不仅拿来喝茶，也拿来喝酒。我去他府上打扰的时候，只是很羡慕地说过一次'真是个好茶碗啊'，他就记住了……"

那是一只偏小泛青的茶碗，一看就是有人用了多年的爱物。

淡淡一抹茶色，在碗身上勾勒出一笔似云似浪的曲线。

小卷一看，便说了一个留美子不知道的人名，说："哦……

原来大师也做这样的茶碗呀。"

"都都一"的老板以惊愕的眼神看着小卷，说："你竟看得出作者，而且是一眼就认出来了。"随后在小卷身旁坐下。

"我看过这位大师的作品集。然后，前年在奈良有展览，我就去看了。虽然有酒瓶、盘子、碗等三十来件展品，但没有这样的茶碗。"

听了小卷的话，"都都一"的老板解释，这个茶碗原是陶艺家作为消遣做来给自己用的，被那位作家半抢半要地带回了家。

然后说："冰见小姐身边，弟弟也好，这位朋友也好，都是些年轻却眼光独到的行家啊。"

老板这只茶碗是拿来想摆在李朝的多宝槅上的。

小卷往留美肩头一拍，说："喏，赶快打开锅盖吧？总觉得会有什么惊人的东西跑出来，我好好奇。"

然后伸手要去掀砂锅的盖子。

"这很烫的。"

板前师傅似乎一直在等留美子她们掀锅盖，拿着抹布的手迅速取下了盖子。

"白白的地方，就是甲鱼的胶质。"板前师傅告诉她们。

"请先喝汤。"

留美子听了这句话，嗅了嗅砂锅中蒸腾而上的热气。

有微微的姜香，一点腥味都闻不到。

"……好好喝。"才喝了一口汤，小卷便称赞起来。

留美子也喝了汤，怯怯地将胶质的部分送入嘴里。

"千万不要去想它的原形。"

留美子说，很快就吃完三片甲鱼，汤也喝光了。

"把汤留下一半，冰起来，隔天早上撕法国面包蘸汤吃，很好吃的。"板前师傅说。

师傅说，有些年轻女士点了丸锅却说恶心，碰也不碰。这时候，他们会直接撤回厨房，年轻的板前大家猜拳，赢的人另外装回去。

"大家都是煮成粥，但我会把料吃掉，把汤留下来。我自己把那个吃法取名叫法国面包甲鱼粥，好吃得不得了啊。"

小卷问板前师傅可不可以装在别的容器里让她带回家。

"明天早上，我想试试师傅说的吃法。"

然而，师傅却说，店里规定生鲜的东西不能让客人外带。

"有客人保证一定会当天吃或是第二天早上吃，而且也一定会放冰箱，可是带回去之后却放上三四天才吃。要是客人因为这样吃坏肚子，同样是我们的责任，所以……"

但是，一度已经回厨房的板前师傅却拿了个大酒瓶般的东西出来。

"可以用这个把汤装回去。我们老板说要特别为小姐破例。请不要告诉别人，您要离开时再交给您。"

师傅留意左右不让别的客人听见，说完便将砂锅带进了厨房。

"早知道我也留一点汤就好了。"

留美子这么说，望着自己也佩服自己怎么能吃得这么干净的甲鱼锅。

小卷问起了留美子的工作。留美子大致说明了自己的工作内容，说："我装作一副能独当一面的样子去拜访客户，其实很不要脸。我总觉得应该要多钻研税务再去为客户服务才对，对自己的工作实在很没自信。"

　　但小卷说，她不这么认为："这一点《徒然草》的第一百五十段就提到，我可以整段背出来哦。"说完，仰头朝向天花板。

　　"学艺者常言：'学艺未成，勿令人知。待艺成方始示于人，是为风雅。'如此之人，必一事无成。于学艺未精之际，置身高手之林，不以讪笑为耻，坦然勤学苦练，纵使天分阙如，仍坚持不懈，勤谨以对，假以时日，必将优于不求精进之能人，终臻化境，德高望重，众口称善，享无双盛名。

　　"天下之高手者，初时有不堪之评，瑕衅屡彰。然则，倘严守正道，毋妄行擅为，必成当世楷模，万人之师。此乃诸道不变之宗。"

　　听着小卷口中毫无滞塞、行云流水般的《徒然草》第一百五十段，留美子望着与自己同年的芦原小卷，只觉除了感动这两个字，已想不出其他词足以形容这无以名状的感觉。

　　"这就是《徒然草》的第一百五十段吗？"留美子问。

　　"嗯。意思大致都懂吧？"

　　"有些还好……不过有四分之三的部分不懂。小卷，你再背一遍。"

　　留美子这样央求，然后点了日本酒。

　　小卷说刚才一口气边想边背有点紧张，渴了，喝了还剩下一半以上的啤酒。

"再背一次？难得人家一个字都没错……第二次可能就会出错了。"

"错一点有什么关系。好啦，再背一次给我听。"

小卷端正坐好，清了清嗓子，圆滚滚的眼睛望着天花板，再次以沉静的语气背诵《徒然草》第一百五十段给留美子听。

"白话译文我记得是这样的……

"学艺的人，在没有完全熟练掌握之前，不能让别人知道。暗自苦练学成之后，再展示给大家，这样才有意思。"如果这样认为的人，肯定什么技能也不会学成。

技艺还没练精的时候，不要怕被人讥讽笑话，要经常和行家在一起学习，勤奋地练习，即使没有足够的天分，只要在学艺的道路上脚步不停，敢于创新，不要我行我素，最终肯定会达到一定的高度，成为行内的名手。

天下被称为名手的人，都是从什么都不会的新手开始的，也都曾有过苦不堪言的经历，但是他们都正守艺道，不放任自流，最终成为一代名家，万人师表。各行各业都是一样的规律。[1]

小卷背诵白话文译文的时候，"都都一"的老板已经换上了日式厨师袍，拿着刚才的茶碗，东摆西挪，斟酌着该放在李朝多宝橱的哪个位置。

"所以，等到真的厉害了再出来工作的想法可能不是很妥

---

[1] 译本取自北京时代华文书局版《徒然草》，2018 年 6 月出版，尤冬梅译。

当。认为搞砸很丢脸、出了错就会被瞧不起，告诉自己这是礼仪、高尚的人，其实就是爱面子，又没有勇气，空有才干也无法成器……我想书中的精神就是想告诉我们这些吧……"

小卷的话里，既没有向留美子说教的意味，也没有炫耀自己知识的地方。

"都都一"的老板回头问："刚才你说的是《徒然草》的其中一节吗？"然后，说句"说的真是一点也没错"，隔着吧台探身过来，说，"小姐不仅有看陶瓷器的眼光，还精通古典文学啊。真不是普通人物。"

他的语气有点激动，声音也大得异常，所以留美子觉得好像在挨骂。

小卷似乎也有同样的感受，说："对不起，我太不知分寸了。"

低头抬眼朝"都都一"的老板看。

"怎么会，这是哪里的话。刚才听你讲解《徒然草》，让我想起了过去的自己啊。"

"都都一"的老板这么说，对几个年轻板前师傅下令：你们也给我仔细听。

然后，问小卷能不能把刚才那一段再讲给这几个家伙听。

"都都一"的老板看来不像在说笑，所以厨房里的年轻人全都出来，用一脸"怎么回事"的表情看着小卷。

"咦？要我当场再说一次吗？"

小卷双手握着装啤酒的陶杯，一脸困惑地说。

"拜托你了。真不好意思，要客人来教育底下的年轻人。"

无奈之下，小卷便再次几乎一字不错地背诵了白话译文。

"听到了吗！懂不懂？觉得自己还在学，还没出师，要等到厉害了才做东西给客人，有这种想法的人永远都没办法独当一面。只有不怕丢脸，不怕挨骂，努力不懈地做菜给挑剔的客人的，等时候到了，一跳就是一两级。"

像自己的学艺时代，师父和师兄大骂还不成气候休想为客人做菜，穿着木屐就往自己腿上踢。自己大为反弹，才不要跟这种把落伍的精神主义当成学艺和传统的人学，便趁早离开了。

自己认定的师父，从不说这种气量狭小的话。当自己好不容易学会刀工，正退缩畏怯的时候，是师父要自己在客人面前献艺……

"料理有料理的基础。刀工、食材的处理、火候的控制……重点是要'严守正道'。所以师父是很重要的。要是这些基础都做对了，没有理由为自己还不够成熟而自卑。无论什么事，都是在出丑、挨骂、懊悔中成长的。在人前只想要展现自己最好的一面，这种胆小鬼成不了大器。"

说完，"都都一"老板对一个才刚满二十岁的光头矮个子板前师傅说："喂，你在这两位客人面前把那条鲷鱼做成生鱼片。"又说，"我请两位吃上等的鲷鱼生鱼片，谢谢两位让这几个人听到金玉良言。这小子胆子小，光是帮客人上菜就紧张。他的刀工虽然不好，还请两位别嫌弃，赏个光。"

还在实习的板前师傅取出包在纱布里的鲷鱼肉，以"真的要我在客人面前切生鱼片吗？"的表情朝师兄辈的板前师傅看。

"大将都叫你做了。"那位师兄有点幸灾乐祸地说。

实习板前一张脸像着了火般，洗了手拿起菜刀。

这时候有客人进来了。

"敝姓上原。"

听到这句话，"都都一"的老板说："哦，正在等候几位呢。令尊来电交代过了，请放心开怀大吃吧。"

说完，请客人坐留美子右手边的位子。

看到这组三位年轻男客的其中一人，留美子的脸忽然发烫。

那是上原家的长子俊国。

上原俊国也注意到留美子，惊讶地张开了嘴，轻轻点头致意。然后，向看似公司同事的两名男子介绍："这位是住在我老家正对面的冰见留美子小姐。"

一在吧台坐下，上原俊国便对留美子说："我几乎每晚都回家帮我爸处理他的电脑死机问题，所以我爸说可以来'都都一'记他的账打打牙祭……"

留美子向俊国介绍了小卷，说自己每个月都来"都都一"奢侈一次。

"怎么会是奢侈呢……我这家店可是不顾成本，是自己开高兴的。"

"都都一"的老板说，然后小声指导正在切鲷鱼薄片寿司的实习板前刀工。

"以我的身份，来'都都一'还是非常奢侈的。所以每个月我都非常期待来这里享受美食。"

留美子说，然后想到要是上原俊国的同事喊他"俊国"，自己不知该如何应对，便一心希望他们千万别喊他名字。

他们两个都喊俊国"小上"。

"小上，这次的案子可难了。"坐在右首的同事说。

他左边的大个子说："今天是小上老爸买单，我就不客气咯。"

鲷鱼薄片寿司做好了，盛上盘子。

"你这样摆盘，鱼都被你摆死了。"

"都都一"的老板说，然后亲手加以调整。

"刚才说的尼泊尔的学校啊……"

小卷这么说的时候，实习板前将老板调整好的生鱼片放上了吧台，留美子和小卷都道了谢。

这个在光头上绑了白色手巾的板前师傅，大概是入行以来头一次当着客人的面切鲷鱼生鱼片，太过紧张，向留美子和小卷行礼时，嘴巴微张，吐了好大一口气。

这是顺利完成一项意想不到的工作时所松的一口气，实在令人莞尔，留美子与小卷相视而笑。

结果却听到"都都一"的老板以小而低沉的声音说道："身为一个料理人，不能在客人面前张嘴呼吸。我们处理的是食物，而且是客人要吃的食物，所以厨师在料理附近用嘴呼吸是大忌，这一点不用教也要懂。"

实习板前用无精打采的声音回答"是"，对留美子和小卷说："真的非常抱歉。"

"很好吃。"

听到小卷这么说，他一脸惶恐地道了谢，退回厨房。

原来如此，厨师不能边做别人要吃的东西边用嘴呼吸啊……的确很有道理……

留美子心想，无论在哪个领域，都有一些细微的常规和礼仪，而这些最后都超越了体贴与用心，直逼教养的境界。

"刚才说要捐赠学校给尼泊尔……"

留美子吃了一片鲷鱼生鱼片，把话题拉回来。

"二十二岁的我想到自己得了癌症，得救的概率几乎等于零，被死亡的恐惧吓得不知如何是好。"小卷说。

"接着就会想，会发生奇迹吗……如果真的有奇迹，要怎么样让奇迹发生在自己身上呢……不过，有的时候，在这两种情绪之中，会产生'放弃'和'接纳'之类，很像悟道的精神状态。可是……"

小卷收起微笑，接着说："我却越来越常认为自己是个非常没有价值的人。你说，难道不是吗？我是为了什么出生的？为了二十二岁死于癌症吗？一点价值也没有……我会这么想。就算我平凡、一辈子都老老实实、没做过坏事，我这个人也不会在这个世界上留下任何东西。父母当然会想起我，我哥我弟，和我很要好的表姐，也许偶尔会想念我。可是也就只有这样了……换句话说，芦原小卷在这个世上走过一遭也完全不会留下任何有形的东西……我会这么想。"

留美子只能倾听小卷的话。因为她认为，小卷二十二岁便罹患肝癌，历经两次大手术，到了三十二岁的现在，竟能健康地活着，她的心路历程，终究不是自己所能臆测的。

"我想过自己想留下什么，但每次开始想，想到的反而是一件又一件想消灭的东西。"

"想消灭的东西？"留美子问。

"自己死了之后，不想留在这个世界上的东西。"

"例如？"

"日记。虽然写得不是很勤，但也有三本。我死了以后，家里的人可能会看。里面写了弟弟的坏话，还有自己也觉得'实在太过分'的一些话……所以我第一个想到的，是先把日记烧掉。"

"还有呢？"留美子特意笑着问。

"自己的内衣。平常都洗得很干净，所以没什么好丢脸的，可还是不想留下来。"

"再来呢？"

"不满意的照片也全部不要了。"

"啊啊，这个我懂。"

"对吧？"

小卷笑了。

"这几个我很快就想到了，可是再来就想不出来了。"

小卷帮留美子倒了酒。

"我的一生无法留下任何东西，但想消灭的东西却也只有这么一点。也难怪，只活了二十二年呀……"

可是，在想着还有没有其他东西的时候，想起了借了没还的书和录像带等等——小卷说。

"那个人帮我垫了六百三十元我还没还，这个人请了我吃好吃的猪排，说好下次我回请，却迟迟还没有成行……我把想到的这些全都写在记事本里，看着这些想随着自己的死一起消灭的东西竟然这么少又这么微小，我觉得自己好可悲，我只想大哭大喊我不想死，好想从医院屋顶上跳楼。这是真的，因为怕死而想寻死。"

　　小卷换个说法解释：不是想寻死，而是产生了一种矛盾的精神冲动，为了逃离死亡的恐惧，只剩下死这条路。

　　"同一栋病房的患者，有人一直刺绣，有人把各种纸裁成一平方厘米的小方块，一直折好小好小的纸鹤……有的在病房的窗畔养盆栽，有的写自己这一生的回忆录……什么人都有，可是我看着他们，就觉得他们‘是不是想为自己在这个世上留下一个有形的东西’。"

　　"坟墓不行对吧。"

　　尽管觉得这么说不太妥当，留美子却觉得多少理解了小卷的言外之意，大胆说出口。

　　"对。坟墓不行。要自己亲手做的有形的东西……就是下意识地想留下这样的东西，才会不断折几千几万只小纸鹤……也许其中有几十个几百个被人要走，装饰在书桌、书架、电视机上。也许有一天，会有人觉得这么小的纸鹤竟然能折得这么精巧，想起‘这是某某人折的呢’。虽然当事人没有明确地这样希望，但其实她内心深处暗藏着这个愿望，只是她没有发现……当我开始这么想的时候，就觉得自己也想留下些什么……要是我不求任何回报，在尼泊尔的偏远山村帮忙建一所能让孩子们受教育的学校，里面出了一个特别优秀的学生，而这个学生因为这个机缘上了大学，到欧美或日本、印度的好大学留学，也许他能为世界上的人们做出莫大的贡献。这么一来，我也就有了出生在世上的理由了……这个想法是我最纯粹的幸福……"

小卷的话在这里结束，她恢复了笑容，吃了鲷鱼薄生鱼片。

留美子发现上原俊国他们三人热闹的谈话中断了，便若无其事地朝他们看。三人自斟自饮，或是望着李朝的多宝槅，或是盯着手中的酒杯出神。他们的沉默和表情，让留美子怀疑上原俊国和他的两个同事刚才都竖起耳朵听了小卷的话。

"现在的物价和我们中学那时候不一样了，盖一所学校大概要三百万。"

一个月存两万，一年就是二十四万。十年是两百四十万……

"可是，十年后很可能三百万又不够，也许要四百万。"

小卷说，又笑着说一个月要存两万，对现在的自己来说很吃力。

"我因为生病，有好长一段时间无法工作，而且之前从来没有进过社会，一直等到出来工作，才知道原来钱花得这么快。不过，也是因为我薪水少啦……"

"我也几乎存不了钱。我有一次发奋开了一个户头，专门用来存钱，可是今年春天换季折扣的时候，一时冲动买了衣服、包包和鞋子，结果不得不把那个户头里的钱取出来。"留美子说。然后答应小卷，下周要出差没办法请假，等忙完这一阵，连之前假日上班补休，应该可以请一整周的假，到时候再去小樽。

"得在梅雨季之前去哦。"

留美子这么说，小卷一听，就笑说北海道没有梅雨。

"《徒然草》最短的一节是什么？如果只有一行，记性很差的冰见留美子也许也背得下来。快，教我。"

应留美子这个要求，小卷想了想，说："我记得是第一百二十七段吧。"

"改而无益之事，无须改之。"

"唔——原来如此。意思是叫我们不用减的肥就不必减了。"

留美子大大点头说的这句话，让上原俊国轻声笑了。留美子知道那含蓄的笑是反应了自己的话，便面向上原俊国，对他说："其实有很多女人根本不算胖，四周的人看起来体型非常理想健康，却拼了命要减肥。"

留美子心想，自己大概一直在找机会和上原俊国说话。

"对不起，我在旁边偷听。"

上原俊国向小卷道歉，请她再说一次刚才《徒然草》最短的一节。

小卷重新背诵了那一段。

"意思是说，要一个人改正对他来说其实无伤大雅的习惯、做法和想法，是错的？"

上原俊国右边的青年问小卷。

"嗯，我想这样解释也可以。"

小卷圆圆的眼睛骨碌碌地转动着，这么回答。

小卷的表情如实地表达出她不习惯与年轻男子交谈，留美子对小卷熬过二十二岁起那惨烈的十年、勇敢康复的事实，不禁感到五体投地。

"就是啊。其实公司里多的是那种明明没怎么样的小事，却一直啰唆要别人改的人。"体型壮硕的青年说。

"你是说野崎大叔吧？他自己有事没事就啧来啧去，我只是和客户讲电话的时候稍微抖了一下脚，就说什么'你真是个毛躁的阿斗'。我心里就想，总比你没事爱啧别人好，你自己先改掉那个啧来啧去的毛病再说。"

坐在吧台右首的青年这么说。

"可是，抖脚这个习惯还是改掉比较好。那不是'改之无益'，是'改之有益'。"

上原俊国这么说，说起了学生时代有个朋友简直就是算准了时间般，每次都一定比约定的时间晚到两三分钟。俊国边说，边不时看留美子。

"我跟他中学、高中到大学都同校。要是他说今晚九点打电话给你，一定是九点零一分或两分打来。要是约好十点在哪里碰面，一定是十点零一分或两分，有时候还会迟到五分钟才来。因为他迟到的方式太精准了，我也曾经以为他是故意的，结果不是。

"高中时，曾经和这个朋友去远足。自己本来是不想去的，可是他坚持非要我去不可……

"回程的公交车是傍晚五点十五分发车。可是那家伙却说无论如何都想坐缆车到山顶。那时候是四点四十分。问了缆车的行车时间，是十五分整……也就是来回就要三十分对吧？
距离公交车的时间只剩三十五分钟，那家伙竟然说，那我自
己去，就上了缆车。在这么紧迫的时间下搭缆车到山顶看五
分钟景色，到底有什么好玩的？我气得吼他说，要是你晚到，
我就丢下你自己上公交车。

"公交车来的同时，也看到缆车从山顶下来。

"我拜托公交车司机，说请再等一下，我朋友在那台缆车
上，很快就会到了，司机答应了。那家伙冲上公交车的时候
是五点十六分。"

不光是时间方面。上原俊国说，他发现这个人的所作所
为都有同样的毛病，所以至今都一直与他保持距离。

"他的想法是，反正赶得上就好了。晚个一两分钟有什么
关系。要是晚了三十分钟或一小时，等的人可能会生气，可
是不就才一两分钟吗。公交车也一样，赶得上就好了啊——
他是这样想的。"

咦？我本来是想说什么来着？——俊国说着托起腮。

"就是说呢……平常人很怕搞不好会迟到，所以有时候会
跑到约定的地点，或是等红绿灯的时候心里会很着急，但他
就是少了这根筋。他少的这个部分不知道能不能也算在'毛
病'里——我大概是想说这个吧……"

听了上原俊国的这段话，芦原小卷说："对，毛病。我想
那不是一般'天下无完人'之类的小毛病，而是把一个人的
一切集结在一起的元凶以毛病的形式出现在他身上，就变成
一定会晚一两分钟的毛病。"

"会不会就是懒而已？"坐在右首的青年说。

"你这就是小看了人和人生了。"坐中间的青年说。

留美子闪过一个念头，考虑自己要不要也装作发表意见喊上原俊国"浩司先生"，但又觉得这么做是一个年过三十的女人的坏心眼，便改变心意，问："上原先生，令尊的侧腹怎么样了？"

"两根肋骨裂了，肋骨旁边的肌肉拉伤也相当严重。"俊国说。

"咦！裂了？"

"那天晚上去的那家医院拍的 X 光片没拍出来，只说是肌肉拉伤，领了药布回来，可是我爸痛得睡不着，天亮以后侧腹又肿起来，甚至都没办法正常呼吸，又去了另一家外科医院重拍 X 光片才发现的。"

"那么，也要住院吗？胸部和腹部要打石膏？"

"没有，和平常一样正常上班。右侧十二根肋骨的最下面那根不是很软吗？裂开的就是那里，医生说就算用石膏固定也没什么效果。所以只能贴药布。只能在身体自然痊愈之前尽量不要碰到那个部位……所以医生说完全治好要花上一个月。现在我爸都没办法深呼吸，心情很差……"

上原俊国苦笑着说。

右首的青年说，听说很多人打高尔夫球打到肋骨骨折，而且这和年龄无关，然后做了自我介绍。他叫作八千丸义英。

"八千丸……"

小卷以不知如何写的表情问，青年说是数字八和千，加上丸。

"小时候，我家附近有一只狗叫作八丸，常常从狗屋里逃脱。每次它的主人都喊着'八丸、八丸'找它。我常以为是在叫我，还会回应呢。"

八千丸义英说完笑了。

坐在中央那个身材壮硕的青年也说："我是大西史一。历史的史加上数字的一，念作'humikazu'。比上原大一岁，因为重考过，所以在公司是同期。"

留美子和小卷也分别作了自我介绍，几乎同时说："年纪比各位大一点。"

说完，相视而笑。

"还一点呢，脸皮真厚。"

听留美子这么说，小卷反击："留美自己还不是也这么讲。"

"其实，我们比各位大七岁。可以算是大姐姐了。"

留美子说完，若无其事地朝俊国看。俊国没有反应，从西装外套的内口袋里取出一个金属制的圆筒。

"这个，是我跟我爸借的雪茄筒。里面有一根上等的雪茄和一根平价的雪茄。这两根雪茄的标签都撕掉了，我爸说，要是我猜得出哪一根是三千元，哪一根是七百元，就帮我出换新车的预付款。"

俊国又说，会带来是想说八千丸这个老烟枪也许分得出来，但这里是日本料理店，不能抽雪茄。

"不过，再过去三间就有一家雪茄吧。要不要到那里试试味道？"俊国说，雪茄吧的人大概一眼就看得出品牌，更不用说价钱了，但这样违规，所以稍后再到那家雪茄吧去抽抽看。

"今晚是我爸请客，冰见小姐和芦原小姐要不要也一起来？"

有了俊国这句话，八千丸义英也力劝她们去雪茄吧。

留美子没去过所谓的"雪茄吧"。要是再同席，拆穿你的本名是"俊国"我可不管……

留美子心里这么想，问小卷的意思。

"雪茄吧是抽雪茄的地方吗？"小卷问。

"既然都叫作雪茄吧了，当然有雪茄，不过因为现在正值反烟浪潮，有些里面也会设'禁烟区'。雪茄吧当然是一般的酒吧，不过店里准备了好几种雪茄，就是让大家喝着酒，顺便来一根雪茄的酒吧。"

大西史一为小卷做了说明。

"在美国现在正流行'雪茄吧'，有很多人不抽纸卷烟但抽雪茄。"上原俊国说。

"哦，我想去看看，但不要说雪茄了，我连一般的烟都不会抽。"

小卷这么说，留美子说自己也是，问俊国："去雪茄吧一定要买雪茄来抽吗？"

"不想抽的人不抽也没关系。不想喝酒的话，他们也会帮忙做不含酒精的饮料。"说完，俊国从携带用的雪茄盒里取出两根雪茄。两根的长短粗细差不多，但颜色大不相同。

一根是深褐色，另一根是带有光泽的琥珀色。

"雪茄这种东西，无论再怎么装，就是不适合年轻人。抽雪茄还是需要一个适当的年龄。"

314

大西史一说，表示他觉得日本人还是要年过五十才适合。

"我想去那个雪茄吧看看。"

小卷在留美子耳边悄声说。又说，只要在晚上十二点之前回到弟弟的公寓就好。

好，今晚就揭穿他的身份——留美子朝俊国瞥了一眼，心里这么想。

吃了最后的款冬炊饭和甜点雪酪，留美子她们走到位于"都都一"十米外的雪茄吧。

这家店并非最近两三年才出现，而是昭和二十年代便开张的老店。

上原俊国说他是跟着客户负责广告宣传的董事来，才知道这家名为"水野"的雪茄吧的。

"不过，今天也才第三次来。"俊国说。在黑得发亮的一枚板厚木吧台和六人座的皮沙发座之间，选择了在后者坐下。

"全世界的雪茄，这里几乎都有。"

俊国这么说，然后请中年酒保为他调朗姆酒底的鸡尾酒。

留美子吃得很饱，而且也喝了几近自己极限的日本酒，便问酒保有没有无酒精、让胃清爽一点的饮料。

"不甜的绿柠檬汁如何？我们店里取名为 Blue Sky。是创始人的夫人为自己设计的。这位夫人没办法喝酒。"酒保这么说。

"绿色不甜的柠檬汁……哦，真不知道是什么味道？我要点这个。"

小卷这么说，悄声对留美子耳语说：要活着才能来这么好的酒吧呢。

上原俊国向酒保出示两根雪茄，解释父亲要他猜哪一根售价较高。酒保拿起两根雪茄，微微一笑，又归还给俊国，端出一个雪茄保湿盒，说："我有礼物要送两位小姐。这种的，我想也很适合女性。"然后选了又细又短的雪茄，用雪茄刀切开吸口，还帮她们点着。

"咦！这是要给我们的？"

留美子心想着自己和小卷都很讨厌烟，但还是向细心、耐心为她们将雪茄的前端点着的酒保道谢，接过雪茄，与小卷对看一眼：这下好了，该怎么抽？

"把烟含在嘴里就可以了。雪茄就摆着，让烟灰自然掉落……这样会烧得比较干净。"

酒保说雪茄本来是药草，然后回到吧台后方开始调制俊国他们点的饮料。

"好香……"

小卷说，以极度笨拙的手法叼起雪茄，吸了一口。留美子也这么做。

原以为一定会又苦又辣，没想到竟然还好，甚至令人怀疑这真的是雪茄吗，但等到烟灰长约二厘米的时候，微微的甜味和苦味一起钉上舌头。

俊国他们点着了两根雪茄，却无法像酒保示范的那样，将雪茄的前端均匀地点燃。三人轮流抽了两根雪茄，不断比较味道。

"我觉得颜色深的这个比较甜，很香。和黑糖的味道很像。"

八千丸这么说，而俊国则说："不，颜色浅的这个有高级的感觉。叶子卷的方式也比较细致。"

三名青年你一言我一言地互相发表意见，最后的结论是深褐色的雪茄比较可口。

"认为味道好的就比较贵，有点太直接了。俊国，你不觉得吗？"大西史一说。

同事的口中吐出"俊国"的那一瞬间，留美子的心脏跳动加快了，但在酒吧昏暗的照明之中，俊国的表情看来模糊朦胧。

也许是雪茄的关系，留美子有种类似睡意的酩酊感。

"要不要反过来，猜这个比较苦的比较贵？"八千丸说。

"不了，我决定了。这个颜色深的比较高级。这个味道比较好，又香又甜……"俊国说，"我已经决定了，就这个。毕竟事关新车的预付款啊。我打个电话给我爸。"

说完，俊国拿着手机走到店门外。

"感觉好像不那么紧张了。"

小卷说，而她也像自己说的，表情中出现了与在"都都一"时截然不同的从容，视线随着雪茄的烟飘。

"我不行了，嘴里又苦又辣。可是喝了这绿色的柠檬汁，雪茄的苦味一下子就不见了。"

留美子把抽不到一半的雪茄搁在烟灰缸上，又要了一杯颜色鲜艳的不甜柠檬汁。

酒保从吧台里问："决定猜哪一边了吗？"

大西史一夹起只剩下三厘米的深褐色雪茄，说："决定猜这个。"

"那个啊，是相当有名的一款。前英国首相丘吉尔也爱抽的雪茄之一。"

听到酒保这句话，八千丸笑道："太好了！俊国那家伙，终于可以告别那辆破铜烂铁了。"

"另一根是哈瓦那雪茄。一根要价三千元。"酒保说。

"咦！原来雪茄这么贵？那你请我们抽的呢？"

留美子这一问，酒保回答那一款是一根一千两百元。

俊国回到店内，笑着对酒保说："猜错了。我们选的那根一根七百元，另一根古巴产的是三千元。"然后抓着后脑，坐回原位。

"这个，是菲律宾产的雪茄，伊莎贝拉之花牌的塔巴卡拉拉，一根七百元。这边的是古巴产的，一根三千元。唔——对我来说，这七百的味道好多了。"

俊国说，然后说得意扬扬的父亲在电话那头一笑就肋骨痛得大喊："痛痛痛！"

"新车只好等到发年终奖再说了。"

俊国说，毕竟现在开的这辆车里程已经超过十万公里，引擎的气缸好像磨坏了，排出来的废气是黑的，而且以前上坡轻轻松松，现在却气喘吁吁，好像随时都会熄火。

"这菲律宾产的塔巴卡拉拉可是货真价实的顶级雪茄呢。"

酒保带着笑容前来，将留美子续点的饮料放在桌上，谈起雪茄。

"这是工匠人工手卷的好雪茄，在工厂出货的阶段都还保持着理想的湿度，但在二十世纪九十年代以前，这款雪茄在市场上流通太久，或是用船运进口到日本的时候，已经体无完肤，换句话说，就是变成干雪茄的状态了。如果本来就是干雪茄，会以干雪茄的方法制作，但这本来是顶级雪茄，只是因为被摆在保存状态最差的店面，状况变得比干雪茄还糟……菲律宾的香烟行不是每一家都有保湿盒，进口的人也因为是菲律宾产的就没认真对待，在船里没有加装保湿机，就这样驶过了那酷热的海域来到日本。不过现在的管理就做得很好了。"

酒保拿起快抽完的塔巴卡拉拉，"一定是令尊将这干透、伤透的雪茄放进西班牙杉包围的摇篮里，悉心治疗，让它们熟成的。所以各位刚才抽的，是花了很长的时间才复活的塔巴卡拉拉。"

酒保接着说，但另一款古巴产的也是名品。在世界排名中永远都数一数二，也是自己最爱的三款雪茄之一。

"一个人如果觉得味道好，或是觉得'啊啊，这个我喜欢'，那那款雪茄就是他专属的了。和价钱啦、一般大众的评价无关。"

更何况，雪茄的味道，特别会受到抽的人的身体或精神状况左右——酒保说。

"平常抽的最爱，有一天可能突然觉得味道不好……这种事经常发生。"

"我爸爸说这塔巴卡拉拉雪茄是二十几年前朋友送的。一盒十根，一共五盒。所以他有一个保湿盒是专门用来保存这款雪茄的。现在大概还剩三十几根吧……原来，我爸就是用自己的保湿盒让保存状态很差的垂死雪茄起死回生的啊……"

酒保接着俊国的话说："起死回生，就结果而言，也是让那些雪茄熟成了。"

"如果这一根七百元，我会买。每个月找一天来装装酷，抽抽粗粗的雪茄。七百元买一个月一次的奢侈。"八千丸这么说。

"而且顶级雪茄也可以单根零买。"

酒保说完，回到吧台里去了。

"雪茄真是深奥啊。"

大西史一低声感叹后，望着像在舔拐杖糖般一直抽着雪茄的小卷的眼睛，说："虽然不会把烟吸进肺里，尼古丁还是会从口腔黏膜被吸收进去，所以不可以太逞强哦。芦原小姐看起来好像有点眼神涣散了。"

"真的好像轻飘飘的呢。虽然嘴里苦苦的……"

小卷说，酒保说很久以前雪茄是药草的一种，看来一定是真的，然后终于把雪茄放到烟灰缸上，将近四厘米长的烟灰落入烟灰缸。

"我想买一两根这种雪茄回去。"

小卷对留美子这么说，以困倦的眼神看着她。

八千丸和大西站起来，将名片递给留美子和小卷。他们俩还要回去工作。

"他们两个要去羽田那边的摄影棚看拍片。"俊国说。

留美子也给了三人自己的名片，但俊国只取出名片夹，声称名片用完了。

留美子心想他一定是不想让自己看见"俊国"这两个字，心中又泛起坏心眼的想法，说："佐岛先生受伤那天晚上，我把上原先生的名字听成'浩司'了。明明是俊国，我到底是怎么听才会听成'浩司'的，真奇怪。"

"哦，是吗……真的很奇怪。"

俊国说，然后对离开的两个同事轻轻挥挥手。

芦原小卷也不经意地看了表，留美子这才发现该是离开雪茄吧回家的时间了。

"你一个人回得了你弟弟的公寓吗？"

留美子一问，小卷回答说这是第三次去弟弟的公寓，没问题的，然后叫留美子一定要到小樽来玩。

上原俊国问了小卷她弟弟的公寓所在地，告诉她最快的交通方式，说："我送你到地铁站。"然后请酒保结了账。

一走出雪茄吧，小卷便辞谢了留美子和上原俊国送她的好意，说想买点东西给弟弟，挥挥手消失在通往银座本通那条人还很多的路上。一只手还提着装了甲鱼汤的酒瓶。

"我朗姆酒喝太多了。在'都都一'喝了三合日本酒，再喝三杯朗姆酒底的鸡尾酒是太多了点……"

俊国这么说，然后表示自己今晚要在父亲家过夜，问留美子接下来如果没别的活动，要不要一起回家。

"上原先生为什么要住公寓？你家明明就在东京呀？"

留美子边走向车站边问。

"因为我的工作时间不固定。有时候要到半夜甚至天亮才会回家，有时候下午才出门。我爸虽然一脸凶巴巴的样子，其实是个很体贴的人，我半夜三四点下班回家，虽然尽可能不发出声音，但洗澡啦、睡前在客厅喝啤酒看电视的时候，他就会担心，起床来跟我说家里有食物要不要吃啦，或是叫我喝果菜汁什么的……然后，我爸就再也睡不着了，隔天还是照常去公司上班……"

俊国说，他觉得要是和自己一起住，爸爸会太累，而且也想试试离开父母膝下一个人生活。

"忘了是听谁说，令堂去世已经四年了。令尊今年五十……"

"五十四岁。"

"两个儿子都离开家，晚上帮忙的阿姨也回去了，那么大的房子里就只有他一个人。"

留美子说。本来是想问令尊不打算再婚吗，但还是算了。

"别看他那样，他可不是池中物，女朋友很多呢。"俊国说，"像是祇园的艺伎啦，茶屋还是料亭的老板娘啦……最近，又交了一个年轻的女朋友。"

"咦！有多年轻？"留美子问。

俊国钻过候客的出租车车阵缝隙，笑着说："一个二十八岁的中国人。从台湾到日本的大学留学的，我爸和她好像会用电子邮件通信。"

"上原伯伯很有女人缘。我是女生，我说的绝对不会错。"留美子说。

"那张乍看之下凶巴巴的脸让人不敢接近，也许反而是占便宜。因为等熟了聊起来，就会发现他非常温柔体贴。"

俊国说，弟弟曾半开玩笑地用不太正经的语气劝父亲再婚，结果惹火了父亲。"他生起气来真的很可怕。我弟吓得脸都发青了……"

公司里有个秘书起了恶作剧的念头，告诉父亲一个成人网站的网址。父亲的说法是"基于想见识一下的好学精神"点进了那个链接，在各个画面点着点着，电脑就死机了……

"直接就停留在很离谱的画面，怎么点都消不掉，急得半夜打我的手机找我。说拜托，帮我把这画面消除掉……"

俊国笑着这么说。

"因为要是画面还在，他就无法离开电脑。要是帮忙的阿姨来了看到电脑画面，会怎么想？叫我快告诉他怎么消除掉……"

然而，自己在电话里教，画面还是消除不掉——俊国说。

"那段期间，我爸的电脑一直在打国际电话。"

虽然要父亲以拔掉电源，也移除电池这种粗暴的手段强制关机，但昨天收到电话费账单，结果还是打了四十五分钟的国际长途电话到俄罗斯……

"我老爸吓了一大跳。说他明明不记得打电话到俄罗斯过……"俊国说。

"哦，那个网站的画面是俄罗斯传过来的？"留美子问。

"俄罗斯，多米尼加，再来就是美国和加拿大了。"

传送这种网站过来的人，手法越来越巧妙，不会标明点进链接就会收费，故意让人自动拨打国际电话——俊国说。

"我老板也遇过同样的事。"

说着，留美子笑了。虽然不知道是什么样的画面，但想象着上原桂二郎在电脑前抱着头万分苦恼的表情，怎么也止不住笑意。

电车上十分拥挤，明明不是假日前夕，醉酒的乘客却很多。

一个身上酒臭味很重的男子抓住吊环却连站也站不稳，留美子与俊国绕过他，在车厢中央处站好。

车窗玻璃映出了俊国，但脸的上半部被黑影遮住，看不见五官，只见颈肩浮现其中。

看到的那一瞬间，留美子心想：啊啊，十年前的那个少年就在这里。常见于发育中的少年的长脖子，虽紧张仍想勇敢面对而耸起的双肩，重现于电车的玻璃窗上。

话题中断了，一直到他们下了这辆电车倒了车，留美子和俊国之间都没有对话。

当留美子想到这时候应该非找个话题不可时……

"芦原小姐是单身吧？"

俊国问。

"嗯。三十二岁，单身，跟我一样。"

留美子回答。

"八千丸那家伙，对人家芦原小姐动了心。"

"哦，你怎么会这么想？"

"他在工作之外把名片给一个初识的女人，就我所知这还是第一次。芦原小姐是八千丸喜欢的类型。个子娇小，五官圆圆的……"

"可是，大七岁会不会太大姐姐了？"

"不会啊。我也不觉得冰见小姐是姐姐。"

留美子不知该如何回答。

"二十五岁和三十二岁，女人会变很多。"

她说。

"怎么变？"

"这七年当中，女人会失去很多东西……像是肤质啦，弹力和紧致度都会变得很糟……"

"可是，一个人的成长也是成比例增加吧？"

"毕竟多活了七年，是学到不少东西，可是我总觉得这七年失去了好多很重要的东西。"

接着，俊国便以非常迂回曲折的说法，问留美子现在是否有喜欢的人。

"没有。工作、工作、工作。生活中全是工作，一点都不精彩的三十二岁。"

说完，留美子微微一笑，问："上原先生呢？"

"我有喜欢的人。可是，长久以来，一直都是单恋。"

俊国面对着车窗说。

"长久大概有多久？"

留美子心跳快得几乎让她感到不安，望着俊国映在玻璃窗上那张轮廓不明确的脸问。

"有多久了啊……久到我都不知道是从什么时候开始的了。"

俊国说。然后忽然改变了话题。

"关于我爸的再婚，我弟弟比较不介意。我则是有点……不，应该说是相当介意。我爸才五十四岁，要是有适当的对象，再婚是理所当然的，可是另一方面，我还是不希望他娶新太太……很奇怪吧。明明我弟才是上原桂二郎的亲生儿子，我又不是……"

留美子的视线从车窗上的俊国移到站在旁边的俊国的侧脸。

"你不是……"

"我是我妈前一段婚姻的孩子。我的亲生父亲死了，在我两岁的时候，我妈带着年纪还小的我再嫁给上原桂二郎。"

所以，有血缘关系的弟弟对父亲的再婚态度开放，没有血缘关系的自己反而不支持实在很奇怪，但自己很喜欢上原桂二郎这个父亲——俊国说。

"我爸本人是很生气，说他绝对不会再婚，要我们就算开玩笑也不许拿这个当话题，可是我和我弟却自己假设了我爸再婚，兄弟俩吵起架来。我弟那家伙，竟然笑我说'哥太幼稚了'。"

然后俊国低声说："我干脆搬回家和爸一起住好了……"

"我觉得这样比较好。"

留美子说。

"因为，住外面租房也是一笔不小的开销，吃饭一定也是经常吃外卖吧？可是重点不是钱方面……"

"嗯，是啊。不是钱的问题……嗯，我决定了。我要退掉公寓搬回家。今晚就跟我爸说。"

"你决定得好快呀。你是刚想到刚决定的吗？"

留美子笑着问。

"嗯，刚想到并且刚决定的。"

"令尊一定会很高兴。"

"我看他八成会表情完全不变，只会说一句'是吗'。"

我对那个二十八岁的中国女人放心不下——俊国终于面向留美子露出笑容说。

"放心不下？"

"总觉得有股浪漫的味道……"

这种说法活像个为二八年华的女儿担忧的父亲，留美子不禁笑了。

然后不知为何，她将这个小自己四岁的中国人想象成一个适合穿旗袍的娇艳女子。

"你见过那位中国女孩吗？"留美子问。

"没有，没见过，也没听过她的声音。帮我爸修电脑的时候，稍微瞄到她写的邮件一眼，可是我觉得不应该看，马上就把画面关掉了。可是她几乎每天都写邮件给我爸。听说中国女人很厉害……忘了是公司哪个人说的，说中国在谈恋爱方面也有几千年的历史。"俊国说。

留美子抓着吊环，笑弯了腰，说自己的父亲五十岁便过世了，她完全无法想象五十多岁的男性对女性暗藏了什么样的视线。

"壮年这两个字，意思是精力旺盛的年纪吧？可是我的职场上却没有五十多岁的男性。最年长的是所长，三十八岁。

客户的负责人和社长当中，也没有五十多岁的人。不是四十多，就是六十多……一个五十四岁的男人的……该怎么说？生理状况？我实在没有头绪。"

听留美子这么说，俊国说自己也才二十五岁，不要说五十多岁了，三十多、四十多岁男人的事他也猜想不到。

"我们部长五十五岁，但就是爱去年轻女孩多的六本木的俱乐部……是小姐全都是漂亮女大学生那种贵得吓死人的俱乐部，可是他却不是为了招待客户，而是自己想去。他那个人简直就是活生生的欲望凝聚起来的。"

说完，俊国问起女性如何。

"五十多岁女性的生理状况呢……我母亲要是还在世，今年是五十二岁。因为自己的父母都是五十多岁，所以五十多岁的人在我看来，都是辈分很高的长辈。"

"我在父亲过世两三年的时候，问过我母亲的生理状况。结果她说，等你五十岁就知道了……会不会真的很让人难以启齿啊？"

电车到了两人的车站。

留美子和俊国走出收票口，开始走在夜晚的路上，但她故意在面包店前停下脚步。十年前，少年就是在这里把信交给她的。

关于这件事，留美子虽然很想试着给点暗示，但又在内心告诉自己"不要臭美"。

但她还是非常想找个方式向他透露，让他知道：我相信你就是十年前的那个须藤俊国。

"我母亲说，这家面包店的味道不如十年前了。"

对于留美子这句话，俊国也回应："富子阿姨也持同样的意见。"

"富子阿姨？"

"就是来我们家帮忙的阿姨。她喜欢吃面包……"

然后俊国说自己念高中的时候，虽然只有短短一个星期，曾在这家面包店打工过。

"那时候，店里会接受电话订单，早上把刚出炉的面包送到客人家。可是因为上了电视，生意变得超好，就不再外送了……"

那时候我就是大清早骑着自行车，后座载着装满刚出炉的面包的篮子送货的半工半读生，但送货中自行车被偷，受到面包店老板娘的责骂，干了一个星期就辞掉了——俊国说起这段往事，迈步朝通往住宅区的路走。

"我送货去给住在公寓三楼的客人，下了楼，篮子里还有好多面包的自行车就不见了。我过了好一会儿才发现是被偷了……因为那时候人还没完全清醒，又惊又怕，以为自己在做梦。"

俊国说，母亲接到面包店老板娘卖人情说不用赔偿自行车的电话，买了全新的自行车去还，而且用难得严厉的语气说，不要再到那种店打工了。

"那次是为了暑假和朋友一起骑自行车旅行才去打工存钱的。可是，后来那个朋友爸爸的公司倒闭了，结果没有成行……"

看得到上原家的门灯了，一个遛狗的中年女子朝佐岛家的门的方向转了弯。

"要不要搭地方火车到古老的小镇去？"俊国说。

"古老的小镇？"

留美子为俊国突如其来的邀约吃惊的同时，又觉得他提出邀约的方式，和十年前那封信的文句有共通的气氛。而这一点，不知为何又为留美子带来一股心痒难耐的喜悦。可是，留美子却只是将头微微一歪，为俊国在雪茄吧做东道了谢，走进了自己的家。

第

六

章

有一位著名的女性作家，出版了一本关于《源氏物语》的书，以浅显易懂的方式演绎故事，并谈论她对《源氏物语》所做的种种考究与感想，读来十分有趣。这位女性作家在书中表示她对《源氏物语》只有一点不满。那便是，源氏是个不知嫉妒为何物的男人，他毕生风流多情，却又不识嫉妒的滋味，可能吗？

　　来自谢翠英的电子邮件以大意如此的文章为始，并说自己也读过好几次《源氏物语》，但这位日本古典文学造诣极深的女性作家却指出了她从未注意到的盲点。

　　上原桂二郎在目前已成为电脑室的俊国的旧房间里，摆了新买的雪茄用烟灰缸，抽着蒙特克里斯托系列 1 号雪茄，翻开《源氏物语》的封面。始于《桐壶》的这本古典名著，他现在看到《若紫》的一半。

　　无论多么平顺的爱情，其中或多或少都会萌生嫉妒，有时是男方，有时是女方，我想这样才自然。即使全心信赖彼此，但看到对方与其他异性亲密交谈，也会不由自主心生猜疑、嫉妒……但是，源氏的确从来不曾为自己的情人吃过醋。上原叔叔，对此您有什么看法？

翠英信中这么写。

自从那一晚在高尔夫练习场伤了右侧肋骨以来，桂二郎便养成一个习惯姿势，此刻他摆出这个姿势，"又是个难题啊。"他低声说。

左手经常贴在右侧腹上的习惯，是过度预防深呼吸或打喷嚏时的剧痛，不知不觉养成的。

"我还在《若紫》一章里原地踏步啊……"

除了肋骨两处裂伤所造成的疼痛，周边的肌肉拉伤也算是相当严重，晚上睡在床上一翻身便会痛醒的状态仍一直持续着。买了据说可以缓解疼痛的护腰，但完全没有效果。

前天深夜，又为了修复死机的电脑而回家的俊国问起能不能退掉公寓搬回家时，在纯然的喜悦包围中，桂二郎对他说既然有这个打算，就尽快搬回来。

于是，俊国将于后天星期六请朋友帮忙搬家。

目前，会写电子邮件给桂二郎的人，就只有谢翠英和俊国两个人，等俊国搬回来一起住，所谓的"笔友"就只剩下谢翠英了。

翠英的来信总是以日本的历史和古典文学相关的问题为主，令人怀疑她是不是误将桂二郎当作学校的老师。但桂二郎认为若以"我不是很清楚"来回答翠英的问题，有损日本人的颜面，所以他会利用电脑搜索查找能够作为参考的书籍，好歹表达一些属于自己的意见和看法，也因此看了好几本过去想看却因为工作忙、嫌麻烦而不了了之的书。尤其是近代以来的历史，绝对不可能不触及日本与中国，以及日本与朝鲜半岛的问题，所以桂二郎桌上这方面的书籍越来越多。

上原桂二郎生于昭和二十一年（一九四六年），所以是"未经战争的世代"，小学起便一直接受所谓的"战后教育"，学校从来没有正确地教过战前及战时日本对亚洲做了什么。

关于日本是否真的做了中国、韩国及其他亚洲邻国至今仍不断谴责的野蛮、恶毒、不人道的行为，桂二郎想了解事实。不了解事实不应发表自己的看法，不了解事实同时也是一种恶……

桂二郎在阅读那好几本书之际，这样的想法一天比一天强烈。

"应该要正确地汇整才对。这是当务之急。因为这是一切的起点。"

前天晚上，桂二郎向俊国提到日本与亚洲的问题时，曾这么说。

"有人极力主张，亚洲各国控诉的恶行如果有一百项，日本实际上真的做的，只有三四项而已。"桂二郎把好几本书搬到茶几上，"但是，也有人言之凿凿地说，不止一百，日本做了两百、三百项泯灭人性的残酷暴行。"然后对俊国说，"总之，应该要尽快正确汇整。否则，无法真正起步。"并难得加重语气强调。

桂二郎向来秉持眼见为凭、耳闻为凭的想法，强烈得堪称信念。

由于所谓的传闻与事实相差之巨，他有多次亲身体验，所以现在连周刊杂志的标题都不看了。

在自己公司里，董事向社长桂二郎提起的员工评价，他也不会照单全收。在自己实际确认之前，各窗口对外包工厂的报告都当作个人意见。

桂二郎认为，无论是对人的评价也好，对工作的评价也好，即使其中并没有恶意，但无论如何，个人观感都会微妙地介入。而麻烦的是，这个人观感偏偏是非常多变的。

来信中的问题，私以为……

桂二郎用左右两手的食指与中指四根手指头在电脑键盘上打字。

源氏之所以对女性毫无嫉妒之情，说穿了，多半是因为他是个"身份过于高贵之人"吧。

桂二郎边回想《徒然草》的"不宜友之者，有七"那一段，以这短短的一句话针对翠英的问题表达了自己的想法，然后换行……

令堂的病情如何？我因意外受伤，暂时无法出国。毕竟目前连西装上衣都无法自行穿脱，中国台湾行必须等到七月之后了。明知令堂卧病在床，仍请求令堂回答一个素不相识的日本人突如其来的询问，委实于心不安……

打字打到这里，无以为继，桂二郎便小心翼翼地，用小剪刀像理发师仔细修整发梢般，一点一点剪掉不知何时熄掉的雪茄前端。

将燃烧过炭化的部分重新点燃，苦味会变重，所以要重抽一度熄灭的雪茄时，桂二郎总是会这么做。

若用雪茄剪一刀将炭化的雪茄前端剪掉，表面纤细的包叶部分就会断裂。

虽然不像雪茄迷那么讲究，但若不好好品味一根自己喜欢的雪茄，桂二郎就觉得这一天没有好好结束。

不过就是根雪茄，而且烟叶是手工卷的，所以再高级的名品雪茄，都难免会有瑕疵……

明知如此，若睡前那根雪茄因为点火方式不当而变苦，没有均匀燃烧，明明保存于百分之七十的湿度却太湿或太干，他的一颗心就会莫名定不下来，开始对工作上一些鸡毛蒜皮的问题吹毛求疵，满脑子想着这件事无法成眠。

……委实于心不安……桂二郎在这里又换行，点着已剔除了炭化部分的雪茄。心想即使说到"委实于心不安"便改变话题，翠英应该也能充分了解自己想表达的意思才对。

我现在总算能用左右手四根手指头打字了。我想这样就够了。用十根手指头来打字，对我来说是天方夜谭。

后天，我家老大就要搬回来和我同住了。所以，我的电脑也必须另谋安身之处。老大会用电脑，所以电话线该如何处理，要牵新的专用线路呢，还是选择电话线以外的方式呢，我打算交给他全权处理。

那么，我要抽根雪茄去休息了。祝你好梦。晚安。

桂二郎在发送之前重读了自己所打的电子邮件，觉得内容实在枯燥乏味。总有种端架子的感觉，没有滋味。二十八岁的翠英收到这种邮件，也没有什么乐趣可言吧……

桂二郎边想边按了发送键。

自己心中，有种暴躁带刺的东西。并不是只有今晚，也不是因为肋骨裂开和肌肉拉伤疼痛的关系。

自从与翠英开始电子邮件往返以来，心中就有什么凶猛的东西在蠢蠢欲动，而桂二郎认为那东西是自己的一大妨碍。这凶猛的东西，既不是压抑的情欲，也不是对生活的不满，更不是对工作的渴望。而这莫名其妙的狂暴之物，每天总要在体内大闹个一两次……

桂二郎不认为自己对翠英这个女子产生了恋爱的感情。他也曾怀疑，以第三者的冷静试着分析自己，但还是认为自己对翠英并没有爱恋或是近似的感情。

但就算压抑的情欲并非自己心中原因不明的暴动的主体，桂二郎也无法否认自己对女性的身体有所欲求。

"脑袋里有没有东西无所谓，只要身体就好，而且是年轻的身体。最好是露水姻缘的年轻身体，事后一刀两断毫无瓜

337

葛的。"

桂二郎在内心这么说，准备关电脑。但这时候画面上出现了收到新邮件的信息。

我明天回台湾。

标题如此写道。

刚才家兄来电，通知家母病危，所以我立刻订了机票。虽然早有心理准备，但万万没想到这一刻竟然来得这么快……下周就要发表重要的研究成果，而且这对我能否毕业有重大影响，但我顾不了这么多了。
现在还不知道什么时候能回日本。我要赶紧去收拾行李了。翠英。

桂二郎本想写封信鼓励她，但又觉得那只会打扰翠英收拾行李，便改变主意，关掉了电脑。

若是无法把赔偿那只怀表的钱还给邓明鸿的女儿，那么须藤润介的那三百万该交给谁呢……

应该还是翠英的哥哥吧……

桂二郎边想边夹着变短的雪茄，检查了门窗，然后关掉客厅的灯，只留下厨房的灯，轻轻走近摆在南侧窗畔的盆栽。

那株矮小但树干已有三厘米粗的合欢叶子并没有完全闭合。合欢在日落之后，左右对称的叶子会像双掌合十般闭合，但由于放置在室内，客厅灯亮的时候不会完全闭合，而是呈半开状。

妻子在去世前三周从医院回家那天，在自己的抽屉深处发现几年前朋友给的合欢种子，便种了两盆。

两颗种子在妻子去世前不久发了芽。

桂二郎对莳花弄草或园艺之类不感兴趣，但唯有这两盆冒出嫩芽来的合欢，是亲自浇水，立志决不让它们枯死，时时挂念。然而，他不知道合欢怕冷，冬天没有移入室内而留在小阳台上，其中一盆在第一个冬天便枯死了。

活下来的另一盆合欢，到了夏天开了花。

富子似乎认为枯死其中一盆是她的错，后来便对逃过一劫的那一盆小心翼翼到了神经过敏的程度，即使是夏天，天黑之后也搬进客厅，放在朝南的窗前。

这是当初妻子喃喃说着"我真是的，竟然把种子收在这里"，万分迫切地将包在药包纸中形似西瓜籽的两颗种子，分别种于两个盆栽所留在这个家的最后一项遗物。桂二郎虽不至于感伤得将合欢盆栽当作妻子的替身，但望着犹如迷你日式传统新娘头罩的小红花在窗畔摇曳，便感到心平气和。

"年轻女人的肌肤真好。"

桂二郎轻戳着合欢已长得不小的新芽说，像是在对死去的妻子倾诉。

"我也是个色老头啊。会想要年轻女人的身体啊。不年轻可不行。只要年轻就好。"

虽然自己是不是真的这么想要有待商榷，但桂二郎还是这么说。

"我就是少了很重要的东西。"

但那并不是新的伴侣，也不是年轻的情妇，也不是让自己公司所售卖的厨具市场占有率更加扩大的野心。

然而，肯定是少了什么……

桂二郎这么认为。

自己这个人的生命，是不是开始强烈渴求这个缺少的东西呢？自己心中波涛汹涌的恶浪，难道不是上原桂二郎这个人的生命所发出的信号？

桂二郎的指尖轻抚着到了七月应该会结出小小蓓蕾的合欢的树叶，越来越坚信自己的生命就是想要少了的那个什么。

究竟是什么呢？

然而，生命是不会告诉你的。必须自己去想。思考，这项头脑的活动也是生命之所为。自行思考后得出的结论，结果就是自己的生命所下的结论。

桂二郎此时只想要有个人陪，想得连自己都感到羞愧，便细想这个时间有没有人能陪自己说说话。"桑田"老板娘的脸立即浮现在眼前。

这个时刻，她的工作应该已经结束，回到家，换下和服穿上居家服，正喘口气稍事休息，但也可能陪着客人到祇园茶屋风格的精致小酒吧小坐。

桂二郎心想，若是鲇子与贵客在一起只怕不方便打扰，便没有打她的手机，而是打了家里的电话。原打算响了五声没接就挂断，但听筒很快便传来鲇子的声音。

"哎呀，这个时间打来，真难得。怎么啦？"鲇子问。

"嗯，是出了点事。"

桂二郎开玩笑地这么说，想着今晚要多抽一根雪茄，便打开了雪茄保湿盒。

"咦？出了什么事？"鲇子担心地问。

"想要人陪啊。觉得有点寂寞……"

"还真是难得……"

鲇子放心地笑着说。桂二郎知道，她指的并不是难得桂二郎会寂寞想要人陪，而是难得在他竟会说出口。

"坦白说，不是想要人陪，是想要女人陪啊。"

"哎呀，好荣幸！想要女人陪的时候竟然想起我。"

"再补充说明一下，是想要年轻的女人陪。"

"我也很年轻呀！才五十四岁。闭月羞花的五十四岁。"

"有没有哪个符合条件的女人呢？年轻可爱，不至于太笨，性情好，背后没有凶狠的情夫，不会缠着要买奔驰，不会打电话到家里公司，我想见面的时候能陪我的尤物。年龄二十五岁。好吧，让个步，二十七岁以下的也勉强可以接受。"

"做梦吧你。"鲇子说，"这样的女人，打着灯笼也找不着。就我吧。安心又省事。不过不能离家太久就是了。"

"有丈夫的不行啊。何况奔驰还打发不了'桑田'的老板娘，只怕一开口就要我把京都嵯峨野的哪家料亭整间买下来。"

听筒里传来猫叫声。鲇子家里有三只爱猫时时期盼她的归来。

"你要和年轻女孩去小小冒个险是可以，但千万不能找一个来路不明的。"鲇子说。

桂二郎要点雪茄，便请她稍等，把听筒放在雪茄盒旁，点起了拉斐尔·冈萨雷斯的小皇冠雪茄。

"久等了。"

桂二郎这么说却没有得到回应，远远地听到玻璃轻轻碰撞的声音。

鲇子与丈夫分居主因并非夫妻不和，而是为了本田家复杂的家务事才各居一方，而桂二郎也辗转听说她丈夫的健康状况并不理想。

然而，就算亲近如桂二郎，鲇子也不愿提及丈夫，因此桂二郎从未直接确认过传闻的真伪。

"抱歉呀，我去弄了杯奶茶。"鲇子说，然后问起下次要不要到滋贺县去打高尔夫。说是有人介绍了好的高尔夫球场。

"我这裂开的肋骨，也不知道什么时候才会好。我现在睡觉翻身还会痛醒。这一个礼拜一直都没睡好。"

听了桂二郎的话，鲇子说，裂开其实就是骨折。

"大家都说幸好只是裂开没骨折，其实只是没有整个断掉而已，骨头裂开就是骨折了。所以要治好当然很花时间。"

"不过，等我好了，我会去练习。我已经决定要好好练上一年，也和教练讲好了。他是个风评很不错的教练，虽然还很年轻，但教学方法简单易懂。能够教得简单易懂，就表示他很有才能。而且，听说他不会拿自己的框框套在别人身上。虽然这个教练有他理想的挥杆姿势，但听说他不会以那个为基础，再配合每个人的个性来教。凡事都应该要简洁明了才行。"

　　家附近有个一手带大四个子女的寡妇，今年六十三岁了，几年前四个孩子分别都进了社会开始工作，她在五十八岁开始打高尔夫。起因是二儿子在运动用品制造商处上班，被派到高尔夫球部门……

　　"教练就是这位大姐帮我介绍的。她说可以找那位教练来教。"桂二郎说，"一个五十八岁，身高一百五十三厘米，体重四十二公斤的女士才五年就破百了哦。开球也才一百六十几码就能破百。她还说接下来要以破九十为目标，兴致高昂得很。她以前是个小学老师。"

　　鲇子说，自己打十次球会有五次破百，但糟的时候也会打到将近一百三。

　　"毕竟没有拜师学过。可是我这样就好了。要是比客人还厉害反而麻烦。不过，要是会输给上原桂二郎先生的话，那可就要考虑一下要不要找教练了。"

　　说完笑了，鲇子告诉桂二郎，在自己认识的人当中，上原桂二郎的高尔夫球技是倒数前三名。

　　"倒数前三名？其他两个人是谁？"桂二郎也笑着问。

　　"丸冈物产的会长和桐谷大师。"鲇子说。

　　丸冈物产的会长七十岁，而建筑师桐谷六十五岁。

　　"这倒数三名里，最差劲的是……"

　　说到这里，鲇子问："你听了会不会受伤？"

　　桂二郎笑得身子往后仰，大喊"痛痛痛痛"，拿着雪茄的那只手赶紧按住侧腹。

"还好吗？"鲇子边问边笑。

"好不容易开始愈合的骨头裂伤和肌肉拉伤，要是笑了或打喷嚏又会拉开。我向自己严肃发誓，在这次的伤治好之前绝对不笑也不打喷嚏，可是笑可以靠意志忍耐，打喷嚏就实在没办法了。"

桂二郎这样说完，继续摩挲右侧腹。然后说邓明鸿的女儿恐怕不能说是来日无多，而是大限将至了。

"要不是受了这个伤，我应该可以早点儿去中国台湾的。那笔怀表的赔偿金，看样子是离邓明鸿这个神秘女子越来越远了。要是她女儿走了，就要找她孙子。如果要当作遗产来处理，那不止孙子，也得分给孙女。"

"要完成俊国爷爷的心愿，不是只要把那笔钱确实交到邓明鸿女士的哪个后人的手上就好了吗？"鲇子说。

桂二郎没有把几乎每晚都和谢翠英通电子邮件的事告诉鲇子。

"等你伤好了，要不要来京都散散心？在琵琶湖畔打高尔夫球，然后到我们店里来吃点好吃的东西……"

"嗯。我会的。"

"会有闭月羞花的五十四岁美女作陪。"

鲇子故意模仿乾旦的音色这么说，挂了电话。

第二天早上，开完全国分店长会议回到社长室，桂二郎正在听四月人事变动后刚上任的福冈分店长说明九州岛为何业绩不振时，秘书小松打着有紧急报告的手势走进来。

桂二郎慰劳了福冈分店长，说："这个，是我的一点贺礼。"

取出了事先准备好的红包。

因为今天早上小松告诉他，福冈分店长的独生子在二度重考之后，今年考上了国立大学。

"父母固然辛苦，但做儿子的不惜二度重考也坚持贯彻初衷的努力也令人佩服。请代我恭喜他。"

听了桂二郎的话，福冈分店长惶恐地收下红包，为了到羽田机场赶飞机，小跑着离开了社长室。

小松圣司目送了分店长，关上社长室的门，确定附近没有人之后，说："这位访客要求见社长一面。"

他将一张名片放在桂二郎的办公桌上。

由于没有事先预约便来访的陌生人通常不会通报给社长，桂二郎带着几分提防，朝那张名片看。

上面以粗粗的字体印着"得扬交易公司代表吴伦福"。

"这是什么人？"桂二郎问。

"他说，想谈谈邓明鸿女士的事。我说请教一下是什么事，但他坚持要与上原社长当面谈。"小松说，"我本来想说社长不在，请他改天再来，再强调无法为来意不明的访客引见，但总觉得事情会更麻烦。"

"麻烦？比如说？"

"不清楚。但就是有那种感觉……"

"那是个什么样的人？"

"年纪大约六十左右吧。穿着清爽简洁，高高瘦瘦的……可是，眼神让人很不舒服。"

然后小松圣司压低声音，说："他说，上原社长不会大难临头的，因为依照日本的法律，杀人的时效是十五年……我认为最好不要硬把他赶走。我也与社长同席。"

"杀人？那就与我无关了，请他走。"

以故弄玄虚的手法扰乱对方情绪来要求会面的人，不会是什么好东西……桂二郎如此判断，将吴伦福的名片还给小松，瞪了他一眼，意思是赶快照自己的吩咐去做。

然而，这早该是小松心中预设的处理方式才对。然而他却还是通报了桂二郎，可见是他从中感到有特别值得担忧之处……

桂二郎重新考虑到这一点，"杀人是吗……"微笑着站了起来。

"在三楼的会客室。"

小松说完，抢先走到电梯处。

"我看你不在场比较好。"

"可是……"

"我单独见他。竟提到杀人，还真是不寻常。"

桂二郎向小松一笑，进了电梯下到三楼。

"我就候在附近。"

小松握住公司五间会客室中最大那一间的门把，悄声如此说道。

这个名叫吴伦福的男子，坐在一张容纳五名彪形大汉还绰绰有余的大皮沙发上，但一见桂二郎进来便起身，取出了名片夹。

"您的名片我的秘书已经转交给我了。"

桂二郎说，自己也不出示名片，就在吴伦福对面的沙发上坐下。

"不知道有何贵干，但就算您以如此强硬的手法要求会面，您认为我会认真听您说吗？"

桂二郎这么说，一面观察穿着盛夏麻质白色薄西装的吴伦福的面相。

"您说的是。我原也考虑应该先写信请问上原先生的方便才是，但又想这么做您恐怕反而不肯见我……无奈之下，只得选择了如此失礼的方式登门拜访。"

他的日语流利，没有中国人特有的腔调，语气也非常平静，甚至平静得要侧耳倾听否则便听不见，但吴伦福那双小眼睛轻易不为所动，或者换个说法，并存着丧失了情绪般的锐利与混浊。

"听说上原桂二郎先生因故在寻找一位名叫邓明鸿的女子，也听说了其中的缘由，我认为或许与我关注了将近四十年的事情大有关系。"吴伦福说。

"吴先生怎么会知道我在寻找邓明鸿女士和其中的缘由？"

面对桂二郎这个问题，"横滨的中华街发生的事，除非是死了老鼠和蟑螂这种程度，否则全部都会传进我耳里。"吴伦福带着冷笑回答。

"那么，有何贵干？"桂二郎问。

"想借看一下那只据说严重损坏无法修复的怀表。"

"如果只是这件事，那容易得很。怀表现在不在这里，在

347

我的住处，请您另择他日前来敝公司。我会交代秘书，让您看个仔细。"

为何想看坏掉的怀表，桂二郎无意询问。好了，你请回吧……正要为了表达自己的这个意思站起来时，只听吴伦福问："从邓明鸿那里偷走那只怀表的少年真的死了吗？"

"与我有点缘分的那个当时还是中学生的少年并没有偷怀表。是当时和他玩在一起的另一名少年偷的。"

"凡是共犯都会这么说。是他干的，我只是刚好在场……"

桂二郎不理吴伦福，从沙发上站起来。虽然对杀人这个字眼并非全然无动于衷，但若向他问起，只是正中对方下怀。

"不过是个中学生干的事，而且又已经是四十年前的往事，却为了赔偿一只怀表寻找一名中国人，还真是诚意与正义的化身啊！其实是号称赔偿金的封口费吧？"

吴伦福的话，让桂二郎怀疑莫非此人知道须藤润介其人，但对他究竟如何得知却完全没有头绪。

听须藤润介说起怀表一事后，桂二郎与因工作性质而人脉广的本田鲇子商量。不巧鲇子不认识详熟横滨中华街之人，因此便透过有几位华侨朋友的"都都一"老板，介绍了黄忠锦。

鲇子并没有向任何人说起，想赔偿怀表的人物是与上原桂二郎没有血缘关系的儿子的祖父。没向"都都一"的老板说，也没有对黄忠锦说……

桂二郎自己也没有向"都都一"的老板和黄忠锦详细说明怀表的来龙去脉，只说明了必须赔偿一位名叫"邓明鸿"的女子。

所以"诚意与正义的化身"指的是上原桂二郎，还是委托上原桂二郎支付赔偿的人，桂二郎一时之间难以判断，便站着说："吴先生的意思我不太明白。赔偿金一如字面，就是为毁损怀表所付的赔偿金。因为答应一定会赔偿才赔偿的……既然答应了就必须做到。如此而已。"

　　"上原先生完全不问我为何想看那只坏掉的怀表呢。绝大多数的人都会问为什么吧。我以为这才是一般人极为正常的反应……"吴伦福说。

　　"因为与我无关。"

　　桂二郎说，打开会客室的门。

　　"我对于您为何想看近四十年前坏掉的怀表不感兴趣。因为给您看是举手之劳，我愿意给您看。吴先生自然有您无论如何非看不可的理由。但是，对我而言，吴先生的理由并不重要。"

　　吴伦福也站起来，扣上解开的麻质西装外套的纽扣，再度询问当时身为中学生的那个人是否真的已经死亡。

　　"已经不在世了。二十五岁的时候死于工作中的意外。"

　　桂二郎以"好了，快请回吧"的态度站在打开的门边，双手插进长裤口袋这么说。小松圣司就在走廊上，视线对着会客室里的男子。

　　"二十五岁……走得好早啊。要是他还在，也许就能告诉我，是谁拿东西打了舍妹的头了。只不过，如果动手的就是他本人，只怕他会装蒜到底。"

　　桂二郎对吴伦福这番话听而不闻，伸手示意："您请回吧。"

"上原先生，您认识的那位朋友，也就是当时那位中学生，和他一起在中华街玩的另一位少年，您可认识？"

吴伦福走出会客室，在走廊上停下脚步这么问。

"不认识。"

桂二郎以厌烦无比的表情和语气说。

拿东西打了这男人的妹妹？既然用了杀人这个字眼，那么就应该解释为他妹妹因此而死了。

这个吴伦福找了近四十年，找的就是在横滨的中华街杀死自己妹妹的凶手吗？而可疑的嫌犯当中，也有俊国的父亲须藤芳之？

怎么可能有这么荒谬的事。

桂二郎边想边望着走向电梯的吴伦福，以及显然是打算亲眼目送他离开公司大楼的小松圣司。

吴伦福忽然转身，问："四十年前那位还是中学生的少年，和上原先生是什么关系？"又问，"若还在世，年纪和上原先生相差无几吧。是您的好友吗？"

桂二郎不答，走向走廊尽头的楼梯，回到五楼的社长室。

他心生后悔，觉得见一个突如其来的陌生访客是个错误。然而，像吴伦福那种人，若在公司里见不到，想必会找到家里来。那是一双打定主意不容别人轻易打发的眼睛……

这么一想，桂二郎决定要转换不愉快的心情，便看了各分店长提出的报告。札幌分店的报告最后写着，一名进公司第三年的员工将于这个月的最后一个星期六举行婚礼。

于总公司举行的全国分店长月会中，桂二郎不仅要求业务报告，也要求各分店长报告各分公司员工发生的大事。

这些报告不外乎婚丧喜庆，但上个月名古屋分公司一名进公司第二年的女员工在下班途中遭到抢劫，当时不巧撞到头，桂二郎一看到这项报告便立刻赠送慰问品。

今年过年期间，大阪分店业务部的中坚员工发生车祸，同车的七十岁母亲膝盖骨折。

二月与三月，也分别报告了家有考生的社员们几家欢乐几家愁的结果。

这些社长桂二郎不见得会一一反应。自他出任社长以来，关于员工工作以外的这份趋近半义务化的报告，也曾有人抗议认为侵犯隐私。

然而，这样的意见不知不觉间消失了，上原工业独特的公司文化——贯穿整个公司的家族式团结氛围，主要来自社长在完全不介入私生活的形式和前提下，关心老员工乃至于新员工个人生活中发生的大事，从而营造出有默契的亲近感。

桂二郎打电话到秘书室。小松圣司还没有回到自己的座位。他交代一名女员工："帮我包结婚红包给札幌分行的小野正义。"又说，"当然是我自己个人出。我这就拿给你，过来拿。"

桂二郎从钱包里取出五张万元钞，然后看起报告。

秘书室的女员工来了，桂二郎把五万元交给她，请她换成新钞后再送过去。

女员工接了五万元。

"社长……"

她说："社长，您知道根本理香吗？"

"根本理香……哦，总务部的？是去年进公司的吧。"

"根本小姐将代表神奈县去参加全国女子空手道大赛。神奈川有资格参赛的只有两人，也就是说，她的空手道技术是神奈川女生的前两名。"

"哦，这个厉害。原来她在练空手道啊……"

桂二郎一脸惊讶地问，一边取出本来已经收好的钱包。根本理香在日本年轻女性中身材也十分娇小，在公司里不怎么起眼。

"既然是神奈川的前两名，那一定很厉害。大部分的男人一招就会被她摆平吧。"

女员工说，这个星期日就是全国大赛，公司里好几个人要去为她加油。

"比赛在哪里举行？"桂二郎问。

"大阪。大家要搭前一晚的长途巴士去，搭新干线回来。"

桂二郎边说搭长途巴士很累人，边从钱包里取出五张万元钞，笑着说："我不知道你们多少人要去，不过就到那个美食之都吃点美食再回来吧。这几张钞票，总该够你们吃满肚子章鱼烧了。"

女员工双手恭恭敬敬地接过纸钞，道了谢，大声说会买礼物回来给社长，然后离开了社长室。

"十万块一下子就从钱包里飞走了。"

桂二郎把消瘦了不少的钱包举到自己面前，喃喃地说，然后又回去看报告。

小松圣司回来，报告说吴伦福离开公司后搭了地铁。

"他见社长有什么目的？"

小松问。

桂二郎大略复述了，说："我在找邓明鸿的事，还有我找她的原因，他怎么会知道？"

"会不会是黄先生的朋友传出去，传了几手之后，传进了他耳里？"小松说，"既然那位相当于横滨华侨的活字典的老人，都说邓明鸿女士是'那个无血无泪的婆娘'了，那么也有可能是从那老人口中传出去的……"

"我会把怀表带来，你帮我保管。"

"您真的要给他看吗？"

"只是看而已。要是他再来联络，你就叫他来公司看。我就不见他了。"

小松回答明白了，看了一下桂二郎桌上的小时钟。

"社长午餐如何解决？T会馆的聚会是一点开始。"

"我随便吃点东西再去。我就怕在这种派对里吃东西。"

桂二郎要小松请公司楼下的咖啡店送咖啡和三明治上来，又回头去看桌上的报告。

下午一点起，是招待关东甲信越地区超市老板的恳亲会。桂二郎在恳亲会上致辞，感谢十多位老板平素的照顾后，必须中途离席，立刻赶往世田谷S商事社长府邸。因为S商事社长夫人的葬礼将于下午三点举行。

"丧服我放在车上，请您在T会馆换上。"

小松说，然后离开了社长室。

参加完葬礼之后，又要换衣服，五点在赤坂的料亭与意大利的 M 社社长夫妇用餐。M 社在意大利是拥有两百年历史的厨具制造商，与上原工业有五项技术合作。

他们夫妇十年前也曾为工作兼观光前来日本，当时夫人是由妻子幸子接待的。幸子带他们去看相扑，到箱根泡温泉，还住了一晚。幸子往生的时候，夫妇俩曾捎来一封情意真挚的长信。

而 M 社社长夫妇也在一年后，因车祸失去了女儿。

"杀人吗……那个人是真心怀疑一个中学生杀了自己的妹妹吗？"

桂二郎在心中暗自这么说，想起吴伦福那双与一身整洁的仪容形成对照的眼睛，真叫人厌恶。

他想念起须藤润介。总社市高梁川畔的油菜花多半已谢，正值稻田蓄水插秧的时期……

俊国搬完家，请帮忙的同事到车站附近的一家意大利餐厅吃饭，桂二郎便又打开自己那台仍放在俊国房里的电脑。

去看看信箱，显示有两封新邮件。

成功了。

其中一封写着这样的标题。

呼，搞了一整天。但我电脑也设好了。不过，这是

354

请我店里的节子打的。

信是本田鲇子寄来的。
桂二郎笑了，然后打开另一封信。

我是翠英。
今天早上，家母过世了。最终还是无法向家母提及
那只怀表和赔偿金。我会在这里待一阵子才会回日本。

整封信便结束了。
桂二郎考虑要不要回信表示哀悼；但电脑可能不是翠英
的，所以桂二郎回信到翠英平常用的那个电子信箱。心想说
等她回日本再看就好。
桂二郎决定把电脑搬到卧室，已经安排好要新牵一条电
脑专用的电话线。后天会来施工。
由于看了一半就去看翠英的信，桂二郎没有把鲇子的信
看完。

肋骨的状况如何？我发现了两块大肠息肉。

自妻子谢世以来，桂二郎就对肿块、息肉、肿瘤之类的
字眼变得很敏感，皱起眉头凑近鲇子发来的电子邮件，反而
更加看不清，便戴起老花眼镜。
与一般五十四岁男性相比，桂二郎的视力良好，如果不

是眼睛特别累，不戴老花眼镜也能看报。但他还是有一副度数最轻的老花眼镜。因为不戴老花眼镜虽然能看报，有时候却看不清电脑上的文字。

　　医生说只要住院两晚就好，所以我准备后天下午进医院，第二天上午摘除息肉，第三天就回家。
　　没事也要时不时写电子邮件给我哦。女人很多，又不止年轻的中国女孩。我也会练习自己打字的。拜拜。
　　鲇子。

今天是星期六，所以鲇子下周一就要住院了啊……从字面上看来，她的大肠息肉应该不是恶性的……
　　桂二郎这么想，给鲇子回了信。

　　不如趁摘除息肉这个机会，稍微让身体休息一下吧？见不到老板娘的料亭筵席虽然少了几分光彩，但若知道你身体不适，想必客人也不至于有怨言。建议你，出院之后直接去哪个温泉住个两三天，什么都不想，发呆放空就好。我也可以帮你介绍几家好饭店、温泉旅馆，不过我想在那个业界，"桑田"老板娘的面子应该比我大得多……

写了以上的内容之后，为了万全起见，桂二郎还是附上了距离京都行程一小时内的温泉，以及自己喜爱的饭店、温泉旅馆名字，才把信发给鲇子。

今天早上肋骨的疼痛突然缓和了，但桂二郎仍认为轻忽是大忌，以左掌护着右侧腹，走到客厅。富子从大门那里回进屋内，边将一个信封放在桂二郎面前，边说刚才有位姓新川的女子来访，要她转交这个。

信封上写着"上原桂二郎先生收"，背后是"新川千鹤子"，字非常漂亮。

"新川……我不认识。是来推销的吗？"

"不是，来访的小姐说她是这位新川千鹤子女士的女儿。说她去世的母亲要她把这个交给上原先生。"

富子说，她还在迟疑该不该收，那位小姐就已经快步朝车站走了。

桂二郎打开信封，取出里面的东西。是一张支票和信纸。支票的面额是两百二十万元。

"她长什么样子？穿什么衣服？"

桂二郎边问边朝玄关跑，穿上凉鞋。

年纪约三十岁左右。穿着深蓝色的长裤套装……

桂二郎边听边匆匆推开大门，跑向车站。

他对"新川"这个姓氏没有印象，但"千鹤子"这个名字，以及两百二十万元这个金额却是心里有数。

在车站前追上了穿着深蓝色长裤套装的女子，桂二郎叫住她。

桂二郎自报姓名，递出信封说自己不能收，为了怕吓到对方，喘着气硬挤出笑容。她脸型瘦长，有股说不出的柔弱，看似二十六七岁，也像三十二三岁。

"这位千鹤子，是依田千鹤子女士吧？"桂二郎说。

"是的。旧姓依田。"

女子以困惑的表情回答。

"听说她去世了，这是什么时候的事？"

桂二郎这么问，她回答今天正好两周。

"你是千鹤子的女儿，请问大名？"

"绿。我单名绿……"

"在这里站着说话不方便，到那边喝杯咖啡如何？"

桂二郎指指面包店隔壁的一家咖啡店。

"好的。真不好意思，突然上门打扰。"

新川绿说，然后用听来有些颤抖的声音继续说，因为只是转交母亲交代的这个信封，所以并没有打算直接与上原先生见面。

"绿小姐知不知道信封里装了什么？"

桂二郎边走向咖啡店边问。新川绿只回答知道，跟在桂二郎的两三步之后。

一进咖啡店，桂二郎便与绿在面朝马路的位子相对而坐，点了两杯咖啡，然后才总算看了此时才有空看的信。

　　看你的工作愈来愈顺利，非常为你高兴。归还这笔借款的时候终于到了。尽管想多活久一点的心情，和自己已经活得够久了、累了、想休息了的心情正彼此交战，但此刻我的心无比安详。谢谢。保重。新川（依田）千

358

鹤子。

桂二郎看完，对绿说，自己的确在三十年前给了她母亲这笔钱，但不是借，而是为了种种事项的谢礼，不必还。然后又问绿几岁。

"二十九。"绿回答。

"记得令堂是五十……"

"五十四岁。"

绿这样回答，从手提包里取出手帕，悄悄擦了擦手心。

桂二郎心想她大概是紧张得流手汗了吧。

"是啊。和我同年嘛。"

这么说，再次加强语气。

"这笔钱，就算是令堂的遗愿，我也不能收。"

然后把信封推到新川绿面前。

"无法成全逝者的遗愿，实在非常抱歉，但令堂实在没有必要还我这笔钱。我只能心领。这么说虽然老套，但令堂的人品，令我铭感五内。我绝对不能收这笔钱。"

然后，桂二郎说自己二十四岁的时候，在工作上非常受她母亲的照顾。

"令堂似乎将这笔钱解释为向我借来的，但我给她这笔钱的时候，是当作她帮忙的正当报酬。"

"家母只字都没有提过这是一笔什么样的钱。现在的两百二十万是一大笔钱，三十年前的两百二十万……我对货币的价值不太了解，但一定是一笔非常多的钱。二十四岁的家母，帮了能大方收下两百二十万的忙，请问，究竟是什么样的忙呢？"

被绿这么一问，桂二郎一时却编不出值得信服的故事。要是随口说谎，会让这女孩知道她不必知道的事……

"我是在三十三岁才继承家业，但很早就知道自己将来会继承了。所以大学毕业之后，我就到与家中产业相关的行业上班……"

桂二郎边说脑子边转，谨慎思考该编造什么样的情节。

绝对不能告诉她，这两百二十万，对桂二郎而言，对上原家而言，其实就是与千鹤子的分手费。

"当时，才刚进社会两年的我，就是呢，该说是初生之犊不畏虎，急着想立功，想向公司和自己家里显显本事，想和当时完全没有来往的两家公司签约，结果失败了……那时候，是令堂帮了我。"

好牵强的故事啊……尽管心里这么想，桂二郎还是决定只能把这个谎说到底。

一知道新川绿二十九岁，桂二郎心中便产生了一股只能说是不安的骚动，一时心慌，便觉得必须向她说明这两百二十万元的性质，但冷静想想，只要冷淡些，说她母亲所帮的忙值得那样一笔报酬，不必归还即可，所以桂二郎说了就后悔了。

"……这样呀。"

绿也只是如此回应而已，并没有追问上原桂二郎二十四岁时犯下了什么失误，自己的母亲又帮了什么忙。

"我记得令堂有位哥哥……"

桂二郎边说，边在脑海里描绘出那个实在不像是千鹤子哥哥的男子的模样：一双令人联想到尘螨或水蛭的三白眼，以及手臂、手背上粗得异样的血管。

"我舅舅吗？"绿反问，然后以稍加思索的表情，望着送上来的咖啡说道，"很久以前就过世了。我想应该是我两三岁的时候。"

虽然听说自己有个英年早逝的舅舅，但毕竟连长相都不记得，母亲的相簿里也没有他的照片，在聊起过往时，母亲好像也从未提及自己的哥哥……

绿的话大意如此，说着望着桂二郎。或许是紧张多少解除了些，肩头的线条放软了，一双温柔的眼睛——这才是她原本的模样吧——让她看起来像二十四五岁。

原来千鹤子的哥哥死了啊……而且是二十七八年前就死了……想必也是不得好死……

桂二郎松了一口气，为这两百二十万能够在她哥哥不知情之下帮千鹤子圆梦而感谢上苍。

"新桥的店现在也还在吗？"桂二郎问。

"在。虽然老板娘不在了，但家父从今天起，会以酒保的身份继续开店。自从家母去世以来，一直没有营业。家父说，靠自己一个人，实在没有心力把那家店继续开下去，但在许多客人鼓励之下，总算愿意开店了。我打算以后常到店里去帮忙。"

说完，绿问："您去过新桥的店吗？"

"没有，终究没去成。"

虽然曾经到那附近，但并不是专程去寻找千鹤子，而是为了其他的事到了附近，想起她的酒吧就在那一带，便无意识地加快脚步离开。这样的情形发生过两三次。

"家母在新桥开店之前，好像是在团膳公司上班，是工作上与上原先生的公司有往来吗？"绿问。

"我和令堂是在同一家公司上班。令堂高中毕业就进公司了，所以虽然和我同年，在公司里却是有四年资历的前辈。"

知道千鹤子的那个哥哥早就死了，桂二郎放松了警戒，多半因此而变得比平常多话。

一惊觉到此，桂二郎便端起咖啡杯，送到嘴边，不再说话。

"店里大概有五位常客是上原工业的员工。"绿首次露出笑容说。

"哦，这样啊。"

"那几位都是二十年的老客人，也出席了家母的丧礼。据说也是家母健行爬山的山友。"

五个人，这么多啊……而且是二十年的老客人，那么就是四十岁以上的员工了——桂二郎心想。

"绿小姐，你刚才说以后要常到店里帮忙，这么说，之前都一直没有在店里帮忙？"

桂二郎这一问，绿回答自己在建筑设计事务所上班，然后从手提包里取出名片。

上面印着"小仓勇策建筑设计事务所一级建筑师新川绿"。

"一级建筑师……哦，二十九岁就拿到一级建筑师的执照，相当优秀啊。而且说到小仓勇策先生，更是无人不知无人不晓。"

"不过电视艺人的身份比建筑师还要有名。"

绿说，然后端正坐好，再度将信封推到桂二郎面前。

"我不知道其中的缘由，但这是家母交代我，要我送还给上原桂二郎先生的。"

"不，我不能收。我没有理由收下这笔钱。多半是三十年前，令堂不知为何误会了，以为这笔钱是将来要还的。不过不是的。这笔钱，是新川千鹤子女士应得的正当报酬。"

桂二郎这么说，把信封推回绿面前。

然后将自己这张员工们背地里说被瞪上一眼会毛骨悚然的"可怕的脸"，装得更可怕，瞪着绿。

他就是要告诉绿，上原桂二郎绝对不会收这两百二十万，要她死心。

绿一脸为难，望着桂二郎许久，久得令人感到意外。但她的眼中并没有害怕。

"好的，我明白了。家母想必会十分遗憾，但这笔钱，我会带回去。"

绿说，然后问起做办公室白领时代的母亲是个什么样的人。

"乍看之下柔弱不可靠，但实际上是个个性坚强、聪明伶俐、工作能力很强的女性。"桂二郎说，"所以，我很想看看千鹤子女士当起酒吧老板娘是什么样子，但终究没有机会了……"

桂二郎微笑着说，心里很想知道绿的出生日期。

他记得和千鹤子最后一次发生关系是五月中旬。那时候，两人心中已经明白不得不往分手的方向走了。

千鹤子的母亲再婚的对象，有一个比千鹤子大两岁的男孩。这个没有血缘关系的哥哥名叫龙郎，十五岁时就因为"顺手牵羊"被辅导，高中一年级就退学，原因是闹出伤人事件。

千鹤子厌恶新爸爸，也厌恶这样一个哥哥，高中一毕业便从静冈来到东京，在总公司位于大阪的团膳公司的东京分公司会计部上班。

那时候，据说她哥哥已经成为静冈当地的黑道成员。

公司的人事部并不想雇用这样一个女孩，但千鹤子似乎有什么人脉让公司无法拒绝。

千鹤子在会计部三年后，转调外包各企业员工餐厅的部门。千鹤子努力开拓竞争激烈、陋习多、从业者与负责人勾结也多的校园团膳，屡创佳绩，甚至有人在背后阴损谣传说她的生意只怕是侍寝陪睡抢来的。

正好在这时候，桂二郎大学毕业进入千鹤子工作的公司，第二年调到东京，分到同一个部门。

桂二郎倒是不记得自己曾特别受到千鹤子吸引。他认为是千鹤子对自己怀有强烈的好感，而这并非他自抬身价。

在某一次的欢送会之后，他们与其他同事在夜晚的新宿街头走散，只剩下桂二郎和千鹤子两人。于是他们又另外找地方喝酒，在某家酒吧里喝到没有电车可回家，醉醺醺之下成就了好事。桂二郎是千鹤子的第一个男人。

顺其自然……桂二郎对自己和千鹤子的将来仅抱持这样的想法。虽然并非热恋，但千鹤子的相貌在水平之上，最重要的是个性好……若交往下去，两人的关系成熟了，结婚也没什么不好，但自己却也无意主动积极走上红毯……桂二郎对千鹤子的感情，若真要说，大约便是如此。

　　然而，在他们成为男女朋友将近一年时，千鹤子的哥哥找上了桂二郎。

　　那相貌打扮一眼就看得出是黑道中人，也不知他是怎么查到的，知道桂二郎将来应该会继承上原工业。

　　龙郎以亲昵的语气问你对我妹妹有什么打算，一再强调从今以后和上原就是郎舅了。由于这个哥哥的出现，桂二郎对千鹤子的态度转为退缩，终究无法将她视为结婚对象。然而，之后桂二郎与千鹤子的关系依然持续着，直到桂二郎的父亲得知此事。

　　也许是身为父亲的直觉，桂二郎的父亲对千鹤子详加调查后，向桂二郎明确表态：既然无法将此女娶进上原家，现在就断干净。

　　就算和酒家女玩玩也是要花钱的。尽管没有血缘关系，那个男人在户籍上依旧是哥哥，考虑到他过去的记录，你要和她分手没那么简单。

　　去和她商量，给她钱，作为精神赔偿。只要有证据证明我们拿出诚意付了钱，剩下的处理方法多的是……最重要的就是付钱分手……

　　父亲说这是与律师讨论后的结论。

桂二郎也认为这么做是上上策。父亲所说的龙郎的恶行，心狠手辣，恶毒的程度远非桂二郎所知的世界能够衡量。考虑到往后漫长的人生，千万不能愚蠢得试图去过一道过不了的桥……

桂二郎老实地将自己的想法告诉了千鹤子，虽然完全就是有钱人家的少爷的做法，但还是请她开出一个分手所需的金额。

千鹤子听桂二郎这番话时冷静得令人意外，说请给她十天的时间考虑。

她言而有信，在第十天说："新桥有一家店要转让。我已经不想再对付公所、教育委员会、卫生局这些单位，也不想再待在现在这家公司了，请给我买下这家店的钱。"

金额是两百二十万元。

这笔钱到底算多还是算少，桂二郎不知道。那是大学毕业起薪四万元的年代。

那家新桥的店，是战后一名女子所开的酒吧，千鹤子在会计部工作时，每周有三个晚上在那里打工。那家酒吧并非有小姐坐台的俱乐部形式，规模很小，只有老板娘和酒保两人，但老板娘前一年大病一场，想将店转让。酒保手艺好，人品也不错，酒吧本身也培养了许多素质好的常客。千鹤子对于酒吧的经营虽然完全外行，但多少有些储蓄，再加上两百二十万，就能拥有一家自己的店……

真对不起，我哥哥给你添麻烦，让你担心了……千鹤子这么说，向桂二郎鞠躬道歉。

应该鞠躬道歉的，是这个没有用的我。桂二郎这么说，向千鹤子深深致歉。那天晚上，宛如分手仪式般，两人不约而同地走向平常去的宾馆。

千鹤子随即便辞职了。

一年半后，与她特别亲近的同事和上司收到了开店的邀请函。

而从此之后，桂二郎便再也没有千鹤子的音讯，原以为会上门纠缠的哥哥也没有现身。

"绿小姐，令尊从开店以来，就一直在新桥的店当酒保吗？"桂二郎问。

"是的。家父在现在的店还叫'骆驼'的时候就是店里的酒保了。"

绿这句话，让桂二郎想起：对，就是叫"骆驼"。

千鹤子说过，把店顶让给她的老板娘只抽"骆驼"这个牌子的美国烟，所以把店名取为"骆驼"。

"令尊多大年纪？"

"六十三岁。"

绿将信封收进手提包。

桂二郎心想她的手指长得和千鹤子一模一样，边问："令堂是因为什么病过世的？"

"乳腺癌。三年前动过一次手术……"

绿看了看表，说她还有工作，站起来。

"工作……建筑设计那方面的吗？"

"是的。我应该在上午完成的工作一直还没处理。"

说完，绿行了好几次礼，离开了咖啡店。

桂二郎一回到家，便看到请帮忙搬家的同事去车站附近的意大利餐厅吃饭回来的俊国，正把纸箱往自己房间搬。

"我的电脑可以从你房间搬出来了。"桂二郎说。因为肚子还不饿，就告诉富子自己等一下再一个人吃，进了卧室。

假日在家的时候，不管有没有食欲，六点整和富子一起吃晚饭，已成为妻子去世后的惯例。

"是不是身体不舒服……"富子问。

但桂二郎没回答便关上卧室的门。

——对不起，还跟你要钱。

最后那晚，千鹤子这么说。

你在说什么呢。钱不是你想要的。还不都是我父亲严命我在分手之际要展现诚意……

桂二郎想这么说，但千鹤子却因那个与自己没有血缘关系的哥哥的出现，造成向桂二郎要这笔钱的结果而感到羞愧。

即使如此，要在新桥开店，无论如何都需要这两百二十万。

那时候，我和千鹤子之间应该一次都没有提到"借"这个字眼才对，桂二郎想，仰躺在床上。

千鹤子不是傻瓜。不仅不是，还闻一知十，一知道分手是因为她那个哥哥的出现造成的，便体谅上原家的想法，很干脆地抽身离去。千鹤子自己的路就不知道被那个哥哥打断过多少次。

　　所以，千鹤子应该也明白那两百二十万是为了一刀两断的分手费才对。

　　可是，她却在临死前，交代女儿说这是借来的钱，要女儿代为归还……

　　这其中难道不是别有深意吗？好告诉上原桂二郎他有绿这个女儿……

　　"二十九岁啊。"

　　桂二郎在心中喃喃地重复二十九岁、二十九岁，在脑海中回想新川绿的长相。

　　尽管觉得还是应该问问她的出生日期，但仔细想想，这对绿来说肯定是个莫名其妙的问题。

　　桂二郎心想不如打电话给一个学生时代的朋友大木田雄市，他现在在大阪自行开业行医，于是他从卧室窗边的书桌抽屉里，取出抄有朋友的住址电话的记事本。

　　"假如五月一日发生关系……"

　　大木田一接电话，桂二郎便这样开头。

　　"如果因为这样，就是……要是怀孕了，孩子会什么时候出生？"

　　桂二郎这一问，大木田粗声笑了，说："喂，有了吗？对方很年轻吗？真让人羡慕啊，上原桂二郎五十四岁还能让年轻女人怀孕啊……太太先走一步固然遗憾，但能够重回自由之身，我也替你高兴。"

　　"不是啦，不是我。只是想了解一下医学常识。"

桂二郎也笑着说。

"五月初啊……唔——"

大木田低声这么说,然后计算什么般喃喃数了一会儿。

"二月吧。"

他说。

"要正确举出是二月的哪个日子,必须从女方最后一次月经开始的日子推算,不过那也不是最正确的。有时候会比预产期早,有时候反而拖得更晚。不过,只要不是早产,就是二月。第二年的二月。"

"是吗,二月吗……"

"喂,桂二郎,你明年二月就五十五了吧。"

"哎,跟你说了不是我。"

总不能这样就道谢挂电话,所以桂二郎问起大木田雄市的近况。

"下周我要去看看白内障的问题。"

大木田说。多年来用内视镜为患者检查,内视镜的光线太强,因此患白内障的医生很多。

"这是职业伤害。啊,还有,下个月我头一个孙辈就要出生了。已经知道是女孩了,不过还真是怀念以前东猜西猜,全家一起赌是男孩还是女孩的时候啊。"

"是儿子那边要生,还是女儿?"

"是我儿媳妇啦。女儿还没嫁呢。今年年底就要三十岁了,还一心一意研究她的韩国传统表演艺术。一年里有十个月都在韩国。"

桂二郎稍微聊了一下自己的近况才挂了电话。

"二月……"他喃喃地说，然后又在内心说，"也可能是三月初了。"

绿口中的父亲，虽然在上一个老板娘的时候便在那家酒吧当酒保，但自己与千鹤子分手的时候，千鹤子应该没有和其他男人在一起……

这样的疑点必须解决。这种事可不是心中有了疑窦还能搁置的。

该如何调查新川绿的出生日期呢……

桂二郎寻思，同时心中不断浮现绿望着自己时，那此刻回想起来依然令人感到奇妙的深远目光。

一回到客厅，富子在便条纸上写了如何加热晚餐，人已经回家了，俊国的房间传出莫扎特钢琴协奏曲的音乐声。

这种私人问题总不能找秘书小松圣司商量，要他调查新川绿这名女子的生日……

这样想着，桂二郎便发现自己没有一个真正的朋友，但当他捧着枝叶闭合的合欢盆栽，注视着犹如整体合掌般的小小树身，他微笑着低声说："不，我有一个好朋友啊。"

心中浮现"桑田"老板娘本田鲇子沉思着以正确的步调在高尔夫球场上向前走的模样。

明天是星期天，桂二郎受邀参加某财界旧识的小女儿的婚宴。这个女孩自女子大学毕业后，曾在上原工业工作三年，因此桂二郎要以前社长的身份致贺辞。

婚宴是下午一点开始，就算拖得再久，应该也赶得上傍晚五点的新干线吧……

鲇子是后天住院。明天又是"桑田"的公休日……

既然有大肠息肉，可以想见身体状况和食欲都不会太好。况且，虽然只是住两晚，但女人一旦要住院，一定有很多准备工作……

桂二郎犹豫了一个钟头，才打电话到鲇子位于下鸭的住处。

"你怎么知道有大肠息肉的？"

对于桂二郎这个问题，鲇子回答："每年，'桑田'的全体员工包括我在内，都要做一次健康检查。就是这样查出来的。"

接着她又说，但是自己没有任何不良症状。

"食欲好得吓人，这几天不用吃安眠药也睡得很好……"

"我这边发生了一件意想不到的事。"

桂二郎说，听筒贴着耳朵便再次进了卧室并关上门。

"我明天下午有事，不过我想应该搭得上傍晚的新干线。如果搭上五点左右的车，八点前就会到京都，那时候你有没有空？"

"你要专程跑来京都？"

鲇子显然十分吃惊，但没有问原因，说了一家位于高台寺附近的茶屋风格酒吧的名字。

这家店鲇子曾带他去过两次，正好就在一连好几家知名料亭聚集的一个区域后侧，细巷交织，家家户户的外观都是一般旧式的京都民宅，很多店家都没有挂出招牌，桂二郎没有自信能顺利抵达不迷路。

但是，他觉得在京都祇园附近迷路也不是坏事。

"那，我八点半到那家店。"

说完挂了电话。

通完电话仍从卧室的窗边望着庭院，直朝着妻子在玄关旁沿着房子东侧的墙所种的藤蔓玫瑰那灿然盛放的耀眼花朵望。

桂二郎在怀念的同时，也想起了自己说要和幸子结婚的时候，父亲也反对过。

"你喜欢的女人就没一个正常的？"

父亲一听幸子死了丈夫，还有一个两岁的儿子，就一脸受不了地这么说。

"上原家的儿子为什么偏要娶个带着拖油瓶的女人？配得上你的单身女子多得是。"

"爸连她本人都没见过，又知道了？"

"你看起来有个大人模样，但精神年龄才十五六岁。那个两岁的小男孩又不是你亲生的，你有把握能当他的父亲吗？"

"有。我能像爱自己的孩子一样爱他。"

"你疯了！你以为自己是爱情片的男主角吗！"

但父亲见了幸子，说："搞不好真让你碰到一个好女人了。像你这样天真的少爷，也许正适合一个年纪轻轻就因天外飞来横祸而死了丈夫、吃过苦的女人。"

父亲是和带着两岁儿子的幸子一起吃饭，以他独特的识人眼光来品评幸子的，但却从未对桂二郎说过他对幸子有什么样的评价。

母亲更加反对桂二郎与幸子的婚事，也是父亲说服了母亲。至于是如何说服的，桂二郎也不知道。

幸子那慢半拍般温婉的说话方式与待人处世，以及与生俱来的清新气质，令人感觉到她开阔的胸襟与丰富的内涵，不由得将她的几个小缺点抛在脑后，而立刻将原本多少以不怀好意的视线观察她的婆婆和上原家的亲戚变成推心置腹的好朋友。

"我也真是让老爸费了不少心。"

桂二郎望着藤蔓玫瑰喃喃地说。也曾经有一段时间，他毫无理由地憎恨父亲，事事忤逆，在那段时期过去之后，也不会与父亲谈心，直到如今，才明白父亲的力量有多大……

父亲为上原工业打下了作为一家公司的基础，但自己在扩大市场占有率、更加稳健的经营方面注入心血，珍惜父亲那一代留下来的员工，因此他能够问心无愧地说，自己所领导的公司，让许多员工能够过着不虞匮乏的生活。

然而，所谓的事业，未来都是未知的。俗话说，滚石不生苔，上原工业也到了该耳目一新的时候了。不妨来一场大刀阔斧的人事变动……

小松圣司虽是个优秀的秘书，但为了他的将来着想，最好让他到市场占有率和销售力都最弱的分公司去，在业务方面多加历练。

小松的后继人选……就把业务总部的雨田调到秘书室，体验贴身跟着社长工作，先体验个三年吧……

心思一转到工作上，桂二郎的心就静下来了。

俊国来到卧室，问："咦？爸，你还不吃晚饭啊？"

"没什么食欲。"

虽然这样回答，但觉得就算没食欲也该吃饭，桂二郎便来到厨房，用微波炉热了热富子盛在盘子里的菜。结果，俊国问起："刚才在咖啡店的女人，就是那个中国人？"

他说他在意大利餐厅请朋友吃过饭，想换个地方喝杯咖啡，到面包店附近的咖啡店，一推开店门，就看到父亲和一个年轻女子谈得正热络，心想最好回避，就到车站后面新开的那家咖啡店去了。

"不是，那不是谢翠英小姐。是我以前的朋友的女儿。那个朋友过世了，她特地来通知，我想该请她喝杯咖啡，才到那家咖啡店去的。"

桂二郎望着微波炉说。

"我朋友说，她是个美人。"

"会吗。美人啊……我倒觉得也不是多顶尖的美人。"

"很漂亮啊。这年头很少见。"

"很少见？为什么这么说？"

"该说是脸蛋很有复古风吗……很知性，穿着也落落大方，很有品位……也就是说，感觉一点也不轻浮花哨。不过，这是只看一眼的感想……她几岁？"

"她说她二十九。"

"爸，你最近身边怎么老是围绕着年轻女子？"

"围绕……也不过就是谢翠英小姐和刚才那位小姐而已啊。而且刚才那位只是在咖啡店里稍微聊聊而已。"

感觉风向不太妙，桂二郎便把加热好的菜端到餐桌，微笑着消遣俊国："既然刚才那位小姐是个美人，那和对面的冰见留美子小姐相比，如何？"

俊国向冰见留美子报上假名这件事，桂二郎一直暗藏在心。

"十年前一见钟情的对象，和刚才的小姐，在你看来，哪一个比较漂亮？"

"啊，爸就爱提我不愿想起来的事。"

俊国说完苦笑，帮桂二郎热了海瓜子味增汤。

"她才不记得那封信的事呢。当然啦，都十年前的事了。要是还记得，我才不敢搬回来呢。我一定会羞愧得连见都不敢见她。"

"你没有回答我的问题哦。"

桂二郎露出更加奚落的笑容，问刚才那位小姐和冰见留美子相比，谁比较吸引你。

"唔，还是冰见小姐吧。"

俊国害臊地回答，打开桂二郎的雪茄保湿盒，问能不能抽一根。

"爸你会建议初学者抽哪根？上次抽了菲律宾产的塔巴卡拉拉，这次我想试试哈瓦那的。"

"那就蒙特克里斯托的小皇冠雪茄吧。味道很温和。"

桂二郎取出一根雪茄，用雪茄剪剪出切口。

"点火要仔细一点均匀点上。要是点火的时候偷懒，再上等的雪茄都会变得一文不值。"然后又说，"是吗……现在也还是觉得冰见小姐很迷人啊？"

又看着俊国笑了。

"冰见小姐又搬回那个家，你一定吓了一跳吧。"

"吓死我了。害我一颗心狂跳。没多久佐岛爷爷不就出事了吗，那时候我本来已经死心想说完蛋了，可是她不认得我的长相，我才松了一口气。"

"那当然啦，都过去十年了嘛。十五岁的孩子过了十年，长相当然会变啊。"

"可是，她都没变。我还觉得她比十年前更漂亮了。"

"哦……可是，你总不会还一直喜欢着十年前一见钟情的对象吧？"

"当然啊。"

俊国这样回答桂二郎的问题，但桂二郎看穿了儿子的真心。

哦，原来现在还是喜欢她啊……但想归想，桂二郎并没有说出来，而是开始吃迟来的晚餐。

第二天，出席了婚礼和婚宴之后，借用了新郎休息室换下礼服穿上西装外套，桂二郎按原定时间在东京车站搭上了新干线。

一路送他到月台的小松圣司说，只要社长通知回程新干线的抵达时刻，他会到月台来迎接，然后一直在月台上站到桂二郎所搭的新干线开车。

到了京都车站，桂二郎走向出租车招呼站时，手机响了。是小松打来的。

"社长顺利抵达了吗？"

"到了啊。你别这么担心……我又不是小孩。"

桂二郎笑着回答，问是否已经订好他去京都固定住宿的饭店。

"是，订好了。是同样的房间。"

桂二郎道了谢挂断电话，上了出租车，请司机开到高台寺。

京都路上车不多，桂二郎比约好的八点半提早三十分钟抵达高台寺门前，走在分明是星期天行人却意外稀少的石板路上，走走停停，款步而行。

路是每次到"桑田"用餐的时候出租车的必经之路，但深处有门面气派的料亭，也有因参拜高台寺的信徒而生的、极具京都风情的精致小餐馆。

"哦，原来这一家也是卖吃的啊……"

桂二郎低声说着，每经过一家店，便驻足窥看。

经过转入"桑田"的路，钻进看似料亭的黑墙数奇屋[1]建筑旁的小巷，再转入更窄的石板路，正边走边思索着该往右还是往左时，就看到鲇子站在向右转的那条路上。由于路灯的光照不到，桂二郎之前一直没看到鲇子。

"好安静啊。实在不敢相信祇园就在附近。这些全都是茶屋风格的酒吧吗？"

由于全都是不用心仔细找就看不到招牌的一般传统民宅，

---

[1] 数奇屋：指日本的茶屋或茶屋式的住宅。

桂二郎指着四周的房子问。

"也有茶屋呀。"

在 T 恤外罩了一件夏季薄西装外套的鲇子，指着再走下去应该是死路的左侧小巷说："这边和那边，是老茶屋。"

然后鲇子说了一个桂二郎也听闻过的歌舞伎演员的名字。

"那家茶屋的老板娘，是那位演员的这个。"

说着竖起小指。

"老板娘年轻的时候，是美得连我这个女人都会流口水的艺伎。现在已经快七十了。"

鲇子说，那个歌舞伎演员和茶屋的老板娘结下恋人关系，是他和现任妻子结婚前五年的事，指着小巷暗处的手，大大地转了方向。

"都是些造孽的人啊。这条胡同过去……"说着微微一笑。

"原来在京都不叫'巷子'，是叫'胡同'啊。"

桂二郎这么说，脱掉西装外套，从外套的胸前口袋取出雪茄盒，叼起雪茄。

"也许我也造了孽。"

听到桂二郎这句话，鲇子问："什么时候？"

两人走进小巷尽头数来第二户的人家，打招呼。

"老板娘，你好呀。"

在小小的硬泥地上脱了鞋，进了榻榻米房间，里面是将六帖榻榻米房改装成酒吧的日式房间，低矮的吧台已经放了两人份的杯垫，以及显然是为了桂二郎而准备的烟灰缸，吧台前铺了两块夏季坐垫。

看来今天本来是公休，却应鲇子所求而开店——桂二郎边想边注视着据说即将七十岁的老板娘从吧台后方的纸门笑盈盈地出来。

"哎呀，好久不见呀。"

老板娘边招呼着边以印有祇园艺伎名号的结实圆扇帮忙扇风，又说犹豫着不知该不该开冷气，发出银铃般的笑声。

"开了会冷，不开会闷热，我就想等两位来了再决定。"

订制的餐盒一会儿就会送来，在那之前来杯啤酒如何……老板娘这么说，送上啤酒，消失在纸门之后。

鲇子喜爱的中京区外烩订制餐盒里的高汤蛋卷十分可口，桂二郎也很喜欢。

"好极了，要吃那家的餐盒。我中午吃了法国菜，晚上就想吃点清淡的。在新干线上肚子饿了，本来想在车上吃点东西，又想到也许你会准备那家的餐盒，就忍着没吃。"桂二郎说。

鲇子边为桂二郎斟啤酒边问："阿桂身上发生了什么事？"

待桂二郎把一切一五一十说完，订制餐盒也送到了，桂二郎便向再次现身的老板娘要冰镇清酒。

雕花玻璃的酒瓶斜插在盛了碎冰的小桧木桶里送了上来。

鲇子将那冰镇的清酒倒进切子玻璃的酒杯里。

"如果我是那位千鹤子的话，会怎么做呢……"她边沉思边说。

"你是说，会不会告诉女儿你父亲可能是上原桂二郎吗？"

桂二郎明知鲇子不该喝酒，还是边为她斟酒边问。

"嗯，这是当然的，但我是说在和上原桂二郎和平分手之后，会立刻和其他男人发生深入的关系吗……其实女人在这方面，比男人认为的更原始……"

说完，鲇子表达了自己的想法：总之当务之急是设法查出新川绿的出生日期。

"如果真的有心要知道，请私家侦探马上就查得到不是吗？可是，阿桂就怕知道结果……对吧？"

"说怕的确是很怕，可是再怕也不能不面对。"

然后桂二郎说，假如千鹤子才和他分手便旋即与将来的丈夫发生关系，那么千鹤子自己是不是也不知道肚子里的孩子的父亲到底是谁。

"假如说，今天和 A 男上床，明天和 B 男做同样的事，那么，女人会知道是谁的孩子吗？"

"当然不知道呀。不可能知道的嘛。虽然我没有那种经验……可是……"

"可是？"

桂二郎反问，自己斟了冷清酒。

"万一实在不知道的话，我是不敢生的。"

"你是说会拿掉孩子？"

鲇子对桂二郎这一问点点头。

"虽然罪过，但我想绝大多数的女人都会这么做吧。"

鲇子难得称赞冷酒好喝，然后又把切子玻璃的酒杯推到桂二郎面前，意思是要他再倒，然后问新川绿是个什么样的女孩。

"像不像阿桂？"

"唔，的确是有她母亲的影子。可是，像不像我，我倒是看不太出来。"

"长得很凶很可怕吗？"鲇子边问边笑。

"她脸上倒是完全没有刚硬的线条。不仅没有，眉眼口鼻都给人柔和的感觉。关西不是会说'はんなり[1]'吗？虽然我不知道这个词正确的意义，不过她就是有一张'はんなり'的脸。不光是脸，全身都是。"

"万一要是知道父亲就是上原桂二郎，你打算怎么做？"鲇子问。

"如果那孩子的母亲到最后都没说你父亲或许是上原桂二郎，那么我最好也不要因为自己的感伤而多事吧。"

桂二郎说，想起新川绿注视自己的目光。那双眼睛，好像在向自己诉说什么……他实在无法不这么想。

"和幸子结婚以后，你出轨过几次？"

鲇子问得实在太若无其事，所以桂二郎也老实说："三次……不，四次吧。如果一夜情也算的话，那还有两三次。不过我连对方的长相都记不得了。"

然后吃了订制餐盒里的乌鱼子。

"最久的呢？"

鲇子问，然后说了一个曾待过祇园一家俱乐部的女子的名字。

---

[1] hannari，从容雅致、明艳动人之意。

"和她三个月就结束了。两个人单独见面只有三次。她现在怎么样了？"

已经是十五年前的事了，虽然已无法正确回想起她的容貌，但还记得皮肤很厚的触感。

"在先斗町开小料理店。"鲇子说。

"最长的，持续了有一年。其他的是半年和八个月……每次都是对方主动的。"

听桂二郎这么说，鲇子说："笑死人了。"以一脸受不了的样子看着他，"你以为幸子不知道吗？"

"这就难说了。我每次都很小心，不会在她面前露出马脚。"

"幸子真是个了不起的太太……"

听了鲇子的话，"原来……全都被她看穿了啊。"桂二郎喃喃地说。

"不过，这些都算不上出轨，都是些微不足道的小插曲啦。"

桂二郎这么说，又在鲇子的酒杯里斟了酒。

"和她们在一起的时候，我一定都是喝醉的。而且不是普通的醉，都醉到口齿不清。所以后来我在有女人的店里喝酒的时候，都会控制酒量。"

吃完米饭刻意装得较少的订制餐盒时，他们也将容量有三合之多的雕花玻璃酒瓶喝完了两瓶。

老板娘看两人话说完了，便用大盘子盛了号称有四十年历史的"腌床"腌出来的酱菜，放在吧台上。

茄子、小黄瓜、卷心菜、牛蒡、白菜……几乎全是桂二郎一个人吃完的。

"我明天中午过后住院，傍晚五点吃晚餐，然后晚上九点左右就要喝一大杯泻药，用一整晚的时间把肠胃清空，后天早上十点起，就有东西要从下面进来，摘掉息肉。所以今天吃这个便当就够了。"

鲇子这么说，一脸厌烦地苦笑。

"从下面？"桂二郎问。

"这种事不该问女人的。人的身体不是有出口和入口吗。"

"哦，原来如此。"

鲇子说，摘除息肉所需的时间为三四十分钟。

"本来打算后天中午出院以后，听阿桂的忠告，好好休息三天，但刚才却接了那天十三个人的预约。是很重要的客人，我不能不露面……"她叹着气这样低声说。

"你本来打算去哪里休息？"

桂二郎问，鲇子说了三河湾一座岛上的饭店的名字，将仅余的一片腌卷心菜放进嘴里，发出清脆的嘎吱声。

然后问："你是不是在想，要是那个新川绿是自己的女儿就好了？"

"别闹了。要是这样麻烦就大了。"

"哪里会有麻烦？"

"这还用问？上原家会有大麻烦啊。"

桂二郎略为夸张地做出困扰的表情这样回答。

但他也不清楚到底会有什么麻烦。即便新川绿真是自己和千鹤子的孩子，也不会怎么样。若让她认祖归宗，将来或许会有遗产的问题，但那种事自己也管不了，身后的人会设法解决吧。

桂二郎是这么想的。

比起这些，他倒是认为，若千鹤子没有将真相告诉绿便走了，那么自己也不应该向绿说出真相，这应该是一般常识吧。或者，非把事实告诉她不可呢……

这个选择才会造成他自己莫大的精神折磨……

"一定是我的孩子……阿桂心里有这个直觉。人的这种直觉是很准的。"鲇子说，"否则，也不会特地跑到京都来找我商量了……"

"你在说什么啊。都五十四岁了，突然跑来一个跟以前分手的女人生的女儿，有哪个男人会开心？又不是为了什么迫不得已的原因硬生生被拆开的女人生的。一想到万一是我的孩子该怎么办，不可能不慌啊。我巴不得新川绿不是二月、三月出生，是那年的十月或十一月、十二月生的，那我就可以大大松一口气了。"

桂二郎嘴里这么说，但也不得不承认内心的确有一丝鲇子所说的心情。

当然，这对自己而言是出了一件麻烦事。然而，这件麻烦事的因是自己种下的，新川绿这女孩是无辜的。

而千鹤子在自己心目中，是个高洁、帅气的女人。

当时的货币价值如何他已经忘了，但两百二十万这个金额，绝对不是漫天喊价。

当时一个朋友在郊外连土地买了一幢房子，记得有七八百万元之多。如果是现在，五六千万元是跑不掉的吧。

千鹤子决定了自己的生存之道，为此而要求了所需的最低金额。她没有狮子大开口。

在分手之后发现怀孕，一般的女人应该会来告知这件事，重新要求一个相应的金额吧……

说来委实自私，但假如新川绿是个心怀恶意、低俗、令人感到人品卑劣的女孩，自己心中的困惑也应该非同小可……

桂二郎这么想，又要了一瓶冷清酒。

然后又想，等告别鲇子回到饭店之后，就到酒吧喝杯威士忌抽根雪茄吧。好久没喝太多，明天就来个宿醉得生不如死，也不失为一个好主意。

"阿桂很喜欢那个叫新川绿的女孩。"

鲇子这么说。

"要是等到查出她出生的月份，怎么算都不可能是阿桂的女儿的话，现在我们躲在这里说悄悄话，就是个大笑话了。"

说着笑了。

离开茶屋风格的酒吧，走在幽暗的石板小巷里，桂二郎和鲇子缓缓迈向大马路。

"对年轻女人的身体的欲望平息了？"鲇子这么问。

"没有，现在还是很想。"桂二郎回答。

"男人的五十四岁，这么猛啊？"

鲇子边说，边刻意把身体靠过来，然后马上就忍不住笑出来，逃也似的离桂二郎两三步。

"嗯，我现在是个好色的大叔。"桂二郎说。

"要是幸子还在，你就不能这么轻松自在地找我谈新川绿的事了。"

"那当然了。因为幸子不在了，我才能沉得住气。要是幸子还在，那可不是'不得了了'而已。"

拦了出租车，桂二郎本来要先送鲇子回家，但鲇子说那样绕太远了，说要先到饭店让桂二郎下车，再搭同一辆车回家。

"医生说，就内视镜看到的，是良性息肉，但割下来以后还是要做精密检查，真正的结果要十天才会出来。要是那时候你肋骨的伤能治好就好了……"

"要打球吗？"

"嗯。想找黄忠锦先生和阿桂再打一次球。"

"一周治得好吗？就算治好了，我暂时也不想上高尔夫球场。"

"为什么？"

"我请了教练，想好好练个一年半载再上球场。像我这么没有高尔夫天分的半百之人，跟着专家学，持续练习一年，多少也会有点进步吧？依我现在的球技，不但对不起高尔夫球之神，也对不起高尔夫球场。"

桂二郎在饭店门口下了出租车，向鲇子道谢。

"等那十三个重要的客人走了，你就准备去旅行吧。现在对阿鲇最重要的就是休息。身心都好好休息。什么都不要想，看看海，泡泡温泉，想睡的时候就睡，想吃的时候就吃，发呆放空。知道了吗？说好了哦。"

因为桂二郎这番话，鲇子从出租车车窗伸出手，要跟他拉钩。

"嗯，我会的。说好了。"

桂二郎和鲇子拉了钩，走进饭店，办完住宿手续，说想到酒吧喝一杯，婉拒了准备领他去房间的服务生，只将装了替换衣物的小型公文包交给他。

"请帮我把这个送到房间。"

说完，桂二郎去了酒吧，在吧台坐下来，要了威士忌加水。

"麻烦不要加冰，只加冰矿泉水就好。"

感觉到有视线望向自己，桂二郎朝吧台深处一看，一个曾经三度找来作陪的年轻祇园艺伎正和一个年纪与桂二郎相仿的男人喝着鸡尾酒。

视线一对上，艺伎背着男子对桂二郎眨了右眼，然后悄悄点了一下头。

桂二郎也同样回以一下点头，从西装内口袋里取出雪茄盒，在高希巴的世纪二号上剪出切口，点了火。

桂二郎认为，雪茄的头一到两厘米这一段，用引擎来比喻就是在暖机。真正抽得到那根雪茄的味道的，是最后五厘米那一段，这是桂二郎自己的原则。

视线追随着升起的烟雾，桂二郎试着回想千鹤子的容颜。然而，眼睛归眼睛，鼻子归鼻子，嘴巴归嘴巴，每个部位都各自鲜明地回想起来了，但就是无法组合成一张脸。

试着把回想起来的各个部位凑起来，描绘出千鹤子的脸，结果不仅凑不起来，连部位本身都消失了。

想起新川绿说以后她必须代替母亲到店里去，桂二郎便想要在这几天到那家酒吧去看看。

但又改变主意，认为既然有好几个上原工业的员工是熟客，自己最好还是别去。要是下了班，想到酒吧去赶走一整天的疲累，却遇见公司的社长，那几位员工想必以后就不肯再去了……

桂二郎的心思又飘到自己之前一直考虑在六十岁便从公司的经营中抽身一事，若真要这么做，那么是时候该让俊国或浩司进入上原工业了。

只剩六年。

但是，浩司才刚大学毕业去上班，俊国也才二十五……

"六十岁退休看来是不可能了……无论是谁来继承，至少在三十五六岁之前，都要去领别人的薪水，尝尝上班族的辛酸。这样对他本人和上原工业都比较好……"

桂二郎在内心这么说。

"所以未来十年我还不能退休……"

然而，离开了工作，自己到底还剩下什么？

"都五十四岁了，还完全不懂得如何享受人生，我真是白活了啊。"

桂二郎又在内心这么说。

结果，"约定"这两个字没头没脑便突然浮现。可能是因为刚才临别之际和鲇子拉钩说"说好了哦"的关系。

桂二郎心想，印象中千鹤子在最后那晚也说了"约定"这个词。

是什么样的约定呢……

当高希巴的世纪二号味道变深时，桂二郎难得地将烟吸入肺里，但太过刺激差点呛到，便喝了几口威士忌加水。

千鹤子深信那两百二十万是上原家迫于几近威吓的行为而不得不出的钱。好几次解释收下那笔钱不是自己的本意，也诉说了自己一路受到没有血缘关系的继父与哥哥多少欺压。也说了当自己为了上大学所存的钱被哥哥擅自领走的时候，她不知有多么痛恨再嫁给这种男人的母亲。

哥哥迟早会查出自己在新桥开了店，然后又会像寄生虫般死缠着要钱。

再不然，可能会使出种种恶心的手法，向上原桂二郎诈取更多的钱。可是，我一定要与那个没有血缘关系的哥哥奋战到底。我会坚持是我自己爱上了别人，求上原桂二郎跟我分手的……

不需努力回想，千鹤这些话全都留在桂二郎的记忆里。

所以，这不是千鹤子给的"约定"。但千鹤子的确说过"我保证"这句话。

她究竟答应了他什么呢……

桂二郎恨自己想不起来，又要了一杯威士忌加水。

艺伎与喝鸡尾酒的男人离席，拿着房间钥匙离开了酒吧。艺伎小跑步来到桂二郎身边，双手在胸前合十。

"要保密哦！"她笑着这么说。

"搞不好我会去跟你老爷告密哦。"

桂二郎也笑着说，然后微微点头表示答应。艺伎追着男人离开了酒吧。

桂二郎有些失望地心想：最近的年轻艺伎做事太不细致了。祇园的艺伎，竟然在祇园近前的饭店和男人私会……她难道没想到过事情立刻就会传进老爷耳里吗……祇园这个世界这么小，特别是关于男女间的秘事，一夜之间就会被发觉……

那个艺伎的老爷在九州岛生意做得很大……

桂二郎想着这些，喝了第二杯威士忌。

请私家侦探对新川绿做的相关调查，三天左右便送到桂二郎手上。

委托调查的项目只有绿的出生日期、父亲的姓名，以及关于酒吧"新川"的一些事，不包括其他背景现状，所以事先便交代将结果邮寄来即可。

绿出生于桂二郎与千鹤子分手的翌年二月二十七日。父亲是新川秀道，但秀道与千鹤子是在绿出生的两个月前才登记结婚的。"新川"这家酒吧，原本位于某人所拥有的三层楼大楼中，千鹤子将之买下。客源良好，由酒保秀道与老板娘千鹤子两个人打理，从来没有雇用过女性员工。

这家由夫妇俩经营的小酒吧，奥姆蛋[1]和马铃薯料理备受欢迎，其他的菜顶多就只有沙拉。十几年来一直没有负债，客人大半都是中坚上班族，还有几位作家、编辑、建筑师和商业设计师。

新川绿应届考上英国的大学，自建筑系毕业回国后，最

---

[1] 奥姆蛋：一种西式蛋饼，在煎熟卷起的纯蛋黄中间夹着馅料的一种食物。

早是在建设公园、保育园、幼儿园为主的公司上班，二十六岁时成为一级建筑师，转往目前的公司服务。

绿直接参与的工作，有地方都市的小剧场、山阴地方的美术馆，目前则是向某团体即将开设的美术馆提案的团队队员之一。

在事务所里很有人缘，大家称她为"小绿"。没有特定的男友。与父亲两人住在吉祥寺的独栋房……

报告中也附了吉祥寺住家的住址。

二月二十七日……

桂二郎估量着"桑田"老板娘应该已顺利摘除息肉、办完贵客的十三人筵席踏上旅途，便想打鲇子的手机。

这时候，秘书室的小松来电。

"那名男子刚才来电了。"小松压低声音说。

"他说现在要来看那只怀表。我跟他说社长不在。"

"嗯。麻烦你了。我桌上的文件堆积如山。恐怕要三四个钟头才能全部看完。"

桂二郎挂了电话，再次要按鲇子的电话号码，却又作罢。

要是她已经在旅途中，拿自己的事去烦她也不太好。

叫她什么都不要想，看看海，泡泡温泉，发发呆的，就是我啊。桂二郎自言自语着，喃喃地说："小绿是吗……"

要是遭恨遭忌，想必不会有"小绿"这个昵称。

桂二郎想到这里，又想，生日是二月二十七日的话，依照鲇子的说法，新川绿的父亲就是上原桂二郎了。

就算千鹤子有男人所谓的"最毒妇人心""魔性"，还是鲇子的想法比较合理。而且就自己所知，千鹤子并不是个不知检点的女人。不仅不是，甚至自尊心很强，对自己有点过度要求。

桂二郎望着社长室的天花板，思索着这下自己该怎么办的时候，想起了最后一次和千鹤子在一起之后，她用沙哑的声音说的那句话。当她说完她一定会好好用这两百二十万之后……

"一旦收了这笔钱，我这辈子就不会再给上原桂二郎这个人添任何麻烦。我保证……"

对了，千鹤子的"约定"就是用在这个时候。

桂二郎一想起千鹤子这句话，便努力回想自己是怎么回应的。但是，这方面却完全从记忆中抹去了。

现在可以靠所谓的 DNA 鉴定来判断是否有亲子关系，可信度相当高。但桂二郎无法要求新川绿去做鉴定。

想到这里，桂二郎把私家侦探寄来的报告收进办公桌的抽屉里，看起业务总部、商品管理部的报告。

过了一小时左右，小松打电话来，问是否能到社长室打扰。

"可以啊。那个人来过了？"

"来过了。刚走，上了地铁。我亲眼看他上车的。"小松说。不到两分钟，便带着包在布里的怀表来到社长室。

"那个叫吴伦福的人，把这只坏掉的怀表从里到外仔仔细细看过了。"

"然后呢？"

"他说，这只百达翡丽的怀表，就是他猜想的那个没错。还拍了很多照片。"

"拍照？"

"是的。他带了相机来。拍了二十张左右吧。像是刻在上面的数字、表盖的图案等等。然后……"

"然后怎么样？"

"他说想请我向上原社长问偷了这只怀表的少年的姓名。"

"偷了怀表的少年叫什么名字，我怎么可能知道。"

"是。下次他来电时，我会转告他。"

小松把包在布里的怀表放在桂二郎的办公桌上，准备离开社长室。

桂二郎叫住小松。

"你要不要去米子分公司吃吃苦？"

桂二郎已经和董事们讨论过并征得同意。

"米子分公司吗……"

小松圣司试图保持冷静，但表情因为惊愕与困惑瞬间微微变色。

米子分公司，是上原工业的市场占有率最低的分公司，同业 T 公司在当地占有百分之六十的市场，在公司里被称为"流人岛"。这一点桂二郎也知道。

T 社的创始人就是米子人，胞弟为当地的县议员，大多数的量贩店和零售店都是县议会的后援会会员。

"目前消息还不能外传。我在考虑让业务总部的雨田接你的位子。雨田那边，我请业务总部长明天跟他说。"

"是，我绝不会泄露消息。"

"我想这个月底会有正式的公告，你先准备一下。"

T社在山阴地方，尤其是以米子为中心的鸟取县市场占有率非常稳定，同样的现象也遍及岛根县和山口县。

"我不会叫你超越他们，不过至少去把我们的市场占有率翻倍再回来。"

"我将以什么身份到米子分公司任职？"小松问。

"目前，我考虑的是分店长代理，不过先等我傍晚和董事讨论再说。要是一开始就以分店长的身份去，你可能会不太好办事。因为那里老员工就有五个。"

"是。我会努力的。"

小松行了一礼，出去了。

桂二郎知道小松圣司两年前才买了房子，也知道他老婆在老人看护设施工作，女儿的年纪也还小。

正想打电话给业务总部长的时候，桂二郎的专线电话响了。是黄忠锦打来的。

"什么时候从中国台湾回来的？"桂二郎问。

黄忠锦说，三小时前才到自己的住处。

"我拿到了对身体非常有益处的茶，是一种药茶。不但可以让胆固醇和中性脂肪维持在正常值，茶本身也非常好喝。我带了很多到日本来，想说一定要和上原先生分享。常喝这款茶，就不怕心血管疾病找上门。"

"那真是太谢谢了。这么好的茶，真想今晚就开始喝。"

说完，桂二郎问起他认不认识一个叫"吴伦福"的人。

然后，把吴伦福名片上印的公司名称和住址念给黄忠锦听。

黄忠锦思索片刻。

"我看应该就是吴见明。"他说。

"吴见明是本名。他有几个名字，会分别使用。有时候还会用日本名字。他怎么了？"

桂二郎向黄忠锦说了吴伦福突然来访的事情及其目的。

"杀人？"黄忠锦这样问。

"吴见明的妹妹四十年前被杀，这我还是头一次听说。就我对横滨中华街的记忆，没出过这样一件事，不过我还是问问丁大老。"他这么说。

黄忠锦之前曾提过，丁大老这位老先生形同横滨中华街的活字典。

"可是丁大老的记忆力也衰退了。自从生病之后，整个人老了很多。"

黄忠锦说，无论如何，最聪明的做法就是不要理他。

"吴见明这个人，没有恶评，但也没人说他好。他很文静，无论谈吐还是穿着，总是中规中矩，但总会跟人保持距离。所以，旁边的人也不会去靠近他。他一年当中有十个月待在中国台湾。"

这样说完，黄忠锦换了个话题。

"北海道有个我很喜欢的高尔夫球场，那里的经理是我的朋友。北海道没有梅雨，七月又很凉爽，来趟高尔夫球之旅倒是很不错，所以我今天是打电话来约你打球的。我想你肋

396

骨上的伤应该好得差不多了吧？"

桂二郎向黄忠锦说了自己对高尔夫球的想法。

"请等到九月底或者十月中旬，我稍微进步一点再约我。"

结果黄忠锦说，半年后自己的身体恐怕就不能再打高尔夫球了。

"癌症很难缠啊。本来一直很安分的肝癌终于开始作怪了。医生不建议动手术。

"距离札幌不远的那座高尔夫球场，我只去过一次，非常喜欢，甚至想入会当会员。我本来正在考虑着哪天要再来这里打球，结果改变了主意，想说，不，我要把这里留给我人生中最后一场高尔夫球……"

黄忠锦这样说完，又说："我、上原先生、本田鲇子女士，还有我从小的死党老吕。我想就这四个人来打我最后一场高尔夫球。对我而言，这是最佳搭档。"

桂二郎本来想说，成功经历两次大手术的黄忠锦，这一次也定然会战胜病魔，但打消了念头。

因为他从黄忠锦平静的语气中，感觉到有什么会将他这番话挡回来。

于是桂二郎说："等到了十月，您一定又会用中气十足的声音打电话来约我去那座球场打球的。"

然后请黄忠锦决定日期。

"七月一日如何？"

听黄忠锦这么说，桂二郎看了自己的时间。

虽然有两组客人，但都是可以和对方商量改期的。

"我是计划七月一日到札幌，第二天打球，三日回东京，但上原先生和鲇子女士可能都有工作？"

"不，前一天虽然有不能缺席的会议，但我会先把一日、二日、三日空下来。请让我和您一起打球。"

桂二郎说鲇子由自己联络，但黄忠锦说刚才他已经打了鲇子的手机了。

"手机转留言，所以我就简短地说了这件事，她马上就回电话给我，答应要一起去。鲇子女士本来也说要打电话给上原先生，但我想这样的邀约应该要由我亲自开口……机票和饭店事宜请交给我安排。"

黄忠锦说，明天起他要住院三天，然后挂了电话。

桂二郎从椅子上站起来，缓缓试做了高尔夫球的挥杆动作。一开始动作幅度小小的，再慢慢稍微加大。之前一直护着没去动的肌肉还比裂开的骨头痛。

桂二郎想着今晚去医院请医生看看，同时打电话给小松，要他安排七月一日到三日休息。

"我要到北海道去打高尔夫。"

"咦！不要紧吗？您的肋骨？"

"我刚才试着挥了几下，相当不错。要是会痛的话，就穿着护腰打。不能乱动，搞不好反而打得比较好。"

"是啊是啊。重心不要随便乱动，要精准地只挥动手臂。社长臂力强，光是这样就能挥很远，球也不会歪。"

"你对高尔夫球很了解嘛。之前不是说死也不碰高尔夫球的吗？"

"不是啦，我是听西崎部长说的。"

小松搬出公司里高尔夫球打得最好的业务二部部长的名字来搪塞。

"你左手食指的第二个关节不是长了茧吗？西崎说，那是因为你握杆握得太用力哦。"桂二郎笑着说。

小松圣司一时无话可回。

"是……我老实向社长招认。"小松压低声音说，"我瞒着社长，偷偷开始练习高尔夫球。而且，是从很久以前就开始了。本来是打算多练习一下再向社长报告的。对不起。"

"哦，我就知道……之前明明把话说得那么绝，什么一辈子不碰高尔夫球。你这个叛徒。"

"我哪敢……不过请放心。因为我一点都没有进步。上星期六一位亲戚长辈带我去球场，打了六十七和六十六。弄丢了五颗球。"

"你先进步有什么关系。我才不担心呢。"

桂二郎笑着换了个话题。

"新桥有家叫'新川'的酒吧。我想去那里看看，你要不要装作是工作，陪我一起去？"

桂二郎推测以上班族为主要客群的酒吧，应该傍晚五点就开店，所以想趁自己公司的人还没去，先去看看新川绿的父亲。

"那家店好像有好几个熟客是我们公司的人。我不想在酒吧和员工打照面，所以想早点儿去，早点儿离开。"

小松没有问桂二郎为何要去"新川"这家酒吧，说："如果是纯酒吧的话，早一点的四点就开店了。"

"嗯，我想那里是纯酒吧。因为他们不是有女孩子坐台的那种。"

"那么四点半左右过去如何？万一还没开店，可以找个地方稍微等一下。我想绝大多数的纯酒吧五点就会开门。"

"好，就这么办。"

挂了电话，桂二郎看起报告。手机马上就响了。料想一定是鲇子打来的，一接起来，信号不好，很快就断了。但开头听到的那声"喂"，果然不出所料，就是鲇子。

等了五分钟左右，电话再度响起。这次鲇子的声音很清晰。她说她在三河湾的一家饭店。

"可以看海的露台信号不好，所以我就回房间打。"

鲇子说，然后问黄忠锦有没有跟桂二郎联络。

"刚才，我答应跟他去打高尔夫球了。大概只能轻轻挥杆吧，不过我还是决定应邀前往。"

"人生最后一场高尔夫球……"

黄忠锦也向鲇子解释了他的理由。

"可是，黄先生那么坚强，一定会好起来的。搞不好之后会有十场人生最后一场高尔夫球。"

对鲇子这番话，桂二郎答道："嗯，是啊。"

但他还是觉得这次北海道的高尔夫球之旅，终究会是黄忠锦人生最后一场高尔夫球。

最清楚这一点的，是黄忠锦本人。他的话中，既没有大限将至的悲凉，也感觉不到开悟这类夸张的语气，有的是无尽的沉静。

"我身边也有几个认识黄忠锦先生的人，一知道我和黄先生交情还不错，便谈起他的为人和身为企业家的品德。没有人说黄先生一句不是。每个人都在某方面受过黄忠锦先生的照顾。还有人因为黄先生身为在日华侨的奋斗而备受鼓舞。他这一辈子好像吃了很多苦，自己却只字未提。"

然后桂二郎以"新川绿是二月二十七日生的"改变了话题。

他把私家侦探的报告从抽屉里拿出来。

"父亲是新川秀道，在她出生之前不久，才与依田千鹤子登记结婚。"

"这下不得了了。"

手机里传来鲇子带笑的声音。

"真的。这下不得了了。"

桂二郎说详情等见了面再说，问起鲇子难得休假，情况如何，但鲇子却说目前还没有什么值得细说的。

"天气很好，海很美……"鲇子说。

"虽然想什么都不想，要泡温泉的时候就去泡，睡个午觉，可是想到今晚要来'桑田'的客人讨厌生鱼啦，另一位客人有糖尿病，要计算热量，把分量弄小一点，差一点就打电话回店里去了。"

"这些你们店里有经验的服务生和大厨都会考虑到的，放心交给他们就是了。"桂二郎笑着这么说。

有人敲门，小松说车子准备好了。

"那我们就北海道见了。"

桂二郎说他要出门了，挂了电话，将私家侦探的报告折了两折，放进西装的内口袋，上了候在公司大门前的车。

"今天听说东京都内的路一早就很堵。"

小松说，但还是问声"不过四点半应该可以到新桥那边吧"，征求司机杉本的同意。

"如果店开了，五点我就会出来，不会待太久。"

桂二郎对杉本说。

小松说他查了新桥"新川"这家酒吧的电话，刚才打电话去问过开店时间和地点了。

"接电话的人感觉是老板，跟我说了从JR[1]的新桥站怎么走。下午四点半开店。"

但小松绝口不问为何桂二郎想去"新川"。这是桂二郎信赖他的原因之一。

桂二郎看了私家侦探的报告，冲动之下想到"新川"看看，但随着车子离新桥越来越近，他越来越不明白自己为什么要这么做。

最大的理由是想看看"新川"的老板——同时也是千鹤子的丈夫——新川秀道这个人，但就连为什么想看，桂二郎都找不到一个明确的理由来说服自己。

从新川绿的话听来，桂二郎推测千鹤子临死之际，交代她把两百二十万还给上原桂二郎这个人的事，并没有隐瞒

---

[1] JR 即日本铁路公司。

402

丈夫。

千鹤子的丈夫是不是知道三十年前这两百二十万是什么性质的一笔钱?

一想到此，桂二郎还是想亲眼看看新川秀道这个人，因而对堵车的状况感到焦躁。

"新川"所在之处距离新桥站步行约十分钟。

"这里是单行道，我在这个停车场等候。"

杉本说，将车子停在收费停车场前，打开车门。

"好怀念啊! 以前常来这一带喝酒。"

桂二郎环视样子变了不少的新桥车站一带，指着一栋熟悉的旧大楼旁的巷子，说:"从那里进去有一家便宜又好吃的烧烤店，我以前常去。那时候我才刚到公司上班，二十七八岁吧。"

"那栋大楼后面，有一家很好吃的猪排店。"小松看着左侧一栋新大楼说。

"奇怪了，我记得应该是在这条路上……"

小松停步，折回来时的路，马上又跑过来。

"找到了。因为招牌很小，刚才没看见，错过了。"

挂在老大楼入口的"新川"招牌，大小就只和一般家庭的门牌差不多。淹没在同栋大楼里的寿司店和西餐厅的招牌里，首次造访的人想必都会错过。

推开沉重的木门，便看到一颗只有侧面还有几许头发、其余光可鉴人的头微微动着，那个应该是名叫新川秀道的六十来岁男子，正以熟练的手势擦着鸡尾酒杯和平底杯。

他穿着花呢格纹背心，打着黑领结。店里还没有客人。

店内的装潢没有纯酒吧特有的"潮"或"时尚"元素，墙上挂着的女性肖像多半是常客喝醉后以钢笔画的，还有许多人为祝贺开店二十周年共同写的贺词，但一枚板的吧台非常厚实，擦得晶亮。

桂二郎和小松在吧台坐下。

"今天又闷又热，稍微走几步就出汗了。"

桂二郎说，点了金汤力鸡尾酒。

"请给我黑啤酒。"小松说。

"真的很闷热呢。"新川秀道这么说，从架上取出酒瓶，将杯子放在吧台上。

他先斟了黑啤酒，连手势也感觉得出陈年功力。

桂二郎心想那张钢笔女性肖像画的多半是千鹤子，便专注看画。图画纸上写了小小的作画日期。

——平成元年（一九八九年）七月七日——

桂二郎想着那这就是十一年前[1]的千鹤子了，喝了新川秀道利落调制的金汤力。

"真好喝。虽然金汤力这种调酒，只要有杜松子酒和奎宁水，应该谁都做得出来，可是也没有哪款酒可以如此分明地显现出专业和业余的差异了。啊，真好喝。"

桂二郎向新川秀道这么说。

"谢谢夸奖。以前我去英国的时候，在利物浦车站附近一

---

[1] 指书中故事所处的年代。

家平平无奇的酒吧喝了金汤力，我还是比不上那一杯啊。虽然希望哪一天能够超越那杯金汤力，但看来是无望了。"

新川秀道微笑着这么说，将坚果倒进小碟子里，放在桂二郎与小松面前。

"这家店看起来相当有历史啊。"

桂二郎说，再次环视店内。

"开店就快满三十年了。"

新川说，将蓝调爵士的音量调低，又说若嫌吵可以关掉。

"是'Lady Jane'吧。好怀念啊。学生时代在专门播放摩登爵士的咖啡店经常听到。"桂二郎说。

新川秀道解释，自己店里是不放音乐的，但在客人出现的五点多之前，他会像这样听着喜欢的曲子擦杯子。

"客人都是五点过后才来吗？"

桂二郎边问边觉得新川秀道像什么人，却怎么也想不起是谁。

"偶尔在开店的同时，会有自己做生意的客人上门，但上班族还是要五点半或六点以后才会来。"

新川这么说，然后打了电话，说了几种烈酒的名称，请对方明天送来。

"好像波平先生哦。"

小松在桂二郎耳边悄声说。

"波平？是谁啊？"

"蝾螺小姐的爸爸呀，漫画的蝾螺小姐。"

"哦，对了对了。就是波平先生啊，很像呢。"

桂二郎笑了，看看手表。已经五点出头了。

其实不必急着走，也不会遇到上原工业的员工。因为社里规定的下班时间是五点半。

想归想，桂二郎还是认为今天已经达到亲眼看到"新川"这家店和新川秀道这个人的目的，便结了账，对新川说："虽然很想再来一杯金汤力，不过还有一点事要办。"

然后便离开了。

"好久没喝黑啤酒了。黑啤酒在家里喝也不觉得有多好喝，可是在酒吧里喝，就会觉得好好喝好感动。"

小松说，朝站在停车场前的杉本挥挥手。

"接下来您要去哪里呢？"小松问。

"回公司。我得在今天把报告全部看完。"

虽然这么回答，但桂二郎其实是想征求业务部门和总务部门董事在人事变动方面的最终同意。

一方面也是认为若不及早离开这附近，很可能会和公司的员工遇个正着。桂二郎自己在别家公司上班的时候，也曾好几次谎称拜访完客户要直接下班，然后跑到常去喝酒的地方喝酒。

上班族偶尔总免不了有一些傍晚想发泄一下工作上的郁闷。

这样一个员工，若在自己常去的酒吧附近撞见社长，岂不是惨了……

他心里是这么想的。

"回程好像比来的时候更堵了。"杉本说。

在回程路上看到一家高尔夫球用品店，桂二郎便请杉本停车，和小松一起进了店里，买了一打高尔夫球。

"你平常都用哪一家的球？"桂二郎问。

小松回答从来没用过全新的球。

"我都是用练习场卖的遗失球。一袋一百个五千元，不过每一袋都是同一家厂牌的同一款球。"

"一个五十啊……真便宜。就算是遗失球也很便宜。"

说着，桂二郎又再买了同样一盒球，递给小松。

"这是送你的。算是送给流放到米子的员工的饯别礼吧。"

"我是被流放吗……"

小松微微一笑，像接受奖状般拿手高举高尔夫球盒，说："我一定会把前往米子分公司变成上原工业优秀员工的必经之路。"

"没错，有志气。就等你把米子分店变成这样的一家分店。"

桂二郎高兴起来，对小松说："再买一把推杆给你。"

然后问店员有没有保证球一定会进洞的推杆。

年轻店员将桂二郎与小松带往陈列推杆的区域，比了比那里所有的推杆。

"全部都是吗？"

"是的。我们店里卖的推杆，保证杆杆进洞，百发百中。"

"有没有像我这么差劲的也能打出三百码的开球木杆？"

"有的。三百码是小意思。"

说着，店员又带他们到陈列着开球木杆的区域。

"真的能打出三百码？"

桂二郎笑着逗店员。

"只要没挥空，一定可以。"

店员一本正经地回答。

"好，那我要买。这里面你最推荐哪一把？"

应桂二郎的要求，店员选了三把看似新产品的开球木杆，带他到试打室。

"这里有和这几把同款的试打用的开球木杆，请您亲自试试看。"

桂二郎笑着说："不用，不必试也知道，一定可以打出三百码。我觉得一定可以。你们这家店运气真好，请到一位好店员。"

说完，买了一把四十五英寸的开球木杆。

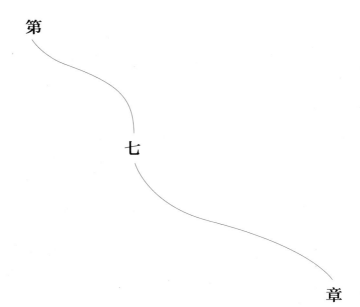

第 七 章

一到七月，冰见留美子便请了之前工作繁忙时假日加班的两天补休，前往小樽，芦原小卷在那儿期盼她的来访。

　　东京正值梅雨季节，却没怎么下雨，一连好几天都闷热得不得了，但小卷在电子邮件里说，小樽早晚得穿薄毛衣。

　　在羽田机场的航空公司柜台办好了前往千岁的登机手续，虽然还有时间，但留美子想到登机门前的椅子坐下来等，便朝扶梯走去，发现错身而过的男子是上原桂二郎，便惊讶地停下脚步。

　　上原桂二郎并没有看到留美子，与一名看似前来送行的年轻男子走到柜台，说："到千岁……"

　　提着波士顿包的男子多半是上原桂二郎的秘书吧，看样子要前往新千岁机场的只有上原一个人。

　　到札幌的班次人很多，好几个柜台前都排了长队。

　　留美子猜想上原桂二郎一定是和自己搭同一班飞机，便想回到柜台去打招呼。但又考虑到也许他是和员工以外的人同行，如果是这样的话最好装作不知情，便上了扶梯。

　　她是想，分别到机场，分别办理登机手续，座位也分开，到了新千岁机场再与情人会合的情形也不无可能。

　　上原桂二郎若有这样一个对象也不足为奇。他四年前丧妻后便一直单身，又充分具有男性魅力。就连年纪小上好几轮的自己看来，也认为上原桂二郎有股独特的性感味道……

"会是什么样的女性呢？有点想看看呢。"

留美子露出微笑，在心中暗自低语，排队检查随身行李，偷偷回头看。上原桂二郎还没过来。

"装作不知道，装作不知道……"

这样对自己说时……

"咦？冰见小姐。"

上原桂二郎的声音在身后近处响起。原来他就在留美子正后方。

然后他问："你要去哪里？"

"北海道。去小樽找朋友。"留美子说。

"有飞机飞往小樽吗？我到千岁。"

桂二郎出示自己的机票微笑着说。

"小樽没有机场，所以我也是先到千岁。"

留美子也出示了自己的机票，检查完随身行李，与桂二郎一同走向登机门。

"没想到我们搭同一班飞机……"

留美子这么说，桂二郎也探头看着留美子的机票，回应道："位子也离得很近呐。早知道，就可以搭我的车一起到羽田了。"

"上原先生是去出差吗？"

"不，去打高尔夫球。"

"哎呀，那么，肋骨的伤势都康复了？"

"没有，医生说还没有完全好。所以我要穿着护腰打球。"

上原桂二郎说，护腰放在托运行李里。

留美子说，其实在登机柜台就看到上原先生了。

"可是，心想您可能要和大美人在哪里会合，就不敢出声叫您。"

她笑着这么说。

"我也希望自己身上能发生一点这类韵事，但若真的发生了，还挺耗神的，一定会很累。"

上原桂二郎如此回答，露出难得淘气的神情，说："冰见小姐才是，我看，八成有个青年才俊正在小樽引颈期盼。"

"是我中学时的朋友。是个像少年般的女孩……说'女孩'真的很厚脸皮哦，因为我们同岁。"

留美子笑着说，然后问不惜穿护腰也要打高尔夫球，上原先生这么喜欢高尔夫球吗。

"不，我球技太差，没那么喜欢，不至于明知好不容易才慢慢好转的肋骨伤势可能会恶化，还硬要打球。"

然后上原桂二郎接着又说，明天的高尔夫球是比较特别的一场球。

"因为我被选为人生最后一场高尔夫球的球伴。"

"人生最后一场高尔夫球？"

留美子放慢脚步问。上原桂二郎露出稍事思索的表情，然后说："也就是说，那个人打完这场球，这辈子就不会再打了。所以名符其实，是人生最后一场高尔夫球。"

登机门前挤满了人，看了便令人猜想这班飞机多半客满。

邀上原桂二郎明天一起打球的人为何不再打球？留美子深感好奇。是因为上了年纪，认为打高尔夫球该适可而止了呢，还是对高尔夫球这项运动生厌了，或者是有什么经济方面的因素，再不然是不是伤了腰、膝盖还是手臂的，不能再打高尔夫球了……

对高尔夫球不感兴趣的自己，竟然会想知道这位连是谁都不知道的人物下此决心的理由，留美子自己也感到不可思议。

"您那位朋友，为什么把明天那场球定为人生最后一场高尔夫球呢？"

心中虽然想起父亲曾说过，不可以随便开口问一些可能会冒犯别人的问题，留美子还是问了上原桂二郎。

记得去世的父亲向自己说这句话的时候，就是她十岁生日那天晚上啊。

"这个嘛，为什么呢……反正就是，打完这场就不再打球了……那位朋友大概是这么想的吧。"上原桂二郎回答，"朋友球龄四十年，除了生病，多的时候一年会打到一百场。少的时候也有七十场，差点[1]也曾经只有三杆，所以应该不是讨厌高尔夫球吧。也许是认为现在是他急流勇退的时候。即使是现在，差点应该也有七八杆的实力。"

留美子并不知道高尔夫球的差点是什么。

---

[1] 指差点指数：是衡量高尔夫球员在一个标准难度的球场潜在能力的数值。一般来说，数值越低，说明球员的能力越高。

"冰见小姐公司的老板，还继续在练习打高尔夫球吗？"上原问。

"是的。还是一样，陶醉于仅仅一球的好球带来的快感。"

听到留美子这么说，上原笑了。

"跟一个好教练学不是很好吗。"他说，"都要练习了，别说一百球只有一球，打出八十球左右的好球，应该会更有快感吧。啊，不，也许是因为仅仅有一球，才会有快感也不一定。嗯，很可能就是这样。"

最后一句话仿佛是说给自己听似的，说完上原桂二郎笑了。

进了机舱，留美子与上原桂二郎的座位只有五排之遥。但上原桂二郎一就座，便读起文件类的东西，飞机起飞后视线仍一直没有移开。

留美子坐的是靠窗的位子，在飞机飞至保持固定高度的航道前，她看着地图上小樽与其周边海岸的路，想着小卷说要开车来接她的轻型车是上行还是下行，但视线一移到云海上，便骤然间感到有无数小蜘蛛贴着自己所坐的飞机飞舞，就将脸凑在窗前细看。

其实那只是光与窗玻璃的戏耍，在云海上撒下闪烁的小点而已。

本来，蜘蛛就不可能飞在那种地方，而且现在季节正要转到夏天，所以留美子心想，一定是昨晚在电脑上盯着客户的税务相关数字看太久，眼睛累了的关系。

附近座位一个被母亲抱在怀里的婴儿哭了起来。

留美子闭上眼睛，试着化身为将命运托付给气流而飞的蜘蛛。

结果，眼前却浮现出明明退掉公寓回家与父亲同住却难得有机会打照面的上原俊国的面孔。

同时，也想起与分手的男子前往九州岛三天两夜小旅行时的往事。

男子一发现站在机舱门口迎宾的空姐是大学时代的女性友人，便突然慌了，叫留美子先进去，自己折回乘客行列的最末尾，后来进了机舱，也不坐在留美子旁边，而是拜托陌生人与他换了座位。

在抵达机场之前，男子与那位空姐交谈过两三次。每次男子都过意不去地看留美子。

到了机场之后，男子解释那位空姐认得他的妻子，也出席了他们的婚礼，留美子努力叫自己平静下来，但整段旅程中，一种近似于屈辱的情绪一直挥之不去。

与男子分手以来，为了工作也搭过好几次飞机，却从来不曾想起当时坐在后方的男子那如坐针毡或自己的感觉。那今天怎么会想起来呢？留美子对想起这些的自己感到懊恼，转头去看上原桂二郎。上原桂二郎将文件摊在腿上，闭着眼睛。

留美子觉得与有妇之夫在一起的那几年是自己难以原谅的污秽，恨不得早点儿离开机舱。

但留美子告诉自己：我是爱上了一个为了离婚而与妻子分居的男子，以他一离婚就结婚为前提才与他认真交往的。我一点都没有错。相信他的谎言或许是很愚蠢，但我并不是傻傻被骗。不必认为自己没用，也不必觉得丢脸。

——我是个信守承诺的人。

他还记得自己说过的这句话吗……

留美子再次朝窗外的云海看。无数的小蜘蛛拖着从屁股吐出来的长长的丝，与时速近九百公里的飞机竞速般疾飞。

邻座的中年妇女站了起来，留美子不自觉地朝那边转头。

"真是不好意思。"

她听见上原桂二郎的声音这么说。看来，上原桂二郎是在留美子短暂出神的期间，请那位妇女换位子。

一移到留美子邻座，上原桂二郎便说，一个本来在自己公司上班的男子，为了继承家业而辞职，前几天睽违许久来公司拜访，谈起了近况。

"现在这么不景气，每一家中小型的工厂都陷入苦战，但听他说起来，我觉得是公司管理本身有问题。他直接继承了他过世父亲的做法，我建议他说或许公司的税务也有改善的空间。能不能请冰见小姐的税务事务所帮帮忙？"

"咦？您愿意介绍我们事务所给那家公司吗？"留美子问。

"那是一家做锅具和茶壶的公司。不过，上一代和上上一代都是打铁师父，工厂在滨松。从我父亲那一代便一直为我们制造商品。做工很好很仔细。"

"我们桧山所长一定会非常高兴的。谢谢您。"

税务事务所多的是，上原工业一定也聘请了优秀的税务师，为什么会愿意将那家公司介绍给实力不明的桧山税务会计事务所呢？留美子边道谢边这么想。

"我会事先和对方联络。这是他的名片。"

上原桂二郎说，从西装外套里取出名片夹。然后，将那张名片递给了留美子，望着窗外的云海，笑着问："除了云以外，还看得见什么吗？"

留美子把"云"这个字听成了"蜘蛛"[1]。

"很像有很多蜘蛛在飞……"

说到这里，留美子才发现自己弄错了，连忙更正道："云……是啊，飘在天上的白云嘛。我在说什么啊……"

"蜘蛛，你是说八只脚的那个蜘蛛吗？"上原桂二郎问。

"啊，不是的，我把云听成了蜘蛛……很奇怪。真不知道我是怎么了。"

"听说，蜘蛛会飞呢。"

听上原桂二郎这么说，留美子便说："我自己没有亲眼看过，不过我一个朋友说，以前，在即将入冬的时期，他常看到从屁股吐丝往天空飞的蜘蛛。他说，他看到的蜘蛛顶多只飞了三四米，不过也有很多人看过蜘蛛飞得很远，飞到他们都看不到的地方。"

"在日本好像是叫作'飞行蜘蛛'。"上原桂二郎说。

"我怀疑蜘蛛是不是真的会飞，所以到图书馆去查，结果找到一个名叫锦三郎的人写的书，叫《飞行蜘蛛》。这位作者也是经过了长久持续的观察，做了非常翔实不夸大的观察记录。"

---

[1] 日语中，"云"和"蜘蛛"的发音相同。

"是哪家图书馆？"上原桂二郎问。

"我把整本书都影印下来了，若是您有兴趣，复印件送您。"

"好啊，我想看看。蜘蛛竟然会飞……感觉好勇敢啊。"

勇敢……自己也有相同的看法……留美子这么想，觉得很开心，说："蜘蛛顶多也才零点三四厘米大吧，就算真的顺利升空，跟上升气流乘风飞越千山万水，人类也看不见它们的壮举。这么幸运的蜘蛛，也许几万甚至几十万只中才有一只……可是，我觉得一定有蜘蛛成功飞行了超乎我们想象的长距离。这么一想，看着窗外的云，就觉得好像有许多小蜘蛛在和飞机比赛谁飞得快……可是，在这么高的地方，蜘蛛是无法生存的吧。氧气太少，气压又低……"

说着这番话，留美子心想，也许这位父亲知道俊国十年前那封信的事。这样的话，岂不是……想到这里便怪自己不该多嘴。

留美子全身发烫，拿出上原刚才给她的名片。

"休假到北海道旅行还带新客户回去，我们所长搞不好会请我吃大餐呢。"

说完微微一笑。

"都都一。"

上原桂二郎也这样响应着笑了。就此没有再回到"飞行蜘蛛"这个话题。

"今晚您要住在札幌市内吗？"留美子问。

"据说高尔夫球场附近有一家精致的小饭店，我们要住那里。明天打完高尔夫球再回札幌市内，吃个饭，在札幌的饭店过夜。冰见小姐会一直待在小樽吗？"

"是的。我要借住小樽的朋友家，只有一天，会在一个叫厚田的地方过夜。"留美子回答。

"厚田……在北海道的哪一带？"

"听说是从小樽沿日本海北上，开车两个小时左右才能到的地方。以前因为盛产鲱鱼而繁荣，不过现在主要是捕皮皮虾为主的小渔村。我朋友的哥哥在那里租了一栋房子。她说，大家都叫那里'鬼屋'。"

"鬼屋啊……听起来很好玩。"

上原桂二郎微笑着说。留美子觉得那真是个宛如什么刚硬的东西融化了似的微笑。

"听说那本来是一间给渔夫休息的木造破屋，我朋友的哥哥因故租了下来，收拾成可以住的地方。不过，听说没有水电，也没有厕所。"

"你们要在那里过夜？"

"是的。吃的，我们会买便当带过去，也会带五六瓶水……照明就用煤油灯。"

桂二郎想了一会儿，才问："厕所呢？"

"就和去夜钓的人一样……"

"原来如此。"桂二郎笑了。

"现在已经闲置的渔夫小屋啊。照明就只有煤油灯。晚上一定很好玩。"他说，"不过，还是要注意安全。毕竟世上的坏人很多。"

"会的。不过朋友的哥哥会找五个朋友在小屋附近彻夜钓鱼。"

"所以安全无虞是吗。"

上原桂二郎这么说的时候，机内广播宣布飞机开始下降以便降落。

在新千岁机场领了行李，来到入境大厅时，芦原小卷已经等着要接留美子了。

上原桂二郎向留美子行了一礼，走向出租车乘车处。

"好凉快。天气明明这么好。"

留美子与小卷并肩走向停车场，一边这么说。

"东京又湿又热，昨天我终于开冷气睡觉了。之前一直忍耐，忍到昨天终于还是投降了。"

听留美子这么说，小卷说："我们这边，晚上不但要穿长袖，不盖被子还会感冒呢。"

然后问留美子今晚想吃什么。

"海胆、北极贝、鲑鱼卵、蝾螺、鲍鱼。"

留美子毫不迟疑地这么回答，拿出从网络上印下来的小樽私房景点和观光信息给小卷看，说："看到叫大家小心黑道寿司店的信息，我吓了一跳。"

"寿司黑店吗？我知道三家。"

小卷笑着说，然后说已经预约了她家附近一家让客人自己动手烤的炭烤海鲜店，征求同意般看着留美子。

"啊，听起来好棒。真想赶快去。"

"我订了下午六点的位子。因为那里总是客满。每样东西都便宜又新鲜。"

小卷把留美子的行李放在轻型车的后座，一出停车场，便立刻转进高速公路。

　　"我听说过黑道开的酒吧，但黑道开寿司店还是头一次听到。"

　　"那种店里没有写价钱，通通都是'时价'。然后，请师傅捏了海胆和鲍鱼还有另外四种寿司，付钱的时候开价五万，客人反应说就算是时价，可是北海道这里是产地，那种价钱未免太离谱，结果就有可怕的兄弟出来站在后面……网站上好多人写小樽的寿司店很恐怖，叫大家不要去，所以在我们这里也变成问题，大家就用影射的方式公开这些寿司店的名字。"

　　"影射？"

　　留美子问遵守交通规则以至于开车慢得几乎快让人不耐烦的小卷。小卷的脸色比上次在东京见面时好多了。

　　"比如说，叫作'寿司寅'的店，就说'老虎'，叫'丸寿司'的店就说是'四方形的相反'之类的。"

　　小卷说，像这样一直呼吁观光客不要去，那些寿司店经营不下去，就会换地方和店名另起炉灶，但当然瞒不过本地人，立刻在网络上奔走相告"老虎改名为横○海湾之星了。就在○○町的药妆店向北几步的地方"。

　　"横○海湾之星？"留美子问。

　　"滨寿司。"

　　"哦，原来如此。"

　　在高速公路上行驶了五十分钟后，她们看到海了。

小卷的父亲在经商失败后，在仙台找到工作，除了中元节、过年，每个月只会回一次小樽。

　　"一直到去年还有没还完的债，但每个月依约持续慢慢还，有三位债权人说可以了，这样就算还清了。所以，我爸已经可以回小樽了，可是他说自己适合仙台那个工作，要再做两年……"小卷说。

　　哥哥上班的土木建筑公司虽然资金周转很吃紧，但业绩总算恢复到付得了奖金；在东京工作的弟弟找到了新工作，也适应了新工作……妈妈水产加工的工作已经做得非常熟练，乐在其中。每天早上四点去工厂，中午十二点下班回家，稍微午睡一下，起来打扫、洗衣服，晚上七点一过就困了，每天都是往床垫上一躺，看着电视就睡着了……

　　小卷边这么说，边指着新大楼林立的地方。

　　"那边就是小樽港。小樽运河……从这里看不到，不过就在港的南边。"

　　那片海就是石狩湾，那边是积丹半岛，沿着石狩湾往北走，就是一大片石狩平野……

　　小卷这样说明之后，指着左侧一座小丘。

　　"我家就在那附近。"

　　但留美子却惊讶于高速公路出口附近看到的游艇码头停泊的游艇数量之多，出神地看着平静湛蓝得令人不敢相信是北海道一带的日本海。

　　一下高速公路，小卷驾驶的轻型车便与港口背道而驰，经过 JR 小樽站附近，上了坡道。

爬上坡右转，在十字路口左转下坡，快穿出住宅区后方的树林时，留美子就不知道自己到底在小樽的哪个地方了。

"那里就是我家。破破烂烂的，不过风景很好。"小卷说。

小卷她们家的屋主，本来在这间房子开榻榻米店，但身为师傅的先生因车祸手臂重伤，无法再做榻榻米，伤愈之后，无奈只好为了另觅工作搬到札幌，房子便是那时候租给小卷一家人的。

"他是榻榻米店的第三代继承人，出车祸的时候才三十六岁。"

小卷说，提着留美子的行李为她介绍木造二层楼的小小住家。

"右臂截肢呢。不过已经是八年前的事了。"

"做榻榻米的失去了一只手臂，也难怪他不能再做榻榻米了。"

留美子说，朝玄关那片宽敞的硬泥地看。那个空间的确会令人想起这里曾是一家榻榻米店。

"所以，他搬到札幌，进了水产经销公司的会计部。手臂受伤之后，关于以后要怎么维持生计他想了很多，在职业训练所念了两年会计。有两个孩子……"

做榻榻米这一行也只能勉强温饱，正在烦恼着再这样下去只好关门大吉的时候就出事了……

"他说，他曾三次认真考虑要不要全家自杀……"

但是，抛下一切举家搬到札幌，在水产大盘商当会计，当着当着便动了自己从事海鲜中介的念头，于是在别人的介绍下独立了。

想必他本来就有商业头脑，又非常努力，三年后客户和交易量都增加了，员工数量也增加到六人……

"现在，员工有三十六人。在札幌郊外盖了好漂亮的房子。"

小卷说着，爬上狭窄的楼梯，带留美子来到自己朝海的房间。

三坪的和室有一张矮矮的小床和书桌，上面放着电脑，书架靠墙而立。从房间的确可以看见小樽的海，但被隔着一条马路的那栋房子屋顶上看似温室的建筑挡掉了一半。

"那间温室是专门盖来种兰花的。前年都还没有。所以在那之前景色真的是一级棒……"

小卷微微一笑。

后面传来自行车的刹车声，有人从后门进来了。是小卷的母亲。

小卷的母亲胖得只怕能抵五个小卷，个子也比小卷高了七八厘米，眼睛却只有小卷的一半大，一上二楼，便在狭窄的走廊上端正跪座，客气地打了招呼。留美子也赶紧端正跪座，问候了小卷母亲，然后从行李中取出伴手礼。

丈夫公司的倒闭、小卷重病、长子出车祸等种种不幸，都是这双粗壮的手臂支撑过来的啊——留美子边想边望着小卷母亲的笑容。

"要不要去可以眺望整个小樽的地方？还是要去来小樽必去的小樽运河？"母亲一下楼，小卷就问。

几乎不曾受到战火摧残的小樽街头，留下了许多石造和红砖老建筑，从港边引入海水的运河沿岸整排都是这类建筑改装而成的餐厅和啤酒屋，但留美子已经在电视上看过小樽这知名景点好几次，有种早已经去过的错觉。因为介绍小樽的电视节目，一定会拍小樽运河沿岸的老建筑。

留美子对小卷说，想先去可以看海和吹风的地方。

小卷说了一个也是电视中常介绍的观景台。

"不过，那里也是挤满了观光客，我们去另一个观景台吧！"说完，拿起车钥匙。她说，那地方离她们家不远。

"那里叫作旭观景台。"

小卷和留美子再次上了轻型车，前往观景台。

车子在三岔路右转，在五岔路左转，正当留美子搞不清到底是下坡还是上坡时，"从这边转过去，一下就到了。"小卷说。打方向盘要爬上右侧那道陡坡，但那条路的前面站着一个身穿制服的年轻警卫，只见他不好意思地说，这条路正在施工，禁止通行。

"咦，那旭观景台就不能去了吗？"

小卷问这个多半是学生来打工的警卫。

"观景台是可以去，不过这条路到一半就不能走了。"警卫说。

"没有别的路吗？"

小卷这一问，警卫回答，有是有，不过路很难找。

小卷拿出车上备用的道路地图给年轻警卫看，要他指出那条很难找的路。

"呃，从这里啊，这样走……"

警卫望着地图简单明了地指到某个地点，但说从这里再过去就没有任何标记了，然后寻思半晌，"这张地图上没有那条路。"他低声说道。

"那是一条僻静的路，会通到观景台。"

"僻静的路……那条路附近有没有什么招牌，或是房子之类的……"

对于小卷这个问题，圆脸的年轻警卫回答："唔，什么都没有。"

"是怎么个僻静法？"

留美子问完之后，觉得自己的问题实在强人所难，视线便停留在一脸更加为难地看着地图的警卫的嘴角上。

"那么，那条路以外的地方，就不僻静了？"小卷问。

"过了那条僻静的路，就会到一个操场。所以，如果到了操场，就是走过头了。其他的路也都很僻静，可是，那条路特别僻静。"

大概是自己说着也觉得好笑，警卫苦笑，小卷和留美子也笑了。

"那好吧。我们会在那附近找僻静的路。谢谢。"小卷说。

沿来时的路折回，从警卫告诉她们的十字路口向左转。

"那条路，一定是除了僻静以外无可形容的路。"留美子说。

左看右看，寻找僻静的路。

"真的耶，每条路都很僻静。可是，那条路一定比这些路都还要僻静很多。不然，警卫也不会用'僻静的路'来帮人指路了。"小卷这么说，不断咕哝着：僻静的路、僻静的路……

减速开过和缓的弯道，就来到一座操场，有高中生在练习踢足球。

"这就表示我们走过头了哦。"留美子说。

然后寻思她们来到这里的一路上，是否有僻静的路。无论是在左侧还是右侧，凡是路她应该都没有漏看。

"这就表示……"

小卷说着，将车子掉头，折回了约五十米左右，叫道："有了！就是这条路！"

那条路两侧有灌木，勉强可容一辆车通行，看起来像是某户人家的私人道路，荒凉得让人以为走进去就是死路。而这条路看来除了"僻静"之外无可形容。

"真的哎，好僻静。"

听了留美子的话，小卷笑着说："所以那男生说的是对的。"

那条僻静的路，一开始只不过是一条灌木夹道的坡道，别无意趣可言，但走着走着便出现了白桦树，缓缓地时而上坡，时而下坡，清澈又湿润。

"哦，原来还有这样一条路可以通到观景台啊，我都不知道。"

小卷说，把车速放得更慢了。

留美子觉得她曾走过与这里极其相似的路。正当她开始怀疑"这个人会不会是在骗我"的时候，留美子与男子进行了一次三天两夜的旅行。他们从轻井泽前往草津温泉，去白根山兜风之后，回程走错了路，误入一条北轻井泽举目四顾连一幢小别墅都没有的路，路上白桦树林绵延不绝。

来向没有车，除了留美子与男子也没有人。

明明向自己发誓不要说一些小家子气的话，但那条白桦树路太过寂寥，留美子终究还是说了。

你真的想和你太太离婚吗？

你是不是在骗我？

结果男子回答，妻子对离婚所提的条件远超过自己的预期，协商一直没有交集，再这样僵持下去也不是办法，所以妻子的律师最后便会提出折中的条件。

"我是个信守承诺的人。"

他是这么说的。

留美子心里想着，这条路怎么会和北轻井泽那条路这么像，一边思索着也许自己不像女人。

男人才会放不下没有结果的恋情，女人则是一旦结束便立刻抛诸脑后。女人懂得挥剑斩情丝……

好几本书都这样写，留美子观察身边的女性，也觉得的确如此。然而自己却只是看到两排白桦树，便几乎下意识反射般想起与那名男子之间的事……这可能就是因为自己不像女人……

留美子把自己的想法告诉了小卷。

"无论哪个女人都会受伤的。不过，我觉得那只是旧伤有点痛而已，并不是放不下过去。我没有谈过那么苦的恋爱，所以也没资格说什么。"

小卷又笑着说，自己的右背到腹部这片手术疤痕，现在有时候也会痛，每次她都会感到不安，害怕会不会是复发的征兆。

可是，最近已经产生了另一个自己，会骂那个害怕复发的自己胆小鬼——小卷说。

"万一复发了，等复发了再烦恼就好。我比癌症强就是我赢。我会善尽人事。要是不行就死啊。就是这么一回事嘛。"

留美子虽然觉得不应该笑，但看到小卷俏皮灵动的眼睛和那蘑菇般的头发，还是笑了。

"小卷好勇敢。不愧是闯过鬼门关的人。发生在我身上的事，又不是攸关性命……我其实不是恨对方，当然也不是余情未了之类的放不下。我是懊恼自己那时候的愚蠢。爱上那种人，好像失去了很多很重要的东西……"

"你什么都没有失去呀。有了那次经历，留美变成一个更好的女人了……我是这么觉得的。"

小卷这么说，然后问你怎么看到我的头发就笑。

"因为每次小卷眼睛一动，那头可爱的蘑菇头也会跟着动啊。"

"头发才不会自己动呢。是风吹的啦。"

当路两旁不再有白桦树，看得到海的时候，前方又出现一个年轻的警卫，朝她们挥了旗子。这个看起来比刚才那个警卫更年轻的青年说，再过去就禁止通行了。

"可是，可以去观景台吗？"

小卷这么问，警卫说走路的话就没关系，然后指指停了工程车的停车场。

通往观景台的路几乎是笔直的，两旁树木夹道，非常凉爽。

"刚才那个男生长得还不错呢。"留美子下了车，边走边说。

"何止还不错，他的五官好漂亮，我都被吓到了。"小卷说。

"先是叫我们走没有比这条路更僻静的路的那个警卫，现在又是这个小帅哥，我们运气不错嘛。"

听留美子这么一说，小卷说："可是，对我们来说都有点太年轻了。他们两个大概都才二十出头吧？我们都已经芳龄三十二了。"

然后走进空无一人的观景台上一座有屋顶的水泥小屋。

虽可将小樽的街道、游艇码头与石狩湾一览无遗，但沿着海湾形成半月形的海的另一边，既像田园又像渔村的风景分明远远地摇曳着，视野之中却连半片白色的碎浪也不见。

小屋的另一侧是断崖，设了低低的水泥矮墙阻挡，但矮墙上却有各式各样的涂鸦。

"怎么会有人想写这些啊。"

说着，留美子问起厚田村能不能搭火车去。

"你想搭火车去？"

"我想坐坐地方的火车。"

"嗯，那我们就搭火车去吧。我打电话跟我哥说。因为本来说好他明天会开大卡车来接我们。"

"大卡车？"

留美子问，心想这个也不错。她这辈子还没有坐过大卡车。

之所以会突然想到搭地方火车，是因为上原俊国说他喜欢搭地方火车旅行的那番话在脑海中闪过。

自从在"都都一"巧遇那一晚以来，留美子只有一次在星期天早上到门口去拿报纸的时候，遇到假日还要出门上班的俊国，站着聊了几句而已。就是在那时候，俊国提到他大学时代和几个朋友组了"地方铁道研究会"的社团，一年办两三次地方铁道之旅，总共去了十次。

"我呀，就在十年前……"

留美子看着海，把收到名为"须藤俊国"的少年的信那件事告诉了小卷。

"小卷记不记得上次来东京的时候，我们刚好在'都都一'那家餐厅遇到的那群人？"

"嗯。就是吃完饭到酒吧去抽雪茄的那几个吧？"

"其中一个，住在我家对面的上原俊国，就是这个须藤俊国。"

留美子又把得知这件事的前后经过告诉了小卷。

"哦……他不知道留美已经知道了？"

"我想他应该不知道。"

然后留美子说自己正犹豫着要不要继续装作不知情。

"差七岁啊……嗯……这个差距刚好。女方大七岁……嗯，这样也许正好。"

"我不是说那个……"

留美子正要说自己的想法时，"会飞的蜘蛛……我在电视上看过。住院的时候，在病房的电视里看到的。"小卷说。

"你看到蜘蛛飞了？"

"嗯。虽然只飞了一下，不过我想少说也有一百米吧。地点在东北，我记得好像是山形。"

那个节目的旁白好像说过，我忘了是哪个国家了，证明有蜘蛛飞越了两千公里。小卷这么说。

"两千公里？"

一想到自己稚气的想象原来并非童话般的幻想，留美子有点开心。

"好勇敢……"小卷说。

"蜘蛛这种东西，我是绝对不会喜欢的，可是看了那个电视节目以后，我却忍不住想，如果是用自己的丝飞了两千公里的蜘蛛，我愿意跟它交个朋友。"

听了小卷的话，留美子思索假如是从她们现在所在的小樽，向北两千公里，那会是哪里？向南呢？向东呢？向西呢？

留美子走出观景台上的小小建筑物，来到有阳光的地方时，小卷说："我偶尔会和那时候跟上原先生一起的同事互通电子邮件。"

"哦，是那两个里面的哪一个？"

记得那两位一个名叫大西史一，一个是八千丸义英，俊国在回家的电车上说过："八千丸那家伙，对人家芦原小姐动了心。"

还说，芦原小姐是八千丸的菜。个子娇小，脸蛋圆圆的。

"八千丸先生。"小卷回答，"他在邮件里很沉默。"她笑着这么说。

"——现在是半夜二点。终于可以回家了。小卷小姐一定已经在睡梦中了吧。或是——早安。我现在要去上班了——之类的……有时候真的会让人很纳闷，想说这到底是什么意思？"

"比如说？"

"——假如小樽是零，东京大概就是七了——这种。"

"那是什么啊？"

加上小卷说他在电子邮件里很沉默的说法，留美子笑了。

"不知道……今天早上发来的邮件写的是：今天我也会以开朗的笑容努力度过……"

小卷说，昨天晚上，他发来了自己想的暗号。

"什么暗号？"

"就是一大堆汉字、英文字母和数字全部夹杂在一起，完全看不懂。他说，输入密码，瞬间就会变成日文。密码是十个片假名。"

"昨天发，今天也发，那就不叫偶尔，是常常才对吧！"

留美子说。但她没有提起俊国的预感。

留美子边好奇密码要从发来的邮件的哪里输入，边偷看着小卷有点不满的侧脸。

"那么，小卷怎么回？"

对于留美子这个问题，小卷像是不愿让人看到自己的表情般，走向观景台的左侧，说："——我今天也会以开朗的笑容努力度过——或是，昨天做了噩梦，没睡好——"

留美子笑了，说："好像小学生的交换日记。"

"八千丸先生这个人，有点怪怪的。虽然也想暂时不要理他，可是，会写电子邮件给我的，就只有留美你、我表姐和八千丸先生了。"

然后小卷又用平时的表情回过头来，说："刚才，我说手术的疤痕一痛，我就很怕会不会是复发，是骗你的。其实我一点也不怕。我已经什么都不怕了。如果说还有什么会让我害怕，那就是人。"

"人？"

"嗯。人很可怕。我会怕那种不讲常识、道理和规则的人。我不想跟这种人来往。所以，有时候我会觉得八千丸先生发来的电子邮件有点可怕。"

留美子犹豫着该不该说，但还是问："小卷，要解开那个暗号的十个片假名，要打在他发来的邮件的哪里？"

小卷说，那不是一般的邮件，好像是用某类专用的软件写的邮件，格式不太一样，只要点某个部分，信的正中央就会出现十个空白的方格。

"只要把十个片假名打进去就好？"

"应该是。然后字母和数字就会瞬间转换成日文。"

小卷说，如果是必须保密的邮件，恐怕不只要填十个片假名，还要输入各种记号的组合。

"例如 ZH20 是大写，接着是小写的 m 和 k，再来是平假名的'あ'，然后又是小写的 y，最后是平假名的'ゆし'。"

"可是，八千丸先生的暗号只有片假名吧？"

"那当然啊，我怎么可能想得出'ZH20mk あ y ゆし'这种密码。"

留美子弯起一根根手指，一边弯一边说："ボクトケッコンシヨウ（和我结婚吧）。"

然后小卷也弯起手指笑着说："ウニカニイクラアワビ

434

（海胆螃蟹鲑鱼卵鲍鱼）。"

"咦？是这样吗？"

留美子一问，小卷又说出一串串十个字的片假名：ハマキ
ハハバナガイイ（哈瓦那的雪茄最好）。ボッタクリスシヤダ
メ（寿司黑店要不得）。オタルウンガフカイゾ（小樽运河是
很深的）。ニシンノコハカズノコ（鲱鱼卵又叫作数子）。

留美子听出她是边想边随口把十个片假名排在一起，于
是发现这是小卷在掩饰她的难为情，便促狭地问："你该不会
已经找到解开那些暗号的密码了吧？"

"我根本就不想找。我讨厌像八千丸先生那种怪人。"

"他哪里怪？"

"总觉得他没有男人的肩膀。这样很像是用开玩笑的邮件
来取笑天真无邪的清纯少女……这种人，就会被归类为'怪
人'啊。明明就只见过一次面而已。"

"谁是天真无邪的清纯少女啊？不会是三十二岁的小卷
吧。脸皮有点厚哦。"

留美子的话让小卷笑了一阵，然后说："我觉得，今年的
十二月五日，留美一定会到冈山县总社市的田地去。"

"别闹了。那是他十五岁的时候一时冲动写的信。他绝对
不想让我知道那封信就是他写的，又怎么可能会在十年后的
十二月五日在那里等。要是我特地跑到冈山县去，结果那里
半个人都没有，也没有蜘蛛在天上飞，那我岂不是白痴笨蛋
兼自我感觉良好的脑残女。"

留美子坦白说出了自己的心情和想法，但小卷那双灵动

的眼睛却漾出笑意，说："留美一定会去的。"

明知小卷毫无恶意，但留美子总觉得被人瞧不起，于是将视线从小卷身上抽离。

"要是我喜欢他的话，我一定会去。"小卷说。

"要是喜欢的话啊。"

"嗯。喜欢的话。可是，就算不喜欢，如果不讨厌，我想我还是会去。"

"为什么？"

"因为如果他真的在地图上标示的地方等，我一定会喜欢上他。"

"这种活像洒狗血的爱情喜剧的事，我才不要呢。"

别的不说，如果真有人照十年前单方面写来的信上说的，今年十二月在冈山县总社市的田里等人，那这个人绝对不正常。留美子这么想，也把自己的想法告诉小卷。

"而且，他比我小七岁呢。又不是五十岁的女人和四十三岁的男人。对三十二岁的我来说，二十五岁的男人还是太小了。"

"我倒是觉得，女方比男方大七岁刚刚好。"小卷说。

两人不约而同转身离开观景台，慢慢在树木夹道的路上往回走。

"我觉得，没有比和一个无聊的男人结婚更愚蠢的生活方式了。以前，女人生存的选择太少，结婚生养小孩是唯一的生存方式，也被当作美德，但现在不是有很多选择吗？"留美子说。

"无聊的男人，具体是指什么样的人？"小卷这么问。

"格局小、酒品差、爱动粗、欺善怕恶、低级没品……嗯……要说说不完呢。小气的也不行。我最讨厌小气了。不是只有在金钱方面……"

"嗯，我懂。有人就是很小气。我也最讨厌这种人了。"小卷说。

"动不动就畏畏缩缩、犹豫不决的男人也很多。但偏偏就是这种人，没事就会说'一个女人家'要怎样怎样的。"留美子说，"我现在觉得，所谓的约定，应该是要放在自己心里。"

她低声自语。

"自己决定要做的事，越是难以实现，越是要暗藏在自己心底，决不轻易说出口。反过来，越是爱把这种事挂在嘴上的人，越是不能相信……我有这种感觉……约定，是要用性命来达成的……这样才叫'约定'。我现在会这么想。"

虽然对留美子的话点头表示同意，小卷并没有对此发表自己的想法，只说了一句。

"血印书，不过也是一张纸。"

"血印书？"

"就是以前武士要发誓的时候，不是都会割破自己的手指，用自己的血在名字底下盖血印吗？"

"哦，我在时代剧里看过。忠臣藏。"留美子说。

"叛徒一定都是在血印书里联名的其中一个。"

小卷说，然后打开轻型车的车门，"好，接下来我就带你去小樽的观光景点绕一圈。我们先去小樽运河。如果想进哪家店，不要客气，尽管说哦。"

小卷微微一笑，说小樽的花园公园有石川啄木的歌碑，问留美子要不要去看看。

"歌碑？倒没有特别想去看。上面刻了什么诗歌？"

"——こころよく我にはたらく仕事あれそれをしとげて死なむと思ふ（鞠躬尽瘁，虽死亦无憾）。"

留美子心想小卷一定是很喜欢这首诗，一边坐进了副驾驶位子。

走过人潮拥挤的小樽运河，进了被政府指定为重要文化财产的旧日本邮船小樽分店，到附近的咖啡店喝冰咖啡的时候，小卷的手机响了。

是小卷的哥哥打来的，说去厚田村的小屋的行程要不要提前一天。因为施工所需的材料会晚到，他可以休两天假。

"我哥问说，等我们今晚去预约的餐厅吃过饭，先回我家洗澡，然后再坐大卡车到厚田，你觉得怎么样？"

小卷捂住手机，这样问留美子。

"要在小屋住两晚？"

"要是无聊，我们可以明天就回小樽。那个小屋附近有海滨浴场，不过现在夏天还没到，人很少，难得天气这么好，可以去玩水……我哥说会去那里钓鱼的也只有两三个人，沙滩也很漂亮……"

海啊……还没有挤满戏水人潮的宁静海边……

留美子被说动了，回答："好啊，就这么办。"

但她没有带泳衣来。海滨浴场也已经十几年没去了。留美子的泳衣是学生时代买的，不知道放在家里衣橱的什么地方。

小卷挂了电话，说哥哥九点来接，约留美子一会儿去买泳衣。

"今年不知道流行什么样的泳装。"

留美子说，一出咖啡店，便与小卷快步走向停车的地方。

"那我要把高中时比赛用的泳衣找出来。"

小卷说，然后宛如分享秘密般，悄声说自己高中时是游泳社的成员。

"咦！那你一定很会游泳！"

看留美子一脸讶异地这么说，小卷笑着说，才加入两个月就退出了。

"因为学姐说，无论再怎么努力，像你这种小个子就是会有极限。就乖乖在旁边游狗爬式吧……我觉得也有道理，就退出了。因为，那些被看好的选手，女生身高少说也有一米七，而且从幼儿园就去游泳学校接受特训，她们的肩膀有这么宽呢！"

小卷大大张开手臂，说她之后别说海边戏水，连游泳池都没去过。

小樽的店面也摆出了留美子在东京百货公司看过的今年流行款泳衣，虽然是笔意想不到的支出，留美子还是买了连身款的泳衣，买完她们没有回小卷家，而是直接到预约的海鲜专卖店吃了晚餐。

"感觉就是，海胆在这里，鲍鱼在这里……"

回到小卷家，吃着葡萄，留美子摩挲着自己的胃说。

脑海中出现大鲍鱼活生生被炭炉的火烤得痛苦扭动的模样，留美子想起两个人努力吃掉吃不完的海鲜之后端上来的海胆饭的分量，结果只勉强吃下五颗葡萄。

"不过，还真的吃得完呢。看到最后上桌的海胆饭的时候，心里想着虽然浪费，也只好剩下，但结果还是全部吃完了……"

小卷说完，打开自己的电脑，让留美子看已接收的电子邮件。

那封信的样式果然与一般的电子邮件不同，有蓝框信封的图示，一点下去，便出现整面英文字母和数字，正中央一排十个正方形。

"打ボクトケッコンシヨウ（和我结婚吧）看看嘛？"

"嗯，好啊……不过，如果密码真的是这样，这个间谍也太神经了。"

"怎么说？"

面对留美子这一问，"密码当然要设成谁都想不到的啊，不然机密不是马上就泄露了？"小卷这么回答，输入了"ボクトケッコンシヨウ"这几个片假名，按了正方形框最后的星号标记。

于是英文字母和数字旋转着变换位置，画面上所有东西一度消失，接着出现了小小的平假名、片假名和汉字。

小卷惊呼一声，那双圆圆的眼睛望着留美子，说："解开了……"

440

留美子也吃了一惊，但立刻自电脑旁离开，去拆刚买的泳衣上的标签和贴纸，背对着电脑，不去看八千丸寄给小卷的长信。

小卷的母亲请留美子先去洗澡，留美子边洗边想，八千丸这个人的做法，一定与小卷的个性不合。如果不半开玩笑地输入"ボクトケンコンシヨウ"这十个片假名就看不到这封电子邮件，而小卷之所以看得到，是因为她正确无误地将这十个字填进了十个方格里。小卷也许一下子就想到这十个字，也或许，如果不是自己把这几个字说出来，小卷便永远想不出密码。无论如何，要是小卷不先想出"ボクトケンコンシヨウ"这十个字，就解不开那封暗号信。

小卷很讨厌这种哄小孩的把戏。她长了一张娃娃脸，个子娇小，看似柔弱，但她内心的坚强非常人可比。毕竟她曾两度走过鬼门关，是个从地狱生还的女人……

留美子这么认为。

洗好澡，来到二楼小卷的房间，小卷已经关掉电脑，从收衣物的塑料箱里找出了高中时的泳衣，正把泳衣摊开来。

"信里写了什么？"

留美子努力以开朗的语气问。

"出生年月日、爸爸妈妈的名字、毕业的学校、家里有什么人、现在工作的主要内容、兴趣、自己的优缺点和去年的收入。"

"那不就跟履历一样了。如果是相亲的话，应该叫庚帖吧。"

留美子用小卷的吹风机吹着头发，故意若无其事地笑着说。

"还写了第一次看到我的印象……还有后来对我的感觉。"

小卷说完便下楼去洗澡。

外面传来大卡车特有的引擎声，然后在小卷家门前停止。

楼下响起男人粗粗的声音。

"不用急啊。"

那个应该是小卷的哥哥的人说。

千万要小心。不可以对冰见小姐失礼……

也传来小卷的母亲对儿子说话的声音。

"我手下个个都很乖，妈你甭担心。今晚月色很美，去月光下的沙滩呢。"

"小屋有没有好好打扫干净？"

"现在老辰和鹰仔正在打扫，都扫了三次了，还抹得干干净净的。煤油灯也加了三盏。"

听着母亲与儿子的对话，留美子心想，对哦，今天可以在月光下的沙滩玩呢，于是整理头发化好妆，便下了楼。

先前已听说小卷的哥哥是个土木建筑的作业员，又会开大卡车，所以留美子自行把他想象得倔强而多少有点粗犷，不料他却是个体形与母亲相似、只比留美子稍微高一点，顶着一头整齐的三七分头发的三十五六岁男子。

现在他穿着 T 恤和卡其色工作裤，但如果穿上白衬衫，打起领带，套上西装，看起来就像个老实的业务员，留美子甚至还因为与自己的预期相差太多而感到不知所措。

留美子打过招呼，说难得的假日却为了自己而特地拨出时间，向他道了谢。

"哪里，不管冰见小姐来不来，我们都打算在厚田钓鱼的。"小卷的哥哥这么说。

然后补上一句："我叫惠一。"

结果小卷的母亲笑着打趣他。

"好难得呀，你也会说'我'……我还是头一次听到你说'我'呢。平常明明都只会说'俺'的。"

"我对刚认识的人也是会用'我'或'在下'的。"

惠一说，点起了烟。

"现在车少，从这里开车过去，只要一个小时多一点。所以，十点钟出头就会到厚田了。"

说着，他从长裤的后口袋取出皱成一小团的行车地图，为留美子指出北海道中西部地区，手指在地图上滑过去，说就是走这条路。

沿着石狩湾先往东，然后北上不远处便有"厚田"这个地名。

"村子的中心是在这里。我们要钓鱼的海边，比这里再靠前一点。除了小屋，什么都没有，一片漆黑。只有月光。"

"哇，只有月光，好棒。哥哥肯带我们去，好开心。"

"嗯。保镖很多，你可以放心。"

"那个海边可以钓到什么？"

留美子问。

"比目鱼。"

"哦，能钓到很多吗？"

"我已经在这里钓鱼五年了，连一条都没钓到过。"

“一条也没有？”

“是啊，上钩的次数有几十次，可是全都跑掉了……”

“可见你技术有多差。”

被母亲这么一说，惠一回答：“嗯，大伙儿都受不了我。”

他眼珠滚动的方式跟小卷很像，害留美子一直憋笑。

如果说，让亲子或兄妹显得不可思议般相像的，是某个并非特别显眼的固有特征，那么自己与弟弟亮或许也有别人看了会发笑的相似之处。想到这里，留美子挂念起亮，不知道他现在怎么样了，脑海中浮现他的面孔。

这十天，都没收到亮的电子邮件。

亮的新师父在和歌山县的熊野拥有一座工坊，在他们那一行是极知名的人物，据说是一位“典型的工匠”。一定不好相处，对工作又严厉，亮每天都在被吼被骂中，拼命学习木工吧……

留美子一这么想，便决定下次休假要到熊野去。

洗好澡的小卷在哥哥的催促下，匆匆准备出发。

这是留美子长这么大第一次搭大卡车，所以就算脚已经搭在爬上副驾驶座的金属短梯上，身子还是上不去，要小卷从下面帮忙推她的腰。

“好神奇！好像战车。会有种所向无敌、谁敢惹我就放马过来的感觉。”

终于在副驾驶座坐下之后，留美子从前车窗看着马路和经过的行人这么说。

“真的是俯瞰所有别的车呢。”

小卷也说。

"不过，有股男生的臭味。"

小卷在留美子耳边悄声笑着说，不让开车的哥哥听到。

的确，卡车里充斥着一股只能用男人味来形容的味道。

"这辆卡车，应该是第一次载女人吧。"

惠一说，向出来送行的母亲挥手表示"我们走了"，按了一下喇叭。

喇叭的声音实在太大，留美子吓了一跳，附近人家养的狗似乎也被吓到了，一直叫个不停。

一穿过小樽市区，卡车就从国道五号线转入三三七号线。

石狩湾时而在前方，时而在左侧，小小的渔火忽隐忽现。

"真的呢，好像在坐战车。"

小卷说，从背包里取出一个细细的金属管。

"你又没有坐过战车。"

惠一笑了，说大卡车这种无敌的乘坐感正是要特别小心的地方。

"要是觉得所向无敌，横冲直撞起来，就会发生要命的车祸。"

小卷的那个金属管里装的是雪茄。她把雪茄叼在嘴里，但没有点火。

"什么啊？小卷，你那是什么？"

惠一一脸惊讶地问，让车子减了速。

"雪茄呀。不然看起来像棒冰吗？"

"雪茄……我当然知道，可是……"

"季诺的木桐嘉棣 7 号。这是干雪茄，所以像这样装在管子里。"

回答之后，小卷用手指夹住雪茄，做出抽雪茄的样子。

"你什么时候开始抽这个的？"

"十天前送来的。我都还没抽，不过，淑女就是要抽雪茄呀。卷烟太俗气了……"

留美子看着小卷哥哥的眼睛，心想所谓的"双眼圆睁"一定就是形容这种情形，再也忍不住笑。

小卷解释，她在网络上搜索，找到横滨一家雪茄专卖店的网站，从他们的产品单上选了"季诺木桐嘉棣 7 号"，选择了货到付款的方式，让他们送来。

"也给我一根啦。"

惠一只手朝雪茄伸过来，但小卷叫他开车要双手握方向盘，把雪茄拿得离哥哥远远的。

"哥哥抽那种一根顶多十几元的卷烟就好。给尝不出味道的人抽雪茄，太浪费了。反正给你抽也是暴殄天物……"

"那个一根多少钱？"

留美子问。

"七百。二十五根一盒的木盒送到的时候，我心跳得好厉害呢。"

小卷说，把雪茄放在鼻子底下横移，闻雪茄的香味。

"七百！一根吗？呃——那二十五根多少钱？"

惠一心算的时候，小卷回答："一万七千五。"

然后说，一星期抽一根，可以抽半年。

"在隔天放假的晚上，睡前来段雪茄时间……今晚就是这样一个夜晚。"

"我真的到现在还在惊讶。小卷竟然抽雪茄……"

"小卷雪茄，听起来好像一种昆虫的名字……"

留美子这句话，让小卷和惠一都笑了。

大卡车从国道三三七号进入二三一号。惠一说，他们已经到石狩川附近了。对面车道几乎没有车，靠海那一侧偶尔有人家，但连行人都没有。

"看不到海呢。"

留美子低声说，心想今晚一定会一直待在月光下的沙滩上。

路上虽然有注明了"厚田"的标示牌，但道路两旁没有人家，也看不见夜晚的海。

既然叫作"村"，留美子原以为一定是个海边的小村落，但这里是北海道，原来"村"的规模比其他地方大得多。

"小卷，你最好还是不要抽什么雪茄。"

惠一说。

"放心。烟不会吸进肺里的。雪茄是用舌头和鼻子来抽烟。"

"可是，尼古丁不是会透过舌头和口腔黏膜之类的被吸收进去吗？"

"人类没有那么脆弱啦。而且我就是喜欢雪茄。"

"你什么时候学会抽这个的？"

"上次去东京的时候。留美的朋友带我们去雪茄吧。"

想对自己说声"辛苦了"的时候，用心泡上一杯红茶，边喝边抽雪茄，开开心心地觉得，啊啊，这一周也全心工作，过得很有意义啊……

小卷这么说，把雪茄放回金属管子里。

"过得很有意义……是吗。"

惠一微微一笑，说，回头你给我一根。

"别说暴殄天物嘛。"

"嗯。好啊，不过只有一根哦。"

虽然出现了人家，但只有一连三栋房子，很快便消失，接着又出现了四五栋，之后就没有了，留美子看着地图查他们是在厚田村的哪一带时，三户人家的灯从黑暗中浮现，大卡车小心翼翼地开进这些人家之间的小路。

虽然听得到海浪声，但大卡车的车灯照亮的地方，除了满地尘沙的柏油路之外，什么都看不见。

然而，注视着前方的留美子，却看到了半空中飘浮着比电灯更亮的光。

原以为是海上的渔火，但那光比海还要近。知道那是惠一租的小屋所挂的煤油灯灯光后，留美子说：

"好像萤火虫哦。"

"好啦，鬼屋到了。"

惠一将大卡车驶过一栋二楼的老旧小木屋，就近停好车，这么说。

卡车的车灯没关，照亮了海与海滩，其中站着五个男人。

"都是我的手下。"

惠一先下了大卡车，绕到副驾驶座这边，拿手电筒照亮地面，扶留美子下车。

那五个惠一说是手下的青年，分别拿着手电筒，一起照在留美子身上，留美子觉得好刺眼，伸手在眼睛面前挡光，看着他们打招呼。

"大家好。我是冰见。要请大家多关照了。"

其中一个穿着运动衫和及膝短裤，趿着橡胶凉鞋；一个穿着上面有建设公司名称的工作服；一个穿着连帽防风夹克和牛仔裤；一个腰间挂着工程用安全帽，穿着橡胶长靴；还有一个穿着隆冬的毛衣，卷起袖子，下半身穿着略嫌太大的海滩裤……

这五名青年没有回留美子的话，拿着留美子和小卷的行李就朝小屋走。

"我们摆了七根钓竿……"

穿短裤的青年对惠一说。

"刚才巡逻车来了两次，看过小屋走了。还交代说，别搞出火灾，超严肃的。"

腰间挂着安全帽的青年说。

站在小屋的小门前，惠一比出"请进"的手势，打开了门。

虽然是两层楼的建筑，但小屋内部几乎是整个挑高的，所谓二楼的部分也没有任何隔间，与其说是房间，更像一个大型的架子，看来只能靠梯子爬上去。

那如架子般的二楼有个大大的木板窗，就构造而言是可以开关的。

以前盛产鲱鱼的时候，一定是从那个木板窗看船是否返航吧？留美子边想边脱鞋进了天花板挑高的木板房一楼。上面摆了两双全新的拖鞋。

"哦，哥你帮我们准备了拖鞋？好周到。我以前来的时候，就什么都没帮我准备。"

小卷笑着说，调整了那盏应该也是为了今晚才用粗绳从天花板横梁垂挂下来的煤油灯的灯芯。小屋里变亮了，照亮了摆在已开始腐朽、处处破损的木地板上的不锈钢桌。桌上，摆了几种零食和两个哈密瓜。

"呜哇！刷得亮晶晶的呢！"

小卷看了地板，大声这么说，向仍站在门口的五个人道谢。

"我们跟棉被出租店租了被子垫被，铺在二楼了。白天放在海边晒，所以上面可能有点沙子。"

穿着冬季毛衣的青年说。

"你们还没吃饭吧？"

惠一问五人。

戴着安全帽的青年说，他们在工地的宿舍煮好饭带来了，也借用了筷子和餐具，然后打开了一个泡沫塑料箱。

里面有鲍鱼、蝾螺、留美子不认得的贝类，以及十个海胆，旁边塞满了冰块。

"我们已经吃过了。很饱。"

小卷说。

几个青年似乎是准备在海边烤肉。还说啤酒已经冰好了。

"不过，这个你们一定要吃吃看。"

穿短裤的青年边说边打开另一个泡沫塑料箱。

"是皮皮虾。用盐水余烫，去壳，上点酱油来烤，好吃得不得了。这可是请港口的原田先生卖给我们的。"

据说一到早上，厚田港就会出现一整排卖皮皮虾的摊贩，很多人会大老远开车来买。

惠一与青年们离开小屋，走向架好钓竿的海边。

他们已升好炭火，只待将鲍鱼、贝类放上烤肉网。

"他们啊，在放假的前一天，都会在这里钓鱼。"

小卷说，爬上梯子，到活像大双层床的二楼，向留美子招手。

"我们要睡在这里。"

白天在海边晒过太阳的铺盖还有余温。

"要是翻身翻得太夸张，就会整个人倒栽葱般掉下去。"

留美子趴在宛如飘浮在小屋半空中这个两坪出头的木板间，探头往下看。

"所以要头朝着墙这边睡。"

小卷说，打开木板窗。

海风从那里吹进来，吹动了煤油灯。远远地，可以看见惠一他们的身影。人手一支的手电筒，照亮了空心砖堆起来的临时烤肉炉。

"从这个木板窗望出去的夕阳很壮观。"

小卷这么说，然后低声说海难得这么平静。

"冬天实在是够夸张的。"

"我想也是。像这种到处都有缝隙的小屋，寒风一定让暖炉都暖不起来。"

听了留美子这句话，"那风啊，寒风根本不足以形容。"

小卷说，朝打暗号般大大挥动的手电筒灯光挥手。

"会吹到让人以为脸颊要冻得裂开。"

她说，冬天是不可能在这个小屋里过夜的。

"冬天北方的海惊涛骇浪，虽然荒凉无比，但一直看着，会觉得那后面……"

说到这里，小卷沉默了，像是在找话语来形容，但就此没有开口。

留美子也到木板窗旁，和小卷并肩而坐，看着惠一和五个青年朦胧的身影。

"那后面，是指海的后面？"留美子问。

"应该是狂暴的冬天的海的内部吧……"

小卷低声说。

"我听到一个声音温柔地说，你什么都不用怕。"

"你听到了？你亲耳听到的？"

"嗯。叫我不用担心了……"

"海吗？"

"嗯。"

"什么时候？"

"我动完第二次手术出院以后，一直在吃药性很猛的药，就是那时候来的。那时候是二月。我求哥哥带我来的。"

有我在。一切都交给我。无论是生是死，都尽管放心吧。

小卷说，自己确实听到那个声音。

"我呀，听到那个声音，就从这间小屋走出去，走到海边。一路上差点被吹走……我好想再听听那个声音。可是，一站

452

在海边，就再也听不到那个声音……回来以后，从这个木板窗看着海，就又清清楚楚地听到了。叫我无论是生是死，都尽管放心……"

小卷说，那时候她想了很多。但并没有提"很多"是哪些东西。留美子也没问。因为她觉得只有小卷听得到的声音是可信的。

忽然间，留美子心中浮现出俊国十年前的身影。无论是脸庞还是衣物，都不再像过去那般模糊，而是异常鲜明，就在车站附近的面包店前，站在留美子面前。

俊国对我说，他有一个暗恋多年的对象……

留美子想到这里，认为如果那个人是自己，该有多令人高兴，多么荣幸。

十年来坚定不移的心……如果这颗心是专注在我这个无趣平凡的女人身上，那么我真想用自己的一切来包容这颗心……可是，如果俊国当时那句话是二十五岁的青年常开的玩笑，那么我就自我感觉良好到让人退避三舍了……

或者，毕竟是十五岁的少年，也许心仪的异性有好几人，我只不过是其中之一，而俊国单恋十年的对象，可能不是冰见留美子这个年长他七岁的女子……

留美子这么想着，对小卷说："冬天猛恶的海对你说，无论是生是死，都尽管放心。小卷听到了那个声音。我觉得一定是真的。"

小卷面对致死率极高的绝症，坚强奋斗。但这同时也给了小卷不足为外人道的思考时间吧。在那样的漩涡之中，小卷的确听到了。无论是谁说的，小卷的耳朵都听到了。如果这不可信，还有什么是可信的……

一这么想，留美子就有一股冲动，想和小卷立下新的约定。

自己能够为小卷做的，便是双方都必须长寿，否则便无法实现的约定。

留美子这么想。然而，该立下什么约定，留美子却一点头绪也没有。

"要不要去吃皮皮虾？"

小卷说。

"那群人没见过像留美这么标致高雅的女性，紧张得要命。虽然很想跟留美讲话，可是又不知道该说什么。"

"我标致高雅？会这样说我的就只有小卷而已！我知道自己有多平庸，多缺少女性魅力。"

"哪会。留美好漂亮。你的脸很神奇，愈看愈漂亮。你也承认自己身材好吧？"

"嗯，好说啦！"

留美子用搞笑的表情这么回答。

"我是觉得我的胸部挺不赖的……可是最近真的不是我想太多，有种失去弹性的感觉。进入三字头一晃眼就两年了，没办法呀。"

"你屁股的形状好漂亮，我好羡慕。妈妈说我是典型的下半身肥胖的身材。被下半身有我五倍胖的妈妈这么说，真的好悲哀。"

"咦！我屁股很漂亮吗？"

"很漂亮呀！你穿棉质长裤的臀部线条相当撩人呢！"

"我们去吃皮皮虾吧。"

留美子掩饰自己的难为情站起来，双手整平了棉质长裤臀部部分的皱褶。

走出小木屋，用手电筒照路走在通往海边的路上，将光线往应是海浪拍岸的沙滩上照，只见一片静如沼泽的黑海。

再平静的海，沙滩上都应该有来来去去的海浪才对，但这片北方的日本海究竟是怎么了？留美子甚至感到有些诡异。

将手电筒的光往海边到处照，只见活像有人倒地般的几段漂流木凌乱散落，每一段都干透了。她们避开漂流木东拐西绕地走着，留美子发觉自己越靠近青年们所在的地方就开始越"做作"，在心里暗骂自己：够了，少臭美。

"我在银行开了一张支票。"

留美子对小卷说。

"五十万的支票。我还是头一次把自己的钱开成支票……"

"五十万？把这么大一笔钱开成支票做什么？"

小卷问。

"就是我们那个约定的钱。想说要交给小卷……要捐给尼泊尔的村子建学校的钱。"

小卷停下脚步，小小地惊呼一声。

"我也在网络上查了一些数据，现在最起码好像需要三百万。所以，五十万实在不能说实现了和小卷的约定，不过……"

"你现在带着那张支票？"

"放在包包里。包包我放在小屋……"

"要是被偷了怎么办！"

说完，小卷就拉住留美子的手，转身就朝小屋跑。

"在这种半个人都没有的海边，又不会有小偷。"

留美子也跟着边跑边说。

"可是，凡事都有万一啊！要是有人偷跑进小屋，从海边是看不见的。"

小卷才刚说完，就被漂流木绊倒了。她跌倒的样子实在好笑，留美子便在海滩上四肢着地笑了。

"人在跌倒的时候，会本能地双手着地，可是小卷却是用脸着地再打滚。"

"因为我的身体整个都是圆的，没有方的地方。又没有漂亮的曲线，好惨！"

小卷也笑着说，拍掉头、脸和胸口的沙子，再次拉住留美子的手跑。

提着装有支票的包包，留美子和小卷再度循着自己的足迹回到海边。

炭火上的铁网上放着鲍鱼和蝾螺，正烤得恰到好处，惠一在上面淋了酱油。炭火上也放着一个茶壶，里面的水沸腾着。

穿短裤的青年从泡沫塑料箱里取出带壳的皮皮虾，说："好，要烫了。这个最难的就是怎么烫。"

他在沸腾的热水里先加了盐，再把皮皮虾放进去。惠一用锐利的刀子将烤好的鲍鱼切成一厘米宽的厚片，放在盘子上，递给留美子。

"再把这个吃下去，我今天大概就把一辈子的鲍鱼都吃完了。"

留美子边说边担心自己的胃到底能不能再装进食物。青年们笑了，又在留美子的盘子里盛了几个蝾螺。

"来个烤海胆如何？"

戴着安全帽的青年说。

"好。胃会怎样我都不管了。"

留美子这么说，递出了盘子。

那七根钓竿的鱼钩大概是抛到留美子想不到的远处海中，现在其中一根大大地弯曲，挂在竿头的铃铛响了。

"哦，上钩了。"

惠一走向钓竿处，开始卷线。

"这下不妙……怎么头一个开奖的偏偏是惠一哥的钓竿啊！"

穿工作服的青年以熟练的手法剥着烫好的皮皮虾的壳说。

"比目鱼是用什么当钓饵？"

留美子一问，青年们齐声回答："透抽[1]啊。"

说是把生透抽切成小块，挂在钓钩上。

留美子拿着盛有鲍鱼、蝾螺和烤海胆的盘子，走近时而向右走、时而向左跑着控制钓竿与线卷的惠一，注视绷紧的钓鱼线的前端。只能看到钓竿竿尖那一头三米左右的钓鱼线。

—————————————

[1] 即剑尖枪乌贼。

再过去便是一片漆黑的海。

"这只肯定很大！"

惠一喊，将钓竿缓缓竖起再猛卷线，然后全身虚脱地坐在海滩上。

"跑掉了吗？"

留美子看到松弛的钓鱼线这么问。

"一英尺五英寸[1]大的鱼啊……"

"一英尺五英寸，呃，一英尺是三十厘米吧？"

惠一边转动卷线器卷回钓鱼线，一面抬头看留美子，喃喃地说："我不要再钓鱼了。"

青年们在海碗里盛了饭，或是撒上切碎的鲍鱼，或是拌进烤海胆，用留美子目瞪口呆的速度扫光之后，回到钓竿边。

"不行。我已经不行了。再吃下去，肚子会撑破。"

留美子说，放下盘子，坐在海滩上。

"我也是，我也可以明明白白地感觉到海胆在这里，鲍鱼在这里……"

小卷也指着自己的胃这么说，在留美子身边坐下。

"阿孝在这个碗里盛了三碗白饭，吃了三个鲍鱼、五个烤海胆、七只皮皮虾。而且才十五分钟就吃完……"

小卷一脸傻眼地望着工作服青年，对留美子说："喏，来游泳吧？"

"咦？现在？"

---

[1] 一英寸约合 2.54 厘米。

"因为，一个人很丢脸，可是两个人一起就不觉得了啊？"

"在这么暗的海里游？我会怕。"

"不要到水深过腰的地方就好啦。"

小卷说，自从生病以来，就没有在海里游过泳了。

"要向那群不会说话的炫耀一下留美美丽的身体曲线呀！算是奖励他们花一整天帮我们打扫小屋、晒棉被，还烤鲍鱼、蝾螺、海胆和皮皮虾给我们吃。"

小卷好像是认真的。

"什么啊……我的泳装怎么能算奖励……我的身体才没有那个价值呢。刚才虽然说对胸部稍微有点自信，可那只是爱面子说的，根本不值得给人看呀！"

听了留美子的话，小卷无声地笑了，站起来，大声问哥哥可不可以游泳。

"我用车灯帮你们打光。有些地方水会突然变深，要小心！"

惠一这么说的时候，两根钓竿的铃铛同时响了，是安全帽青年和叫作阿孝的那个青年的钓竿。

"好，那就来游吧。能在北海道厚田的海里夜泳的机会，可不是随便就有的。"

留美子说，回到小屋，换上刚买的连身泳装。小卷穿的是高中时比赛用的泳衣，她的身体娇小又圆润，但穿上泳装却莫名显得勇健。

"你看，我的泳装有资格当奖励吗？"

留美子问。

小卷绕着留美子上下打量，说："好诱人。"

"真的吗？"

"嗯。秀色可餐。羡慕死人了。"

小卷搞笑地这么说，拉住迟疑着不肯出去的留美子的手。

爬下梯子，走出小屋时，小卷急忙又进屋去拿留美子那个装了支票的包包，问："真的吗？留美那五十万，真的要用来盖学校吗？"

"那是我和小卷在中学的时候立下的约定不是吗？我认为，对人类而言，能够实现约定是一大幸福。等我们老了，要是有机会去尼泊尔的村子，看到在我也捐了一小部分钱所盖的学校里念书的孩子，一定很幸福。"

一说完，留美子便想，如果确定一个年龄，两个人约好到了那个岁数，就一起去拜访尼泊尔那个看得到喜马拉雅山的小村庄的学校，也不失为一个好主意。

八十岁的话，要长途旅行可能有困难。但是，七十岁应该还可以吧……

那个村庄的学校，是日本的有志之士一同募款兴建的。学校校舍里并没有书写这些热心人士的名字。但是，自己的钱的确有部分用来建设那所学校，在那里就学的孩子当中，有几个人会继续升学，成为有为的人才……

等七十岁时亲眼看到这样一所小学，我和小卷究竟会有什么感受呢……

在四十年后的社会，七十岁能算是长寿吗……

届时，也许人类战胜了许多重病绝症，百岁人瑞不再稀奇，人类的寿命也或许因地球本身发生变化或意想不到的战争而大幅缩减也不一定。

但无论如何，七十岁这个年龄应该不能算短命。无论平均寿命是多少，能活上七十年，应该算是长寿吧。

小卷战胜了癌症。这件事堪称奇迹。正因如此，留美子更希望小卷长寿。

等她们七十岁，就到尼泊尔去看她们捐款兴建的学校……在实现这个约定之前都不死……不，是不能死……

留美子边想着这些边往海滩走。然而，她对于穿着泳装到青年们钓鱼的地方还是有所顾忌，便在距离他们约二十米的地方，将脚踝泡在平静的海里。

小卷跑到哥哥那里，寄放留美子的包包，拜托哥哥："朝那边打光。"

其中一名青年，移动车子将车头灯照往小卷所指的方向。

留美子眼前的那片海，浮现了一个光圈。从光圈看来水深确实是仅及腰。

留美子用脚趾小心地探索着，慢慢走进海里。

到海水及腰的深度，虽然意外温暖，但一旦卷起了小小的暗浪，底部便好冷，提醒人们这里是日本海北部的夜间之海。

不知不觉，留美子正好站在海上光圈的正中央。

水位大约在留美子的心窝高度，留美子决定依照惠一的忠告，不再继续往海的方向走，而沿着岸边游。

小卷用仰泳的姿势游向留美子，到了留美子身边便不再游，仰漂着浮在海面。

"我以前和朋友比赛过，看谁可以像这样漂最久。"

小卷说。

"游泳池的话十五分钟，但海的话，可以漂两倍的时间。因为海水有盐分。"

"要全身放松，让水把身体抬起来对吧。知道是知道，可是，我仰漂就是浮不起来。身体就是没办法完全放松。"留美子说。

"要像仰躺在床上发呆那样看星星。"小卷说，从海中走来，横抱起留美子，扶着她的腰和臀部，"等你放松到不能再放松了，就说'好了'。"

留美子在小卷的支撑下，仰漂在海面上。

"呜哇！月亮太亮，亮到都看不见星星了。"

留美子说。

"不行不行，脚还是没放松。这样你会沉下去。"

"我自己觉得已经放松了啊……"

"要更放松。把眼睛闭上好了。这样会更放松。"

留美子依言闭上眼睛。她感觉到大海的、若有似无的暗浪底部的巨大力量。

"好了。全都放松了。"

留美子一这么说，小卷便轻轻放开手。留美子的臀部和腿立刻往下沉。

"还是有地方没放松。因为你不相信人的身体真的可以浮在水上。"

"可是我自己觉得全身的力气都放掉了啊……"

"那，再试一次。"

她们又试了好几次，可是一旦小卷放手，仰漂在海面上的留美子的身体就会往下沉。

"是不是胸部在用力？"

小卷笑着说。

"你的胸部大得都能当救生圈了，所以胸部也要放松哦！胸部一放松一定可以浮起来。"

青年们似乎也听到小卷的话，海边响起了一阵轻笑。

"一定是有什么窍门，可是我就是抓不到。"

留美子心想，就算不能自己漂起来，像这样被小卷扶着仰漂着看月亮也好，便这么说了，然后把自己刚才的想法说出来。

"等我们到七十岁？"

小卷的手从留美子的背和小腿下面扶着她，低声这么说。

"我能活到那时候吗？"

"一定能。现在是人生八十年的时代了。"

"可是，我的身体伤痕累累呀。动了两次大手术，又被放射治疗和抗癌剂折磨得遍体鳞伤。我想，我一定是容易患癌的体质。所以我早就做好心理准备，能活到五十岁就谢天谢地了。"

"那你这个心理准备要延后二十年。不然就没办法践行约定了。"

听留美子这么说，小卷说，那个以在尼泊尔盖学校为终生职志的人，现在已经着手兴建第三所学校，她正为了参与第四所学校的创建而努力存钱。

"第四所学校啊，听说要盖在可以看到珠穆朗玛峰的村子里。登山客会在南崎巴札这个地方整装准备，依照自己的能力设定第一营地、第二营地。所以雪巴人也会住在南崎巴札……要建第四所学校的那个村子，就在南崎巴札往西三十公里的地方。留美的钱应该也会用在那里。"

"等我七十岁，就要去看那所学校，和小卷一起去。"

留美子忽然发现，小卷不知何时也和她并肩在海上仰漂。

"留美是自己在漂着呢。你都没发现吗？"

车灯下。小卷的脸上带着笑。

"啊，真的哎。我在漂呢。"

才说完，留美子的腿便又沉下去了。留美子心想，也许再请小卷扶个两三次，就能靠自己漂起来，便拜托小卷"再扶我一次"。

"这和学骑自行车的练习方法一样。请别人在后面扶，踩着踏板，后面在扶的人悄悄松手……就是那个要领。"

小卷说，帮忙扶留美子。第三次，留美子成功仰漂在海面上。

"成功了！"

留美子高兴大喊。

"我头一次这样赏月……"

留美子喃喃地说，与小卷并肩仰漂在海面上，望着大大的半月。

身体变冷了，小卷便约留美子：

"我们到火边去取暖吧！"

拿放在岸边的浴巾擦干身体，留美子到刚刚还在烤鲍鱼和蝾螺的空心砖火炉旁，这才想起自己和小卷根本没有带浴巾来。浴巾是工作服青年到小屋去拿来悄悄放在岸边，没惊动留美子和小卷。

留美子向工作服青年道谢。青年坐在钓竿处，面向海，只稍稍举手回应。

"大家都刻意不看我们。"

小卷说，指指加了新炭的空心砖火炉，铁网上放着装了水的水桶。

"这是给我们冲海水的吧。我哥他们还真细心体贴。只有我一个人的时候，明明都不管的。"

小卷这么说，然后独自拿着手电筒回小屋去了。

"钓到比目鱼了吗？"

留美子问依旧背对她的几位青年。炭火的热度立刻暖和了身体。

"三条。"

短裤青年回答。

"三条都上了阿孝的钩。我的后来就完全没有动静了……"

惠一说，关掉车子的引擎，熄了灯。

"要再游泳的时候跟我说，我帮你们开灯。"

小卷带了六根装在金属管里的雪茄和饼干盒回来。

她用熟练的手法剪了雪茄的切口，再递给几位青年。

"用火炉来点可以顺利点着。"

听小卷这么说，几位青年便聚在空心砖火炉边。

"这个叫雪茄剪。买一盒这种雪茄就会送。卖家说，剪出来的切口很像挖一个圆圆的洞，不用怕不小心剪太多……"

小卷明明说烟不可以吸进肺里，几位青年还是像抽卷烟一样，深深吸了进去。

"哇，会头晕哎！"

安全帽青年一脸惊讶地说。

留美在一根漂流木上坐下，本来想拿浴巾擦头发的，却不擦了。

因为她想等身体暖了之后，再在海面上仰漂赏月。

"小卷不抽吗？"

留美子问了一句。

"我要留在睡前好好品味。"

"抽雪茄的女人，感觉好有魄力啊。"

阿孝说。

大家好像都是头一次抽雪茄，拿法、抽法都显得生硬，也没有任何人有"味道很好"的感想。

小卷在留美子身旁坐下，抬头看头顶的半月，说："那五十万，暂时由我保管哦。"

"为什么？"

"因为，我需要一点时间才能存到同样的金额啊……我想把我的钱和留美的钱同时送过去。我不会花掉的，你放心。"

"我才不担心这个呢。在决定把这笔钱用来实践约定的时候，我就是怕自己会不小心乱花掉，才会开成支票带来的。等小卷存了钱再一起送过去，这样我更开心。"

"等我们七十岁啊……"

小卷抬头看着月亮，喃喃地这么说。

然后，她说她家附近有个高中生，是跳台滑雪界的明日之星。

"他长得很清秀，又会念书，再加上被看好将来绝对会入选奥运会的国家队，所以不止全小樽的女生都喜欢他，甚至还有人从札幌、旭川过来追星的，女生迷他的程度比一般小偶像还夸张。可是，他却在某个清晨自主训练去慢跑的时候，被送牛奶的小卡车撞死了……才说完'我出门了'，就在离家不到两百米的十字路口……"

然后小卷又自言自语般喃喃地说，不到二十五岁就得了肝癌这种大病，动了两次大手术的自己却还活着，正在海里夜泳。

"等我和小卷七十岁，一起到尼泊尔去看我们帮忙盖的学校！发誓一起活到老，你不觉得这是个很棒的'约定'吗？"

留美子压低声音不让青年们听到。

"怎么能定下可能无法实现的约定呢……"

小卷悄声说。

"留美，你知道有一个理论说，宇宙里呀，和地球一样有高智能生命体的星球有几十亿个。"

说完她起来，走向海中。

"你们要游泳吗？"

惠一朝小卷喊，然后发动车子的引擎，打开了车头灯。

留美子跟在小卷身后，问："然后呢？"

"我觉得这个理论很可信。"

"然后呢？"

留美子又问。

"我是在想，这种理论我都相信了，为什么会不敢做出活到七十岁的约定啊……"

"冬天狂暴的海不是叫你放心了吗？我也想听听那个声音。到七十岁还有三十八年。才三十八年。七十岁，现在已经不算古稀了。我之所以说七十岁，是因为觉得八十岁就算身体还不错，可是要到尼泊尔的山区旅游还是太勉强，搞不好会给别人添麻烦。要不然八十岁也可以。"

说完，留美子朝车头灯在海面上照出的光圈的中心游过去。

钓竿上装设的铃响了，留美子在水深及腰的地方站起来，朝惠一他们那里看。有比目鱼上钩的钓竿似乎是惠一的。

"喂，谁来帮我一下！我没把握啊！"

只听惠一的声音在静悄悄的海边响起。

小屋那边有强光靠近。看似来钓鱼的两名中年男子，开着四轮传动车，一发现穿着泳装的留美子和小卷，便停车不断看着她们。

短裤青年走到那辆四轮传动车那里，用低沉的声音说："大叔，这不是给人参观的。不要死盯着一直看。"

四轮驱动车立刻从留美子她们所在之处离开，朝海岸的另一端驶去。

468

"叫你们帮我，都没人肯理我。"

惠一的声音又响起。

"一定是鱼又跑了……"

留美子笑着说，在海面上仰漂。

"虽然觉得好像没有完全放松，可是我现在已经会自己仰漂了。已经抓到窍门了。"留美子说。

小卷游着仰泳，灵巧地在留美子身边打转，说："因为你的身体学会了呀。"

叫阿孝的青年开着车，避开漂流木，从小屋之后的路驶向国道。炭火的火势变弱了，安全帽青年在海边来来去去地寻找干透的漂流木，把找来的漂流木放入炭火中。

"真想明年也来这里游泳。"

留美子说。

"听说盛产鲱鱼的时候，厚田这个村子也非常穷苦，冬天凄清得言语无法形容。"

小卷说。

留美子曾经看过一次冬天的日本海。

到桧山税务会计事务所任职后，头一次直接负责的客户是位于福井县的一家纺织工厂，二月一个下雪的日子拜访那家公司之后，留美子在武生站等候前往米原的电车，临时起意想说既然来了，不如看看冬天的海，便问停在车站前的公交车的司机这辆公交车会不会到海边。

司机说有一个路段是沿着海走，所以留美子便上了那辆公交车。当时下着横飞的大雪，乘客几乎都是放学回家的高中生。

公交车一穿过武生市区便立刻驶上沿海的道路。在一个看似小渔村的地方靠站停车，几个高中生下了车，留美子便也跟着下了车。

纺织工厂的老板借她的塑料伞根本派不上用场。海上吹来的雪将留美子胸部以下裹成一身雪白，强风几乎要把伞吹走，留美子后悔自己一时冲动上了公交车，心想原来连越前岬南方三十公里的地方，海边天气都如此狂暴，但尽管冷得瑟缩着身子，却仍被眼前一片银灰色的风景所吸引。

北陆冬海固然凌厉惊人，但北海道厚田村的冬海，想必别有一番独特的魄力，以可怖可畏的荒凉不断朝伫立的人类袭来……

留美子将那时候的事说给小卷听，一边望着应该已略朝西边移动几分的半月更加明亮的月光。

"看了那家纺织公司的会计状况，我心想，啊啊，这已经在战败善后的阶段了，但我却不敢向对方明说。一方面是我对自己的看法没有自信，一方面也是因为他们明明不止是每个月有赤字，而是几乎做一天赔一天，但年轻的老板两兄弟为了让工厂撑下去的那份拼劲实在令人感动……可是，工厂在半年之后倒闭了……"

由于与债权人的交涉委由专门处理中小企业倒闭的组织处理，福井工厂便由桧山出马。当时的留美子还没有能力处理。

"不过，我收到明信片说他们兄弟现在在另一家纺织公司上班，债务也大致还清了。"

"谁寄的？"

"哥哥。年纪大概跟小卷的哥哥差不多吧。那时候他有两个孩子，现在已经是四个孩子的父亲了……上面还写，倒闭之后的那两年，接二连三的事让他一直觉得，啊啊，地狱大概就是这样吧。无论再小的公司，倒闭都是很严重的一件事。也许地狱这个形容是最贴切的。"

小卷不再仰泳，在水中站起，在仍仰漂的留美子身旁站起来，说："嗯，是地狱没错。我一直生病，我爸的公司倒闭的时候，我也是这么想的。什么希望都没有，被讨债的人骂得狗血淋头只能一直道歉……我很佩服我爸爸，竟然没有被击垮……"

"小卷很强啊。虽然乍看起来好像很胆小，但内心其实很坚强。"

留美子这么说，也双脚站了起来。

刚才不知开车到哪里去的阿孝开车回来了。在小屋那里停好车，看得到他手电筒的灯光绕到小屋后侧。

"小卷，那个跟你说'无论是生是死都尽管放心'的声音，你现在还想得起来吗？"

留美子问小卷。

"嗯，想得起来啊。栩栩如生就在我耳边。"小卷回答，"只要我想听，随时都会在我耳里响起。"

"我也想听听那个声音。这样，也许我也能更努力向前。"

然而，留美子认为，除非实际置于生死一线的状况下，面对自己的生与死，不断在恐惧与一缕希望中煎熬，否则恐怕听不到那个声音。

　　手电筒的灯光从小屋那里慢慢靠近。那个名叫阿孝的青年对她们说，他把塑料桶、水管和浇水花洒组合起来，做了一个可以淋浴的装置，等一下要冲水的时候叫他一声，说完就回去钓鱼了。

　　留美子和小卷再次为了取暖来到空心砖火炉旁。放进炭火里的几根漂流木还没着火，只朝着天空不断地冒着白烟，但在安全帽青年以团扇强力扇风之下，燃起了火焰。

　　"看起来像干了，但其实只有表面干而已，里面跟生木没两样。"

　　安全帽青年说。又说，在炭火炙烤之下，漂流木的芯的湿度也会渐渐减低，所以要耐心等到着火，在关键时刻瞬间把空气扇进去。

　　留美子和小卷后来又在海边和炉火之间来来去去玩了几趟。

　　几位青年说，他们打算等留美子她们回小屋楼上睡了，再到一楼的木板房睡。

　　"三点之前我们都会在这里。"

　　惠一说，举起一条三十厘米长的比目鱼，笑着递给短裤青年，说这是给你老婆的礼物。

　　短裤青年二十岁时便与小他两岁的女孩结婚，有两个女儿。

去年，他终于考取推土机执照，也加薪了，便决定要生第三个孩子，但都半年了还没有半点消息。

　　"很奇怪，怕有小孩养不起的时候一连生了两个，想生第三个的时候却生不出来……连我两个女儿都在催，弟弟怎么还不来。才五岁和六岁哎。她们两个一定已经知道孩子是怎么生的了。"

　　短裤青年又说，他妻子的哥哥患有唐氏综合征，二十八岁了，今年春天得了流感差点一命呜呼。

　　"唐氏综合征的孩子天生身体就比较差……可是很可爱。会让人觉得天底下怎么会有心灵这么纯净的人，会被他融化呢。因为他们的心一直都是两三岁。一个两三岁的孩子，不会欺负人，不会骗人，也不会故意为难别人。他都二十八岁了，还像两三岁那样天真无邪呢。上次他得流感并发肺炎，医生说最好做好心理准备的时候，我在医院放声大哭。求求你不要死。那时候真的会想，我只求你活着。"

　　"可是，等父母年纪大了，死了，就麻烦了啊。"

　　安全帽青年说。

　　"有我在啊。"

　　短裤青年笑着说，提起一个留美子也知道的年轻偶像艺人的名字。

　　"每次在电视上看到这个女生，他的脸就会涨红，一直盯着看。她是我二十八岁的大舅子的初恋。"

　　所以他到处找那个偶像艺人的照片，搜集了很多杂志，但全都是暴露的泳装照，夫妻俩为了该不该给哥哥看意见产生了分歧。

"我老婆说，电视上穿那种泳装的女生多得数不清，没什么关系，可是我觉得会让他淡淡的初恋感情破灭，我们夫妇上次还为了这件事大吵一架。"

留美子觉得自己和小卷差不多该进小屋了。不知道是不是忙碌工作的疲累在月下的海滩玩耍中释放出来，身体突然觉得好沉。

她们一说想把身上的海水冲一冲，叫阿孝的青年便跟着她们一起回到小屋，带她们到一个用零碎木板拼凑围起来的地方，里面装了临时做出来的淋浴装置。

用塑料桶里的水把水桶里的滚水降温，再把水倒进另一个连着水管的塑料桶，热水就会沿着水管从浇水花洒里流出来。

趁阿孝开车去接热水，留美子从包里取出替换衣物，拿着自己的浴巾，和小卷一起在那里等。

留美子让小卷先洗，把热水和冷水混合到合适的温度，倒进塑料桶，说："好了吗？要开始咯。"

留美子尝试把水提起来。可是这对她来说太重了，无法提到腰部以上。

"没有男生的力气，实在没办法。"

留美子对木板房里一丝不挂的小卷说。

"那去找阿孝好了。他是大力王。"

听了小卷的话，留美子回到海边，向正在装钓饵的阿孝说明了原因。

"我绝对不会偷看。"

说完，阿孝回到小屋，背对着木板，把装有热水的塑料桶举到头顶。

听到热水从花洒流下来的声音。

"啊啊，好舒服。虽然水有点烫，不过这样正好。"

小卷的声音从里面传出来。

小卷从里面出来，擦干身体的时候，阿孝混合冷水和热水，换留美子进去脱掉泳衣。

"好了？"

阿孝问。

"嗯，好了。"

"那要开始咯。"

花洒流出的热水好舒服，留美子洗了头，把身上的盐分冲干净之后，还是继续冲热水。在这一旦离开就不知道花洒在哪里的漆黑之中全裸冲着澡，体内明显产生了一股隐隐作痛的情欲，留美子闭上眼睛，仰起了头。

脑海中浮现了俊国的脸，但不是现在的俊国，不知为何，竟是十年前还是高中生的俊国。

花洒的热水流变小了，留美子向阿孝道了谢，摸索着抓起浴巾，擦干头发和身体，穿上内衣和衣服。

"这里没有吹风机，不过到火堆那里头发应该很快就会干了。"

阿孝边说边走回钓鱼的地方，留美子又道了一次谢，打开手电筒，小卷就站在面前。

留美子小小尖叫一声。

"你一直在这里？明明不到一米，我却完全没发现。"

说完笑了。

结果，"我们来约。我在七十岁之前绝对不会死。"小卷说，"如果我是个短命的人，应该早就已经死了……我是个创造奇迹的人，我给自己的评价却太低了。"

小卷气鼓鼓地望着留美子，说她发现，人活着，必须把人生的格局放得更大。

"给努力活下来的自己太低的评价，等于是轻视让我活下来的冥冥之力。我要活下去。才不要小气地想什么七十岁。八十岁……我要活到八十五岁。"

留美子拿毛巾帮小卷擦还挂着水珠的脖子，推着她的背进了小屋。

调亮小煤油灯的灯光后，"老朽"两字早已远远不足以形容的挑高小屋，内部亮得几乎刺眼。

留美子边爬梯子上二楼，边试着把小卷那句"必须把人生的格局放得更大"套用在自己身上。

自己是个极其平凡的女人，没有什么特殊之处。既没有出人头地的梦想，也没有远大的目标。对天下国家之类的问题，也会主动保持距离。这样的我，如果要"把人生的格局放得更大"，难道不是应该要改变自己的内心吗……

例如，尽管只是偶尔，但一想到过去犯下的愚蠢过错便陷入自我厌恶这种事，今晚必须是最后一次。

我，是知道那个人决定和妻子分手并开始分居，才开始和他谈恋爱的，绝非世上所说的"外遇"。那个人，一开始应该也不是存心想欺骗冰见留美子这个女人。

可是，他和妻子之间有了孩子，回头和妻子展开了新生活。

我没有错。然而，爱上那样一个人，相信与他之间有将来，也不是任何人的错。是我自己做了这样的选择。俗话说，"男人和天上的星星一样多"，但是我从那多如繁星的男人之中，选择了他，而最后以苦果收场。谈了这样的恋爱的，不是别人，是我自己……

留美子侧坐在敞开的木板窗前，朝青年们所在之处、漂流木仍熊熊燃烧的营火望去。

当我以自认为凄惨无比的方式结束了那段感情之后，是不是把人生的格局缩得太小了……

然而，"放大人生的格局"具体而言该怎么做才好？对身为女人的我而言，何谓"大格局的人生"？

留美子望着远处的营火，用新毛巾擦着头发。

"待在那堆营火旁，头发会干得很透。"

小卷说。

"要是头发没有干透就睡，会感冒哦。"

小卷约留美子到营火旁去烤火，但留美子想待在这里看月亮和营火。在这个号称小屋二楼实际上却是个窄窄的架子上，如果移动时不轻手轻脚，地板随时可能会掉落的。

而且，自己和小卷要是又回到他们钓鱼的地方，反而会让他们多费心关照。

"等等就会干的。我总觉得身体使不出力气。我想，一定是在海里练习仰漂的时候，其实耗掉了很多体力。"

留美子说。

"很有可能，叫身体放松比叫身体用力难得多。"

小卷说，然后在垫被上躺下。

"有名人之称的雕刻家……"

说到这里，小卷先解释这是《徒然草》中的一段。"钝刀始能精雕细琢。妙观不使利刃。"慢慢地朗读般低声说，"据说雕刻师用的都是有点钝的刻刀。妙观的刻刀就不怎么锋利。"

留美子不明白小卷想说什么，自己也在垫被上躺下来，望着小卷的眼睛。

"所谓的精雕细琢，可以运用到很多范畴，像是音乐、文学、舞蹈、茶艺、花道……"

"锉冰也一样，在有点融化的时候才好吃。"

留美子这样回答，但觉得自己好像答得牛头不对马嘴，翻个身，躺着看营火。

就这样看着看着睡着了。

忽然醒过来，在枕边摸着手表想看时间，这才发现自己身上盖着被子，小卷在旁边鼻息细细地睡着，煤油灯的灯光变小了，隐约可见在下面睡大通铺的青年们。

木板窗关上了。

"我妈大概只剩半年了吧……"

有人压低声音说。

"这种事没人说得准啊。也许会像小卷那样出现奇迹啊。"

这个声音是安全帽青年。

"才五十二岁。我妈生病的事，我们瞒着我妹。全家就只有我妹不知道……她才上高一啊。"

留美子放弃看时间了。因为煤油灯的灯光照不到她枕边。

第二天早上，用面包和牛奶解决了早餐，青年们便回去工作了。

只有惠一请假到中午，本来是可以开大卡车送留美子和小卷回小樽的，但工地的同事托他到厚田港买皮皮虾，所以一确认小屋门窗都关好，便催着她们赶快上车，前往港口。

"那边就是港口了。"

惠一指的地方上空有几只老鹰在盘旋。

比昨天更蓝的天空与海连成一片，厚田村小小的民宅显得更小了。

他们在写有"厚田港"标识的地方转弯驶向海边，但没有可停大卡车的地方，惠一怕会妨碍来买皮皮虾的车辆通行，便倒车把大卡车停在国道旁，叫小卷坐在车上。

"这边常有警车经过。要是他们说违章停车，你就跟他们说开车的人马上就回来。"

"嗯，我会用最可爱的样子帮你求警察叔叔的。"

小卷这么说，然后建议留美子去看皮皮虾的摊贩。

"这里虽然是个小港口，可是摊贩有很多。每一家都是卖皮皮虾的，没有一家卖别的东西。"

留美子想看看曾经因鲱鱼而繁荣一时的厚田港，便小跑着跟在惠一身后，走向通往港口的路。

为众数多的皮皮虾摊贩和前来购买的人们填满了半个港口，人多得令人怀疑这么多人到底是从哪里冒出来的。一道长长的防波堤从港口向海里延伸，许多钓鱼客坐在上面。

　　钓客想钓的好像是一种留美子不认得的小鱼，即使钓上了大鱼，从鱼钩上拆下来也不放回海里，却往防波堤后的水泥路扔。

　　留美子觉得这些大鱼应该更有价值才对，便问一个把鱼往后扔的中年男子那是什么鱼。

　　"珠星三块鱼。"

　　男子又说，不放回海里，是为了给老鹰吃。

　　"丢过去老鹰就会来抓啊，所以是喂老鹰的。"

　　每当钓客将珠星三块鱼往后面的路扔，老鹰都会从上空靠近，但都停在防波堤或电线杆上，并没有立刻去抓鱼。几条鱼在水泥路上弹跳，后来也就渐渐不动了。

　　老鹰到底在提防些什么？留美子很好奇，便站在堤防上，看着这些越来越多的敏捷大鸟。

　　阳光很快便让不再动弹的珠星三块鱼失去了光泽。

　　"为什么老鹰不马上去抓新鲜的鱼呢？"

　　留美问一个一次钓到五条小鱼的男子。

　　"我也不知道……你问问老鹰啊。"

　　男子露出一抹笑容说。

　　这当中，有一只老鹰飞过来，但只是在距离鱼的上空五米左右处匆匆盘旋，立刻又回到港口建筑的屋顶上。

　　留美子朝堤防后的人潮凝目细看，寻找惠一的身影。大概是惠一要的皮皮虾数量很多吧，只见泡沫塑料箱被送到惠一面前，里面堆满了仿佛还有生命般的生皮皮虾和冰块。

无数的老鹰。北方的大海。贩卖皮皮虾的男男女女。钓鱼客。被扔到水泥路上的珠星三块鱼。过于蓝的天空……这一切都化为一体，让留美子挺起胸膛，抬起头。

我复活了……

留美子明确地感觉到。我以为我并没有因那场恋爱消沉，但其实并非如此。

后悔。对失去的时间的惋惜。对愚蠢的自己的厌恶。对他的憎恨……

这一切，都化为无法自觉的余热，在我体内不断形成令人不快的烟瘴。可是，现在这些都消失了。完全消失了。我什么都没有失去……

留美子小声说："走着瞧！"

这"走着瞧"到底是针对什么，她不知道。为什么自己嘴里会吐出"走着瞧"这几个字，她也不知道。

然后，在一再重复小声说着"走着瞧"之中，十年前俊国的模样再度站立在留美子的心中。

惠一在防波堤上向留美子挥手。

此时，老鹰们一齐展开行动。为争夺猎物，在上空互相威吓，挥翅声犹如狂风四起，伸出爪子朝水泥路俯冲而下，抓住所有的鱼又重回上空。

为猎取猎物的蛰伏……

这几个字静静地在留美子心中浮现。

十年的蛰伏……

如果十年前的那个少年，在写了信十年后的今年，将信中的内容付诸实行，我一定无法逃过这漫长的蛰伏……留美子这么想，奔向惠一所在的人群。

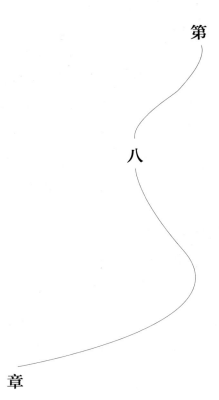

第

八

章

自札幌高尔夫之旅回到东京后，上原桂二郎多少有些任性地变更自己当天的行程，每周都到新桥的酒吧"新川"光顾两次。

桂二郎大多是傍晚五点去，五点半就结账离开，若公司还有工作要做便直接回公司，若有应酬便前去赴会。

到了八月，包括最先去的那次也算在内，正好第十次的那一天，他把小松圣司的继任者——刚调到秘书室的雨田洋一——叫到社长室。

"等一下我要去新桥，你也一起来。"

桂二郎这么说。

他并没有将自己为何要去"新川"的原因告诉小松圣司。小松在交接工作给雨田洋一时，也单单不提"新川"这件事。

"我时不时会到一家叫'新川'的酒吧喝一杯黑啤酒。也不知道为什么，我就是喜欢在那里独享黑啤酒的那段时间。"

听桂二郎这么说，雨田洋一问："我也可以作陪吗？"

"不了，我想一个人进去，你在车里等我。地点杉本先生很清楚。"

桂二郎又对准备联络司机杉本的雨田说："我去新桥'新川'酒吧的事要保密哦。"接着说明原因，"那里有五位常客是我们公司的同仁。我不知道这五个人是谁，但要是他们知道社长会去就不去了，那对店家就不好意思了。"

雨田表示绝对不会泄露，便快步准备离开社长室。

雨田洋一个子算是矮的，但肩膀很宽，胸膛也很厚，女职员都叫他"小战车"。他的身躯的确是台小战车，但走路速度却很快。而且似乎并非只有工作的时候会小快步行进，和同事去吃午饭的时候，去喝酒的时候，率先过马路的都是雨田洋一，桂二郎也是最近才知道，有些人觉得和他在一起会搞得疲惫不堪，因而不愿意和他一起行动。

"真的很快啊。"桂二郎露出笑容对雨田说。

"是？什么很快？"

雨田额上冒着汗问。

"你走路啊。"

"哦？很快吗？"

"很快啊。才听到你的声音，你人就已经走得老远了。"

"是……我以后会注意走慢一点。"

"不了，倒不用这样。动作敏捷轻快是好事。"

雨田洋一以前叫作"龙造"。有一次，桂二郎听他本人说起这个名字是直接承袭自祖父。为什么要改名为"洋一"，据说雨田连对好友都不愿提起。

由于户籍上的名字是龙造，因此进公司时所印制的名片便是"雨田龙造"，但研修期间他向上司提出要求，极力恳请今后不要使用本名龙造。

上司以公司没有前例为由拒绝，他便以直陈的形式直接向桂二郎请愿，桂二郎看出雨田龙造这个青年有一颗钢铁般的心而准许。

但桂二郎并没有询问雨田为何不要祖父的名字而改用他自己取名的洋一。

一定是有什么重大缘由吧……

因为他认为，龙造也好，洋一也好，这对公司而言不成问题。

桂二郎在"新川"从来没有遇见过老板新川秀道以外的人。只有一次临走时，在入口处与一个看似常客的人擦肩而过。

桂二郎小心避免与上原工业的员工打照面，但他最想避免的是在这里撞见新川绿。

"就是一杯黑啤酒和一根雪茄的时间。"一下车，桂二郎便对雨田这么说。

"现在是四点四十五分，我会在五点十五分到二十分之间出来。"

桂二郎想到今天雪茄盒里装的是高希巴的罗伯图，认为待会回到车上时，雪茄应该还没抽完。

打开"新川"的门时，桂二郎都尽可能悄悄地转动门把手，不让在吧台里擦杯子的新川秀道发现。

这是为了万一自己公司的员工在，或是新川绿在，可以趁对方还没看到自己便迅速关门回到车上。

"欢迎光临。今天好热啊。"

新川秀道擦着杯子，对桂二郎报以笑容。

正如小松圣司所说，新川秀道像极了漫画《蝶螺小姐》里的"波平先生"，他的容貌展现了个性中的轻松诙谐与善良温暖，但隔着吧台说上几句无关紧要的闲话，几次下来，桂二郎从新川秀道的某些刹那间闪现的眼神，感觉出从事酒保这行多年的人的"锋利"。那也许可以说是"看人的眼力"。

对"新川"而言，某日上门的上原桂二郎应该是个很特别的客人。

总是穿西装打领带，早的时候四点半就来，差不多快有客人上门的五点半前一定会走……在店里只喝一杯英国黑啤酒，与雪茄一起品尝，抽完雪茄便结账。

"真好喝。"

只会说上这句话，也没有要和酒保攀谈的样子。

但是，新川秀道也从不向桂二郎询问姓名、职业、为何会在这个时间来访，只会以柔和的眼神说"明天好像会下雨呢。"或是"这款雪茄，以前经常光顾的证券公司老板也很喜欢。"

桂二郎喝了一口黑啤酒，点着高希巴的罗伯图雪茄，问老板能不能播"Lady Jane"。

新川秀道说："好的。"于是在店里放了桂二郎点播的老爵士乐，问："今天是不同的雪茄呢。这款雪茄叫什么名字？"

桂二郎说了，又说最近不太喜欢味道和香气太独特的，所以都抽这款高希巴的罗伯图雪茄，然后从雪茄盒里又取出一根，劝道："若不排斥，要不要试试看？"

新川说他戒烟五年了。

"戒烟前一天要抽上八十根。雪茄只闻过客人抽，自己倒是没抽过。不过，这款香气真是迷人。闻起来像高级咖啡加一点甜甜的可可……也有些许蜂蜜的香气。"

"才闻过一次味道，就能有这么多体会，不愧是'新川'的老板啊。"

桂二郎说，给雪茄剪了口。

"是不是不该劝一个好不容易戒了五年烟的人抽啊……"

桂二郎真心这么想，正要把递出的雪茄收回来时，新川说："那么，就以今天这杯黑啤酒作为交换。虽然我想雪茄的价钱肯定比这杯黑啤酒要高得多。"

说完，新川接过高希巴的罗伯图雪茄，拿在鼻子前闻了闻香气。

"我们这里其实也提供雪茄。不过，雪茄保湿盒里就只有两款：大卫杜夫的1000型雪茄和乌普曼的小皇冠雪茄。"

这纯粹是为了想尝试雪茄的客人而准备的，喜欢雪茄的人会自备喜爱的品牌——新川这么说，然后以灵巧细致的手法点了烟，第一口在嘴里打转。

"看你点烟的方式，非常熟练啊。"

听桂二郎这么说，"酒保这一行我好歹也是干了将近五十年啊。"新川微笑着说，"味道轻柔，真好抽。这款的话我也可能会上瘾。"

"做这一行将近五十年啊……请问贵庚？"

话一出口，桂二郎就觉得好像犯了什么大忌而后悔。至今他推开"新川"的门之前，都会先告诫自己不可以问私人问题。

"我十六岁的时候，谎称十八岁，去横滨一家酒吧应征。那里的老板是在英国人的俱乐部的酒吧里学艺的，在被征召上菲律宾战线时得了疟疾。最后也因为这场病，在我二十岁时去世了。他是一位堪称大师的酒保，雪茄方面的知识也很丰富。这位老板走了之后，我便换到这家酒吧来。当时还不叫'新川'，老板也另有其人。"

当时的老板想转让店面，便与亡妻一起更名为"新川"，稍微改了装潢，开了店……

新川这样解释。

"从十六岁就当酒保，其他的事什么都不懂。我就是喜欢酒吧这个地方。从小就很喜欢。"

听他这么说，桂二郎笑了，问起原因。

"我父亲，用当时的话来说，是个'赶时髦的人'，常上开给外国人的酒吧。有时候，我母亲会拜托我'把你爸爸带回来'。我父亲酒量很差。他喜欢的是酒吧这个地方。而我似乎是原封不动地遗传了这方面的血统……"

新川说，自己遗传自父亲的，不止是对酒吧的气氛毫无招架之力这一点，还有不能喝酒的体质。

"啤酒只能半杯。威士忌的话，一份的十分之一。这就是我的极限了。可是，后来我觉得这样反而更好。我想也许是多亏如此，我才得以正确品评自己所调的鸡尾酒的味道……年轻的时候，总觉得不会喝酒怎么配当一个酒保，为了养成能喝酒的身体而白费力气，常常醉得不省人事，或是宿醉两三天，生不如死的滋味尝过不下几十回。可是，体质并不是稍加训练就会变的。现在我还是一样，啤酒只能半杯，日本酒只能一小杯。"

新川秀道是头一次向他说这么多话，桂二郎不经意地看着手表，渐渐地被所谓"如坐针毡"的焦躁不安包围。

要是上原工业的员工来了，他还有办法应付，但若是新川秀道的女儿走进店里，自己的身份就会曝光。

桂二郎自己每次来到"新川"，都会发挥眼力，从老板新川秀道的容貌、表情、声音、动作等等，努力寻找他与女儿绿之间细微的相似之处。

桂二郎把剩下约三分之一的黑啤酒喝完，手指夹着还没抽完的雪茄，

"那么，请结账。"说完从椅子上站起来。

"您赶时间吗？"新川问。

这也很难得。桂二郎之前只待了十五分钟就离开的时候，他也只是以一如往常的表情在小纸条上写了金额递过来而已。

"是啊，说忙倒也挺忙的。今天就两件杂事要处理。对我来说，来这里，喝上一杯黑啤酒，抽根雪茄，用相扑来形容的话，就是'仕切直[1]'。有时候重拾平静，重振精神，是一段非常优质的'仕切直'的时间。"桂二郎说。

"那些杂事无论如何都必须今天处理吗？"新川边排列所有擦好的玻璃杯边问。然后说，"其实，今天我们没有营业。"

---

[1] 意思是摆好架势，做好准备。

"这我倒是不知道。推了门，门开着，老板也像平常一样在擦杯子，所以……"

桂二郎将讶异藏在心里这么说。

"厕所故障了，昨天水箱的水停不下来，水漫到地板上，就好像只有我们店里下大雨淹水了似的。一直到刚才，我都忙着修理厕所和打扫地板。厕所经过紧急处理，水总算是止住了，但我想也该是换新的时候了，便请人今晚来换。所以今天临时公休。"

新川面带笑容，边说边在一块小板子上用马克笔写下"敬告来宾：因店内装修，本日临时公休"，拿着板子走出吧台，挂在入口的门把手上。

"偶尔也请多坐一会儿。"

从新川的语气中，桂二郎感觉到明确的暗示。

搞半天，原来早就被认出来了啊……

心里这么想，嘴上却绝口不提，桂二郎从西装的内口袋里取出手机，打给雨田。

"村山先生七点会到公司，帮我转告他说我知道了。"

"好的。只要这样转告就好是吗。"

雨田这么说，又问："宇田先生的派对呢？"

桂二郎之前对雨田说过，那场派对想去再去，看心情。

"你帮我包个红包送去。那场派对是为了庆祝他自费出版了一本不怎么高明的诗集。我要在这里再喝一阵子。我会叫出租车回去，车子就给你坐吧。"

"红包要包多少呢？"

"三万吧。不，五万好了。'金钱就是诚意'是那位老先生不动如山的信念。"

桂二郎笑着说，挂了电话。

"我最近也变得不太会喝了。"他对新川秀道说，"应该是说，变得不太想喝了。也不是特别在意健康，只是喝过头就睡不好。有一天突然就这样了。"

新川报以微笑，说这是他入行以来头一次拦住准备离去的客人。

刚才说是有一天突然变得不太想喝酒，但桂二郎想着好像又不太对，觉得高希巴的罗伯图雪茄味道出现深度了，便吸了一口进肺里。他绝少这么做。

桂二郎心想，醉过头会睡不好，是妻子去世以后才开始出现的，同时又点了一杯黑啤酒。

"要不要改成 Half and Half[1] 呢？"新川建议，"这样口感更清爽，也不会有黑啤酒那种独特的、黏腻的醉意。"

"那么，就来一杯。"

桂二郎点了酒，于是新川双手一左一右各拿起黑啤酒和普通啤酒，同时倒入玻璃杯里，说："我没料到上原桂二郎先生竟然这么快便大驾光临。"

"你怎么知道我是上原的呢？"

"这个，怎么知道的呢……您头一次打开那扇门，走进店里来的那一瞬间，我心里就想：'啊，来了！'"

---

[1] 泛指由两种等份物质混合制成的饮品。

桂二郎微微一笑。

"幸好不是'啊，有鬼！'不然就像见鬼了。"

说完，喝了 Half and Half。

"要女儿把内人年轻时借了没还的钱送过去，是因为她临终前这么交代。"

"我也向令千金说过了，那笔钱不是借的。是尊夫人一直误会了。都是因为把钱交给她的时候，我没有向她好好说清楚。一想到这么多年来，尊夫人心里一直挂念着这笔钱的事，我实在过意不去，无法不自责。"

"内人是在去世前两三个月提起那笔钱的。她说，是为了买下这家店时向一位名叫上原桂二郎的先生借的。她答应一定会还，但上原先生不是那种会主动来要求还钱的人。尽管心里一直念着非还不可、非还不可，但好不容易准备好足够的钱了，偏偏那时候就会发生急需用钱的事情。像是有价格实惠的房子出售，实在很想要那房子和那片土地，于是就挪用了那笔钱；接着是女儿需要教育费……再下一次，店面实在太过老旧，非改装整修不可……"

新川秀道说，吐了一口烟。

"真不知她怎么会误会的……那明明是她完成艰巨工作的正当报酬啊。"

桂二郎边这么说，边想必须让那笔钱的话题就此打住。否则，他很可能会对想暗示什么般提起自己女儿的新川秀道说出什么不该说的话。

与此同时，也怕自己会问起不该问的问题……

"那笔钱的事，就请您别放在心上了。"

桂二郎再次强调，然后问起为何新川秀道一眼就认出自己是上原桂二郎。

"内人过世之前，曾对我提过一点上原先生的事。真的只有一点点。但是，光是这一点，我心中便对上原桂二郎这个人有了一个模糊的整体形象……我很吃惊。因为我心中那个模糊的人物，竟然以完全相同的样貌走进了店里。"

新川秀道说，自己心中的上原桂二郎，与女儿绿实际见过上原桂二郎先生之后的印象，有相当大的出入。然而，在第一眼看到的瞬间，自己就认为是上原桂二郎先生来了，绝对没错。

"我把钱交给了女儿，对她说，这笔钱随你怎么用。女儿眼睛睁得好大，高兴极了。"

桂二郎心想，啊啊，还是不能不谈绿这个女孩啊。是新川秀道引导他让他不得不谈……他有这种感觉。

"令千金已经动用那笔钱了吗？"桂二郎问。

"没有，好像还分毫未动。我猜大概会直接存起来吧。"

然后新川说女儿绿毕业于英国大学的建筑系。

"尽管是自己的孩子，我实在很佩服她的努力。在求学过程中，她得了思乡病，因为语言障碍，被搞得精神衰弱，因为压力太大生病，被英国的指导教授百般刁难……即使如此，她还是光荣毕业回来了。比她父母优秀好几百倍。"

"到欧美大学留学的日本人很多，但能真正拿到学位回来的，并没有那么多。在欧美，大学辍学不算什么。可见毕业有多么困难。而令千金念的又是建筑这个专业学科，她的努力连我这个门外汉也能想象。想必是因为有一对杰出的父母吧。"

"哪里，不敢当。那孩子的父母，是新桥一家小小纯酒吧的老板娘和酒保。虽然是微不足道的小生意，但内人和我却也没有别的谋生能力。所以，我和内人最看重的，是如何活得诚实正直……"

决定要当这样的人，或以此信念为本都很简单，但要终生实践却难上加难……新川这么说。

然后，他以若有所思的神情注视着擦拭得光洁晶亮的矮酒杯片刻，忽然对桂二郎露出可视为"羞赧"亦可视为"稚气未脱"的笑容。深深的笑纹，使得新川的脸顿时显得宛如幼儿。

"我很尊敬死去的内人。"新川说。

"尊敬，是吗……"

桂二郎也连带露出笑容，但又怕自己的笑会被当作揶揄，连忙恢复严肃的面孔。

"是，她很了不起。她的大器，终究不是我这样的人可以相提并论的。"

这样说完，新川又望着自己精心擦拭的酒杯，津津有味地抽了雪茄。

"最初认识她的时候，她对自己没有自信，总是在害怕些什么，胆子又小，是个平凡的女人，认真是她唯一的优点。但随着岁月的洗礼，也随着养育我们的独生女，她渐渐成为一个大方庄重的女性。"

新川又望着酒杯的光泽，仿佛字斟句酌般，眼睛望着雪茄的烟。

"她是个不会说谎的人。"他说，"虽然有所谓善意的谎言，但我老婆却老实到让我想对她说'不能把实话说到那个地步'。为了要求自己正直，她对自己……该怎么说呢……苦役，对，有一段时间，她一定是罚自己做苦役。我的妻子一直到死，就只害怕一件事。"

桂二郎心想，那件事一定与一个名叫上原桂二郎的男子之间生下的女儿有关，等着新川秀道接着说下去，连雪茄的烟灰掉落在吧台上都没发现。这几天，桂二郎已经把新川绿是自己的孩子这件事当成毋庸置疑的事实了。

"内人的父亲和哥哥，似乎是离经叛道的人。她哥哥在她买下这家店三年后死了。这样说一个人的死实在缺德，但那男人死了，我和内人都打从心底松了一口气。他要是还活着，这家店也好，我们夫妇也好，天晓得会是什么情形……"

说到这里，新川小心翼翼地掐住桂二郎掉在吧台上的雪茄烟灰，丢进烟灰缸里。

"内人一直到死都很害怕。"

新川又重复了一次。

"怕什么？"桂二郎问。

"她怕自己体内和继父、继兄同质的劣根性迟早有一天会发作。她与那两人并没有血缘关系，却对'物以类聚'这件事深信不疑。"

496

新川说，所以每当对什么事情勃然大怒、陷入无法控制自己情绪的精神状态时，妻子就会到附近一家精神科诊所看医生。

"那位精神科医生在我们开这家店的时候，也同样在新桥开了诊所。几乎可以说是我们店里的第一位常客……年纪比我大了十岁，现在已经退休，在信州的安昙野享受田园之乐。"新川说。

"他总是倾听我妻子的不安，安抚她。从开设诊所以来，到他以高龄退休的这段期间，一直都是……

"当然，妻子的精神状况并没有问题，当然也就没有与继父、继兄同样的劣根性发作的事。那位医生也不断告诉她，用不着担这种心……

"找那位医生咨询，往往就能消除内人心中的害怕和不安。内人和我向来诚实、正直，再小的坏事都没有盘算过，不嫉妒，不羡慕，不悲叹自己的不幸，我们能够将此奉为人生的第一要义，我想，都应该要归功于妻子的继父和继兄。"

新川把变短的雪茄放在烟灰缸上，然后说："而这样的妻子，却对自己的女儿说了唯一一个谎。"

是什么样的谎？在新川自己说出来之前，打死也不能问……桂二郎这么想。然而，桂二郎心中早已做好准备，若新川揭露事情真相，他会对绿这个女孩负起所有的责任。

"内人走了之后，这家店就失去了生气。"新川说。

"与客人之间的来往，本来，在我们这种酒吧里就算是禁忌。只要客人不自己主动提起，无论是工作方面也好，当然，私生活方面更是碰不得，但内人却知道熟客的一切。不知不觉间，客人便会把自己赤裸裸地呈现出来，在公司不敢说的烦恼啦，在家里绝口不提的种种事情，都会告诉‘新川的老板娘’。我们‘新川’，是老板娘的店。我是老板娘的丈夫，是酒保，但店的灵魂是老板娘。客人全都是老板娘的客人。既然这位老板娘不在了，‘新川’这家酒吧也就等于不存在了……我是这么想的，所以等内人一死，这家‘新川’也一起歇业……我本来决定应该这么做的，但几乎每一位客人都说，老板要是关掉‘新川’，会恨老板一辈子，于是在烦恼一阵之后，我决定独自一人把店继续开下去。”

“令千金说会抽空来店里帮忙。记得我见到她的时候，她说过这样的话……”

听桂二郎这么说，新川摇摇头。

“女儿也对我说，她会尽量来帮忙，要我把‘新川’继续开下去，但我完全没有让她来的打算。”他说，“我不希望自己的女儿到男人喝酒的地方帮忙。女儿有自己的工作。她不是为了在纯酒吧招呼客人才去英国吃苦的。女儿自己辛辛苦苦学到的东西，应该要运用在自己的工作领域上。这里只要有一个酒保就够了……无论女儿怎么说，我都不会让她来店里帮忙的。”

新川的语气虽然平静，话中却有着毫不妥协的坚决。

“结果，净是说些与上原先生无关的私事。哎，真抱歉。不知是不是很久没抽烟，神经太舒适就放松了……”

店内小窗望出去的天空泛红，店内其实还不必开灯，但新川打开了几个开关里的其中一个。吧台上出现了一列七个圆形的光圈。桂二郎已熄灭的短短雪茄便在其中一个当中。

新川这一开灯，令人感到他宣布自己的话到此为止，桂二郎不免感到意外。

当新川秀道在店门口挂上临时公休的板子，然后谈起自己死去的妻子时，桂二郎满心以为他打算就女儿绿的事开诚布公地谈谈，但现在他明白了，原来新川想说的，仅仅是千鹤子毕生只对女儿绿说过一个谎这件事，于是望着小小光圈里的自己的手。

虽知道必须说些什么，却说不出话来。

"您打高尔夫球吧？"

看了桂二郎的手，新川满脸笑容地问。

打球时仅有左手戴手套，因而没有晒黑，与右手相比白得出奇。

原来在北海道才打过一次高尔夫球，就让手背和手臂晒得这么黑啊——桂二郎心想。

"这个夏天，我也只打了那一天的球。而且是在北海道札幌郊外的高尔夫球场……天气很好，天空蓝得像用颜料画上去似的。"

桂二郎比较着被灯光打亮的左右手的手背这么说。

"北国的太阳很容易就会把人晒黑的。"新川说。

"有位朋友邀请我去打他人生最后一场高尔夫球。遇到好天气，真的很幸运……"

桂二郎没有指名道姓，却想向新川秀道谈论黄忠锦这个人。

他说了一个中国人的来历，此人的为人，高尔夫球的球技，为何这是人生最后一场高尔夫球，说着说着，桂二郎领悟到，新川秀道这个人，绝不会不告诉绿事实便离开这个世界。

"前九洞第三洞的短洞那里，我打出去的球向左弯飞到树林里去了。果岭的右边是池塘。打进树林算出界，所以我为了重打把新的球放在球座上。没想到，球竟然从树林里慢慢滚出来，滚下斜坡，上了果岭。真不知道球在树林里打到了什么树……明明是失误得离谱的一杆，结果我却在长达一百九十七码的短洞一杆上了果岭。"

想起了当时黄忠锦捧腹大笑的样子，桂二郎也苦笑。

"札幌郊外的哪一座高尔夫球场呢？"

此时新川问。然后，在桂二郎说出高尔夫球场的名字之前，猜中了那座高尔夫球场的名字。

"这样您也猜得出来啊。我只说了前九洞第三洞是个颇长的短洞，左边有一座树林，右边有池塘而已。"

桂二郎说，看了新川的手。

和右手相比，新川的左手肤色较白，白色与晒黑的部分界线分明，是打高尔夫球的人的特色。

"内人生前喜欢健行，而我则是与这附近的餐厅、居酒屋的老板们两个月来一场高尔夫球比赛。这是我唯一的娱乐。"

新川这么说，解释距他们店三间之遥的花店老板来自札幌，哥哥在札幌从事建筑业，是当地一家名门俱乐部的会员。

"所以每年一到夏天，我们都会到那座高尔夫球场比赛。已经持续了七年，但花店老板的哥哥前年过世了，我们夏天的札幌高尔夫球赛也就中止了。"

我也非常喜欢那座球场——新川说。

"那个第三短洞，我从来没有一杆上果岭过。那个果岭右前方的池塘里，应该有六颗球是我的。"

"邀我去的那位先生说，明明是个一点也不搞怪、平平无奇又坡度和缓的球场，其实难度却很高。我的高尔夫球打得很差劲，分不出球场的好坏，但那里的山丘、树林、水池分布得那么美，又维护得非常好，要是被我这么差劲的球手不小心在场里挖出洞来，实在过意不去。"

这样说完，桂二郎自知自己某个瞬间又露出了被许多员工视为"可怕"的那种独特表情，同时心想，眼前的新川秀道恐怕是绝对不会说绿并非他的亲生女儿了。

"绿小姐在她服务的建筑设计事务所里一定是王牌成员吧。毕竟她是英国大学毕业的高才生啊。"桂二郎改变了话题。

不料新川摇摇头，说日本大学的建筑系和绿毕业的英国大学的建筑系系统不同。

"系统？"

"是啊，绿读的是建筑系，学的是美术，不属于设计建筑的范围。那是工学方面的……这方面女儿跟我解释了好几次，但我还是不太懂。"

"哦……建筑的美术系啊……"

说归说，但桂二郎也不清楚那究竟是什么样的具体工作。

新川说了一个桂二郎也听说过的摩天大楼。

"那里的一楼要改成进口车的展示中心。绿现在就在现场工作。说工期已经延迟了，今晚要熬夜赶工。"

新川说。

"她每隔三十分钟就会被施工的工头骂。"

说着笑了。

"回到家，什么话都没说，洗了澡，往床上一倒就睡着了。问她吃过饭没，说在工地吃过便当……早饭就是一杯咖啡一片吐司。中午、晚上吃便当。一般都深夜两三点睡，早上不到七点就跳起来，边喊着'迟到了'边冲出去……让人担心她搞坏身体啊。"

"这样，和男朋友闹分手也是迟早的事吧。"桂二郎笑着说，收起雪茄盒，取出钱包准备付账。因为他想看看工作中的绿。

"男朋友……也不知道有没有。如果有的话，应该多少感觉得出来，但绿身上却完全没有交了男朋友的蛛丝马迹啊。"

新川苦笑，说今天账算我的，把桂二郎放在吧台上的钱推回去。

"您请的雪茄还比较贵呢。"

"那么，我就恭敬不如从命了。"桂二郎说完站起来。

"往后也请把这里当作工作的中转站来坐坐。千万不要客气。"

新川说，从吧台后走出来，帮桂二郎开了门。

"上原工业的先生们从来没有在七点前光顾过小店。"

新川这么说，向走出店门的桂二郎行了又深又长的一礼。

桂二郎本想拦出租车，但后来决定步行到位于日比谷的那栋摩天大楼。好久没有走在下班的人群中了。

这几年，除了偶尔打高尔夫球以外，没有走过三十分钟以上的路。尤其更没有机会走在大都会的喧嚣之中。即使与人相约，也是坐车到料亭或饭店大门口。所以，打高尔夫球走十八洞时，打到最后三洞小腿肚都一定会抽筋。

原来最近的女孩都露出肚脐走在大马路上啊……与三名有类似打扮的年轻女孩错身而过，桂二郎边想边难得回头看。

"一个中年大叔，不该回头观察露肚脐的女孩子。"

桂二郎在内心对自己说，过了大马路的十字路口，加快了脚步。

来到绿所工作的那栋摩天大楼附近，桂二郎反而刻意绕路，过了车辆繁多的大马路，隐身人群中，站在大楼的对面。

如此不景气的时代，如此巨大的商办大楼只怕招商不易——人们私下的不看好果真命中，亮着灯的窗户屈指可数，但即将全新开幕的一楼进口车展示中心里负责内外装潢工程的工作人员为了赶上开幕时间，正忙着进进出出，有的搬运材料，有的指着设计图大声讨论。

傍晚的大马路车水马龙，几乎所有车辆都开了大灯，因此隔着宽阔的大马路站在对面的桂二郎，看不清展示中心内部。

几乎每一位工作人员都戴着安全帽，穿着工作服。桂二郎心想，绿恐怕也是和男人作一样的打扮，便在其中寻找女性的身影。

一辆两吨重卡车在展示中心前停下，有人说："就算路上再怎么堵，也来得太晚了吧。"

从那辆两吨重卡车的驾驶座上下来的，正是绿。

只见她戴着安全帽，但身上穿着黄色 T 恤和蓝色长裤。长裤的大腿和小腿都有大口袋。

几名工作人员从卡车的车斗上卸下了好几片白色的板子。

一个中年男子在跑进展示中心的绿的安全帽上轻轻一敲。

"堵在那里动不了，总不能飞过去啊。"

桂二郎不自觉地微笑着，喃喃地这么说。

"原来她会开卡车啊……真了不起……"

自己有一个女儿，已经二十九岁了，以新川秀道与千鹤子的独生女身份长大，自英国的大学毕业，目前在建筑工地里与男性一起工作。

虽说是建筑工地，但由于是展示中心的内部装潢，没有推土机和怪手来来去去，但仍是粗犷的工匠世界。

"我的女儿……"

桂二郎说。这么一来，他再也无法压抑想更靠近看绿的冲动。这里太远了，又有无数车辆阻隔，连她在展示中心的哪个地方都看不见……

桂二郎在几经犹豫之后，朝十字路口走去，等红灯变绿。这段期间，他的视线片刻也没有从展示中心离开。桂二郎在等红绿灯时，绿两度跑到卡车旁，将车斗上的纸箱搬进施工现场。

新川秀道知道绿真正的父亲是谁。千鹤子老老实实告诉了他，他是在知情同意之后才和千鹤子结婚的……

桂二郎的这番推测，可说几乎已成为确信。

千鹤子与秀道之间，曾立下什么样的约定吗……千鹤子是基于什么样的考虑，才将绿当作新川秀道的女儿来养育的呢……

这些都不在桂二郎的思考范围内。

"她是我的女儿。"

桂二郎热泪盈眶，瞬间陷入无以名状的情绪中，紧闭着双眼低下头，只怕眼泪会在脸上滚落。

"大叔，快走啦。"

后面有人说。信号灯已经变绿，大批人群开始过马路了。

"啊，不好意思。"

桂二郎向站在自己身后一个看起来才十八九岁的青年道了歉，匆匆迈出脚步。

施工中的展示中心前，又停了一辆大型货车，载着按照指定形状与尺寸裁切好的厚玻璃片。

"绿，别挡路。你不要碰玻璃。交给他们就行了。"

刚才敲绿安全帽的男子说。

"那，阿吉，那两片要搬到这边。"

绿的声音响起。

桂二郎躲在货车后寻思有没有不会被绿发现、自己又能把她看清楚的地方，发现在展示中心再过去一点的地方有邮筒，便匆匆走到那里。站在邮筒后，看着绿站在应该是用来展示车子的台架那里，对两名搬运大片玻璃的男子下指令。汗水从绿的下巴不断滴落。

"新川小姐，这里的尺寸不太对。"

一个穿背心的男子大声对绿说，在入口旁的墙那边向她招手。

另一名男子从架在天花板的梯子上说："小绿，我想这样应该好了，你来看一下。"

同时，柜台后面也有人在叫绿。

"你们只会小绿小绿地叫，她又不会分身术。要叫等她有空了再叫。"

看似现场负责人的男子吼，又骂绿："你也不要无头苍蝇似的东跑西跑东看西看的。好好专心，一次做一件事。"

要在这个职场工作真不轻松。这么大热天的，为了让内部装潢用的材料迅速干燥，展示中心内打了好几盏灯，光是站在里头，恐怕就酷热难耐了吧。在这样一个地方挨着性急的师傅们的骂，绿真的是忙东忙西拼命工作……也难怪下了班一回到家，洗过澡，就睡死过去了……

桂二郎这么想，喃喃说了三次"我的女儿"。然后，又觉得在这里待太久，只怕会被绿看见。

虽然只见过一次面，但绿很可能已经记起上原桂二郎这个人的长相了。不，在这么忙碌的现场勤奋奔忙的绿，即使看到只见过一次的人的面孔，应该也想不起来吧……

桂二郎离开邮筒，准备朝出租车可以靠边停的地方走，但心想，若是朝自己看上一眼，绿会不会注意到这个人就是上原桂二郎呢？

如果会，自己一定会倍感幸福吧。

傻瓜！感伤什么！

桂二郎在心中如此斥责自己。尽管如此，桂二郎还是折回来，站在工作人员出入的展示中心前。

"很危险！"

搬运玻璃的青年说。这时候，他的视线与绿对上了。

拿着卷尺的绿，视线一度移到看似设计图的图样上，然后视线朝向桂二郎，露出"咦！"的嘴型，然后小跑过来。

"这不是上原先生吗？"

"哦，果然是新川小姐啊。哎，我就觉得那位小姐看起来好像新川小姐……"

桂二郎这么说，指指不远处的一栋大楼。

"我到那边有事，办完事之后出来，从这前面经过，看到有个人很像新川小姐。你们看起来很忙啊，简直像在打仗。"

桂二郎看了展示中心一眼说。

"因为今晚要完工。验收之后，这里会陈列五辆新车。新车大约会在早上五点陈列好。明天早上九点，这个展示中心就要开幕了。"

绿说完，摘下头上的安全帽，用手背擦去脸上和下巴的汗水。

"那么，你要一直在这里工作到早上五点？"

"是的。一定要亲眼看到五辆新车在这里漂漂亮亮地陈列出来才行。"

"这世上真的没有工作是轻松的啊。"

桂二郎这么说着，对绿微微一笑。

桂二郎的视线和头戴安全帽、单手戴着工作手套的工地负责人交会，于是便对绿说："不好意思，打扰你工作了。"行了一礼，迈步离开。回头一看，人行道上已不见绿的身影，大概是回展示中心里去了。

桂二郎几乎是在没有任何思考的情况下，随着下班的大批人潮不断地走，没有去想自己过了哪个十字路口、正朝着哪个方向走。我的女儿，在我不知情之下出生，不知情之下长大，与粗鲁的男人为伍，为自己的工作尽力……桂二郎这么一想，"搞什么。"在内心这么说，"搞什么。搞什么。喂，上原桂二郎，你终究是个被宠坏的大少爷啊。"

桂二郎对自己说，羞愧得只想抱头避不见人。这辈子他从来没有感到自己如此窝囊过。

"怎么会有这么窝囊的人啊。"

他真心这么想，但在痛骂自己的同时，桂二郎仍感到幸福。这份幸福究竟从何而来，桂二郎似懂非懂。

然后，又在心中痛骂感到幸福的自己。

你不该让事情就此结束。无论千鹤子的真意为何，新川秀道有什么想法，都不能让绿永远不知事情的真相。

这是对新川绿这个人的侮辱。

然而，又该如何是好？他已经无法向千鹤子寻求答案了。势必得和新川秀道摊牌。

但是，今天新川秀道只暗示了"我知道绿的父亲是谁"

而已。恐怕今后无论是直接还是间接，他都不会再对上原桂二郎开口谈这件事了吧……

桂二郎有这种感觉。

新川秀道平静的暗示背后，难道不是意味着上原桂二郎可以依照自己的想法去做吗……

当桂二郎感到疲于人群，便从大马路走进大楼与大楼之间的小路，时而左转时而右转，再次来到车水马龙的大马路。自以为走近到皇居这一边，实际上却是在反方向靠近日本桥的地方。

虽然一点也不觉得饿，桂二郎还是考虑要不要去"都都一"。不，还是要去横滨中华街吕水元开的那家小小粥面点心馆呢……

吕水元也参加了黄忠锦人生最后一场高尔夫球。自从动了大肠手术以来，每一杆的击球距离变短了，他的自尊无法容许，从此不打高尔夫球，却说"既然这是黄忠锦人生最后一场高尔夫球，那么由不得我不一起打"，决定也将这场球当成自己人生的最后一场球，来到了札幌的高尔夫球场。

而吕水元矮小的身躯所打出来的每一杆之利落，严肃沉默却文质彬彬、值得敬仰学习的高尔夫球，也令桂二郎难以忘怀。

然而，一拦到出租车，桂二郎却说："到东横线 N 站附近。"

他想和"都都一"的老板聊聊，也想见见吕水元，但这些都比不过想独处的渴望。

一回到家，事先接获雨田联络的富子正在为桂二郎准备晚餐。

"我在想，也许您回到家之后会想吃。"富子说，"因为今晚您原本预定要出席宴会，所以我没有去买菜……"

"没关系啊。我肚子还不饿。有什么就凑合凑合吧。我晚点再吃。"

桂二郎脱下西装，摘下领带，也换下白衬衫，自行拿了威士忌瓶，倒进威士忌杯。

富子似乎误以为桂二郎心情极差，不动声色地观察着他的脸色，端来了冰块和水。

"佐川先生今年中元礼也送了那款奶酪，您要吃一点下酒吗？"富子问，"菜色真的都是现成的材料凑合着做出来的。烤茄子和凉拌豆腐、芦笋沙拉，还有洋葱味增汤……"

"好极了。夏天就是要吃烤茄子和凉拌豆腐。我又爱喝洋葱味增汤。"

桂二郎不想让富子多费心，面带笑容这样说完，便带着威士忌加水进了自己的卧室。

他喝了一会儿威士忌，犹豫着要不要抽雪茄，却随手打开了电脑。

他是想看看札幌的那座高尔夫球场有没有网站。他的想法是，如果正在招募会员，或是有人想卖会员资格，不妨买下。

在搜寻高尔夫球场前，他打开了电子信箱，点了发送接收，出现了"我回来了"的文字。是谢翠英的来信。

哦，翠英终于回来了啊。虽不知中国台湾的丧葬习俗，但母亲的死与之后的琐事，一定够她累的吧……

桂二郎这么想，看了邮件的内容。

　　昨晚，我回到东京。进入日本领空之后，飞机晃得很厉害，我很不舒服，在机上就吐了。之前不知搭过多少次飞机，却是头一次发生这种情况。我想是因为家母去世后，家中发生了太多事，所以我累了。

　　办完家母的葬礼，和家兄商量起上原先生说要交给家母的怀表的赔偿金时，一位名叫吴伦福的男子登门拜访。他说，他在东京见过上原先生。

　　这位吴先生与家兄之间发生了纠纷，不仅是家兄，连我也倍感威胁，所以有好一阵子我们都不敢走出家门一步。

　　我大致能想象这个姓吴的人向上原先生说了什么，但我不太明白吴伦福到底要向我们兄妹要求什么。

　　于是，我远到瑞士去寻找一位熟识外婆的人。因为我得知这位住在日内瓦的女士与外婆邓明鸿年轻时便相识，在日本也共同生活过一段时间。

　　我在日内瓦了解到的事情，与委托上原先生怀表赔偿金一事的那位先生的儿子无关，但那只坏掉的百达翡丽怀表所引起的种种，却带给我无数的惊奇与感慨。

　　离题的事写太多了。结论是，家兄与我，一致认为我们在道义上不能接受那笔三百万元的巨款，然而，对目前事业不顺的家兄而言，这笔钱无异于及时雨。

　　关于这件事，我想与上原先生见面当面谈。

我带了两种非常好喝的茶叶要送给上原先生。还有一套能泡出好茶的茶具。

您何时方便见面呢？等候您的回复。翠英敬上

"从中国台湾到日内瓦？"

桂二郎想起吴伦福那双眼睛，注视着电脑屏幕，喃喃地说。

那个吴伦福究竟目的何在？

但是，无论如何，须藤润介口中的"自己人生的画龙点睛"即将得以完成了……

桂二郎忘了自己是为了查高尔夫球场的数据而打开电脑的，想起站在冈山县总社市高梁川畔油菜花田的俊国祖父的身影。

今年夏天，桂二郎已决定休十天假。

客户在长野县的八岳有一幢别墅，将在该处举办庆生宴，桂二郎也受邀了。这位客户在自家经营的十二家大型超市贩卖上原工业的产品，是上原工业的重要客户，桂二郎不便缺席，便决定利用这次八岳一行，出席宴会后独自在轻井泽的饭店住上十天。

饭店也已经订好了。

除了打算在轻井泽的饭店看完《源氏物语》之外，桂二郎没有其他安排。

桂二郎心想，与其在轻井泽住上十天，不如到总社市高梁川畔与须藤润介相处。然而，总不能在润介家打扰十天之

久。但他也不想在仓敷的饭店住上十天。若要独自在饭店消磨假日，还是凉爽的高原宜人……

好啦，该怎么办呢……

自己一直不觉得饿，桂二郎边纳闷边来到客厅以便调第二杯威士忌。

那盆小小的合欢开满了花。叶子都合上了，花却像粉雪般不时舞动。

"粉红色的粉雪啊。"

桂二郎注视着合欢这么想时，俊国回来了。

"今天这么早啊。"

桂二郎对俊国说，但俊国没有应声，匆匆走进自己房间，拿了两本旧笔记回到客厅来。然后，西装外套也不脱，领带也不摘，就一屁股坐在沙发上，打开笔记本。

"还要工作啊？"桂二郎问。

"没有，今天的工作都结束了。"

俊国回答，这才终于脱掉西装外套，摘下领带。

"熊野、熊野……"

"熊野怎么了？"

桂二郎边调第二杯威士忌加水边问。

"我要去和歌山县的熊野。地方火车之旅。"

"地方火车，要去熊野本来就只能搭当地的火车啊。"

"嗯，是没错啦……"

俊国说，大学时代他曾照着自己做的社团计划到熊野一游。那时候的旅行日记都详细记录在这本笔记里。

可以搭新干线到名古屋，再转乘特急电车，但搭了特急就不能说是地方火车之旅，所以从名古屋到龟山搭关西本线的火车，再从龟山站转乘纪势本线到熊野，也是一个办法……

俊国盯着笔记这么说。

"去出差啊？"桂二郎问。

"不是。是我自己想趁中元节休假去……可是，既然是地方火车之旅，其实不应该搭新干线，坐东海道本线的平快列车到名古屋才是最正统的走法。"

听了俊国这番话，桂二郎苦笑说："这样要搭几个小时的火车啊。整个中元的假光是搭车就搭完了。"

大学毕业后开始上班时，桂二郎也曾从大阪到熊野的新宫。那次是因为直属上司的父亲去世，前去参加葬礼。

"我那个老板是新宫人，上了年纪，一个人住。儿子女儿都在大阪或京都，所以我想去葬礼帮忙，搭电车去的，新宫实在好远。我现在就只记得怎么那么远。"

然后桂二郎问，怎么会选在要和返乡旅客挤火车公路的中元假期到和歌山县的熊野去。

"老家在那里的人，应该有很多趁着中元假期返乡吧。那可不是悠闲享受地方火车之旅的好时机。"

"嗯，是没错啦……"

俊国这样回答。

"搭新干线到名古屋，再转乘关西本线和纪势本线的话，呜哇，要八个钟头。"他说，"花一整天去，又花一整天回来吗……五天的假……"

"你在熊野有朋友啊？"

桂二郎这一问，俊国回答："嗯，算是吧。"

原来如此，看来是有什么不愿意详细告诉我的内情啊——桂二郎如此推测，带着一杯威士忌加水，进了自己的卧室，在键盘上打给翠英的回信。

先为她母亲的死志哀，然后又说了怀表赔偿金的受益人自动转为翠英的哥哥或翠英本人之后，接着说自己从八月十二日起，将会在轻井泽的饭店休假十天，打算趁这个假期看完《源氏物语》。

桂二郎边打字，边发现自己内心那种"疯狂"已然消失。

不，说消失并不贴切。应该只是在自己这个人的某处躲起来，不见踪影而已……

桂二郎这么认为。而且也认为，对年轻女人的肉体的"疯狂"之所以暂时消退，若要分析，原因只有一个：新川绿的出现。

若说对翠英产生的情欲，犹如天雷地火，那么绿这个女儿的出现，或许便像是路途中陷入意外出现的沼泽。不，不是沼泽。是清泉。虽然这么说未免太厚颜无耻，但那是一股清冽的涌泉……

他做梦也没有想到，自己的人生到了五十四岁竟会出现这股清泉。

我必须向天道安排深深低头谢罪、感恩才行。

这个天道安排，其中一位应该是新川千鹤子，另一位是新川秀道吧。而若要在这当中找出什么，目前的我只想得出

"清心"或是"善念"……

桂二郎寄出给翠英的邮件之后，寻思自己这辈子到底看过多少人。

若将在路上擦身而过只看过一眼的人也包括在内，这五十四年来自己看过的人……应该是个天文数字。上原工业也有数百人。加上因私人原因离职、退休离开公司的人，光是自己就任社长以来，应该就带领过、看过近两千人。

当然，我不是旗下员工数十万人的大型企业领导人。不过就是个做锅子的中年人。但这样的我，实际见过各色各样的人所训练出来的眼力，多少是值得信赖的。

新川绿是个诚实正直的女孩。她的面相里没有丝毫邪狞之心带来的黑影。新川秀道也是个历经重重自我修炼的"成熟"男子。千鹤子想必也是个暗藏着大度大器之人。

正因如此，绿才会成长为那样一个好女孩……

桂二郎如此沉思，陷入比先前更加强烈的谢罪、感恩的情绪中，一动也不动。

突然，"爸……"

身后响起俊国的声音，桂二郎大惊转身。

还以为自己进来的时候带上了门，难道是以为关了却没关吗？桂二郎边想边问俊国："什么事？"

俊国好像有点慌，说："抱歉，因为门开着。"

俊国脸上也有惊讶之色。那神色说明了他没见过父亲如此惊讶的表情。

"瞒着爸，总觉得过意不去。"

俊国说，关上卧室的门，在桂二郎的床上坐下。

"我去熊野，是为了去看冰见小姐的弟弟工作的情况。"

"冰见小姐？对面的冰见小姐吗？"

桂二郎问。

"嗯。所以，就是说，我是要和冰见留美子小姐一起去熊野……"

桂二郎不自觉地露出微笑，说："哦……和冰见留美子小姐一起啊。"

"可是，只是一起去而已。她问我去熊野要怎么去最快，我说尽快抵达目的地的旅行很没意思……身为一个大学时代地方火车之旅的社团领队，我夸口说'和我一起去，保证好玩'，她就说，那你愿意带我去吗。"

"她说的？"

"嗯。我没想到她会这样回答，害我一时之间不知如何是好……"

俊国说得逗趣，桂二郎低声笑了，说："不知如何是好吗……嗯，也难怪你。"

"我差点就要说，其实我就是十年前那个高中生……这五天，我不管是睡着还是醒着，满脑子都在想到底是告诉她比较好，还是不要说比较好……"

然后俊国问桂二郎该怎么办。

"你已经不是十五岁的孩子了。都过了十年，虽然辈分还很低，却也是个堂堂社会人士了。这种事别问你老爸，自己想啊。"

"嗯，我也料到爸会这么说。不过，知道当年那封信的事的人，就只有爸，那时候也找爸商量了很久，所以想说还是跟爸报告一声……"

"儿子愿意拿这个来找我商量，是老爸我的荣幸，但这还是要由你自己找出答案。"

桂二郎这么说，拿手上的威士忌杯做出干杯的样子。

"为什么要干杯？"

俊国不愿与桂二郎视线相接，看着窗户那边问。

"初恋可能就要开花结果的机会来临了，当然要干杯咯。"

桂二郎取笑着说，想起以前在"都都一"巧遇冰见留美子之际，她将上原俊国误以为上原浩司的事。这件事，自己没有深入追问，也没对俊国提起。

因为桂二郎觉得好笑：尽管是怕十年前的事曝光而临时扯的谎，但这谎实在拙劣无比。

虽不知过程如何，但现在俊国与冰见家的长女越走越近，即将一同前往熊野旅行。

话虽如此，却只是以朋友的身份一同旅行……

桂二郎这么想，试着从记忆深处找出十五岁的俊国写给年长他七岁的冰见留美子的信是什么内容。但除了会飞的蜘蛛，什么也想不起来。

"我初恋的对象不是冰见小姐啦。"

俊国苦笑着说。

"哦，不是啊。"

"是小学五年级的同班同学，末泽惠利。她来过咱们家好几次。不过爸大概不知道吧。"

"我怎么可能记得你小学时候的女朋友呢。那冰见小姐是你第几个心上人？"

"第二个。"

"再后来呢？"

对桂二郎这个问题，"没有了。"俊国这样回答，准备离开卧室。

"你是什么时候和冰见小姐变得这么熟的？"

桂二郎边笑边问，俊国说，那次在"都都一"遇见之后，后来又有一次在回家的电车上和她相遇，那时候互相交换了电子邮箱地址。

"是在爸跟冰见小姐搭同一班飞机去北海道以后。"

"哦，是吗。嗯，感觉你们很有缘啊。"

桂二郎心想自己难得这样取笑别人，对俊国微笑着这么说。

"今年夏天，你好歹抽出一两天去看看总社的爷爷。我也会找时间去。"

桂二郎这么说，俊国答等过了中元，打算请假去，便回到厨房那边去了。

是吗，原来这十年，俊国没有爱过冰见留美子以外的女孩啊……

桂二郎为俊国这没有血缘关系的儿子的深情感动，遥想俊国那因意外而英年早逝的父亲，同时也是自己妻子先夫的人物。尽管明白若这个人还活着，自己就不会遇见幸子，也不会成为俊国的父亲，但他还是想会会须藤芳之这号人物……

桂二郎在心中描绘出一个远较自己深具魅力的人物。

八月十二日清晨出门，与秘书雨田一同前往八岳，在客户的别墅院子里吃过烤肉，晚上八点多，桂二郎前往轻井泽。

司机杉本将桂二郎送达轻井泽的饭店后，将与雨田同回东京，他也配合桂二郎的休假请了暑休。

"高尔夫球具已经在车子的后车厢里了。"雨田说。

"高尔夫球具？我没打算在轻井泽打球啊。别的不说，又没有一起上球场的球伴。"

桂二郎一这么说，雨田便从包包里取出好几张复印好的纸。

"这是最近刚开幕的高尔夫球场，一个人也可以打球，而且离社长住宿的饭店非常近。听说会提供一辆小推车，可以自己拉着打球。有清晨优惠，也可以只打九洞。"

听了雨田的话，"你好像很想叫我去打球啊。"

桂二郎说，接过印有高尔夫球场地图的复印纸。

"我是想，清晨在轻井泽打高尔夫球应该有益健康。"

"当然是吧，但想一个人打球，去了却被安排和素不相识的陌生人同组，反而打起球来顾虑很多，很难开心啊。"

"不会的，您不用担心。我学生时代的朋友在这家高尔夫球场工作。我已经严命他，要是上原桂二郎先生去了，无论球场多挤，都要让上原先生一个人打球。"

"哦，严命啊。"

桂二郎笑了，但并没有在轻井泽打高尔夫球的念头。

"你的心意我很高兴，但我想我一定不会去的。"

"是的。但是，万一您突然想打球，没有球具就麻烦了。"雨田说。

还有，这十天若每天都吃饭店的餐恐怕会吃腻，每次出门的时候叫出租车也太单调，所以已经请饭店准备好自行车——雨田很快继续说。

"呃——我想社长一定会骂我多事，但社长的电脑也装在后车厢带来了。饭店有网络线，只要向负责人员说一声，马上就可以帮忙装好。"

"我的电脑？你什么时候装上车的？"

桂二郎在惊讶中带着几分怒意对雨田说。

"早上，去接社长搬十天份的行李的时候，想到也许社长会用到电脑。"

桂二郎知道雨田并不是为了暗示"如何？我很伶俐贴心吧"才将高尔夫球具和电脑装在车上带来的。这么做，是雨田的用心，希望为社长这十天的轻井泽独居增添一点乐趣。

即使如此，桂二郎还是有点生气。

"我是为了发呆才来轻井泽的。"

桂二郎以不悦的语气这么说。

车子经过佐久交流道，继续行驶在普通公路上。

"不走高速公路到轻井泽交流道？"

桂二郎这么问，司机杉本解释，碓冰轻井泽交流道到饭店之间的路正在堵车，前进短短两三公里都需将近一小时，所以回头绕到浅间山麓广域农道这条新开的路，来到追分，从这里上国道十八号线，抵达的时间会早得多。

"杉本先生休假有什么打算？'奥之细道'之旅吗？"

桂二郎这一问，杉本回答，像中元这种返乡人潮多的时候，躺在家里才是上策。

"我已经认命了，大概会被逼着带孙子吧。"

由于是夜间，完全看不见浅间山。到了追分附近，雾变得很浓，当他们抵达饭店玄关时，雾又转为雨。

桂二郎的房间在一楼边间，门前种了好几棵松树，满地绿草，不需经过柜台和大厅就能来到户外。

饭店人员和雨田搬运行李时，桂二郎脱下外套，换上薄毛线衫，来到饭店庭院的草地上。虽下着雨，但由于是雾一般的毛毛雨，混合着高原夜晚的凉意，十分舒适。

"雪茄保湿盒在这里。电脑已经可以用了。房间里有电子炉和冰箱。"

雨田边说边将桂二郎的手机插上充电器，行了一礼说有事请随时与我联络，便与杉本一起回去了。

桂二郎觉得在八岳烤肉时全身沾到的肉味和烟味依然残留在身上各处，便在浴缸里放了热水，泡了许久，从头到脚仔仔细细洗了个澡，也有意洗去在大都会里累积了一整年的尘埃。

洗好澡，自己调了威士忌加水，穿上睡衣，桂二郎打开了雨田放在窗畔的雪茄保湿盒。保湿盒里的湿度计显示为七十八度。桂二郎心想轻井泽现在的湿度恐怕超过八十，想起过去与妻子幸子唯一一次来轻井泽避暑的往事。

幸子年轻时便有肋间神经痛的老毛病，每年总有一两次胸部、背部苦于难缠的闷痛，而这个毛病一到轻井泽就恶化。他们认为很可能是轻井泽的寒气和湿度所致，便提早回东京，一回去，疼痛立刻不药而愈。幸子因此讨厌轻井泽的夏天，从此夫妻俩便再也没有一同造访过轻井泽。

这样的大雾和细雨，搞不好湿度超过了百分之九十，桂二郎边想边望着窗户另一头朦胧的亮光，抽了雪茄，味道比平常来得浓。

司机杉本说得没错，从轻井泽交流道进来的车辆，数目远超过桂二郎的想象，一路绵延到国道十八号，国道向东短短五百米外的这家饭店四周却悄无声息。

新川绿的脸今天不知在脑海中浮现过多少次，此刻又再次浮现。

即使在并未思及绿的时刻，也极其自然地出现在桂二郎心中。

平常桂二郎抽高希巴的罗伯图雪茄时，都将湿度调整为六十八到七十。因为他觉得这个湿度抽起来最芬芳可口，但湿度高了十度的高希巴不仅香，苦味也变强了，别有一番风味。抽着这高希巴的罗伯图与新川秀道在"新川"度过的时光，在桂二郎心中依旧鲜明，没有半分褪色。

而昨天，桂二郎几经犹豫，仍坐了杉本开的车去了"新川"。

因为桂二郎认为绿一定会将上原桂二郎恰巧经过他们工地、与之短短立谈数语的事告诉父亲，而他对新川秀道有何反应感到不安。然而，新川秀道却只字未提，倒了 Half And Half，说他自己也到银座的烟具店买了雪茄，拿出了高希巴的罗伯图和世纪二号，以及导师雪茄。

他说导师雪茄实在太贵，只买了两根，将其中一根给了桂二郎。正当桂二郎与秀道同时准备点着抽完一根需时约两个钟头的又粗又长的雪茄时，明明才四点半，附近和果子店的老板便和朋友一同走进了"新川"。

于是桂二郎告诉秀道自己明天起将在轻井泽度过一个人的休假，约好回到东京之后再来享受高希巴的导师雪茄，将雪茄交给秀道。

"您要住在哪里？"

秀道问起，桂二郎便说了饭店的名字，逃也似的离开"新川"，回到公司。

他觉得自己的举止未免太小家子气，昨晚上了床之后仍后悔不迭，几乎没睡。

桂二郎抽完雪茄，向客房服务点了热奶茶，将《源氏物语》上中下三卷摆在桌上。

喝了奶茶，躺在床上看着《源氏物语》，没关灯就睡着了。

第二天早上，在野鸟叫声中醒来，对于自己竟然难得睡得如此深沉略感惊讶，关了房间的灯，一看表，五点半。

由于大窗户的窗帘没有拉上，可以看到与饭店紧邻的高尔夫球场在朝霞包围中万籁俱寂的光景。桂二郎的房间位于那座高尔夫球场的不知第几洞的果岭之后，中间没有任何障碍物。若有哪个差劲的高尔夫球手选错了球杆，只怕打出来的球随时都可能击中桂二郎房间或隔壁房间的大窗户。

心想怎么不设防护网避免这种危险发生，再度从大窗户细看果岭，原来果岭后方到饭店房间的窗户其实有一段相当长的距离，竖了界桩。也是啦，若是第二球就能打出果岭击中这片大窗户，那可就是个了不起的好手了——桂二郎心想。

这天，桂二郎叫客房服务吃了早餐，在饭店附近散步，依照计划看了书，但一想到接下来一个多礼拜天天都要过这样的日子，不免对在大热天中辛勤工作的人感到过意不去，便开始考虑不如像雨田说的，用手推车载高尔夫球具，独自上球场打球。

于是他来到饭店柜台，说第二天早上想一个人打九个洞，结果饭店的人说拉着手推车打球的球场不是紧邻的这个高尔夫球场。

"这里是搭高尔夫球车打球的。"

服务人员这么说，介绍了两家拉着手推车打球的球场。

"早上七点起就开放打球，傍晚则是下午三点半开始。需要为您预约吗？"

"那就麻烦了。"

桂二郎指定早上，也请柜台代订到球场的出租车。服务人员说，那个球场扛着高尔夫球袋去的话太远，但搭出租车距离又太近，所以会用饭店的小巴士接送。

都来到凉爽的高原了，桂二郎想慢慢走着打球。

"高尔夫本来就是要走的。"

这样喃喃说着回到房间，从球袋里取出球和手套，打开了电脑。他想发个电子邮件向雨田道谢。

屏幕显示有未读来信，一看寄件人，一封来自俊国，另一封则是谢翠英寄来的。

> 轻井泽如何？东京从今天开始变得好热好热。熊野行延到十天后了。因为我突然有工作，同时冰见小姐的时间也不太方便。不过，多亏这样，可以避开中元返乡的人潮。依爸的个性，我猜爸一定已经开始无聊，想回东京了，但你要是回来一定会后悔。这里热坏了。爸你还是死了心，好好待在轻井泽吧。

看完俊国的电子邮件，接着看翠英的。

> 后天，我将前往轻井泽。大学朋友的爸爸在轻井泽有别墅，邀请我们去。朋友将在别墅举办生日派对。我预计在那里住三晚。可以去饭店找您吗？

桂二郎对于翠英来饭店找他有所迟疑。其实不止翠英，就算是俊国或是任何人，这次的轻井泽假期，即使再怎么无聊，不想与人谈话的想法都没变。

本来到轻井泽是来度假的，但工作却出了问题，结果很可能变成来轻井泽办公——当桂二郎正在写这样的邮件给翠英时，房间的电话响了。是"桑田"的老板娘鲇子打来的。

"你猜我现在在哪里？"

鲇子问。"桑田"从昨天起也进入三天的中元假期。

桂二郎从鲇子的语气，猜想难不成也在这里，便说："该不会在轻井泽吧。"

"没错。"

她说自己昨天傍晚抵达轻井泽，明天上午就要搭长野新干线到东京，直接转乘东海道新干线回京都。

"从我当上老板娘开始招呼客人就很照顾我的一位贵客，这三十年来每年夏天都到轻井泽避暑，但三天前他在轻井泽的别墅病倒了。心脏病发作。"

虽然被救护车送到佐久市的大医院，但他高龄九十，夫人早已仙逝，几个儿子又住在国外。只有一位中年帮佣从东京陪着过来，所以我到佐久市的医院去探望他，希望能帮得上忙，但他已经连我是谁都认不得了……

鲇子这样说明。

"六月见面的时候，明明还很硬朗的……"

"你在轻井泽哪里？"

桂二郎这一问，鲇子的笑声颇有卖关子的意味。

"咦！该不会！"

"没错。我在阿桂房间走出来大概二十秒的地方。"

"你也住同一家饭店？"

"我住二楼。不过，现在是从饭店庭院里打手机。"

桂二郎挂断电话，匆匆走出房间，朝几棵老松之间看。

只见鲇子坐在庭园灯打亮的草地上，正朝他挥手。

走过处处虫鸣作响的草地，桂二郎来到鲇子的所在之处。

"屁股会湿的哦。今晚虽然没有起雾，但轻井泽晚上湿气很重。"

"湿了也没关系啊。反正等一下只是洗洗睡而已。"

鲇子说，自己知道那位老先生来日不多，所以在这里缅怀感念自己与老人数十年来的情谊。

"一边想着阿桂就在那个房间里……"

以前，"桑田"背了大笔债务的时候，多亏了那位老先生开口，才获得某家银行的融资。

"幸好我带了开襟衫来。京都连晚上气温都不下三十度，这里却只有十七度……实在很难相信同样都是在日本。"

说着，鲇子站起来，检查屁股是不是湿了，然后约桂二郎去酒吧坐坐。

"你吃过饭了吗？"

桂二郎问。鲇子笑着说，在佐久市的医院附近一家餐厅吃了滑蛋鸡肉饭。

"那么难吃的滑蛋鸡肉饭还是难得一见呢。"

"你明天中午就要回去了啊……难得来轻井泽一趟，至少再多住一晚吧？"

桂二郎边说边走在饭店建筑与庭院之间的通路上，朝酒吧前进。

鲇子说，饭店明天客满，今晚是因为刚好有人取消才空出了一个房间，又问："我本来都跑到阿桂房间门口准备敲门了，却想到要是你和哪位小姐在一起就不太好，才跑到庭院里打电话的。你真的一个人？"

"很遗憾，就我一个人。"

鲇子不会喝酒，桂二郎又才吃过饭没多久。

在酒吧的吧台坐下，桂二郎点了 Half and Half，鲇子点了金巴利苏打。

两人聊了一会儿在北海道打球的回忆，桂二郎把他在新桥"新川"与新川秀道之间的谈话告诉了鲇子，也说了之后到绿工作的施工现场时发生的事。

"这世上，有好多无法言喻的事啊……"

听完桂二郎的话，鲇子双手握住装有金巴利苏打的玻璃杯，捧着杯子这么说。

"那位新川秀道，真不知是怀着什么样的心情来养育绿这个女儿的……"

"新川先生并没有提到'约定'这两个字，但我总觉得他和他太太之间有什么很深的约定。应该说，这当中不但不容上原桂二郎这个人介入，而且是巨大到无法言说……我有这种感觉。"

桂二郎把这几天来持续思索的事说出了一部分。

"我会这么说并不是我这个人自私推诿……"

说到这里，桂二郎发现鲇子双眼含泪，但他装作没发现。

"这几天来，我心中只有满满、满满的感谢。"

桂二郎说。

鲇子沉默片刻，把手上的玻璃杯放在吧台上，

"上原桂二郎这个人，真的是很有人德的一个人……我从以前就觉得，这是非常值得庆幸、感恩的好运气，但所谓的运气，并不是上天给的。"

她说。

"不幸的人也好，幸运的人也好，当然都可以把一切推给'运气'二字，但这运气，却不是由人类智慧无从探测的冥冥之意所分配的……我认为还是那个人自己造成的。上原桂二郎之所以会有人德这颗吉星高照，也是上原桂二郎这个人平常积累的业报……"

然后本田鲇子露出笑容。

"因为阿桂是个正直诚实、勇敢坚毅的人。"

鲇子这句话，多少让桂二郎感到意外。

正直……自己的确从未蓄意骗人。但既然经营事业，难免也会有不尽如人意，结果演变成骗了对方的状况。

诚实……这倒是可以抬头挺胸，大胆说无论是在工作方面还是待人处世方面，自己都很诚实。

勇敢坚毅……日文叫"けなげ"，该怎么解释？汉字写成"健气"，所以其中有着健壮、有勇气，或者也包含了"一往无前的坦诚"之意。如果"健气"这个词包含了这所有的意义，那么自己究竟是不是个"健气"的人呢……

桂二郎这么想的时候，脑海中浮现了冰见留美子告诉自己、须藤润介也曾谈起的"会飞的蜘蛛"。

若认定那是蜘蛛为了扩张自我生存领域的本能，就没有什么好说的，但仅仅凭借着自己吐出来的丝与上升气流和风而飞行，无法顺利起飞、坠落在短短五米之外的蜘蛛，就只能在上天安排给它们的范围之内生活。

纵然获得多重侥幸加持，得以飞行几百公里来到新天地，等待着蜘蛛的，也多半是与侥幸相悖的恶劣环境吧。

然而，即使如此，小小蜘蛛仍在初冬某日，拼命想飞。

这举止是多么"健气"啊……与这些蜘蛛相比，自己一点也不"健气"。只是一直守着祖父和父亲传下来的公司而已……

"我不够勇敢坚毅啊。"

桂二郎对鲇子说。然后把东北地方称为"迎雪"的蜘蛛飞行习性告诉了鲇子。

鲇子倒是对"迎雪"有相当的了解。一位住在东北地区的大学教授，曾经在别人的招待下来过"桑田"两三次，席间便以"迎雪""飞行蜘蛛"作为话题。

"他说自己虽然没看过蜘蛛飞，但看过几十个脱离了蜘蛛身体的一团团蜘蛛丝从天而降。说是雪却太透明，轻飘飘，本身像个奇妙的生物一般，那个情景，简直就像幻影在半空中浮游……"

鲇子说，听到这些之后大概过了半年，得知了桂二郎的妻子病重的消息。然后她从手提包里取出圆珠笔，在杯垫上写了什么。

"我觉得那飘然飞舞如梦似幻的东西，是非常崇高的生命结晶，就写了一句俳句想送给幸子，可是还来不及送给她，她就走了……"

桂二郎把写着鲇子俳句的纸制杯垫拉到手边。

迎雪唤初冬，

缥缥缈缈舞翩翩，

轻漫病床间。

"这是你为幸子写的吗？"

在意想不到的惊喜的同时，桂二郎在心中将这首俳句吟颂了无数次。

愿小小生物那坚毅又崇高的生命结晶，降临在与病魔奋战的你身上——桂。桂二郎将鲇子写的诗作了这样的解读。

"是外行人写的拙劣之作……"

鲇子微微一笑。鲇子笑起来更添丰丽的那张脸上，有着疲惫之人特有的寂寞。

"不，是首好俳句。虽然被一个像我这么没学问的人夸奖，好像反而会拉低这首俳句的价值，但这是首好俳句。"

说完，桂二郎将写了俳句的杯垫放进衬衫的胸前口袋。

"为什么老板娘一个人这么忙呢。这样拼死拼活地工作，会把身体累坏的。"

听了桂二郎的话，鲇子再度微笑，说："跟陀螺一样啊。不打转就会倒下。"

然后低声说今晚在这凉爽的高原上，要难得早早上床，然后喝了一口金巴利苏打。

离开酒吧，桂二郎目送鲇子走上通往二楼的阶梯后并没有直接回房，而是在饭店庭院中散步。从胸前口袋取出杯垫，注视着鲇子写给幸子的俳句。

迎雪唤初冬，
缥缥缈缈舞翩翩，
轻漫病床间。

无论怎么活都是一辈子。我也要发奋工作。这个念头，在桂二郎心中迅速茁壮生长。

回到房间，关掉电脑，桂二郎泡了一个比昨天更久的温水澡，比昨晚提早两小时上了床，闭上眼睛。

早上四点醒来，桂二郎因鼓噪的野鸟叫声而拉开窗帘，却因天色暗得难以称为黎明而感到疑惑，甚至怀疑自己的手表坏了。

心想着是高原的清晨天色亮得比城市晚吗，来到庭院，在朝露润泽的草地上稍微做点体操，为了消磨六点前客房服务还没开始的时间，打开电脑，这才发现昨晚忘了回信给翠英。

想个适当的借口，写好在轻井泽无法见面，正准备回信的时候，发现来信的电子信箱不是平常翠英用的那个，考虑片刻后，桂二郎决定不寄了。因为他猜，翠英昨晚一定是借用朋友的电脑寄信的。

翠英和她朋友想必是认为用朋友的电脑来收上原桂二郎

的电子邮件也没有关系，但桂二郎却对把给翠英的回信寄到素不相识的人的电脑里有所排斥。没有收到回信，翠英应该会认为自己没有看到她寄的信，不会跑到饭店来吧。

桂二郎是这么想的。翠英并不知道自己会带电脑到轻井泽来，所以只要不回信，她应该会认为他把电脑放在目黑家里才对。

话说回来，明明不知道人在轻井泽的上原桂二郎是否带了电脑，翠英怎么会寄这么一封邮件来呢……真不像平常的她……

是不是发生了什么万不得已的事呢……

一这么想，便格外担心，但桂二郎在六点整打电话给客房服务，请他们送来早餐，然后将高尔夫球袋放在门边。

吃过早餐，打电话到柜台准备告诉他们自己要去打高尔夫，结果昨天那位柜台服务人员说，已经准备好小巴士，现在就派行李员去搬高尔夫球袋。

桂二郎与前来的年轻行李员一同来到大厅，对柜台人员说："鸟儿起得早，太阳却起得晚啊。"

正准备交出房间钥匙时，桂二郎吃了一惊回头看。

翠英穿着一身看似夏装的牡丹刺绣白色旗袍，坐在大厅深处的沙发上。

那件旗袍开叉并不怎么高，但在清晨六时许的高原饭店里，不但引人注目，更为翠英全身带来一种奇特的风情。

"怎么了？"

桂二郎边说边走过去，翠英从沙发上站起来，说："对不起。请不要生气。"

"我没生气啊，只是吃了一惊。"

听到桂二郎这么说，翠英解释她昨天半夜打电话到轻井泽几家有名的饭店，问是否有上原桂二郎这位房客，说："我被那个人盯上了。"

"那个人？吴伦福吗？"

"是的。他打算报复我。除此之外，我想不出任何理由了。"

桂二郎对翠英说我们到咖啡店去，然后请柜台通知高尔夫球场因为临时有事要取消打球计划。但咖啡店还没有开店。

"边散步边说吧。"

桂二郎说，与翠英一同走出饭店大门。桂二郎感觉到几个多半是要去打高尔夫球的客人的视线，笑着说："你穿这件旗袍简直判若两人。好看极了，几乎令人不敢逼视。"

然后举步走向通往饭店别栋的白桦树林。

"从横滨到轻井泽的路上，我穿着一身皱巴巴的 T 恤和牛仔裤。可是，穿那身衣服到这家饭店，就对饭店太失礼了，可是我又没带别的衣服……"

翠英总算露出笑容这么说。然后又接着说，自己和哥哥都没有资格收下那笔怀表的赔偿金。

"那只怀表是赃物。是日内瓦一家名表店失窃的大量昂贵钟里里的其中一件。是在一九四〇年失窃的。我外婆没去过日内瓦，所以我相信外婆并不是窃贼的同伙。可是，他们之间是有联系的。"

"联系？你是说和那个盗窃集团？"

535

翠英对桂二郎这一问微微点头，在透过树叶洒落的阳光下停住了脚步。

在日内瓦见到的那名女子，与自己的外婆邓明鸿关系匪浅。暂且称那名女子为T。

T女士现年七十五岁，在日内瓦开一家中餐馆。

她曾将邓明鸿当作姐姐般敬爱，却遭遇到惨无人道的冷血出卖，与邓明鸿决裂，远赴法国之后，移居瑞士日内瓦……

说到这里，翠英不安地往后看。

然后她解释，她莫名害怕，打电话给中华街的吕叔叔，但吕叔叔不在，便拜托了为了准备生日派对而提早一日前往轻井泽的朋友，昨晚跟着朋友开车离开横滨。

"因为走得匆忙，所以只带了这件参加派对的衣服……"

"要报复翠英，是那个人说的吗？"

桂二郎问。翠英摇摇头："他说，你应该要知道你外婆是个多心狠手辣的坏女人。因为你身上流着她的血……吴伦福一直在我住的公寓大门等我。他也知道我去日内瓦找过T了。"

"一九四〇年吗……已经是遥远的往事了。都过去六十年了。就算是横滨中华街发生过的事，年代久远，几乎没有人记得，谁也无法证明真相。翠英没有怕吴伦福的必要。"

"那只怀表，听说是吴伦福妹妹的。我外婆不但抢走了很多高档钟表和宝石，还杀害了吴伦福的妹妹。日内瓦的T女士也对我说了同样的话。她说，你外婆那样的坏人绝无仅有……"

"那个吴伦福具体对翠英做了什么要求？"

桂二郎问。

"具体什么都没有要求。所以更可怕。"

"那我就不明白了。横滨中华街可是在日本这个国家境内。有人在那里遇害，我不相信事情这么轻易就能掩埋在中华街深处，一点消息都不露。别的不说，吴伦福妹妹的尸体跑到哪里去了？依黄先生的人脉打听出来的消息，就算只是传闻好了，也没有半个人听说横滨中华街曾经发生过这么一起命案啊。"

桂二郎边说边想吕水元身为华侨的人脉也很广，便说："去找你吕叔叔商量。不要回公寓，去投靠吕水元先生，见机行事。"

从树缝中洒落的阳光，在翠英的旗袍上划出了斜斜几道光，她脸上的色泽比在大厅时好了不少，一双眼睛不单单像在求助，仿佛要挨着身子靠过来一般，却又别有意味。

"上原先生会帮我……我每次觉得害怕都会这么想。觉得到上原先生身边就可以安心……等我朋友的派对结束，我可不可以再来这里？"翠英问。

某日突然消失的麻烦的东西，在桂二郎体内，势如破竹般猛然复苏，膨胀扩大。

桂二郎与翠英不约而同缓缓折回来时路。

"派对什么时候结束？"桂二郎问。

"明天晚上。十点左右应该就结束了。"

翠英这样回答。

回到大厅，桂二郎请柜台为翠英叫出租车。

"总之，你要和吕水元先生联络。吴伦福的目的……"

说到这里，桂二郎沉浸在走到一半便已开始在脑中环绕的影像——翠英裹在旗袍底下的乳房、腰以及其下的女体——之中。

"是钱啊。八成是钱。"

他在翠英耳边悄声说。然后，迎向大厅里的人的视线，说："这身旗袍很引人注目呢。太适合你了……"

等翠英回了位于千泷的朋友家的别墅，桂二郎回到自己房间，在椅子上坐了一会儿，注视着濡湿整座仍不见球客身影的高尔夫球场的朝露，然后打电话到柜台，问现在是否可以去打球。

"九洞也可以，不知行不行？"

"若只有您一个人，随时都可以开始。上原先生的高尔夫球袋还在小巴士上，小巴士现在便可送您到高尔夫球场。"

柜台人员这样回答。

一看时间，才八点出头。

高尔夫球场的客人少得令人意外。在服务台申请并付费后，对方表示可任意选择前九洞或后九洞。

在桂二郎前面，一个与他同龄的男子正在前九洞的发球区仔细空挥，看来也是想独自打球，所以桂二郎也选择了前九洞，将高尔夫球袋放上手推车。

男子独自打了三球之后上场了。原来如此，也有这种做法啊……因为是一个人，一次打三球，然后一路记录三球的分数……桂二郎本想自己也有样学样，但开始空挥的时候，后面来了三个人一组的球客，便低声说："一球定生死。"

开了球。球杆下半部击中了球，球朝右弯低低飞了出去。

本在远方天空的云消失了，出现在浅间山顶上。

在前面独自打球的男子，最初三球都是标准杆，但桂二郎则是双柏忌[1]。

打完三洞的时候，朝阳已经升得相当高，之前在球道和果岭上闪着白光的朝露都消失了。

云移到了浅间山外另一座位于高尔夫球场附近的低矮小山"离山"，除了自己前面淡定地打着三球前进的男子，邻近的洞和后面都不见球客身影。

桂二郎在打球时，所有精神都集中在打球上，但与前方的男子距离缩短时，就会放下手推车，眺望球场内的树林、离山和果岭上竖起的旗杆。但是，在那里，尚未看过的翠英的裸体，经常会像画在毛玻璃上的画般，模糊地出现。

"顺其自然吧。没什么大不了的……"

每次，桂二郎都会对自己这样低声说。然而，到底"顺其自然"的是什么，"没什么大不了的"又是什么，他也不明白。

"这不是爱。只是情欲。毕竟我也是人啊。"

每当内心这样低语，都会对自己竟因情欲而双眼发热感到惭愧，因而对情欲这个字眼无比厌恶。

第六洞打完了，在走向下一洞时，桂二郎发现自己目前的成绩是超出标准杆七杆，认为对自己而言表现得相当不错。

---

[1] 即高于标准杆两杆。

在前面独自打球的男子坐在第七洞发球区旁的长椅上，正在喝罐装果汁。

"如果您愿意的话，您先请吧。"

男子对桂二郎说。

"我每一洞都打三球，但您好像只打一球。"

桂二郎也在长椅上坐下，说打三球、四球都没关系，请不用顾虑我，好好享受。

"我想优哉游哉地欣赏景色，您先请。"

男子便说，那我就不客气了，站上第七洞的发球区。

从桂二郎所坐的那张长椅，可以看到落叶松林后的避雷小屋，以及应该是后九洞的短洞。那个短洞后的树林里有东西在动。那个东西越过短洞，消失在避雷小屋之后。

原来是人啊……

桂二郎这么想，但又不像正在找球的高尔夫球手，好像也不是高尔夫球场的工作人员。那座避雷小屋附近有卖饮料的自动贩卖机，桂二郎心想，不如喝杯冰凉的茶，便将手推车留在长椅旁，越过第六洞走过去。

桂二郎从自动贩卖机取出罐装绿茶，正准备要回长椅时，视线与一个站在避雷小屋后望着自己的女子对上了。

桂二郎顿时感到全身起了鸡皮疙瘩，呆立在原地与她相望。

身穿白色无袖衬衫与白色裙子，脚上一双白色运动鞋的新川绿就在那里。

两人无言对望的时间，桂二郎感到极度漫长。他拿着罐装冰绿茶，无意识地朝绿走去。

"我向家父借了车，清晨五点时开车出来。本以为路上会堵车的，结果完全没堵……"

绿用幼儿执拗地反抗大人般的神情说。

"令尊知道你来轻井泽吗？"

对桂二郎这个问题，绿摇摇头，但随即又点头，回答："我想家父是知道的。"

"你怎么知道我在这里打高尔夫球？"

饭店柜台应该不可能随意告知，所以桂二郎这么问。

"我本来是想在饭店停车场等到十点的，但上原先生上了饭店的小巴士，我就跟着那辆小巴士开过来了。"

这样说完，绿的视线朝向桂二郎刚才坐过的长椅。桂二郎随着她的视线转头看，他后面那组球客已经上了第六洞的果岭。

"我来当球童。"

说完，绿便跑向第七洞的发球区。

"你会打高尔夫球？"

"在英国学过一点。"

"在发源地学的啊。"

"练习了三天，只上过一次球场。"

"谁带你去的？"

"英国朋友的父母。"

"成绩如何？"

"八十八和九十二。"

"那么，我大概比你好一点吧。"

绿拉着手推车，走近第七洞的发球区，这才头一次露出笑容。

千万不要挥空啊……桂二郎对自己这么说，用开球杆开了球。

"好球。"

绿说，但桂二郎不知道自己打出去的球飞到哪里去了。他觉得好像消失在右边的树林里，但朝绿指的方向凝目细看，球在球道正中央距离果岭不到一百码的地方。

"你可别因为这一球就以为这个人高尔夫球打得不错。刚才这球是侥幸中的侥幸。好几年才会出现两三次。"

桂二郎在拉着手推车朝球道走去的绿后面这么说。

他不知道新川秀道的判断基准为何，但想必他一直认为迟早必须把事实告诉绿吧……

尽管认为他不是个会做出隐瞒一辈子这种可说是亵渎人类的事的人，但他的烦恼和苦闷一定超乎自己的想象……

桂二郎边这么想，边望着绿似乎刻意避免并肩而行般匆匆拉着手推车的背影。

"既然是清晨五点出门的，那你一定还没有吃早餐吧？"桂二郎这么问。

"是的。可是我一点都不觉得饿。路上，在休息区的自动贩卖机买了咖啡喝。"绿头也不回地回答。

"只剩七十码了。发球区的标示板写三百六十五码，所以刚才那一球有两百九十五码之远。我打得再远，也只能勉强到一百五十码。"

绿取出劈起杆和沙坑挖起杆这两把球杆，看着桂二郎，意思是问要用哪一把。

"我不可能打出近三百码的球的。虽然年轻时大家老说我一身怪力……这里是休闲度假用的高尔夫球场，标示的距离大概比实际上远吧。我想差不多就三百四十码左右，再加上又在海拔一千米的地方，应该可以比其他高尔夫球场多飞个十五到二十码吧。"

桂二郎这么说，从绿手中接过沙坑挖起杆，挥了全挥杆。球斜飞而出，进了果岭右侧的沙坑。然后，打了五杆才把球打上果岭，又推了三杆，一共十杆才打完。

"看吧？我的球技就只有这个程度。"

桂二郎笑着说，想跳过剩下的两个洞，便问："打完这球就收工吧？"

但绿却说想在高尔夫球场上走走。

在第八洞短洞，桂二郎开球之后，绿说："我的父亲名叫新川秀道。在我出生之前是他，以后也永远都是。"

"是的。你说的一点也没错，我也这么认为。"

"那么，上原桂二郎这位先生，是我的什么人？"

绿这个有如年轻老师问小学生的问题，桂二郎竟无法立刻回答。他觉得现在的绿需要的，并不是自己无味的答案，而是时间。

"我没有资格回答这个问题。只是……"

"只是……什么？"

"只是，有一件事我非常确定，那就是，在新川绿小姐漫长的将来，我永远都会是她的盟友。"

"永远的盟友……是吗？"

"只要我还活着，就永远都是你可靠的朋友。我保证。"

绿望着桂二郎那颗掉进短洞果岭前的沙坑的球，然后蹲下来系球鞋的鞋带。她的动作实在太过缓慢，桂二郎猜想绿一定是不愿让人看到她的眼泪，便拿着沙坑杆和推杆，走向沙坑。

多么克己复礼，多么洁身自好，多么蕙质兰心的一个女孩啊……桂二郎这么想。

这都是因为新川秀道是个了不起的父亲。因为千鹤子是个了不起的母亲。因为他们是了不起的人……

"话说回来，我的沙坑球实在差劲。"

桂二郎刻意开玩笑般喃喃地说，打了半埋在沙里的球。球停在距离洞口三十厘米的地方。

"好厉害！这球沙坑球是职业级的。推进就平标准杆了。"

绿大声说，跑上果岭，帮忙抽出旗子。

"嗯。刚才我是想着美国一位职业高尔夫球手的沙坑球打的。原来如此，这就是沙坑球啊。"这一洞以平标准杆进洞，最后一洞则打出了双柏忌，以超出标准杆十四杆结束了前九洞后，桂二郎与拉着手推车的绿并肩走向服务台，一路上想着不知道有没有客人不多的安静餐厅。

这个时间吃午餐太早，餐厅很可能都还没营业。自己住的饭店地下楼虽然有法式餐厅，但那里中午营业吗？

桂二郎边想边问绿想吃什么。

"我们请熟悉轻井泽的人介绍餐厅吧。我请你吃午饭。"

"我要回去了。"

"现在？回东京？"

"是的。再好吃的东西，我现在恐怕也吃不下。"绿说。

桂二郎猜想，绿一定有很多话想说。她心中卷起的旋涡想必远远超乎所谓的情绪。而其中大半都是对上原桂二郎这个人的愤怒、侮蔑和憎恨吧。一定也有远远超过这些的情绪在心中激荡。

然而，绿却把这些藏在心中，绝口不提。因为她知道，一旦说出口，这些将会一一变形，情绪恐怕会爆发，宛如心中只有情绪而没有别的。

桂二郎边这么想，边说："那么，你开车要小心，一路顺风。"

朝停车场走去，因为他想绿的车多半是停在那里。

绿坐上向父亲借的白色的车，发动引擎，然后说，她来的时候，靠近轻井泽，脚就开始发抖，越来越没有力气踩刹车和油门，很可怕。

"我现在非常后悔。"

"为什么？"

"我怕自己毁了上原先生好好的一个假期……"

"没有的事。不怕你笑我自以为是，我……"

说到这里，桂二郎停下来，朝进入轻井泽的车潮开始堵塞的大马路看。

能这样在这里见到你，我感到非常幸福……他本来是想这么说的，但决定不要说出来。

"谢谢你特地来找我。"

桂二郎心想他现在的表情一定是公司里人见人怕的那张独特恐怖的脸，边想边望着绿的眼睛这么说，深深行了一礼。

一方面也是因为他主动抛下了自己向来坚持的"人在真心发誓时绝不该宣之于口"的论调，承诺绿自己"永远都是盟友"而感到难为情。

"小心开车，路上要找点东西吃。"

桂二郎正要这么说的时候，绿的车驶出了高尔夫球场的停车场，没有驶向通往高速公路的大马路，而是消失在高尔夫球场后侧、通往别墅散在的森林的路上。

绿一定是想在森林里找个地方，一个人静一静吧……

桂二郎这么想。

"能不能帮我把高尔夫球袋送回饭店？"桂二郎这样拜托了服务台的青年，举步走向绿的车消失的那条通往森林之路。路上有几道岔路，处处都被树缝中洒落的日光断层所覆盖。

桂二郎也想静一静。走在高原树缝下的无数道阳光中沉思默考，借此好好想想接下来的事……

绿的事。公司的事。幸子与她死去的前任丈夫的孩子俊国的事。幸子与自己之间的孩子浩司的事……

桂二郎一走上森林中的小径，便认为当前自己应该做的事，是下定决心不要与谢翠英共度危险的夜晚。

一这么想，桂二郎便转身，由来时路折回。

因为他决定，要回信到翠英发信的朋友的电脑，告诉她自己有急事必须回公司。

向打算静静度过余生的黄忠锦求援，请他鼎力相助，打探出吴伦福真正的目的，设法让他从翠英身边消失，解决自己心中丑陋的情欲。

桂二郎是这么想的。

虽然不知道翠英是否能在明晚之前看到上原桂二郎寄到她朋友电脑里给她的邮件，但除此之外也别无他法。

"我也真是胆小。"

桂二郎小跑着越过高尔夫球场停车场前堵车的路，这么说。

然后转入饭店旁那条又长又直的路，用力握紧放在长裤口袋里的高尔夫球，垂着眼继续走。

当他发现自己现在走路的样子一定很像鲇子走在球道上的背影，那一瞬间，桂二郎觉得自己似乎又多了解了本田鲇子这个女人一些。

迎雪唤初冬

缥缥缈缈舞翩翩

轻漫病床间。

鲇子为力抗病魔的幸子作了这首俳句，但坚毅的生命结晶啊，愿你降临在正要迎接往后漫长人生的绿、俊国、浩司，以及为上原工业卖命的许许多多员工身上。

桂二郎这么想，决定回东京之后，立刻去见冈山县总社市高粱川畔的须藤润介。

自己也想看看会飞的蜘蛛。润介所住的总社市的田地，虽然因为高速公路的建设和农药施肥等等，尝试飞行的蜘蛛也减少了。但是，在秋末某日的日本，应该存在着许多蜘蛛吐出丝想飞的地方吧。

若哪一天能和绿一同站在那个地方……

桂二郎也想作一首以"迎雪"为季语的俳句，但唯有那两个字在脑海里打转，其余却一点灵感也没有。

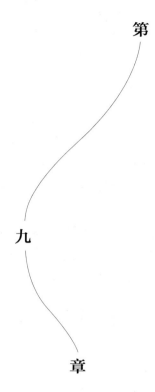

第九章

一直请不到一整段的假，冰见留美子的八月便结束了，接下来的九月，许多客户的结算期都撞到一起，税务事务凑在一起，桧山税务会计事务所天天都超过晚上十点才熄灯，整个九月，留美子也只休息了三天，好不容易到了十月才喘了一口气，她便感冒病倒了。

　　天气好的时候，午后的风大多是从冰见家后院的佐岛家吹来，所以留美子家里经常充满了桂花香。

　　佐岛家门口附近那两棵桂花树，几乎整棵都被黄色的花朵覆盖，母亲说香气也比别家的桂花浓，但感冒病倒的留美子嗅觉罢工，来不及欣赏令人多愁善感的秋日馨香，花期就结束了。

　　"你这样活着还有什么乐趣啊。"

　　母亲对好不容易退了烧却摆脱不了鼻涕和咳嗽的留美子说。

　　"你们公司也太过分了，几乎已经是压榨员工了。根本就违反劳动法。从八月到今天，你到底一共休了几天？今天都十月十五号了，整整两个半月，你不用上班的日子，我算算——"

　　"公司也好，在里面上班的人也好，都有非咬着牙硬拼过去不可的时候啊。今年夏天到九月底，是事务所的关键时期。我们多了二十家客户啊。每一家客户，都是我们服务过的客户向别人介绍我们有多优秀、帮我们建立起口碑而来的。所以如果我们不拿出一定的表现，那过去的努力不就没有意义了……"

留美子这样回母亲，在浴缸里放了热水。从她认为自己真的感冒了那一天算起，留美子已经有七天没有泡澡，也没有洗头了。

"你明天再请一天假。感冒好转的时候最危险了。"

听了母亲的话，"我明天要去美容院。我刚才已经打电话到我常去的那家预约了。"留美子这么说，为了打开五天来一次都没有开过的电脑，走向自己位于二楼的房间。

"都三十二了嘛……我也老了。"

不知道是不是因为发高烧躺了好几天的关系，两条腿不要说爬楼梯了，就连走在走廊上都没有力气，留美子这样自言自语着，先打开想必已经累积了好几封未读邮件的电子信箱。

一共有十二封。

其中七封是老板桧山和桧山税务会计事务所的人发来的，其余的五封，分别是芦原小卷、弟弟亮、网络系统维护通知，以及上原俊国的两封信。

　　杀人级别的忙碌都过去了吗？我九月也很忙，每天加班。十月十八日我会去东京。等时候快到了再发邮件给你。

小卷信里这么写。

什么时候来熊野？我后天要和师父一起到新潟和秋田买木材。师父买下了我手边的木材，所以我现在有点钱。妈妈好不好？还在气我中元节没回家吗？

亮的邮件是昨天晚上发的。

感冒怎么样了？我们公司折磨人也是出了名的，但看来留美子小姐的公司有过之而无不及。祝早日康复。

上原俊国在寄出这封邮件后过了两天，又发了这样一封邮件：

听说你感冒发烧得很厉害。大概是入夏以来累积的疲劳一下子爆发了。请多保重。上次，你问我"推荐"的地方火车之旅，我用附件寄给你。明天我要去关西出差，十月十八日回来。

留美子打开俊国邮件中所附的附件。

北海道的富良野线。JR 旭川站到上富良野站。再从那里搭公交车到十胜岳。
新潟的新津站到福岛县的会津若松的路线。周末假日有怀旧蒸汽火车可搭。阿贺野川沿岸的风景恬静迷人，离津川站不远的麒麟温泉是个非常静谧的地方。

从长野县的上田站走上田交通别所线到别所温泉。强烈推荐这三十分钟左右的区间。

其他还有很多，下次有机会再介绍。

留美子觉得自己白白浪费了感冒昏睡的这几天，便计算一下夏天以来自己应休的假日。

包括九月份在内，一共有十四天。

感冒睡掉了五天，所以等到了十一月，不知道能不能拜托桧山请个一周的假？留美子盘算着。

自小樽回来之后，她和俊国见过两次面。

第一次两人单独见面，是去看电影，看完在青山一家意大利面餐厅用餐。第二次是去东京巨蛋看职棒赛。是俊国客户送的门票，留美子虽然对职棒不感兴趣，但俊国约了她就去了。

但他们倒是通了好几次电话，聊了很久。

向他提起中元假期想去看弟弟，是在看完职棒回家的路上。

我很擅长地方火车之旅，我们一起去熊野吧——他的邀约轻松写意得好像在问要不要到附近公园散个步，而且俊国又说和他一起去保证好玩，留美子便毫不排斥地回答："嗯，那……请你带我去。"

但后来想到他的邀约方式很像是情场老手的惯用手法，

便懊悔万分，也为听到一同旅游的邀约便当下答应的自己感到羞耻。

熊野之行虽然因彼此的工作而中止，但决定中止时的安心和失望，从此不断扰乱着留美子的心。

这份"扰乱"，留美子认为是出自于自己年长七岁，以及明知十年前的少年的真实身份却刻意隐瞒的内疚。

自己受到俊国的吸引。但是，那会不会是建立在当时那个十五岁的少年就是上原俊国的前提之下？而这会不会就是自己最讨厌的"骄傲"和"自以为是"……

"得意什么啊……"

留美子养成这样对自己喃喃自语的习惯已经超过一个月了。

同时，虽然在心里这么说、警告自己，却也不禁梦想着日渐接近的十二月五日。

她忍不住会想：今年的十二月五日，上原俊国会怎么做呢？或是，俊国会不会已经知道冰见留美子早就发现写那封信的人就是他？

  谢谢你替我担心。我的感冒好像终于好了。明天早上，要去美容院剪头发，然后去上班。

这样给俊国回信之后，留美子注视着花早就谢了、独留干枯的茎徒然挺立于花盆中的兰花，心想要去请教佐岛老人该如何让兰花再开花。

佐岛老人那次在浴室里受重伤留下了后遗症，现在几乎足不出户。并非伤势对肉体造成什么影响，而是他对跌倒这件事深为恐惧。

为此，佐岛老人走起路来小心翼翼，才几个月就显得老了许多。

留美子隔着后面的墙和来佐岛家帮忙的阿姨交谈，因而知道令佐岛老人心生恐惧的，不是只有跌倒这件事。

玻璃也成为佐岛老人恐惧的对象。因此他不再前往为养兰所建的温室，浴室的门也换成了大汉用吃奶的力气去撞也撞不破的半透明树脂材料。

留美子没看过佐岛老人为养兰所建的大温室，但猜想原本在那里的许多兰花得不到照顾只怕都枯死了。

她将佐岛老人送的其中三盆兰花搬到院子里，隔着墙往佐岛家后方看，骑着自行车去买东西的帮佣阿姨回来了。

留美子问她该怎么做才不会让兰花枯死。

"这个要问老爷比较清楚。"

她说，从后门消失在厨房里，但随即便回来，转达佐岛老人想到冰见家参观的意愿。

"不知道会不会太打扰……"

"哪里。家里很乱，但如果佐岛先生不嫌弃，要不要现在就过来？"留美子说。

跟母亲说了这件事，正忙着收拾摊在茶几上的报纸杂物时，门铃响了。那位精神矍铄的佐岛老人，在短短时间内剧变为真正是"步履蹒跚"的模样，从冰见家门口朝走廊走，说：

"哎，真不好意思，厚着脸皮硬是要来参观。"

他细看走廊的木头，抬头看梁柱，又伸手摸了摸墙，"现在已经用不起木纹这么细又这么粗壮的杉木了。啊啊，真是好柱子啊。"

赶着擦茶几的母亲脚步匆匆地来到走廊，在耳边悄声交代留美子去泡红茶，然后招呼佐岛老人。

"不走走，腿力只会越来越衰弱呢。"

母亲说着，领佐岛老人进了客厅。

"就是这个吧。您过世的先生引以为豪的茶几。"

佐岛老人这么说，摸摸茶几。

"我儿子媳妇给府上道谢的方式，反而造成您莫大的困扰……我寻思他怎么会变成那样一个怪人，结果发现，大概是因为身为父母的我和内人也是怪人吧。我儿媳妇能和他那个怪人夫唱妇随，可见本来就是个怪人。"

留美子听着佐岛老人洪亮的声音，心想，啊啊，只是走路的样子看起来老了许多，身体和心都还是很健朗的。

"这天花板的梁多壮观。您瞧，这粗细，这色泽。地板的木板多厚实。这才是人住的房子啊。"佐岛老人这么说，以不容拒绝的口吻承诺兰花盆栽在下次开花之前，由自己照管。

"我决定回温室继续养兰。到了人生的最后，活着竟然还怕玻璃，也未免太胆小了。"

"您能恢复精神，真是太好了。"

母亲请佐岛老人坐下。

这个家从开始施工到完成，整个工程自己几乎都看在眼里——佐岛老人这么说，然后在椅子上坐下。

"建筑装修店的年轻人和工地现场的工头经常吵架。工头大骂这些杂七杂八的木头，是要教人怎么盖房子，却一副乐在其中的样子。那块木板最后用在哪里呢？是银杏的一枚板[1]。凡是够格的寿司店吧台大多都是厚厚的银杏一枚板。因为要直接把寿司放在上面，不能用有味道的木头。而银杏的木头几乎没有味道，也不容易受腐蚀。"

"银杏的一枚板吗？"

没在家里见过这种木头……留美子边想边朝厨房看。没有寿司店吧台会用的木板。

"方便让我也上二楼去看看吗？"

佐岛老人没碰红茶，问完从椅子上站起来。

留美子轻轻扶着佐岛老人上了楼梯，跑进自己房间，整理一下床铺，打开窗户。

"这里是家父的书房。虽然家父从来没用过。"

佐岛老人对留美子的话点点头，进了现在几乎是留美子用来沉思发呆的父亲的书房。

"这张桌子也好极了。光是这张桌子，就是宝物了。"

这样说完，佐岛老人从书房朝走廊看，走近那片大窗。

"从这里，可以欣赏上原家整个庭院啊。庭院本身不大，却很风雅。自由自在的，与小堀远州流大异其趣，却有种说不出的风雅。本来只是个制式的日式庭院，上原太太嫁过来

---

[1] 一枚板指由一整根原木制成的家具。

之后慢慢变成现在的模样。桂二郎先生从小我就认识，但他娶了一个带着两岁孩子的媳妇进门时，我也不免有些吃惊。那孩子和桂二郎先生感情也好得令人惊讶就是了。"

或许是认为自己不小心多话了，佐岛老人立刻结束这个话题，再度环视书房。

留美子已经知道他口中的媳妇指的是上原桂二郎的亡妻，两岁的孩子是俊国，但仍像从未知闻般问："那个两岁的孩子就是俊国吗？"

"嗯，是啊。"

佐岛老人虽答得含糊仍点点头，然后朝书房里那个奇特的四方形洞穴看，说："就是这个啊，那片银杏一枚板就在这里。哦，原来是裁了之后用在这里啊。这是做什么用的洞穴呢？"

"我也不知道呢。我常常会窝进这个洞里看看书，听听音乐，缩在里面发呆。我猜想家父在这里创造出这个奇怪的空间，也是想这么用的吧……"

原来如此，这本来是一块银杏的一枚板吗。冰见家没有地方可让一枚板以原形运用，所以工头只好把厚厚的一枚板切开，拿来做奇特洞穴的地板吗……

留美子边猜想边领老人走向自己房间。

但是，一知道那里是留美子的房间，佐岛老人只是朝里头看看便转身下楼了。

留美子送佐岛老人到家，回来之后立刻上二楼，从走廊的大窗俯瞰上原家的庭院。

是什么让上原桂二郎决定要与带着俊国这个两岁小儿的

女子结婚呢……年轻的桂二郎一定深爱着俊国的母亲……自己一家搬到这里来的时候，曾全家去上原家打招呼，但那时候招呼他们的上原太太的长相，几乎已从记忆中消失……

留美子边想边进了书房。

今年的十二月五日，俊国会在那张地图标示的地方等我吗？我该怎么办呢……

"我才不去。我才不要做那么不要脸的事呢。"

留美子抚着据说是银杏木的洞穴地板，在内心这么说。

在十二月五日来临之前，我最好告诉俊国说自己已经知道十年前那个少年就是你……

不，在那之前，必须先打探出俊国现在的心意。他是不是现在还喜欢我……

"这实在够自恋的。心机太重了。"

留美子在洞穴里屈起膝，心想自己这一个月到底在心里重复了多少次类似的自问自答。

问题非常简单。而且，她要的也不是复杂难懂的回答。

俊国在那封信里写的，是单方面一头热的"约定"。这个以十年前十五岁这个年纪的少年常有的纯情，以及几分自恋所粉饰的"约定"对他而言令人脸红，他一定巴不得遗忘或已经遗忘，不，就算忘了也没有人会责怪。

甚至可以说，俊国若是真的在那张地图所标示的地点等冰见留美子，反而才吓人。

而认为他可能会在那里等我的自己，或许也可以说是个吓人的人……

"结果就是，我被一个十五岁的小鬼耍得团团转嘛。"

留美子小声这么说，故意大大"啧"了一声。然后，头一次对自己说出了感冒卧床那五天不断在心中流转的想法："要是他等我，我会很高兴……可是，我不会去。一个年过三十的女人，谁敢一脸渴望地去找一个小她七岁的男人啊……"

大病初愈的无力感忽然来袭，留美子一出洞穴便进了自己房间，躺在床上。

晚上约好要和芦原小卷在东京车站丸之内的收票口会合，留美子为了早点儿解决工作而直盯着电脑屏幕上一排又一排的数字，桧山鹰雄却轻轻拍了她的肩。

留美子一回头，只见桧山面带笑容，向全体同事说，夏天起到九月底这段期间，把大家忙坏了，真抱歉。

"为了感谢大家，在发年底奖金之前，我想先给每个人奉上一个红包。"

所有人和留美子都大声欢呼，朝桧山从公文包里取出的信封看。

"一人十万。大家辛苦了。谢谢大家。"

桧山将装有现金的信封一一递给每个人。

大家立刻打开信封，从里面取出十张万元钞。

"啊……会割手的新钞啊！我好爱这个味道。"有人说。

留美子也准备打开信封时，桧山使了个"别打开"的眼色。于是她进了洗手间，往信封里一看，里面有二十万元，还付了一张纸条写着"你的工作量是大家的两倍"。

留美子回到事务所想不动声色地表示感谢，但找不到桧山，说他交代了一句要去和新客户开会，就出门了。

事务所里充满了欢欣雀跃的气氛。

留美子认为自己的工作量不止是别人的两倍，简直将近三倍了，所以决定不为此内疚，自言自语地说："臭小卷，运气真好……今晚你有'都都一'吃了。"回头继续工作。

小卷已经先到东京车站的收票口等了。在出租车上，小卷说她搭早上第一班飞机到羽田，直接进医院接受检查，然后去了立川。

"立川？去做什么？"

"你还记得我哥的那些手下吗？"

小卷真的就像她自己说的，从上次小樽见面以来胖了三公斤，圆润的脸颊涨红了问。

看留美子点头，小卷便说："那时候，一直穿着工作服的那个人的姐姐就住在立川。我和他两个人，去了他姐姐姐夫家。"

然后又说，她要和那个穿工作服的岩崎孝之结婚。

"他小时候父亲就过世了，前年母亲也走了，最亲近的亲人就是这个姐姐。所以，为了向姐姐报告订婚的事，还有把我介绍给姐姐，所以去立川找姐姐……"

岩崎孝之明天一早还有工作，所以搭傍晚的飞机先回去了。

"那个用暗号电子邮件跟你求婚的八千丸呢？"留美子问。

"我没办法喜欢一个重要的事不敢亲口说的人。而且，我生病的事岩崎也全都知道。"

小卷说。

"我们说好要在那个小木屋办派对宣布我们结婚的消息……下个月会先去登记。等找到住的地方，再一起住。派对你肯来吗？"

"要在那个小木屋宴客？好棒。我要去，排除万难一定去。"

"我妈很生气，说在那种活像鬼屋的废屋请客太不吉利，可是我哥和他手下都很起劲。那座小木屋里也有我和他好多的回忆……"

在"都都一"的吧台坐下之后，留美子为不能喝日本酒的小卷倒了一小杯热清酒，碰杯祝贺她。

"你做做样子就好了，不要逞强硬喝。既然要庆祝，当然是吃鲷鱼了。"

留美子心想不知道能不能为小卷点一条带头尾的烤鲷鱼，但又怕两个人吃不完，便用手比出大小，问年轻的板前师傅："能不能帮我烤一只大概这么大的鲷鱼？"

"噢，这么大的啊……"

年轻的板前师傅也和留美子一样用双手来表示大小。

"我们有稍微再大一点的。"

然后从厨房里抓了一尾鲷鱼过来。

"我们两个吃不完的话，可以打包带走吗？"

留美子这么问，板前师傅回答会用木盒帮忙打包。

"她要结婚了。我想用烤全鲷来帮她庆祝……烤这样一条鲷鱼，大概多少钱？"

板前师傅想了想，说声请稍候，便消失在厨房里。

"心意到就好了啦，谢谢你。一定很贵的。"

小卷说，把酒杯端到嘴边做了喝酒的样子。

板前师傅一回来，说不必担心价钱。

"刚才我跟我们大将联络，大将说算是我们的贺礼，叫我们烤一条又肥又大的……"

"咦！我不是要你们大将请客才问的！"

留美子看到师傅又回到厨房抓了另一条少说也有四十厘米的鲷鱼过来，想要制止，但师傅说："就拿这条来烤个大吉大利的全鲷。"开始拿三根铁叉穿进那条鲷鱼，"客人教我们的那篇《徒然草》，我们大将写在一张大纸上，总店的厨房贴了，我们这家店的厨房也贴了，叫我们上工之前要大声念一遍……现在我们这些板前个个都会背。念出声音比较好背呢。"

将鲷鱼穿成活像跳起来的样子之后，板前师傅望着半空，背出《徒然草》的第一百五十段：

"学艺者常言：'学艺未成，勿令人知。待艺成方始示于人，是为风雅。'如此之人，必一事无成。于学艺未精之际，置身高手之林，不以讪笑为耻，坦然勤学苦练，纵使天分阙如，仍坚持不懈，勤谨以对，假以时日，必将优于不求精进之能人，终臻化境，德高望重，众口称善，享无双盛名。

"天下之高手者，初时有不堪之评，瑕衅屡彰。然则，倘严守正道，毋妄行擅为，必成当世楷模，万人之师。此乃诸道不变之宗。"

留美子听这流利顺畅的朗朗背诵声听得出神，心想自己也要把这一段背下来。因为她认为所谓的"诸道"并非专指追求特别的技艺之道。

若所有人为的谋生之道便是"诸道",那么,应该可以"严守正道,贯妄行擅为,必成当世楷模"。无论是工作、爱情、建立家庭、人与人之间的相处往来,若以"严守正道"为根本,一定会有丰富的收获。

留美子一边这么想,一边回想起北海道厚田村那片月夜之海。

在半月下仰漂在海面上的自己,构成一幅圣洁的画面。她甚至觉得,看着那画面的自己,便是当时的月亮。

"不知道那座小木屋,会在那里一直到什么时候?"

听留美子这么说,"我也不知道……真希望它永远都会在那里。"小卷说。

"我以后每年都要去厚田村那个海边。就算小木屋没了,每年一到夏天,我一定会去。"

留美子说。然后想到,这是一个多么微小的约定啊。但是,目前自己能和小卷立下的新约定,恐怕除了这个也没有别的了。

"我要去那里仰漂……约好了。"

"嗯。希望那座小木屋永远都会在那里。我一定要活到七十岁,每年夏天都在北海道厚田的海边仰漂……要做到这个约定可不容易呢。"

小卷微笑着这么说。

"七十岁目标太低了。八十五岁好了。等我八十五岁,就算得了癌症也是八十五岁的癌症……已经老得走不动的癌症……"

小卷又接着这么说，然后说为了结婚必须存钱，所以岩崎孝之下禁令不准她抽雪茄。

"我已经无法想象没有雪茄的生活了……在一天结束之际，好好品味雪茄，然后再钻进被窝……那种喜悦满足……听我这么说，阿孝都翻白眼了。"

"因为雪茄很贵呀。"

留美子才说完，本来一双眼睛直盯着鲷鱼烧烤火候的板前师傅一脸惊讶地问："您喜欢抽雪茄？"

"不小心喜欢上的。也不知道为什么……"

小卷这么回答，笑着说，就是第一次来你们店的那个晚上才抽到雪茄这个东西。

一整条带头带尾的硕大鲷鱼以松竹梅纹饰的大盘盛装，上了吧台。

留美子这才注意到她们在"都都一"的吧台坐下来以后，只点了一瓶热清酒。而这一大条盐烤鲷鱼则是"都都一"的老板送的贺礼。

一想到此，留美子赶紧拿起菜单。可是，盐烤鲷鱼分量实在太大，要是又点别的恐怕吃不完会剩下……

留美子看菜单上有"土瓶蒸"，便问："现在有松茸了吗？"

"有的，品质很好。"

"是国产的吧？"

"当然啊！我们不用进口货。是丹波的松茸。从特别渠道进的货。今年夏天太热，梅雨的雨水又少，所以松茸歉收，但我们用的松茸质量很好哦。"

板前师傅说。本来客人只有留美子和小卷两个，正犹豫着要不要点土瓶蒸的时候，来了三组客人。

一定很贵吧……好奢侈……

留美子虽然这么想，还是点了土瓶蒸。

"咦？真的吗？你真的要请我吃这个？"

小卷小声问。

"嗯，我现在后悔得要命，可是点都点了。"

"点一份两个人分啦。"

"在银座的这种店，我不敢做那么丢脸的事……"

留美子这么说，又为小卷点了啤酒。

吧台一下子客满，本来在厨房里的其他板前也来到台前，店里变得很热闹。

小卷灵巧地用筷子夹起烤鲷鱼的肉放在盘子上，打开土瓶蒸的容器细看里面，闻着香气，说："我这辈子第一次吃这么高级的松茸做的土瓶蒸。"

"我是第二次。去年十一月，我们所长在这里请过我一次。"

留美子说。然后，在用心品味土瓶蒸的近二十分钟之内，两个人一句话都没说。

"日本人真了不起，竟然想得出这么美味的料理。"

留美子拿手帕轻轻按了冒汗的额头这么说，小卷却说："只剩四十八天了。"

留美子不明白她指的是什么，一脸诧异地看着她。

"再过四十八天就到十二月五日了。"小卷说。

小卷竟然把十年前那名少年信中所写的事记得这么清楚，留美子半是惊讶，半是苦笑地问："你在吃土瓶蒸的时候计算的？"

然后，把她和俊国约好要去熊野却因为双方工作的关系中止，以及看电影、看职棒的事告诉了小卷。

"你都悄悄进行呢。"小卷微笑着说。

"可是，我还没有明白说我早就知道须藤俊国其实就是上原俊国。"

说完，留美子又说了这几天心里一直不断兜着圈子自问自答的事。

"如果我是留美的话……"

小卷笑着说，然后就又不说了。

"要是小卷是我的话，会怎么做？"

留美子问。

但小卷不答，却说："留美子现在把焦点放在十年后的十二月五日那个人会怎么做，而不是俊国先生对你的感觉，或是你自己喜不喜欢他。"

留美子以为小卷会继续说下去，但小卷却不作声了。

"那样很孩子气，很傻。"

留美子这么说的时候，所有板前师傅齐声说欢迎光临，然后过意不去地朝客满的吧台看，对进来的客人说："如果请客人挤一挤，可以空出一个人的位子。"

入口的门半开着，上原桂二郎就站在门口。

"您一共几位？"板前师傅这样问。

"今天就只有我一个人。"

上原桂二郎回答后，看到留美子，便微微一笑，点了头。

留美子说她们也差不多要走了，向上原桂二郎介绍了小卷。小卷一知道这名男子就是上原俊国的父亲，便从椅子上站起来，说："我弟弟在等我，我先告辞了。"然后要让座。

可是，其他客人也稍微移动挪出了一个位子，所以在留美子邻座自然出现了可供上原桂二郎坐的地方。

上原桂二郎向客人们道了谢，看到大条的整尾烤鲷鱼，便问留美子："是在庆祝什么吗？"

"是的。她要结婚了，所以帮她庆祝。"留美子这么说，"然后，因为要展开婚姻生活，各方面都需要钱，所以决定戒掉她最爱的雪茄。"

"雪茄？芦原小姐喜欢抽雪茄吗？"

听到留美子带着笑的话，上原桂二郎一脸惊讶地问。

"虽然喜欢，可是一周只抽一根，在放假的前一天晚上抽而已。"小卷说。

上原桂二郎问了小卷抽什么牌子的什么雪茄，从上衣的胸口口袋取出雪茄盒。

"这是高希巴的导师雪茄。本来是古巴总统卡斯特罗特别叫人做来自己抽和招待宾客的。又粗又长，抽一根要一个半到两个小时。可是，如果抽到一半不想抽了，可以直接放在烟灰缸上等火自然熄灭，再用保鲜膜包起来，下次想再抽的时候再点火……有人说这是邪门歪道，雪茄一旦点着不抽完，味道和香气就会变差，但日本人实在没有那个体力一次抽上快两个小时的雪茄。这款高希巴的导师雪茄就算分四五次抽，味道和香气都不会变差。这送你当作结婚礼物。虽然只有两根。"

说完，上原桂二郎向板前师傅要了保鲜膜，将两根雪茄包起来递给小卷。

"呜哇！高希巴的导师雪茄！长十七点八厘米，直径一点八六五厘米，是高希巴的'丘吉尔尺寸'呀。我还以为这辈子都抽不起这款雪茄。"

小卷郑重其事地双手捧着用保鲜膜包起来的两根雪茄这么说。

"能把尺寸说得这么精确，一定比我更了解雪茄吧。"上原桂二郎笑着说，"别客气，请收下。"说完看着小卷。

上原桂二郎点的柳川锅送上来的时候，小卷说弟弟在等她，看了看表。板前师傅已经把附头尾的烤鲷鱼包好了。

留美子要请店家结账，小卷制止她，小声说："我要搭电车去我弟的公寓，不用送我啦。留美，你就多留一会儿慢慢吃吧。"

然后小卷向上原桂二郎道了谢，离开了"都都一"。

上原桂二郎在留美子的酒杯里倒了酒，说会用自己的车送她回家，所以如果不嫌麻烦，请她陪他吃完这锅柳川锅。

"我们家富子姨今天和朋友去温泉旅行了，所以我回家也没饭吃。昨天晚上在冈山吃了从京都送去的鲭鱼和穴子鱼棒寿司。今天吃'都都一'的柳川锅。这里的柳川锅用的泥鳅真的很好吃。"

听了上原桂二郎的话，"您到冈山是去出差吗？"留美子问，想帮忙斟酒。但上原桂二郎说十点起要上高尔夫球课，所以酒要到此为止。

"不，不是出差。仓敷附近有个地方叫总社市，我有个年长的朋友住在那里。我是去看那位朋友。"

上原桂二郎向板前师傅点了白饭和酱菜，然后这么说。

当上原桂二郎提到冈山时，留美子几乎是反射性地想到总社市这个地名，因此改变了话题。

"晚上十点才上高尔夫球课？"

"是啊，那是二十四小时的高尔夫练习场，所以只要教练愿意，半夜也可以上课。我已经放了那位教练三次鸽子……也不知道为什么，我约好要上课的日子，晚上一定会突然有事。今晚要是再取消，我就没有脸见教练了。"

所以手机从冈山机场就一直关机没打开——上原桂二郎这么说，然后开始拿柳川锅配饭，吃完喝了茶。

"走吧。"他对留美子这么说，"今天请让我请客。祝贺冰见小姐的朋友结婚。"

上原桂二郎朝板前师傅使了一个眼色，以不由分说的语气对正要掏出钱包的留美子又说了一次："我们走吧。"

然后微微一笑。

司机在"都都一"附近等候。

"上原先生，我们吃了很贵的东西。"

一上车，留美子便这么说。

"我们吃了土瓶蒸。鲷鱼是那里的老板送的贺礼。"

"要是请了两份土瓶蒸，社长的钱包就空了，那上原工业就完蛋了。是吗，土瓶蒸啊……已经是松茸的季节了啊。早知道我不要点柳川锅，点土瓶蒸就好了。"

听到上原桂二郎这么说，司机说今年全国松茸都歉收。每年一到这个时期，他都会去一个在信州的穗高有一片山的朋友那里采松茸，但今年朋友说到处都找遍了却一朵都没找到。

"我那个朋友，从蹒跚学步的时候就被带去山里采菇蕈了，对菇类非常了解。听他说，菇类歉收和人心荒废有很深的关系。"

司机趁着红灯暂停的时间，回头看着留美子这么说。

"人心？"

留美子这样问，视线转向上原桂二郎。

"是啊，当然，天候也有很大的影响，但我那个朋友自信满满地说，菇类会呼应人心。社会上的动乱，菇类都知道。"

"哦，只有菇类吗？会呼应人心和社会动乱的？"

上原桂二郎问。绿灯了，车子再度向前。

"我朋友对菇类的了解之深入详尽，连一般植物学者都比不上，对菇类相关的一切是公认的无所不知无所不晓。可是他说，凡是植物应该都一样。把树砍下看年轮，社会动乱的那一年，年轮都又歪又窄。不光是发生战争或天灾的时候会这样，山的所有人一家发生不幸的那一年也是……"

司机这样说，然后轻拍自己的后脑勺，说不该多嘴打扰两位谈话的。

"哪里，这话很值得深思啊。让我想起内人过世的那一年，院子里的大花山茱萸枯掉了。"上原桂二郎说。

说到这里，留美子心想，父亲过世的那年，阿姨家院子里种的桂花没有开花。那株桂花，是父亲为了庆祝阿姨家改建买来亲手种的。

"那么，明年松茸也会歉收了。人心荒废和社会动乱，看来是会越来越严重。"

上原桂二郎这么说，然后问留美子："冰见小姐的弟弟从事制木方面的工作对吧？"

"是的。特地到美国留学学电脑，回日本的大公司上班，却突然说要当木匠，就自作主张辞了工作。那是一家一千六百人抢六个职位的公司……"

听了留美子的话，"从事制造的人，以后会备受重视哦。日本自古以来就是制造东西的国家。"上原桂二郎说，"而所谓的东西，除了农业、工业，教育也包括在内。"

必须培养人才——上原桂二郎有些大声地说：

"教育是培育人才的大业，但教育界不明白这一点的人太多了。"

本来好像要继续说下去的，但上原桂二郎却露出苦笑看着留美子，说："一个中年大叔开始这种长篇大论，年轻人会很为难吧。我们来谈谈高尔夫球吧……啊，冰见小姐不打高尔夫球。有个人一直强调绝对不可以在不打高尔夫球的人面前谈高尔夫球。"

"我也曾经想过要不要来学高尔夫球，可是有人'威胁'我说，女生不好好练上一年是上不了球场的……而且，高尔夫很费钱，我想我应该没办法……"

留美子这么说。

"那要不要干脆从今晚开始？"

上原桂二郎一脸认真地问。

"我也是打算无论如何先照教练教的练习一年。冰见小姐也从今晚开始，抽出时间来上一年的课。一年后，我们一起上球场打球。就当作是为了增强体质，来动一动吧。用一年的时间偷偷练习，让冰见小姐的老板看看你的厉害，也是相当有意思的计划啊。"

"今晚开始吗？"

留美子无法判断上原桂二郎是不是开玩笑，便这么问。

"对，若不下定决心踏出第一步，什么事都做不成嘛。"

"在回到家之前，请让我考虑一下，我不确定自己是不是有把握能好好持续练习一年。"

留美子说。然后觉得，就算无法每次都在同一天一起练习，但能够有时间与上原桂二郎这个胸怀宽广、恢宏大度的"父亲"般的人物相处，是难能可贵、无可替代的。

一年后，万一要是真的勉强上得了高尔夫球场，在桧山的桌上留下挑战书……

留美子想象着届时桧山的表情，情不自禁地微笑了。

"好。我就从今晚开始练习高尔夫球。先上一年的课，好好练习。"

这样说完，留美子才发现距离自己说要考虑到回家还不到三分钟。

"好，这样我就有伴了。"

上原桂二郎笑着说，用有点逗趣的动作拍拍司机的肩。

"如何，这么漂亮的小姐要当我的球伴。羡慕吧！"

"要是只有冰见小姐一个人越来越厉害，我可帮不了忙哦。"

司机也笑着这么回答。

"今天路上车不多呢。"

然后低声这么说，稍稍加快了车子的速度。

留美子偷偷看上原桂二郎的侧脸。因为她觉得这位上原工业的社长脸上流露出与以前不同的感觉。

就留美子与上原桂二郎为数不多的接触里所感觉到的，他是个彬彬有礼的人，绝不狂妄自大，却令人不敢亲近，而这也正是上原桂二郎其人的魅力。但是，今晚的上原桂二郎似乎比平常更加难以接近，同时却又给人一种类似内心包容一切的安心感……留美子无法不这么想。

能让四周的人安心的人……是吗，原来上原桂二郎是一个这样的人啊——留美子心想。

这个人才五十四岁，丧妻已超过四年，也有再婚的可能……

留美子本想问是不是发生了什么好事，但决定算了，然后夸奖自己没有随便问出口。心想，也许我也稍微朝"成熟稳重"靠近了一点点。

车子在冰见家和上原家门口停车。

"那么，三十分钟后在这里碰头。"

上原桂二郎这么说，打开了门，从长裤口袋里取出钥匙。

俊国今天应该会从关西出差回来，但看来似乎还没到家，门口的灯并没有亮。

留美子匆匆换了衣服，穿上运动鞋，跨上自行车，来到上原家门前。在上原桂二郎出来之前，留美子一次次凝目朝车站方向的路看，对俊国的期盼越来越强烈。

"我会去哦。"

留美子小声朝着晚上无人的路说。

"十二月五日，到地图上的那个地方去。"

留美子认为，即使俊国没有在那里等她，也无所谓。

"我去过了哦，十二月五日我去了总社市的那片田。"

我要这样对俊国说。俊国一定会很愧对我吧。

留美子这么想，甚至希望俊国不要去。她告诉自己，为了这一点，自己绝对不能主动告诉他十年前那封信的事。

推着自行车从大门后出来的桂二郎只带了一根高尔夫球杆，车斗上载着鞋盒。

"冰见小姐的球杆就向练习场租吧。他们也有好几种女性用的球杆可以租。"上原桂二郎说。

"教练叫我暂时只用这把六号铁杆练习。我刚才已经打电话到练习场给教练，说有一位年轻小姐是如假包换的初学者，也要麻烦他了。"

"上原先生，以后请直接喊我留美子就好了。"

留美子与上原桂二郎并肩骑着自行车，这么说。

"好，以后我就叫你留美子。"

他们在住宅区右转，过了大马路的十字路口，又进了另一个安静的住宅区。

"俊国还没有从关西出差回来吧？"留美子问。

"是啊。不过，应该已经到东京了吧。我在厨房留了字条给他，说我和留美子去练习高尔夫球了。等他回家看到纸条，一定会大吃一惊。"

远远夜空中，有一小部分是亮的。上原桂二郎用六号铁杆指着那个应该是被探照灯照亮的地方，说"就是那里"。

留美子心想，俊国应该向他父亲说过和我去看电影、看职棒的事了吧。

"我和俊国会互通电子邮件。"留美子说。

"听说了。我自己的电脑已经好久没打开了。"

"为什么？"

"因为没有人会写邮件给我。政治和经济方面相当有阅读价值的网站，我都在公司的电脑上看。五十四岁的大叔看电脑屏幕很吃力啊。"

说完，上原桂二郎笑了。

高尔夫球练习场的停车场停了几辆车，一楼和二楼的球道上，仅各有两三个人在打球。

留美子在旁边商店里买了打高尔夫球用的手套，与上原桂二郎一起上了二楼。

"据说这个时间人最少。一过半夜一点，有时候还会客满……"

"半夜一点人才开始多？"

"听教练说，晚上要上班的人下班之后会来练习。这些人一走，就换当天要上高尔夫球场的人来练习。会进步的人心态就是不同啊。早上四点就来这里，先打上几十球再上球场，这种本事我一辈子也学不来。"

然后上原桂二郎说这是教练教他的高尔夫球伸展操，在留美子面前示范手腕、肩、背、腰等各部位的暖身操。

　　"总之，要是不好好暖身拉伸，就会像我一样肋骨裂开。"

　　因为这句话，留美子也学着上原桂二郎活动关节和肌肉。

　　等这些做完了，接着换腿部的拉伸。光是活动大腿内侧的肌肉、膝关节、小腿肚和脚踝，留美子就开始冒汗，有点喘了。

　　"我已经累了。可见有多运动不足。昨天试穿了去年这时候买的裙子，好紧。腰一定至少粗了两厘米，把我自己吓坏了。"

　　"那一定是裙子缩水了。"

　　上原桂二郎微笑着这么说的时候，一个看上去快四十岁的高个子朝他们走来。看起来不像高尔夫教练，更像朴实的学校老师，说自己姓大森，问："冰见小姐完全没有接触过高尔夫球？"

　　"是的。只打过五六球来玩。"

　　留美子这么回答，深深行礼说请教练多多照顾。

　　"今天，冰见小姐一球都不用打。从练习握杆和瞄准开始。"

　　教练这么说，开始上课讲解高尔夫球的球为什么不会直飞而会弯曲。

　　"所以，只要明白其中的道理，就会明白该怎么做球才会直直飞出去，对不对？"

　　留美子对教练的讲解似懂非懂，但回答对，照教练教的方法握杆。

接着也照教练教的做出瞄准的姿势。

"这些动作要反复练习。拿起球杆，进入瞄准姿势，就要做出标准的握杆和瞄准姿势。要不断反复练习，直到能够自然而然做出握杆和瞄准动作为止。"

留美子本来想，讲半天，很简单嘛，但实际去做，却不是那么一回事。

教练叫上原桂二郎用上次教的挥杆打五六球。

"请想象一下杆头经过的轨道。要挥杆，不是挥身体。"

上原桂二郎先空挥几次，然后打了五球。连一球都没有直飞。

后面响起教练说这是因为都是用惯用手使力，留美子假装那里有球，继续重复握住球杆、瞄准的一连串动作。

"冰见小姐，背要挺直。"教练说。

同样的动作连做三十次之后，留美子觉得腰好酸，要做出教练教的正确动作变得很吃力。明明连一球都还没有打，就膝盖发抖，十根手指都好痛。

"对，就是刚才那样。刚才那一球就很好。"

听到教练的声音，留美子的视线也跟着上原桂二郎打出去的球飞。球飞到"一百八十码"的标示前。

教练说，继续照这个样子打，便朝办公室的方向走了。

"教练说要去拿摄影机。"

上原桂二郎说，朝留美子微笑。留美子报以微笑，才发现上原桂二郎微笑的对象不是自己。朝着那个方向看过去，不知何时来的俊国就站在那里。俊国虽然穿着西装打着领带，但在高尔夫练习场的灯光之下，脖子以上的部分特别白。

留美子差点失声惊叫。因为十年前那个少年的脸就出现在那里。

"吓我一大跳。"

俊国说，在球道后面的椅子上坐下。

"回到家，餐桌上就有一张写着'我和冰见小姐去练习高尔夫'的纸条……"

"我从今天开始打高尔夫球。"

留美子说，摊开红通通的手心给他看。

"看起来很像打了一百球吧？可是我连一球都没打。而且，已经快虚脱了。腰和膝盖都发软了……"

"我想把留美子带进高尔夫这个恶魔的世界。"

上原桂二郎说，坐下来拿手帕擦汗。

"正确的握杆，正确的瞄准。在能够自然而然做到之前，要反复练习……在做得到之前，我一球都不打。等着瞧吧，我一定会变得很厉害的。"

听留美子这么说，俊国便拿了一颗父亲球道上的球，放在留美子的球道上，说："打一球试试吗？不打球很没意思吧？"

"才不要呢，在老师说可以打之前，我都不打。照老师的话去做，才叫'学'不是吗？"

留美子这么说，俊国便拿走留美子手中的七号铁杆，打了球。杆头只擦到球而已。俊国苦笑着把那颗只滚了四五十厘米远的球放回父亲的球道上，小声说："可恶。"

"好了，不要妨碍留美子。"

上原桂二郎笑着这么说的时候，教练带着架在三脚架上的摄影机回来了。

留美子再度展开握杆与瞄准练习，上原桂二郎则继续打球，让摄影机在正后方拍自己挥杆。

重复练习了将近二十分钟的瞄准姿势，腰和脚都开始发抖，留美子站不住了，便在俊国旁边的椅子上坐下来休息。

"俊国也开始打高尔夫球吗？"

留美子甩着只是握着球杆就握到发麻的双手说。

"我薪水还很低……在日本打高尔夫球很费钱的。"

俊国这么说。

"地方铁道之旅，什么时候要去？"留美子问。

"我朋友建议我去予土线。"

"予土线在哪里？"

"从四国爱媛县宇和岛站到高知县不知道哪个地方，是开在山间的铁路。伊予的'予'，和土佐的'土'。朋友说，其中有一段是沿着四万十川的上游走，很漂亮。"

"四万十川的上游啊……那一定很美。什么时候去？"

"我请了十二月初的假……加上周末一共六天。我从今年一月就拜托老板让我在那个时间休假了。这么早递请假单，无论到时候有什么事应该都请得到吧。"

"你一月就计划好要去予土线这条铁路旅行？"

留美子掩饰了一丝失望与生气，这么问。

"不，不是的，休假是为了去看爷爷而请的，我是想，要是留美也能去的话，我们就在松山或高知找一个地方会合，再去搭予土线。"

"你喜欢我吗？"

留美子的视线落在自己手上，这么问。嘴巴怎么自己动了，话不受控制地吐出来——留美子在这样的想法中，再也无法忍耐。

"嗯。"

俊国只应了这一声，便不说话了。

"十年前，我才刚搬到现在这个家，就有一个男孩子在车站附近给了我一封信。"

留美子这么说，然后把信的内容告诉俊国。她觉得不可以看俊国的脸，便一直望着上原桂二郎打出去的球，

"我不记得他的名字，信也丢了……俊国，你觉得过了十年，他会在那个有很多蜘蛛在天上飞的地方等我吗？"

留美子问。

"今天就到此为止吧。"

教练的声音响起。上原桂二郎擦着汗，和教练一起盯着刚才录像的画面，对教练的建议点头。

接着教练要留美子拿七号铁杆瞄准给他看。

留美子从椅子上站起来，戴上手套，做了瞄准的姿势。心跳直响到头顶。

"啊，冰见小姐很有天分。瞄准已经做得很好了。女性一开始瞄准通常都软软的没力气，但冰见小姐的瞄准已经可以挥杆了。下次就来练习记住挥杆的轨道。请先买好高尔夫球鞋。"

教练说完，便回办公室去了。二楼的球道上现在没有客人，一楼的两位客人也正在准备离开。

上原桂二郎把自行车的钥匙给了俊国，要他交出车子的钥匙。

"你和留美子骑自行车回去。我要开车先回家洗澡。前胸背后都是汗。可见得我之前的挥杆有多偷懒。"

说着，朝留美子微微一笑，挥挥手走了。

留美子决定要再拿七号铁杆练习二十次正确握杆、瞄准，便在心里默数，重复做同样的动作。

做着做着，她想到，上原桂二郎会不会早就什么都知道了？

俊国在自动贩卖机买来了罐装茶，递给留美子。

"那小子，一定会去地图上的那个地方的。"他说，"我有预感。"

"为什么？"留美子问。

俊国像是故意避开留美子的视线般，望着高尔夫练习场最远处标示着"两百三十码"的网。

"我比他大七岁……"

留美子说。觉得心中有一只坚毅的蜘蛛开始吐丝想飞上天空。

"七岁算什么……"

俊国说完，轻声一笑。

然后，开始说起自己的祖父、已故的母亲、上原桂二郎这个没有血缘关系的父亲。

留美子坐在俊国身旁，望着不断诉说的俊国，把自己的嘴唇贴在他的脸颊上。俊国也报以同样的动作，说："谢谢。"

留美子觉得，没有任何话语比这更真心。这平平无奇的两个字中，也包含了自己的万千思绪。

留美子也回了同样的两个字，然后说："我研究了一下会飞的蜘蛛。我去图书馆借了一本叫《飞行蜘蛛》的书，一个叫锦三郎的人写的。在东北地方，这叫作'迎雪'。"

"嗯，那本书我也看过。"

俊国说，每当自己心生怨念，觉得这些感觉要弄脏自己的时候，总是会痛骂自己：你连蜘蛛都不如吗？

"高中的时候，有一次，就那么一次，被老爸臭骂了一顿，我就离家出走，因为没地方可去，所以跑到冈山的爷爷那里，说我不想再回目黑的家了，想在这里和爷爷一起住，结果爷爷说'你连蜘蛛都不如吗'……"

留美子原以为除了他们没有别的客人了，但并非如此，一楼的球道传来了清脆的打球声，一颗高尔夫球发出划破空气般的声响飞出来。

球到了两百三十码的网前还继续加速，以破网之势撞了上去。网子大大凹陷。第二球、第三球也以同样的弹道几乎打中同一个地方。

"跟飞弹一样。"留美子说。

"那不是业余人士打的球。"

俊国也说。

从留美子和俊国坐的地方看不到打球的人。

留美子又一次轻声向俊国说："谢谢。"

注视以一定的节奏打出来的高尔夫球那迷人的弧线轨迹。

厚田村海边的半月在心中浮现。留美子把嘴唇凑到俊国耳边，几乎要碰到他的耳朵，悄然耳语：被击出的高尔夫球，看来有如飞向那半月的勇敢蜘蛛。

最

终

章

一进十二月，上原桂二郎便带着秘书雨田洋一前往中国台湾。

　　直到十一月中，桂二郎才知道那个夏天清晨在轻井泽以一身委实太突兀的华丽旗袍来见他、留下丝毫未解的难题离开的谢翠英，两天后便回中国台湾了。

　　桂二郎是从吴伦福由台湾打来的电话得知此事的。

　　"吴先生，你一直缠着一个那么年轻的女孩，不明不白地威胁她，到底有什么好处？我自从在轻井泽见过翠英小姐，就一直在等吴先生你的联络。详情我几乎什么都不知道，但俗话说，鸡飞蛋打两头空。吴先生只该专注一头。而我认为那不是翠英，而是我。"

　　桂二郎对吴伦福这么说，他已有所准备，宁可比怀表的赔偿金三百万多赔一点。

　　这并不是为了翠英。他必须将须藤润介为亡子所存的三百万巨款付给名正言顺的受款人。如今没有任何人知道吴伦福究竟是不是名正言顺的受款人。既然如此，只要将吴伦福这只烦人的苍蝇从翠英和自己身边赶走，然后了结须藤润介多年来搁在心头的这桩心事，事情就算圆满解决。对润介而言，只要有赔偿金已确实支付了这个事实即可。重点不是付给"谁",而是付给"想要的人"。桂二郎这么决定。

"我也希望结束这场游戏。才会致电的。"吴伦福说,"为此,我必须得到谢翠英小姐和她哥哥的同意。那只昂贵的怀表似乎有很多与我无关的渊源,但去世的邓明鸿女士就只有翠英小姐和她哥哥这两个血亲。"

吴伦福不正面回答桂二郎这番话,说如果去台湾的话,要联络他,留了电话号码。

"中国台湾?你要我到那儿去?"

"很近,和去冲绳差不了多少。那里很温暖,药膳料理既好吃又有益健康。还有很多手艺超群的按摩师。来一趟愉快的旅行,顺便将那笔钱交给我,这样一切就都解决了。"

那笔钱?是吗,三百万就行了是吗。他竟然没有往上加码……桂二郎这么想,说依照目前的状况,可以在十二月初排出三天的时间,便挂了电话。然后当晚前往横滨中华街去找吕水元,说明了事情的原委,请他告知翠英在台北的住址电话。

"对付钱的上原先生没有只字半语的威胁。这个姓吴的,明明是奸恶小人,却聪明又执拗。布下了罗网,慢慢收拢,一步步计划,迫使上原先生把钱付给他。吴伦福手上就只有翠英这张牌。光是轻轻推倒翠英这块骨牌,其他的骨牌就会一路倒下,一直倒到托给上原先生的那笔钱。"

吕水元苦笑着说,然后递给桂二郎一张名片,说万一发生什么麻烦,可以找这个人商量。

"我想,应该不至于发生什么麻烦……麻烦的,可能是翠英。男人总是被女人摆布。无论是哪个女人，都难缠又可怕。"

吕水元的苦笑变成柔和而平静的微笑。桂二郎自己也微笑了一下，然后辞别了吕水元。

"真不该带毛衣来的。好热啊。"

在机场上了出租车，将手表拨慢一小时校准成当地时间后，雨田洋一边脱西装外套边说。

"不是跟你说过台湾地区是南方了吗？从台北往台南走，还会跨越北回归线。"

桂二郎说，望着高速公路上密密麻麻的车阵，以及夜空一角多半是台北市的一团微光。

心头浮现出颇具顽固职人气质的矮小的吕水元的微笑。吕水元一定看穿了我是以男人的眼光来看翠英的吧。搞不好，他还误以为我和翠英之间有男女关系。否则怎么会为了付钱给一个来路不明的男人，特地在这忙碌的十二月跑到台湾去。

但事实并非如此。我此行是为了实现我与俊国祖父之间的约定。有一段时期，我内心不断想象翠英的裸体，如今有如大梦初醒般消失得干干净净。若说还剩下什么，就只有那个轻井泽的清晨，我对翠英采取了那种弃之不顾的态度所产生的后悔。

那时候，我觉得翠英的话不尽真实，但我的态度之所以明显有异于之前的亲切而可能让翠英觉得我嫌她麻烦，并不是因为这个缘故。我是希望自己对翠英清晨以旗袍装扮出现在轻井泽饭店大厅那幼稚的企图无动于衷。

是新川绿这女孩的存在，促使那天清晨的我这么做的。或者，如果真有所谓的预感，那么也许我的精神某处，早就感应到那天绿会突然出现……

一个有些禁欲主义却又有些自以为风流倜傥的自己想嘲笑自己，但一方面也是为了弥补那个夏天的早上对翠英的亏欠，才应吴伦福的要求带着钱来到中国台湾。

上原桂二郎这么想着，看了雨田正埋首研究的台北市地图，问："饭店在哪里？"

"台北市中心偏东南方的地方。是一家盖好才七年左右的新饭店。位于敦化南路，所以应该在这一带吧。"

雨田指了地图上的某一点。

"以我们日本的地点来比喻，这饭店的四周'亿元豪宅'林立，有东京白金台的味道。"

"你很熟嘛。"

"我跟旅行社的一个朋友恶补过这些知识。"

这次不是为了工作，而是社长私人出国旅游，因而使雨田的语气比平常来得轻松愉快——桂二郎想到这里，注视着以各色马克笔画的圈圈、叉叉、三角形，问："这个记号是什么？"

"我工作用的暗号。"

"暗号……只有圈圈、三角形和叉叉的暗号吗？一下子就能破解啊。圈圈是什么？"

"暗号就是要保密。"

"圈圈应该是吃的。本地菜餐厅、粤菜餐厅、北京菜餐厅、川菜餐厅……"

"餐厅是三角形。"

雨田这么说，然后折起地图，收进大双肩背包里。

在决定出行的日期前，桂二郎与谢翠英通了三次电话。因为他必须获得翠英的承诺，才能把怀表的赔偿金交给吴伦福。

第一通电话里，翠英用有点闹别扭的语气说这件事自己不能做主，必须与哥哥商量，但哥哥还没下班回家。

第二天，桂二郎打了第二通电话，翠英表示哥哥个性优柔寡断，迟迟做不出决定。被吴伦福那种阴森诡异的人纠缠，可能有人身危险，只想及早从这种日子解脱，但也不想错过能不劳而获三百万元巨款的幸运。即使是单纯的计算，这笔钱在台湾地区也有超过一千万元的价值……昨天深夜回到家之后，哥哥说来说去都是这些话，没有进展。

桂二郎完全不发表自己的意见。他认为这件事要由翠英和她哥哥来决定。

第三通电话还是看不到结论，于是桂二郎说："俗话说，渴不饮盗泉之水。"

"到全？是哪两个字？"

桂二郎解释了那两个汉字后，翠英回答她认为自己也应该这么做。

"上原先生要见那个人，把钱交给他是吗，特地从日本来这边……"

低声这样说之后，翠英说，她不要再和哥哥商量了。

"那我要把钱交给吴伦福了哦。"

"好的，麻烦您了。等您到了台北，可以再打一次电话给我吗？我带您去吃好吃的台湾菜。请让我做东。"

"我会从饭店打电话给你。不过，我想把钱交给吴伦福之后，再让你请客。"

事情一谈定，桂二郎立即打电话给人在台北市的吴伦福，但吴伦福直到三天后才接电话。这三天之中，桂二郎将这个没有人接的电话号码拨了十几次。

进了位于饭店三十六楼的房间，从朝西的大窗户眺望了分不出是阴天还是因废气而阴郁的天空，桂二郎在沙发上坐下来。

"台北的大马路，条条像大阪的御堂筋呢。"

雨田从冰箱里取出矿泉水，倒进房间里的电热水壶，边烧开水边说。

"城市规划倒是跟京都很像。跟棋盘一样，很好认。"

桂二郎说完看了看表。从中正国际机场^[1]到台北市中心约四十公里的路程，因为堵车，花了一个小时四十分钟才到饭店。

"堵车的状况比听说的还严重呢。摩托车的数量也很惊人。听说台北因为停车场很少，骑摩托车通勤的人越来越多。"

雨田边说边将桂二郎脱下的西装上衣挂在衣橱里的衣架

---

[1] 2006 年 10 月后改名为桃园机场。

上，然后问晚餐如何解决。

"你想吃什么？"

"我都可以。社长想吃什么？"

"我没什么食欲。刚刚才足足坐了一小时四十分钟走走停停的出租车啊。"

"我会待在房间里。请社长随时打电话给我。吃粥如何？在这附近有'清粥小菜街'。走路过去大概十五分钟吧。听说这里的粥很清爽，合我们的口味。"

雨田出房间之后，桂二郎取出记事本，打电话给吴伦福。

"欢迎来到台北。"吴伦福一接电话便以低沉的声音说，"您想必已经累了，但可以请您朝机场方向稍稍回头吗？"

"现在吗？"

"是啊。上原先生一定也很想及早摆脱我这种人吧。"吴伦福说了一家店的名字。

"大概每个出租车司机都知道这个地方。是喝茶的店。我们一般叫作茶艺馆。我也现在出发，但我想上原先生应该会先到吧。"

说完，在桂二郎回话之前就挂了电话。

虽然一想到又要回到堵车的车流当中就懒得动，但能够在今晚就把麻烦事解决倒也求之不得。

离开日本时，桂二郎就打算自己单独会会吴福伦，但认为还是带雨田同行比较妥当。虽然认为应该不至于，但这里毕竟不是日本，和看起来就力大无穷的雨田在一起，应该会减少发生意外的概率吧。

桂二郎打电话到雨田的房间，说："我现在要去见一个人。见了他之后，我在这里的事就办完了。虽然这是我的私人行程，和工作无关，不过你愿意和我一起去吗？"

"当然愿意。"雨田这么回答，不到一分钟，桂二郎房间的门铃就响了。

出租车进了与刚才来时反向的高速公路，但在与中正机场还有相当一段距离的地方，便下了高速公路走一般道路，朝台北故宫博物院行驶。

出租车在远离市中心但仍大楼林立、车流量也很大的十字路口转了弯便停车，司机指了指自行车行旁边唯一一家茶褐色木墙的房子。厚厚的一枚板招牌上，店名之下写着"香茶坊"。

"啊，就是这家店了。书上说这家茶艺馆在当地很有名。"

雨田让桂二郎看了旅游书上的店内照片，然后付了车钱。

店内非常安静，只听到瀑布声。有座假山，瀑布就是从那里流下来的。水池里十几条锦鲤悠游其中。水池四周安排了桌位，墙的一角则是要脱鞋才能进去的日式桌位。店里只有两组客人。

桂二郎和雨田一起在水池旁的桌位坐下来，再次打量老旧的木墙、梁柱和水池四周的扶手。二楼也有座位。日式座位区则各有名字。

"感觉好像回到了中国古代啊。"

听到桂二郎这么说，雨田又翻开旅游书，说明："书上说，店内的装潢是苏州庭院风格。"

"等那个人来了，麻烦你回避一下。移到后面的座位就可以了。"

"好的。不过人好少啊。那边两组客人好像也是日本人。这里大概是观光景点吧。"

穿着旗袍的年轻女服务生送上菜单。

"呜哇！好贵！社长，这里好贵啊。茶钱和入座的茶水费是另外算的。光是坐也要付钱。应该就是所谓的开桌费吧。对一般当地人来说太贵了。两个人就要花上大约三千日元。"

雨田悄声说。桂二郎随便指了菜单里一人份两百五十元[1]的茶，摸摸套在马球衫外的夹克内口袋里的信封。信封是离开饭店时从旅行箱拿出来塞进夹克内口袋的，那时候桂二郎才发现自己不小心触犯了关税条例。虽然不知道台湾地区的关税条例如何规定，但携带三百万元现金入境，不管是哪里，应该都必须申报。

尽管入关时幸运没被盘查，但万一被查的话，我现在……

——这么想，桂二郎莫名起了一肚子火。这把火像是在生吴伦福的气，却也像是针对翠英。

我完全是白费功夫。这笔钱明明只要交给翠英就行了。然后，再由翠英，或是她哥哥交给吴伦福才对。我只不过是为了要将自己对翠英那具年轻肉体的妄想——叫淫念比邪念更正确——正当化，扮演一个明理亲切的绅士罢了。

原以为我已经告别了对翠英的妄想，但看来并非如此。

---

[1] 此处指新台币。

594

现在妄想仍蠢蠢欲动。一个与好几个国家都有贸易往来的公司社长，竟然忘了关税条例，犯了未经申报就带大笔现金到境外这么愚蠢的错误……

说粗心忘了申报，有谁会相信……

女服务生送来了茶具与装有热水的沉重铁壶，以及加热用的瓦斯炉。

由于他们不懂得如何泡茶，雨田便比手画脚地请女服务生示范。

拿起小小的茶杯喝热茶时，桂二郎心中对自己的怒气仍未平息。

这笔钱就不要交给吴伦福了。交给翠英或翠英的哥哥才是正道。俊国的父亲弄坏了翠英外婆的怀表。不管那是不是赃物，都不是重点。也不要和翠英在台湾见面……只要把钱以合法的方式从日本寄给翠英就行了。

桂二郎这样决定。

"我们走吧。"桂二郎对雨田说。

"咦？要走……"

"那不是个什么让人想见的对象。"

雨田喊了女服务生要结账。桂二郎制止了他。因为他想起了要将这笔未经申报就带来的三百万元现金带回日本，必须经过日本海关。

"你能不能帮我把这个交给这个人？"

桂二郎从夹克的内口袋取出装有现金的信封和记事本，一面对雨田说。

"给一个叫谢翠英的女人，或是她哥哥也可以。哥哥名叫谢志康。住址和电话在这里。你带我的名片去。我会在名片后面写几句话。"

桂二郎在自己的名片背面写下："我临时有急事必须赶回日本。这三百万便交由贵兄妹处置。"

"今晚办完这件事，明天起就可以放心玩了。不好意思啊，要你忙我的私事。"

"这是钱吗？"

"对。里面有三百万。"

"要跟对方拿收据吗？"

"要。"

雨田离开了茶艺馆。他如巨石滚动般的背影，在桂二郎看来极其可靠。

吴伦福大约十五分钟后抵达。他穿着大格纹夹克，拿着手杖，略拖着右脚走来，边在刚才雨田所坐的木椅上坐下，边说："让您久等了。"

桂二郎看看表，应道："是啊。我四十分钟前就到了。"

"我住的地方离这里很远，再加上又一直拦不到出租车。"

"你让我等的这四十分钟里，我生气了。"

桂二郎向吴伦福说明理由。

"要是被查看行李，我很可能就会被送进这里的监狱。一这么想，我就生起吴先生的气，也气自己怎么这么笨。"

"您这叫迁怒吧？"

吴伦福望着雨田用过的杯子，问："有人和您一起吗？"

"十五分钟前，我的秘书还在。"

看看剩下的茶叶的量，吴伦福向女服务生要了新的茶杯，拿铁壶给茶壶加了热水。

"我气着气着，就临时改变了主意。这笔钱，不应该由我交给吴伦福先生。应该要交给邓明鸿女士的孙子才对。吴先生尽管去向那两兄妹拿钱。这样才是最正确的做法。"

吴伦福把要送到口边的小茶杯放回桌上，问："然后呢？"

"我把装了三百万的信封交给我的秘书，要他送去给谢翠英小姐了。我跟他说，万一要是见不到谢小姐，交给她哥哥谢志康先生也可以。"

吴伦福无言地望着桂二郎一会儿，眯起眼睛，皱起眉头。然后低声说："您说什么？"

"那只怀表是谁的，有什么来龙去脉，都与我无关。与赔偿损坏费用的人也无关。你不这么认为吗？这件事，吴先生与谢家兄妹自行商量即可。仔细想想，吴先生头一次来我公司的时候，我就应该这么说的。结果还绕了这么大一个圈子。"

"您的秘书是什么时候离开这里的？"

吴伦福往西装内口袋掏摸，边取出手机边问。

"二十分钟前，不，也许已经三十分钟了。"

吴伦福没撑拐杖，拿着手机走到水池另一侧卫生间附近，打了电话。瀑布声让桂二郎听不见吴伦福的声音。

桂二郎也想到他可能是在找同伙来报复自己，却没有想到要逃。虽然是考虑到即使逃了，对方要查出自己住宿的饭店也是轻而易举，但主要是因为他很神奇地竟然完全不感到恐惧。用手机和人通话的吴伦福的表情，有着近乎滑稽的狼狈。

拖着脚回来的吴伦福，扔也似的将手机放在桌上，喝了茶，然后点了烟。

"那对兄妹住的地方，离这里大约十分钟的车程。上原先生的秘书应该已经到了，把钱交给谢志康了吧。"

吴伦福说，然后用中文喃喃说了什么。

"你刚才说什么？"

桂二郎问，吴伦福便答："我说，和女人联手合作没好事。其实根本不必把上原先生叫到这种地方来，我去饭店就行了。我原本也是这么打算的……真不知道女人到底在想什么……"

说完笑了。

你们闹内讧不关我的事……桂二郎这么想，取出钱包想付茶钱。

"我要告辞了。我在这儿的事办完了……也许还没有完。得看我的秘书是不是好好到了谢翠英小姐家。"

吴伦福以充满自嘲的笑容回应桂二郎这几句话，然后又在自己的茶杯里缓缓倒了茶。

想叫女服务生的时候，桂二郎才发现自己又粗心忘了还没有将日元换成新台币。这家茶艺馆不可能愿意收日元。这下别说付账了，连出租车都无法坐……

桂二郎向吴伦福说明了原因，问这家店是否能使用信用卡。吴伦福一手托腮，伸出另一只手。

"我跟你换吧。我身上有五千块新台币。"

说完，像是要挤出什么塞住的东西似的，用鼻子无声嗤笑许久。

"您特地从日本远道而来，这里就由我买单吧。不过，您的出租车费我可不想付。换两千元日币，应该就足够上原先生搭出租车回饭店了。"

桂二郎给了他两张千元钞，吴伦福说虽然不知道今天的汇率如何，但差不多是这样，然后把几张纸钞和硬币放在桌上。

让这个人请喝个茶倒也不为过。桂二郎这么想，准备从椅子上站起来，说："吴先生的日语真地道。谢翠英小姐的日语虽然也说得很好，但有些地方的发音还是听得出是中国人。"

"我是在日本出生长大，大学又是在日本念的。大学念的是关西的私立大学，关西腔我也很在行。"

然后吴伦福的视线转向在水池里游转的锦鲤，说自己就是翠英的日语启蒙老师。

"要不是横滨的吕水元打电话给谢翠英的哥哥说有人要找你外婆，我也不必搞这出耗时费工的闹剧。"

吴伦福想说什么，桂二郎毫无头绪，但耗时费工的闹剧这几个字，倒是让桂二郎对他接下去要说的话竖起耳朵。但是，吴伦福却就此闭口不语。

桂二郎双臂环胸，注视着吴伦福的表情。吴伦福倒掉茶壶里的茶，重新从铁壶加了热水，为桂二郎倒了茶。

"这里可以抽雪茄吗？"桂二郎问。

"当然可以。这里是茶艺馆。只要付了茶水费点了茶，可以待上一整天。看书也好，下棋也好。以前大学生会来茶艺馆念书。否则就算这里提供的茶叶再好，收费也太贵了。这家店的二楼有书架，提供各类书籍和杂志。"

桂二郎从夹克的内口袋里取出雪茄盒。吴伦福看到雪茄，问那是什么雪茄。

"吸口部分较细，越往前越粗。这种雪茄我还是第一次看到。"

"这是乌普曼的 2 号雪茄。这种的叫作鱼雷型，据说以前雪茄大多是这种形状。"

点燃了雪茄，望着烟绕着茶褐色的木柱攀上同色的天花板，桂二郎想着，也许冰见留美子家里也是这种材质和风情。这时候，桂二郎才注意到第二天就是十二月五日。第二天就是他们十年后的十二月五日了。

"吴先生竟是谢小姐的日语启蒙老师，真让人难以相信。老实说，我有不好的预感。"桂二郎边深深感到这是他抽过的乌普曼 2 号雪茄中最可口的一根，边这么说。

"那是翠英小学毕业的时候。我和朋友两个人租了大楼里的一个房间，开了教英语和日语的补习班。我负责教日语，英语就由朋友负责。翠英是我最年轻的学生，当时才不满十三岁。她很聪明，教什么都一点就通。"

吴伦福的视线随着雪茄的烟转，又说："是我教唆她的。我说，要是钱到了你哥哥手上，不用想也知道他又会全部拿去用在注定失败的生意上。志康频频打电话给人在日本的翠英，要她赶快去跟那个姓上原的要三百万。甚至等得急了，

600

还说要自己去日本拿钱。志康开了一家设计电脑软件的公司，但那只是跟风做生意，没有足够的电脑知识就仓促成立，一下子就走进死巷周转不灵了。这时候突然来了一个姓上原的日本人，对谢志康而言，简直是天上掉下来的大礼。真的是从天上掉下来的……"

但他自己见到翠英的哥哥，是上原桂二郎这号人物出现在她面前之后。他与翠英和她母亲虽然早就认识，却没见过谢志康。吴伦福这样说完，看了看表。"刚才我那通电话就是打给翠英。我们说好我向上原先生拿了钱就见面，她就在我们约好的地方。"

桂二郎认为眼前这个人说的是真话。他不再生气，只是有点吃惊。

"你说那只怀表是赃物，邓明鸿与杀人有关也是捏造的吗？"桂二郎问。

"邓明鸿和盗窃组织有关是真的。第二次世界大战时，有个法国钟表收藏家家里失窃，被偷走了七件精巧的钟和怀表。那七件钟表都是足以在博物馆里展出的贵重机械钟表。邓明鸿与那窃盗集团有关确实无疑。她之所以宽容大量地原谅弄坏怀表的少年，是因为她不能把事情闹大。因为那是赃物。但是，杀人就是我捏造的了。"吴伦福回答。

"谢小姐跟我说她到日内瓦去见一位 T 女士，这件事呢？"

对于桂二郎这个问题，吴伦福说他不知道，答说恐怕是翠英编的故事。入夏时，翠英的心在开始怀疑妹妹想独吞那笔钱的哥哥、吴伦福威逼她赶快催上原桂二郎做出决断以及女人心之间产生了动摇……

"女人心？"

雪茄的烟灰掉在桌上，但桂二郎不管，这样问。

"就是对上原桂二郎这个人的女人心啊。"

吴伦福面无表情地说。桂二郎掐起雪茄的烟灰丢进烟灰
缸时，吴伦福叫来服务生，结了账。

"我本来就打算随时把钱交给谢翠英的。这件事她也知道。
为什么她没有这么做？先从我这里拿了钱，要把钱收好不让
哥哥拿走的办法应该很多。又何必与吴先生联手演出这出？"

桂二郎这一问，吴伦福微微点头以对。

"翠英找我商量的时候，我也是说，你收了钱，我把钱换
成新台币不就好了吗。但是翠英就是坚持不愿意亲自去跟上
原先生收这笔钱，怎么劝都不听。她说，她不想造成自己收
了钱这个既成事实。那时候，我已经从翠英那里得知那只怀
表是赃物了，所以我猜想她大概是对于自己收下这种东西的
赔偿金有罪恶感。是啦，可能是真的有罪恶感，但也夹缠了
对上原先生的女人心吧。我也是在刚刚跟翠英的通话中才终
于发现的。我骂了翠英，说不知道要是我从上原桂二郎这里
拿到钱你有什么打算，但我本来说要去饭店拿钱的，你却坚
持要我把他约到这家茶艺馆来见面，我要把整件事其实是你
跟我联手搞出来的闹剧抖出来。说完我就挂了电话。"

吴伦福这么说，再次露出苦笑。

"那时候我也火大了。可是现在我很后悔，不应该把事情
抖出来的。直接默默消失就好了……"

"谢小姐在哪里等吴先生？"

"从这里走路五分钟的一家咖啡店。不过，她已经不在那里等了。因为我刚刚在电话里说要把一切抖出来。她一定认为我真的这么做了吧。"

吴伦福拄着手杖站起来，桂二郎对他说："我没想到你讲话也太不谨慎了。"

吴伦福离开茶艺馆之后，桂二郎仍在椅子上坐了将近十分钟，抽着变短的雪茄，看看店内水池里的锦鲤，望望空无一人的盘坐式小包厢。心想，要是日本也有这种茶艺馆就好了。

等雪茄熄了，桂二郎走出茶艺馆，往马路四处张望，站了好一会儿。因为他觉得翠英好像躲在哪里看着自己，不忍邃去。

谢志康与谢翠英兄妹所住的公寓，一楼是中药店，房子的所有者似乎是那家中药店的老板。

谢小姐不在，一开始她哥哥谢志康先生防备心很重，不肯解开链子锁，我出示了社长的名片，才总算让我进屋。

谢先生完全不会说日语，但会说日常生活的英语。我们用英语以及汉字笔谈，谢先生明白了我是为了什么事登门拜访的。

为了慎重起见，我请他出示证据证明他就是谢志康先生。谢先生让我看了他的驾照和护照。然后在他自己工作上所开的收据上签了名，之后打了谢小姐的手机好几次，但谢小姐

603

没有接，都转进语音信箱。

我收下收据准备离开，谢先生给了我一张老照片，说是他外婆的照片，然后和我握手。他的手心很湿，可以感觉得出他有多激动。他一而再再而三地要我向社长您转达感谢之情。

雨田洋一向回到饭店的桂二郎这样报告。

"我的胃里明明除了茶以外没有装过任何东西，却什么都不想吃。你饿坏了吧？"桂二郎说完，朝床上倒。

"饿虽饿，但我不要紧。可是我觉得社长最好还是吃点东西。在这种情况下，更应该吃粥。"

这样回答之后，雨田为桂二郎拿了室内拖鞋过来。

"嗯，也对，吃粥好了。不过，在那之前要喝点酒。两杯威士忌。喝完我们就去吃粥。"

"社长和我的房间威士忌都只有一小瓶迷你瓶。要叫客房服务送一瓶过来吗？"

"我们两个各喝一瓶迷你瓶，然后今晚的配额就没有了，这样未免太凄惨了点。"

听桂二郎这么说，雨田打电话给客房服务。

喝着送来的威士忌，桂二郎在内心向翠英说了好几次：我没有生气哦。

但是，我与翠英之间的联系应该完全断了吧。翠英再也不会出现在我面前，恐怕也不会打电话给我了……

桂二郎这么想。一看表，快十一点了。日本再过五六分钟就是十二月五日。俊国会在总社的那片田地里等冰见留美子吗？依照俊国的个性，他一定会去的。不管留美子来不来。因为自己答应说要等，就会到那里去……俊国的个性就是这样，桂二郎想到这里，脑海中浮现亡妻的脸。

"可以再喝一杯吗？"喝完第二杯威士忌，雨田问。

"别客气，尽量喝。爱喝多少就喝多少。明天自由行动。你可以睡到想起床再起床，想去哪里就去哪里。"

"社长明天有什么计划？"

"这个嘛，去台北故宫博物院好了。像我这种没素养的人，书法、山水画、陶瓷一概不懂，但既然来了这里，总不能不去一趟。"

"我也正在想要去呢。"

"那搞不好我们会在那边遇到哦。"桂二郎笑着说。

这时候，忽然觉得饿了。不是区区一碗粥可以满足的那种饿。

桂二郎也朝酒杯里倒第三杯威士忌，边倒边对雨田说："你听过'迎雪'吗？就是蜘蛛会在天上飞。小小的蜘蛛，利用自己吐的丝飞起来。它们起飞之后两三天就会下雪。据说是因为这样，所以叫作'迎雪'。"

"是，我知道。小时候看过好几次。"

一听雨田这么说，桂二郎吃了一惊，拿着酒杯看着雨田。

"你看过？你看过蜘蛛在天上飞？"

"是的。它们真的会顺着风和上升气流飞起来。蜘蛛丝发出银光，非常漂亮。"

曾任银行职员的父亲从东京调动到伊豆的畑毛，所以当时小学三年级的自己也在畑毛住了三年。畑毛除了稻田和菜园什么都没有，眺望四方，远处只有低低的山。对生长于城市的小孩而言，是个无聊至极的地方。

记得是刚到十二月的时候，母亲叫他到镇上的杂货店跑腿，正要跨上自行车的时候，发现坐垫上有个发亮的东西动来动去。凑过去仔细看，原来是一只小蜘蛛倒立着屁股朝天，频频吐丝。蜘蛛只有火柴头那么一点大。

仔细一看，不止一只。不但自己的自行车坐垫上有，把手和车斗上也有同样姿势的蜘蛛在吐丝。

这些蜘蛛做的事太过怪异，我就跑去叫小我两岁的弟弟。

自己和弟弟屏着气，看着朝空中拉了约两米长的蜘蛛丝在微风中摇曳。然后一只蜘蛛飘到半空中，仿佛被银色的丝线拉动般，朝耀眼的日光飞去。

蜘蛛很小，日光又强，所以很快就从视野中消失了。接着换龙头那里的蜘蛛，然后是车斗上的蜘蛛，都和蜘蛛丝一起飞到空中。

自己和弟弟都是看到蝴蝶、蜻蜓就只想抓的年纪，却不想动那小小的蜘蛛。并不是因为那是蜘蛛而感到恶心，而是莫名有种不能妨碍它们的感觉。

自己和弟弟无论是在学校还是在家里，都没有人教过蜘蛛会用吐出的丝飞上天空，但也知道蜘蛛不是碰巧被风吹着就飞上天了。即使是年纪尚幼的孩子，也知道那些蜘蛛是为了飞上天空而屁股朝上吐丝的。

自己和弟弟蹑着脚走在乡下的路上，寻找有没有同样行为的蜘蛛。在田埂的杂草上也有。在农家小仓库的铁皮屋顶上也有。有些蜘蛛在飘起来之前丝就断了，只能被留在日光下，也不会再吐第二次。在自己眼里，那些蜘蛛看起来实在是不走运的可怜生物。

在畑毛住的那三年，一到那个时期就会遇见同样的情景。

雨田说完，又说："那时候我和弟弟都不知道这种现象叫什么，但我想我们都感觉这很神圣，所以不能去妨碍它们……"

"我饿了。吃粥不能满足。想吃点猪、牛或鸡的内脏之类油腻腻的、很有饱腹感的东西。"桂二郎喝完第三杯威士忌后说。

"这时候就要去夜市啦！"

雨田也站起来，从衣橱取出桂二郎的夹克说。

"夜市？"

"当地最有名的、有很多摊贩的地方。从这里往西走十分钟左右，就有一个夜市。牛肉面、中式烤香肠、烤中卷、炸螃蟹、炸虾、内脏料理。啊，这个看起来也很好吃。"

他拿旅游书给桂二郎看。

"生煎包。这里有片假名注音，念作シェンジェンパオ（水煎包）。上面写说，里面包了满满的蔬菜或韭菜、猪里脊肉的包子，用铁板半煎半闷，外皮又弹又酥，令人无法抗拒。"

雨田边说边打开桂二郎房间的门，按了电梯钮。

"看起来真好吃。我们先大吃这个，再去吃这个卤大肠，最后用牛肉面收尾。"

桂二郎和雨田出了饭店，向西过了宽阔的敦化南路，再继续直走。车辆虽然少了些，但摩托车一样喷着废气来来去去，高楼间交织的小路充满了应是冷气热风的热空气。

路上有一家小餐馆，隔壁是律师事务所和招牌写着"牙医科"的牙医诊所。属性各不相同的各行各业就挤在这小小复合式建筑的一楼和二楼，但左右双双有高耸的高级住宅大厦夹击，整条街在桂二郎看来就像高度不一的棒状图。

——城市是石制的墓园。桂二郎心中浮现罗丹的这句话。

一个中老年妇女正在遛狗。那只小小约克夏猥身上穿的衣服，看起来比主人穿的还贵。

"一直看着各种招牌会累呢。"雨田说。

他说，因为会从汉字联想那是什么意思，头脑没有休息的时间。

"质量最高这个我懂，但接下来的口碑最高是什么意思啊？"

"大概是人气也最高的意思吧？"

桂二郎说，往旁边招牌上的汉字看。上面写的是"彩印"。

"那个我懂。是彩色复印。"雨田说。

过了十字路口再往西走，越来越接近嘈杂声，空气中充满了食物的味道，摩托车的数量也变多了。然后就看到一条仅有两辆车勉强通过的柏油路上两侧都是摊贩。开车的人正在和摊贩的女人争执。跨在摩托车上的年轻人看热闹般看着他们。

开车的人好像是在叫摊贩把东西摆进去一点，不然车子过不去。但女摊贩也不甘示弱，指着洗餐具的大水桶大声回应。

"好夸张啊。"

桂二郎这么说，对这个规模不大，多半不是观光用而是服务这一带人们的夜市整体所发出来的噪音和人们的活力有些望而却步。

　　摊贩不止卖吃的，也有在路上摆出生活日用品的。T恤、裙子、皮带、鞋子、廉价的耳环项链……

　　开车若是不十二万分小心，轮胎恐怕会压到那些商品。

　　中式烤香肠摊四周，聚集着人群，有人站着吃，也有人蹲在路边吃。

　　卖成串鸡内脏的店前面也好，台湾式大阪烧的摊贩四周也好，肉包店旁边也好，都挤满了摩托车和人群。这些摊贩悬挂的几十个灯泡发出的灯光太过明亮，提高了这一区的温度，桂二郎觉得额头和脖子开始冒汗。

　　每个摊贩都只有一两把椅子。

　　桂二郎和雨田从摊贩林立的夜市东边走到西边，讨论要吃什么，然后回到了肉包店前。所有客人都站着就吃起来。

　　"吃了这个，再去吃那家烤鸡肉。看起来跟日本的烤鸡肉串一模一样啊。"

　　桂二郎说，然后买了热气腾腾的大蒸笼里的两个肉包。每当有车子和摩托车经过，就得换地方站。

　　"面的话，那家店看起来很好吃。明明还有别家也卖面，但只有那一摊前面有人排队。"

　　雨田嘴里的包子还没吞下，便指着五米前的一家摊贩，然后走到对面用油漆写着"臭豆腐"的摊贩，比手画脚地和店家沟通，借了一张木制板凳回来。

"社长，请坐。站着吃会累。"雨田说。

然后，又到串烤店用纸盘子端了一串串鸡肉、鸡肝和鸡翅回来。

"我答应那个摊贩的女生，说椅子借我一下，之后我就去吃臭豆腐。可是我后悔了。那臭豆腐的味道……那是一连穿了好几天的臭袜子的味道。我真想一会儿吃了面，就毁约跑掉。"

看雨田一脸很可能真的会这么做的表情，桂二郎笑着说："既然答应了，就一定要做到。我对那一类的食物还挺能接受的。要是你不敢吃，我来帮你吃。"

说完，脑海中浮现俊国的脸、绿的脸和冰见留美子的脸。不知为何，甚至觉得亡妻就在这个夜市的某处。须藤润介从总社川畔横越油菜花田笔直走过来的模样也复苏了。

"我是来履行约定的。"

三辆同时穿过夜市的摩托车声似乎让雨田没听见桂二郎说的话。但他不管，继续说："却觉得好像没有履行。虽然履行了约定，总觉得没有做到……"

"什么？您说什么？"

雨田手里拿着一串鸡翅，就这样躬身把耳朵凑过来问。

"在中国台湾，蜘蛛飞上天不知道是不是也是这个时期？"桂二郎说。

"这就不知道了。台湾地区是南方啊。不过，生物的生理周期，应该到哪里都一样吧？"

"我明天去找会飞的蜘蛛好了。"

"咦！在这里吗？是啦，地球上没有蜘蛛的地方，大概就只有冰天雪地的北极和南极而已吧。"

"明天，不，不是明天，已经是今天了。我们到远离台北市的哪个乡下去吧。"

"乡下是吗……"

雨田望着桂二郎，请他吃纸制容器里的烤鸡肉，然后走到卖臭豆腐的女生那里，然后又叫了不远处卖熟食的老板。

让老板看了旅游书的地图，取出笔记本开始笔谈，买了熟食摊卖的三样炒菜回来。

"从台北车站搭电车两个小时左右。那位大叔的家乡，听说现在农家还是用水牛跟锄头来耕田种菜。就在这一带。"

雨田这么说，指着地图上的某一点。是位在台北市东南方，邻近太平洋的地区。

"这里有会飞的蜘蛛吗？"

桂二郎惊讶地问，雨田出示了笔谈用的笔记。

"呃，我想不起来蜘蛛的汉字怎么写……不过，社长，我们去嘛，去找会飞的蜘蛛。带着便当，搭电车到用水牛耕田的乡下去吧。我会准备好吃的便当的。"说完，雨田再度走进了夜市的人潮中。

桂二郎解决了烤鸡肉串，带着椅子到臭豆腐摊前，付了两份臭豆腐的钱，寻找雨田。

只见雨田两手拿着装有牛肉面的餐具，以一副横扫那群骑在摩托车上的年轻人的气势，边走回来边大声说："我们一大早就出发！"

图书在版编目（CIP）数据

约定之冬 ／（日）宫本辉著；刘姿君译．—— 北京：北京时代华文书局，2019.6
（2021.5 重印）

ISBN 978-7-5699-3018-4

Ⅰ．①约… Ⅱ．①宫… ②刘… Ⅲ．①长篇小说－日本－现代 Ⅳ．① I313.45

中国版本图书馆 CIP 数据核字（2019）第 070893 号

北京市版权著作权合同登记号　　图字：01-2018-6918

宫本辉
約束の冬

约定之冬
YUEDING ZHI DONG

著　　者 | ［日］宫本辉
译　　者 | 刘姿君

出 版 人 | 陈　涛
策划编辑 | 韩　笑　黄思远
责任编辑 | 徐敏峰
执行编辑 | 韩　笑
营销编辑 | 江　辰　郭啸宇
封面设计 | M°° Design
责任印制 | 刘　银　范玉洁

出版发行 | 北京时代华文书局 http://www.bjsdsj.com.cn
　　　　　北京市东城区安定门外大街 136 号皇城国际大厦 A 座 8 楼
　　　　　邮编：100011　电话：010 - 64267955　64267677
印　　刷 | 三河市兴博印务有限公司　电话：0316 - 5166530
　　　　　（如发现印装质量问题，请与印刷厂联系调换）

开　　本 | 880mm×1230mm　1/32　印　张 | 19.25　字　数 | 400 千字
版　　次 | 2021 年 1 月第 1 版　印　次 | 2021 年 5 月第 2 次印刷
书　　号 | ISBN 978-7-5699-3018-4
定　　价 | 98.00 元